Wilfried Stüven

Im Schatten der Schwebefähre

Wilfried Stüven

Im Schatten der Schwebefähre

Roman

swb media publishing

Die Handlung und die handelnden Personen sind frei erfunden.
Jede Ähnlichkeit mit lebenden und bereits verstorbenen Personen ist zufällig.

Bibliografische Information der Deutschen Nationalbibliothek:
Die Deutsche Nationalbibliothek verzeichnet diese Publikation in der Deutschen Nationalbibliografie; detaillierte bibliografische Daten sind im Internet über http://dnb.d-nb.de abrufbar.

1. Auflage 2015
ISBN 978-3-944264-87-5

Lektorat: Dr. Heiger Ostertag, Stuttgart
Titelgestaltung: Sig Mayhew/www.mayhew-edition.de
Titelfoto: © W. Stüven
Satz: Südwestbuch
Druck, Verarbeitung: Rosch-Buch, Scheßlitz
Für den Druck des Buches wurde chlor- und säurefreies Papier verwendet.

www.swb-verlag.de

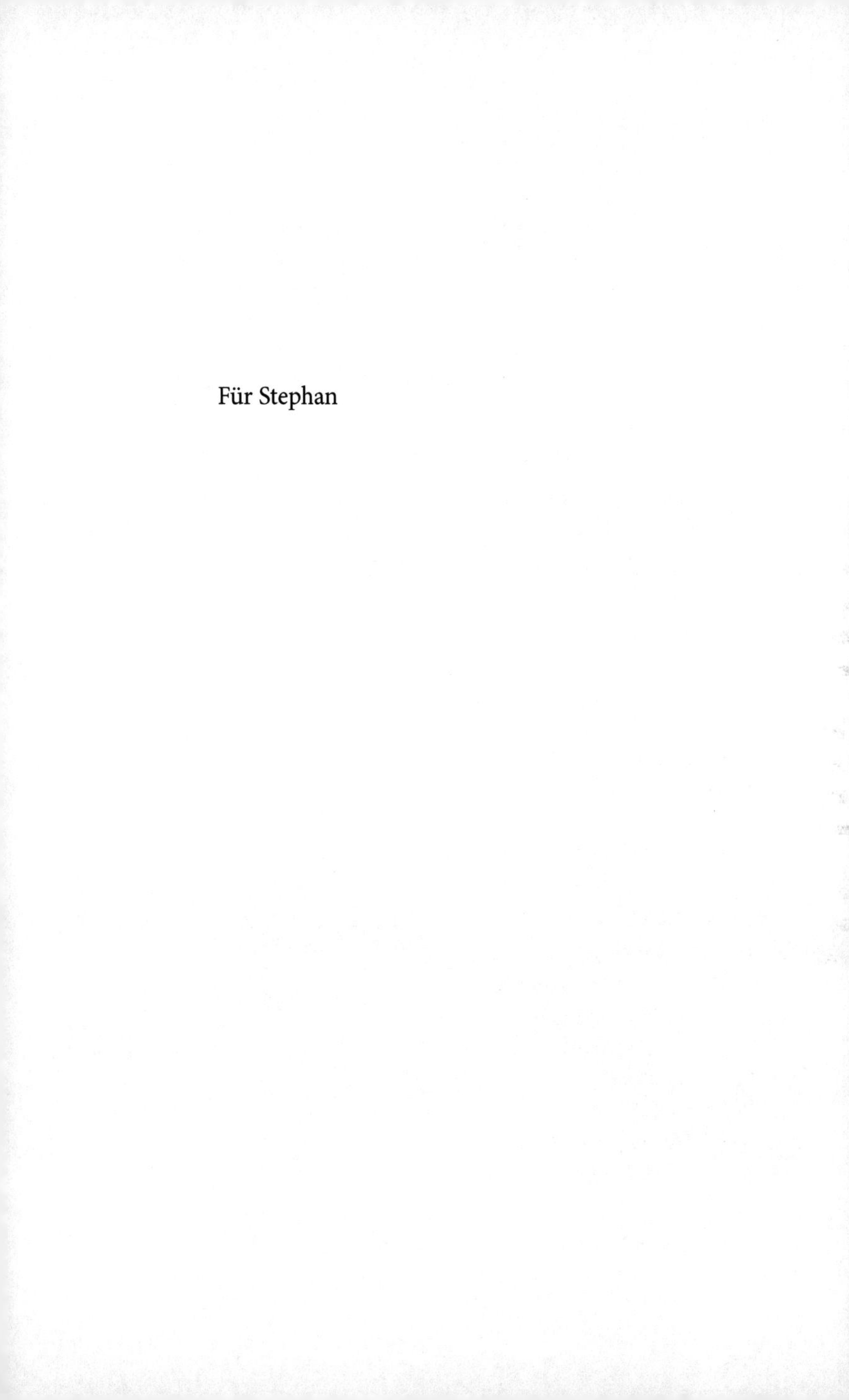

Für Stephan

Danksagung

Ich danke den lieben Menschen, die das Manuskript zur Probe gelesen und mir stets wertvolle Anregungen gegeben haben.

Ich danke Andree für seine unvorstellbare Geduld bei der technischen Bearbeitung dieser Seiten.

Vor allem aber bedanke ich mich bei Anke, die niemals müde geworden ist, mich in meiner Arbeit zu unterstützen.

Inhalt

Prolog

Johannes saß am Fenster und betrachtete nachdenklich die Spuren, die er gestern in den Schnee getreten hatte. Spuren meines Lebens, fuhr es ihm durch den Kopf. In ein, höchstens zwei Tagen werden sie verschwunden sein. Für immer. Andere Spuren bleiben für immer. Unauslöschlich.

Sein Blick folgte den Fußstapfen hinunter zum Fluss, der den Garten natürlich begrenzte. Die Oste zog ganz ruhig ihre Bahn. Auf Ebbe folgte seit ewigen Zeiten Flut. Über dem Wasser thronte erhaben das Stahlgerüst der Schwebefähre. Im Garten brachen vereinzelt ein paar Schneeglöckchen ihren Weg aus der Enge des Erdreichs ins Licht und reckten ihre Köpfe vorsichtig in die Freiheit.

Als gäbe es keine Umkehr, verloren sich die Spuren in der schneefreien Uferzone, jedoch nur, um ein paar Meter daneben genauso unvermittelt wieder großschrittig dem Haus zuzustreben. Für einen Moment betrachtete Johannes die Fotos neben sich, die scheinbar planlos an die Wand gepinnt waren. Schritte auf dem Weg durch ein bewegtes Leben, das er jetzt noch einmal wie im Zeitraffer durchlebte, waren auf den Bildern festgehalten. Manche schon vergilbt, andere aus jüngeren Tagen. Nachdenklich schaute Johannes zurück in den Garten.

Der Schnee war allmählich in Regen übergegangen, und Johannes verfolgte fasziniert, wie sich ein dicker Tropfen am oberen Rand der Fensterscheibe in Bewegung setzte, sich nach kurzer Strecke mit einem weiteren Tropfen vereinigte, um dann, immer schneller werdend, die Reise abwärts gemeinsam fortzusetzen.

Vor Jahren hätte er diesen Gedanken kultiviert, ihn ausgekostet, sich dem süßen Schmerz, der darin lag, hingegeben. Es gibt nur eine Richtung: mit jedem Tropfen stärker abwärts.

Wie viele Bahnen anderer Menschen hatte er so gekreuzt?

Wie oft andere mitgerissen oder sich lustvoll mitreißen lassen? Manchmal auch sinnlosen Widerstand andeutend. Auf dieser Bahn gab es kein Halten.

Johannes schüttelte sich, als könne er dadurch Geschehenes ungeschehen machen. Er wusste, dass das nicht ging. Alles blieb ein wichtiges Teil im großen Kreislauf.

Tiefe Dankbarkeit durchströmte ihn, als er an jenen fernen Sommermorgen dachte, der seinem Leben eine wunderbare Wendung gegeben hatte. Zwei Hände reichten nicht mehr aus, die Jahre zu zählen, die seither vergangen waren.

Wieder wanderte sein Blick zum Fluss, und er verspürte die Kraft des Augenblicks, die sich ihm im beständigen Strom offenbarte. Alles, was das Leben ausmachte, war in diesem Moment enthalten.

Nicht mehr. Nicht weniger.

Ein gefüllter Korb. Ein Angebot.

Nicht unbegrenzt. Nicht jeder Tag hatte frische Erdbeeren zur Auswahl, nicht jede Jahreszeit helle Tage. Aber immer gab es eine bunte Vielfalt, aus der er wählen konnte. Johannes hatte eine Wahl. Er konnte mit den vorhandenen Zutaten die Lebenssuppe versalzen und sie ungenießbar machen; genauso aber konnte er ein schmackhaftes Mahl daraus zubereiten. Das Äußere gab beides her, alles andere war nur in ihm.

Dem Fluss in seiner Beständigkeit war es ohnehin egal. Stetig nahm er, ohne zu fordern und gab ohne Erwartung. Er glaubte nicht, dass er wichtig sei. Das glaubten nur die Menschen.

Der Fluss war einfach.

Johannes war zurückgekehrt, zu einer Jugendliebe, die immer tief in ihm war und die er nie ganz vergessen hatte. Er war zurückgekehrt mit der Bereitschaft, das Leben mit all seinem Licht, aber auch mit all seinem Schatten anzunehmen. Er war zurückgekehrt mit dem Mut, sein Leben dort zu verändern, wo er es verändern konnte und es gelassen hinzunehmen, wenn er es nicht ändern konnte. Nicht immer war eine Unterscheidung einfach.

„Deine Spuren bleiben für immer in mir“, sagte er zum Fluss, „tiefer als das Bett, das du dir durch diese Landschaft gegraben hast, auf deiner Suche nach der Weite des Ozeans, der so riesig ist und zugleich doch nur so winzig.“

Teil I: Nie wieder – nur noch heute

1. Das Eingeständnis

Nach den langen Wintermonaten war die Sonne das erste Mal über das Dach des gegenüber liegenden Wohnblocks geklettert, und Johannes blinzelte verschlafen in den neuen Morgen. Noch weigerten sich die Gedanken, dem Körper in den neuen Tag zu folgen. Eine das Zimmer beherrschende, schmutzige Unordnung zeigte an, dass der Bewohner einer behaglichen Gegenwart keine große Bedeutung zumaß. Die stilvollen Möbel, wertvolle Teppiche und geschmackvolle Wandbehänge dagegen ließen eine Ahnung zu, dass Johannes nicht nur diese Welt kannte. Nur halb entschlossen schob er die Bettdecke zur Seite und suchte sich einen Weg durch den Raum, öffnete das Fenster und sog begierig die frische Luft ein, die - obwohl noch ziemlich kalt - einen Hauch Frühling mitbrachte. Es würde schon sein zweiter Frühling allein in dieser Wohnung werden. Noch formbar, erwachten erste trübe Gedanken.

Als habe Johannes den Winter verschlafen, zeigte der große Wandkalender immer noch das Blatt aus dem Oktober 2000. Gewaltig überspannte das grüne Stahlgerüst der Schwebefähre die Oste. Mächtig reckte sich der Turm der St. Petri Kirche in den Himmel. Beschaulich reihten sich die Häuser des Dorfes entlang des Deiches auf. Als wollten sie eine kleine Stadt vortäuschen, drängten sich die Gebäude dicht an dicht im Ortskern. Im Südwesten begrenzte der Fluss den Ort natürlich. Wogende Felder und ertragreiche Obsthöfe in alle anderen Himmelsrichtungen ließen das Dorf fast wie eine kleine Insel im großen Meer erscheinen.

Stromboli mitten in der Norddeutschen Tiefebene, hatte Johannes den Ort einmal genannt. 13 Jahre seiner Kindheit hatte er hier zurückgelassen, nachdem er in Sichtweite der Schwebefähre das Licht der Welt erblickt hatte.

Der Kalender war ein Weihnachtsgeschenk seiner Tochter Bettina. Er hatte sich so sehr darüber gefreut, noch nicht ahnend, dass es ihr letztes gemeinsames Weihnachtsfest war. Wie oft hatte er ihr, auf der Bettkante sitzend, von dem kleinen Ort erzählt, von seinen Streifzügen im Außendeich, vom Treibgut aus vermeintlich gesunkenen Schiffen und von den Abenteuern, die er mit seinem Freund Schrubber erlebt hatte. Wie oft hatte Bettina ihm mit kindlich bettelnder Stimme „nur noch eine Geschichte" entlockt, bevor sie dann schon nach wenigen Sätzen in den Schlaf hinübergeglitten war, um ihre eigenen Träume zu träumen.

In diesem Jahr wurde Bettina dreizehn. Seit über einem Jahr hatte er sie nicht mehr gesehen. Zu Weihnachten hatte Johannes diesmal eine Ansichtskarte von einer Insel im Indischen Ozean bekommen.

Noch einmal beugte sich Johannes weit aus dem Fenster, noch einmal atmete er tief die frische Luft ein. Heute schaff ich es, dachte er dabei und schon wollte sich zaghaft Zuversicht breit machen. Aber sofort mischte sich die andere Stimme ein, die sich seit einiger Zeit zu seinem festen Begleiter aufgeschwungen hatte. Immer häufiger übernahm sie machtvoll das Kommando in seinem Kopf, manchmal wortgewaltig und prahlerisch, manchmal verschlagen und hinterlistig, immer gnadenlos: *Du könntest heute doch noch einmal ein letztes gepflegtes Abschiedsbierchen trinken. Nur heute noch einmal. Was für ein perfekter Tag für das letzte Bier oder eine kleine Flasche Wein. Morgen kannst du dann aufhören, oder übermorgen. Jederzeit kannst du aufhören.*

Zu oft hatte Johannes in den letzten Monaten die Erfahrung gemacht, wer den Platz als Sieger verließ, wenn es zum Kampf kam. Kampflos ergab er sich auch heute. Nichts schaffte er – nicht heute nicht morgen, wusste Johannes genau. Also konnte er sich das kraftraubende Wortgefecht im Kopf auch gleich sparen. Es war aussichtslos.

Schon nach wenigen Minuten lag das Fenster wieder im Schatten. Johannes fror. Fast wäre er auf dem Weg zurück ins Bett über einen der Umzugskartons gefallen, von denen noch etliche unausgeräumt, manche überquellend, im Zimmer herumstanden. Dennoch huschte unvermittelt ein Lächeln über sein Gesicht und der Tag fühlte sich kurzzeitig noch einmal warm an, als ihm unbedacht ein Satz laut über die Lippen kam: „In Osten geht die Sonne auf …“ Wieder und wieder sprach er diesen einen Satz: „In Osten geht die Sonne auf.“

In Oosten, mit ganz langem O.

Kein Fremder, der nicht an der richtigen Aussprache gemessen wurde, erinnerte sich Johannes schmunzelnd. Ein früher Integrationstest.

Wie ungezählte Male in den letzten Monaten hier in dieser kleinen Hamburger Wohnung oberhalb der Elbe, flüchtete Johannes in Gedanken zurück in den Ort seiner Kindheit, in den Ort, in dem vor fast 52 Jahren alles angefangen hatte. In diesen kleinen Ort im Unterelbegebiet, dessen Idylle für Kalenderblätter taugte und der in der Mittagssonne nahezu ganz im Schatten der mächtigen Kirche und der weithin sichtbaren Schwebefähre lag und in dem die Kinder früher in der Schule gelernt hatten, dass von hier aus der Lauf der Sonne bestimmt werde. Bei nicht wenigen der Mitschüler von Johannes hatte es bis in die höheren Klassen gedauert, bis sie das Scherzhafte dieser Fassung erkannten. In Osten geht die Sonne auf …

Osten – mit ganz langem O – nicht etwa Osten. Dort waren die Fremden hergekommen, die sich im Dorf nach Krieg, Flucht oder Vertreibung mühsam durchschlugen. Einen Platz an der Sonne hatte es in ihrem Leben selten gegeben. Nach den schlimmen Ereignissen waren sie froh, ein Dach über dem Kopf zu haben. Auch seine Mutter war aus dem Osten gekommen.

Vereinzelt waren auch noch Männer wieder aufgetaucht, die eigentlich ausgezogen waren, den Osten für die Volksgenossen zu erobern und zu besiedeln. Sie waren meistens aus der Gegend und versuchten jetzt mühsam, wieder Fuß zu fassen. Auch sein Vater war wieder aufgetaucht. Heimgekehrt.

Als junge Menschen ihr Leben und ihr Denken dem Führer und einer glorreichen Zukunft gewidmet, war es durchaus verwirrend für diese Männer, sich die wenige Arbeit, die es gab, mit „den

Flüchtlingen“ zu teilen. Auch für seinen Vater war es verwirrend gewesen. Nach vielen Jahren im Denkgefängnis der Partei und der sich anschließenden Gefangenschaft war man zwar froh, so gerade mit dem Leben davon gekommen zu sein, aber das hieß ja noch lange nicht, dass es nun so gar keine Unterschiede mehr zwischen Herr und Knecht geben sollte. Wer das wollte, dem stand es ja frei, zu gehen. Es gab schließlich auch noch die Ostzone, lautete die Empfehlung der Einheimischen in diesen Tagen. Sollten sie doch den Menschen dort auf der Tasche liegen.

Außerdem: Das was da in den letzten Jahren geschehen war – wenn es denn überhaupt alles stimmte, was man jetzt so hörte – hatte man wahrhaftig nicht gewusst oder gar gebilligt. Aber hätte man es ändern können? „Die Bonzen“ haben doch schon immer gemacht, was sie wollen – und das würden sie auch in der Zukunft tun. Und die Autobahnen hat Hitler ja schließlich auch gebaut.

Die kurzzeitige Wärme, die Johannes verspürt hatte, war bei den Gedanken an das Gerede der Erwachsenen im Dorf seiner Kindheit bis an den Südpol verschwunden. Nein, in Osten war die Sonne längst nicht bei allen aufgegangen. In den Köpfen vieler Menschen herrschte so kurz nach dem Krieg immer noch, oder schon wieder, tiefer Schatten, der die persönliche Verantwortung für die vergangenen Jahre im Dunkeln ließ. Vorübergehender Irrtum einzelner Dorfbewohner nicht ausgeschlossen. Irrte sich nicht jeder mal? „Besser nicht den ersten Stein werfen“, hatte der Pastor gesagt.

Trotzdem musste Johannes erneut lächeln, als er sich jetzt an einen weiteren Lehrsatz seiner Kindheit erinnerte, der sich hartnäckig gehalten hatte und nicht selten Anlass für heftige, sogar handfeste, Auseinandersetzungen auf dem Schulhof gewesen war: Der Südpol ist die Quelle aller Wärme; der Nordpol ist die Heimat des Winters - und des Weihnachtsmannes.

Wie leicht war es, die Köpfe der jungen Menschen mit allerlei Glauben zu füllen. Wie bereit waren sie, sich für diesen Glauben blutige Nasen zu holen. Kreuzzüge auf dem Schulhof, Heiliger Krieg für den Weihnachtsmann.

Wie schön einfach war die Welt in klaren Gegensätzen. Wie leicht erklärbar war die eng begrenzte Welt. Nordpol oder Südpol, schwarz oder weiß, richtig oder falsch, gut oder böse, gläubig oder ungläubig, mächtig oder ohnmächtig.

Nüchtern oder betrunken, schoss es Johannes bitter durch den Kopf, lebendig oder tot.

Nein, heute würde doch einer dieser guten Tage werden. Überraschende Kampfbereitschaft kündigte sich an. Mutig sah Johannes dem Tag entgegen.

Seitdem er nach der Trennung vor etwas über einem Jahr aus dem gemeinsamen Haus am Stadtrand in diese kleine Wohnung in Hamburg-Altona gezogen war, teilte Johannes sein Leben in gute und schlechte Tage ein. Wie andere Menschen ihr Bankkonto führten, hatte er sich angewöhnt, seinen Alkoholkonsum lückenlos zu erfassen. Während er dabei in den ersten Wochen noch die getrunkene Menge würdigte, wurde schnell klar, wie sinnlos das war: Es gab nur ganz betrunken oder gar nicht.

So eng begrenzt war seine Welt geworden.

Im Stillen machte Johannes sich nichts mehr vor. Er konnte nicht mehr aufhören zu trinken, wenn er einmal angefangen hatte. Ein Fass ohne Boden.

Aber wie unerträglich war diese Einsicht. Wie gnädig dagegen war der Selbstbetrug, wie hoffnungsvoll die eigene Täuschung. Wie zäh waren die Lügen, die das jämmerliche Leben überhaupt noch ermöglichten. „Eigentlich kann ich doch jederzeit aufhören, wenn es wirklich darauf ankommt“, redete Johannes sich ein. Aber das ging niemanden etwas an. Er hatte im Grunde doch alles unter Kontrolle.

Immer unklarer und zerfahrener wurde sein Denken an diesem Morgen. Immer widersprüchlicher.

Erschrocken bemerkte Johannes, dass er die letzten Sätze laut vor sich hingesprochen hatte: „Ich habe doch alles unter Kontrolle. Außerdem geht das niemanden etwas an.“

Auf dem Küchentisch lag der aufgeschlagene Kalender. Vier Kreuze markierten die guten Tage im Januar. „Der Februar würde viel besser werden“, wagte sich für einen Moment der Selbstbetrug wenig überzeugend aus der Deckung. Immer wieder hatte Johannes sich in den letzten Monaten über das Ausmaß seiner Alkoholkrankheit belogen.

*

Als Johannes am späten Nachmittag die Haustür zuschlug und, aus der Dosestraße kommend, in die Königstraße einbog, verspürte er plötzlich einen starken Schmerz im Schulterbereich. Wie schon häufiger in der letzten Zeit, machte sich augenblicklich panische Angst in ihm breit und sein Herzschlag begann zu rasen. Kalter Schweiß bedeckte die Stirn und den Nacken. Bitte jetzt nichts Ernstes. Wild hämmerte dieser Gedanke gegen die Schädeldecke: „Nicht jetzt, nicht heute. Ich bin doch gerade dabei, alles in den Griff zu kriegen“, flüsterte er sich selbst ein wenig Mut zu.

„Du Lügner“, mischte sich schroff die Realität, die immer seltener seine Gedanken lenkte, ungebeten in sein Leben ein. Er ahnte, dass sie recht hatte, wollte sich jetzt aber nicht damit befassen. Es gelang ihm nur schlecht. Wie Wolken am stürmischen Himmel rissen Gedanken auseinander und fügten sich scheinbar zufällig neu zusammen.

Was war aus seinem Leben geworden? Tausend Bilder gleichzeitig schossen Johannes durch den Kopf: Die Kindheit in Osten, die Jugendjahre in diesem Kuhdorf, das nach Aufbruch schreiende Leben in dieser kleinen Puppenstadt und schließlich Hamburg. Er hatte es geschafft! Er hatte erreicht, wovon die meisten Menschen ihr Leben lang träumten: Geld, Wohlstand, Familie, Haus am Stadtrand.

Wovon hatte Johannes geträumt? Wann hatte er aufgehört zu träumen? Wie war er in diesen Alptraum geraten? Wo und wann hatte es angefangen? Gab es einen Ausweg, ein Erwachen?

Johannes´ Herz pochte im ganzen Körper. Umständlich wischte er sich den Schweiß von der Stirn. Die Hand wollte sich nur schwer beruhigen, noch schwerer die rasch dahinfliegenden Gedanken.

„Du sollst nicht andere Götter haben neben mir“, hatte der Pastor ihm im Konfirmandenunterricht eingetrichtert. Johannes Wüst hatte den Gott gefunden, der keine anderen Götter neben sich duldete.

Was hatte er diesem Gott nicht schon alles geopfert! Es war ein gnadenloser Gott, ein gieriger Gott, der immer mehr verlangte.

Rasend überschlugen sich jetzt die Gedankenfetzen.

Gab es überhaupt irgendwo einen gütigen Gott? Gab es einen Gott, der ohne Hölle und Fegefeuer auskommt, ohne Drohungen, ohne Strafen? Gab es einen Gott um seiner selbst willen, oder glaubten die Menschen nur an Götter, aus Angst vor der drohenden Strafe, wenn sie nicht zur Glaubensgemeinschaft gehörten? War Gott einfach nur besser als die Hölle? Oder machte er das menschliche Leben auf der Welt sogar erst zur Hölle?

„Nie sind die Menschen am Ziel. Immer bleibt das Leben ungenügend“, brabbelte Johannes vor sich hin.

Immer wilder rasten jetzt seine Gedanken.

Bevorzugt verspeist mein Gott kleine Kinder, dachte er bitter. Unwillkürlich tauchte das Gesicht seines Vaters vor ihm auf, und sogleich flatterte eine Bierfahne im Wind. Auch das Gesicht seiner Tochter war da.

„Du altes Arschloch hast gewonnen, jetzt sind wir doch noch Glaubensbrüder geworden.“ Johannes war überrascht, wie liebevoll ihm dieser Satz unangemeldet durch den Kopf schoss. Doch schon der nächste Gedanke schmeckte wieder schal: „Herrmann Wüst, du verhinderter Kriegsheld, du Heimkehrer, du Retter des Dorfes.“ Und bitter fügte er noch hinzu: „Du Großvater meiner Tochter.“

Für Bettina war ihr Opa 1962 unter ungeklärten Umständen gestorben, lange bevor sie geboren war. Das ganze Dorf hatte ihn damals posthum zum Helden ernannt und sein Sarg war vor der Beisetzung unter großer Anteilnahme noch einmal mit der Schwebefähre über die Oste geschwebt.

Von den Gerüchten, die sich hartnäckig um seinen Tod verbreitet hatten, wollte niemand etwas wissen. Vielleicht konnte Johannes

Tina irgendwann einmal erzählen, was wohl wirklich geschehen war. Aber dazu musste sie bei ihm sein. Mit ihm reden. Tina. Wie lange hatte er seine Tochter nicht mehr gesehen.

Wie sehr sehnte er sich nach ihr!

Wieder pulsierte ein stechender Schmerz durch den Körper und riss Johannes in die Gegenwart. Bevor ihm einfiel, dass Samstag war, hatte er kurz überlegt, zum Arzt zu gehen. Aber der stellte doch nur wieder so blöde Fragen nach seinem Lebenswandel. Und dass sein Blutdruck in letzter Zeit immer wieder mal viel zu hoch war, wusste er ohnehin. Das Problem würde sich demnächst von allein lösen, wenn er weniger oder sogar gar nicht mehr trinken würde.

Damit sich die wohlbekannte innere Stimme nicht gleich wieder zu Wort melden konnte, knüpfte Johannes schnell an die Gedanken an seinen Vater an. Brüder im Glauben an einen Gott. Das gefiel ihm. Hatte es doch so wenig gegeben, an das sie gemeinsam geglaubt hatten.

Allerdings war er irritiert darüber, wie weich sich seine Gedanken heute anfühlten. Normalerweise überschattete Wut seine Erinnerungen, Schuldzuweisungen. Aber dieser Mann, der heute vor ihm auftauchte, war ein Opfer, genau wie er selbst. Die Verantwortung für ihrer beider Leben hatten andere. Eine Woge aus Selbstmitleid bemächtigte sich seiner. „Ja, so viele hatten sich schuldig gemacht", sagte Johannes sich, war aber nicht wirklich überzeugt von seiner Wahrheit.

Vielleicht solltest du Brüderschaft mit ihm trinken. Die Stimme klang hämisch. Aber die Idee gefiel Johannes. Versöhnung, Verbrüderung, Vervaterung. Das stille Gesicht seiner Mutter schaute ihn an. Und Tina.

Runter zur Elbe konnte er auch morgen noch gehen, und was machte es schon aus, wenn er heute noch ein Mal – vielleicht sogar das letzte Mal – ein wenig trinken würde, nur ein wenig.

Obwohl er die Kassiererin nicht kannte, waren ihm die zwei Flaschen Wein peinlich, und so legte er noch zwei Dosen Würstchen, einen Eimer Kartoffelsalat und diverses Salzgebäck auf das Band.

„Überraschender Besuch von meinem Vater“, lächelte Johannes der Frau freundlich zu, „hab ich gar nicht mit gerechnet. Hab gar nichts im Haus.“ Die Frau zuckte nur mit den Schultern und bedankte sich für seinen Einkauf.

*

Fast wäre er vor der Tür mit einer aus dem Haus kommenden Nachbarin zusammengestoßen. Er legte keinen Wert auf Bekanntschaften im Haus. Auch sonst legte er keinen Wert mehr auf Bekanntschaften. Immer mischten alle sich nur ungefragt in sein Leben ein.

„Na, Herr Wüst, haben Sie sich wieder eingedeckt. Hauptsache Sie machen die Musik nicht wieder so laut an. Na ja, ist ja noch früh. Dann noch einen schönen Tag.“ Die Frau lächelte freundlich, aber in Johannes stieg Empörung auf.

Diese blöde Kuh. Was ging die sein Leben an, dachte er wütend. Aber er hörte sich nur stammeln: „Keine Sorge; Frau Ruthenbeck, ich will nur was Leckeres kochen. Schweinebraten. Ihnen auch einen schönen Tag.“

Augenblicklich ärgerte er sich maßlos über seinen kläglichen Erklärungsversuch. Dieser Hexe war er doch keine Rechenschaft schuldig. Wahrscheinlich schnüffelte sie ihm sogar nach. Das ist ja wie auf dem Dorf. Da wussten die Nachbarn auch über jeden und alles Bescheid, kümmerten sich um Sachen, die nur von ihrem eigenen Dreck ablenken sollten. Dafür hätte er nicht nach Hamburg ziehen müssen.

Wütend knallte Johannes die Wohnungstür zu. Einen Schluck Wein hatte er sich jetzt wirklich verdient. Zum Glück hatte die Flasche einen Schraubverschluss.

Erst als er die Flasche – zu einem Drittel geleert – absetzte, erinnerte er sich wieder an die geplante Versöhnung mit seinem Vater und holte zwei Gläser aus dem Küchenschrank. Gleichzeitig setzte sich aber eine bessere Idee durch. Mit dem Alten war nicht gut reden, wenn er getrunken hatte. Lieber würde er sich morgen beim

Kaffee mit ihm beschäftigen. Er hatte ihm einiges zu sagen. Ja, morgen würde er auch nichts trinken, nur noch die zwei Flaschen heute.

*

Als Johannes erwachte, brauchte er einen Moment, um sich zu orientieren. Er lag vollständig bekleidet im Wohnzimmer auf dem Sofa und eine Leselampe schien ihm grell ins Gesicht. Der Hexe hatte er keinen Grund geliefert, sich zu beschweren: Fast tonlos flimmerten irgendwelche Sternenkrieger über den Bildschirm. Es war kurz vor Mitternacht.

Geisterstunde.

Wir sind die Geister und kommen von Gott. Im Asbach Uralt liegt der Geist des Weines. Ach, wie geistreich. Scheinbar zusammenhanglos sprudelten die Gedanken.

Nur in einem gesunden Körper wohnt ein gesunder Geist, fügte die Stimme noch hinzu. Sie klang zynisch.

„…und ich bin der Scheißer und suche den Pott", ergänzte Johannes den angefangenen Kinderwitz, als er ins Badezimmer ging. Ein Lachen versuchte sich durchzusetzen, wurde aber von einem monotonen: „Scheißer, Scheißer, Scheißer …" abgelöst. Einen Moment blieb unklar, wer gemeint war.

„Du alter Scheißer, du verdammter alter Scheißer. Was willst du hier immer noch? Du könntest dich endlich aus meinem Leben verpissen." Eine zügellose Wut überfiel Johannes, als er bei der Rückkehr ins Wohnzimmer die unbenutzten Weingläser auf dem Tisch stehen sah. Er goss sich ein Glas ein und leerte es in einem Zug. Wie von Geisterhand, dachte er.

In der Flasche ist noch genug. Vielleicht möchte Bettina ein Glas mit dir trinken. Sie ist doch schon dreizehn. Die Stimme war gnadenlos.

„Scheißer, Scheißer, Scheißer …", hämmerte es durch den Raum. Diesmal war klar, wer gemeint war. Laut sprach Johannes zu sich selbst: „Und du, was willst du hier noch?"

*

Johannes hatte sich ausgezogen, sich das letzte Glas Wein eingegossen und mit ans Bett genommen. Es war weit nach Mitternacht.

Ist nicht schon morgen?, fragte die Stimme unerwartet interessiert.

Laut hörte Johannes sich sagen: „Du Idiot, morgen fängt erst nach dem Aufstehen an." *Du könntest jetzt aufstehen und noch mal zur Tankstelle gehen. Hast du doch neulich auch gemacht.* Die Stimme klang einfühlsam. Es schien, als habe sie inzwischen einen Untermietvertrag bei ihm.

Johannes löschte das Licht und wälzte sich einige Minuten im Bett von einer Seite auf die andere. Schnell wurde klar, dass an schlafen nicht zu denken war. Die Gedanken rasten, der Puls raste.

„Sie ist doch schon dreizehn." Mehrfach sprach er diesen Satz – fast beschwörend – vor sich hin, bis im Kopf die Bilder verschiedener Filme gleichzeitig liefen, als zappte er zwischen verschiedenen Fernsehprogrammen hin und her.

„Ich war doch auch erst dreizehn, als er ertrunken ist. Sie ist doch erst dreizehn. Für sie bin ich auch ertrunken", lallte Johannes vor sich hin. Gerade wollten sich selbstmitleidige Tränen ihren Weg suchen, als sich erneut mit aller Macht die Wut durchsetzte. „Du Scheißer. Ertrunken, dass ich nicht lache. Ersoffen sind wir! Alle beide ersoffen! Ersoffen!", schrie Johannes in die Nacht.

Hauptsache nicht zu laut, schoss es ihm durch den Kopf, als das Glas an der Wand zerschellte. Man stört nicht einfach! Hauptsache, niemand merkt etwas. Man ist immer schön brav! Hauptsache, Du erfüllst deine Pflicht. Immer schön gerade sitzen! Hauptsache, immer schön einen Diener machen. Du sollst deinen Vater und deine Mutter ehren!

„Ich bin der Herr dein Gott, hörst du mich", flüsterte es aus der leeren Flasche, *„Hauptsache, du sorgst langsam für Nachschub."*

Aber Johannes hörte noch nicht. Die Gedanken reisten zurück an das Ende seiner Kindheit.

*

Die Schwebefähre hatte am Nachmittag ihren Betrieb eingestellt. Bereits seit Tagen hatte starker Westwind den Fluss bei jeder Flut ungewöhnlich hoch ansteigen lassen. Das ablaufende Wasser dagegen schien immer kraftloser zu werden. Dabei wusste jedes Kind im Dorf, wie gefährlich der Ebbstrom sein konnte, wenn er mit starker Strömung Richtung Elbe zog.

An diesem Februartag war alles anders gewesen. Schon das Mittaghochwasser war kaum noch abgelaufen und jetzt peitschte der Sturm das Wasser unablässig gegen die Deiche.

Johannes liebte den Fluss. Es war nicht einfach, die Liebe in Worte zu fassen, weil jede Liebe so einzigartig ist.

Im Sommer war es das Sich-treiben-Lassen in der starken Strömung, nachdem man sich - im Wettstreit mit den Fährmännern, die alles daran setzten, genau dies zu verhindern - unter die Gondel der Fähre geschlichen hatte, um sich so von ihr, mit Armen und Beinen am Eisenträger festgeklammert, in die Mitte des Flusses tragen zu lassen, um dort – auf Beifall hoffend und möglichst mutig wirkend, obwohl die schwindenden Kräfte eigentlich keinen Mut mehr zuließen - in die Fluten zu tauchen. Dann die ganzjährigen Streifzüge im Außendeich auf der Suche nach Treibgut und den damit verbundenen möglichen Geschichten, auf dem Rückweg zuvor im Gras versteckte Flaschen einsammelnd, die der Fluss angeschwemmt hatte und die man beim Kaufmann an der Fähre gegen das Pfandgeld eintauschen konnte. Und schließlich das Treibeis im Winter, das sich in manchen Jahren nur bizarr auftürmte, sich in anderen Jahren aber zu einer großen blanken Fläche geschlossen hatte, die dann zum Schlittschuhlaufen einlud, immer tückisch bleibend, weil die Gezeiten niemals ruhten und die Eisfläche hoben und absenkten, dabei urplötzlich und lautstark angsteinflößende Risse in das Eis ziehend.

Was man liebte, konnte trotzdem Angst machen.

In diesem Februar hatte die Wetterlage kein Eis zugelassen. Die Weströmung war anhaltend stark gewesen und brachte immer wieder stürmischen Wind mit.

Sturm.

Orkan.

An diesem 16. Februar 1962, drei Tage, nachdem Johannes seinen 13. Geburtstag gefeiert hatte, zwei Tage, nachdem es diesen fürchterlichen Streit zwischen seinen Eltern gegeben hatte, einen Tag, nachdem seine Mutter ihm gesagt hatte, dass er einen Bruder oder eine Schwester bekommen werde, machte ihm jetzt auch noch der Fluss Angst.

Die aufziehende Erinnerung schmerzte wie eine frische Wunde.

*

„Sag Herrmann, er soll zum Gerätehaus kommen. Es könnte schlimm werden heute Nacht. Wir müssen auf alles vorbereitet sein. Sandsäcke füllen. Deichwachen aufstellen. An einigen Stellen sind die Deiche jetzt schon durchgeweicht. Wir brauchen jeden Mann. Niemand kann genau sagen, was passieren wird. Es wird wohl schlimmer als sonst. Nordwest 12."

Der Mann, der in Feuerwehruniform vor der Tür stand und in knappen Sätzen die Lage schilderte, hatte es eilig und bog schon in das Nachbarhaus ein, als Johannes Mutter ihm nachrief: „Aber Herrmann hat sich eben erst hingelegt. Er ist doch aus der Nachtschicht gekommen."

Im selben Moment rief die Sirene vom Dach der Kirche die Männer des Dorfes zum Kampf gegen die gigantischen Wassermassen, die in die Oste fluteten und die das Leben der Menschen hier seit ewigen Zeiten immer wieder schicksalhaft bedroht hatten.

Für gute Ernten, für die Heimkehr des verloren geglaubten Sohnes und für allerlei Kleinigkeiten des täglichen Lebens mochte der Gott des Pastors zuständig sein. Aber die Verteidigung der Deiche nahmen die Männer lieber selbst in die Hand.

Johannes hatte seinem Vater nachgesehen. Er verstand nicht, was gerade geschehen war. Seine Mutter versuchte vergeblich, ihre Tränen zurückzuhalten. Der Sturm hatte noch einmal zugenommen.

„Du brauchst keine Angst haben, alles wird gut. Freust du dich auf deine Schwester? Ich bin sicher, dass es ein Mädchen wird. Wollen wir sie Anna nennen?“ Liebevoll strich seine Mutter ihm über den Kopf und drückte ihn dann mit ungewohnter Heftigkeit an sich.

„Mama ich bin dreizehn. Was ist mit Vater? Was hat er eben damit gemeint?“

Gleich, nachdem seine Mutter ihn geweckt hatte, war die laute Stimme seines Vaters aus dem Schlafzimmer in die Küche gedrungen, aber Johannes hatte kaum etwas verstanden. Einzelne Brocken füllten dennoch seinen Kopf: Franz, Polacke, Hure, umbringen. Wütend hatte sein Vater grußlos das Haus verlassen, dass er nur noch einmal betreten sollte.

„Ach Johannes, dein Vater, er ist… Weißt du, er kann eigentlich nichts dafür. Der Krieg. Besonders, wenn er getrunken hat, er denkt Sachen… Manchmal redet er sich etwas ein… Immer häufiger. Er trinkt so oft. Manchmal glaube ich, er kann gar nicht mehr ohne. Ach lass jetzt. Ich erklär es dir später. Versprochen! Erst einmal müssen wir das hier überstehen.“ Sie deutete mit dem Kopf zum Fenster, das nur durch die schmale Straße vom Deich getrennt war. „Schalt jetzt das Radio ein. Vielleicht sagen sie etwas.“

In kurzen Abständen wurde vor der Gefahr einer sehr schweren Sturmflut an der gesamten Nordseeküste, an Weser, Elbe und den Nebenflüssen gewarnt.

Seine Mutter versuchte nur kurz, ihn zurückzuhalten. Johannes zog sich an und kämpfte sich gegen den Sturm zur Fähre. Auf dem Vorplatz türmten sich Sandberge, die von mehreren Gruppen in kleine Säcke gefüllt wurden. Auch zwei Jungen aus seiner Klasse entdeckte er, die leere Säcke aufhielten. Gefüllt wanderten sie durch eine Reihe von Männern zu alten Lastwagen und Trecker-Anhängern, die den Platz in regelmäßigen Abständen verließen, während leere Fahrzeuge nachrückten. Seinen Vater sah er nirgends.

„Steh nicht rum, Junge. Mach dich nützlich. Hier, halt auf.“ Das hier war kein Kinderspiel. Hier wurde wirklich jeder Mann gebraucht.

„Nehmt erst mal einen Kleinen zur Stärkung." Genau so regelmäßig wie die Sandsäcke den Platz verließen, kamen Frauen mit Schnapsflaschen durch die Reihen und boten den Männern gefüllte Gläser an. Johannes zögerte, als die Frau das Glas in seine Richtung hielt, nahm es dann aber und leerte es, wie er es tausendfach bei den Männern des Dorfes gesehen hatte, in einem Zug. Es brannte wie Feuer.

„Guckt euch den an, säuft wie ein Alter."

„Du meinst, wie sein Alter."

„Der Apfel fällt nicht weit vom Stamm."

„Wer arbeitet, kann auch saufen."

„Noch einen gibt es aber nicht, sonst krieg ich Ärger mit Martha. Die hat schon genug mit ihrem Herrmann."

Die Männer lachten und wussten offenbar genau, wer er war. Johannes kannte sie nur vom Sehen. Vom Sehen kannte er jeden im Dorf. Eine gewaltige Böe beendete die kurze Heiterkeit.

Einen Moment erschien es Johannes, als würde sogar die tollkühne Stahlkonstruktion der Schwebefähre wanken. Vielleicht war es aber auch nur der Schnaps.

*

Johannes wieder aus seinen Erinnerungen in die Gegenwart holend, versuchte es die Stimme mit einer List: *„Wenn morgen ein guter Tag werden soll, musst du jetzt schlafen. Sonst wird daraus nichts. Aber so ganz ohne Nachschub wird das mit dem Schlafen nichts. Denk an die Tankstelle. Nur ein kleines Fläschchen. Morgen beginnt erst nach dem Aufstehen. Du hast es selbst gesagt. Vielleicht klappt es dann."*

„Ja, das ist eine sehr gute Möglichkeit", fügte die Stimme noch nachdrücklich hinzu, als Johannes immer noch zögerte. Alles in ihm wehrte sich gegen diese neuerliche Niederlage. Er krallte sich fast am Bettlaken fest. Aber es gab kein Halten. „Ich will das nicht, ich will das doch gar nicht", schrie er in den Raum.

Aber die Stimme war gnadenlos und der alkoholsüchtige Johannes war nicht Odysseus, den die Gefährten - die eigenen Ohren fest mit Wachs verschlossen - am Mast festbinden konnten, wenn die betörenden Stimmen der Sirenen, Töchter des Flussgottes, ihn mit dem Versprechen lockten, ihm seine Zukunft zu offenbaren.

Er war Johannes Wüst, Sohn des Herrmann Wüst aus Osten an der Oste. Er war allein in einer Hamburger Zwei-Zimmer-Küche-Bad-Einkaufsmöglichkeiten-in-unmittelbarer-Umgebung-in-Elbnähe-Wohnung. Was kümmerte ihn die Zukunft? Es gab keine Zukunft.

Fast lautlos schlich er durchs Treppenhaus. Vor der Haustür empfing ihn schneidender Ostwind. Der Winter war zurückgekehrt. In einer in den letzten Wochen kaum noch gekannten Klarheit breitete sich für einen Moment das Leben vor Johannes aus – sein Leben der letzten Monate: ungezählte Vorsätze – ungezählte Male gebrochen.

Gab es am Ende dieser Einbahnstraße einen Wendeplatz? Wie war er hierhergekommen? Wohin wollte er?

Zur Tankstelle, witzelte die Stimme, musste aber erkennen, dass sie sich höchst unpassend zu Wort gemeldet hatte und nahm sich vor, etwas vorsichtiger zu sein. Sie war sich ihrer absoluten Macht zwar sicher, aber besser nicht zu viel riskieren. Auch absolute Macht war vergänglich. Johannes spürte, wie sich Widerstand in ihm breit machte. Vielleicht sogar Hoffnung. Vielleicht gab es eine Macht, die größer war als das hier.

„Der Nordpol ist die Heimat des Winters – und des Weihnachtsmannes", schoss es Johannes völlig unvermittelt durch den Kopf.

Wie schön war es, an den lieben Weihnachtsmann zu glauben.

Das Fest der Liebe.

Die Macht der Liebe.

Aber warum eigentlich sollte auch der Weihnachtsmann den Kindern ständig Angst machen? Wer fürchtete um seine Macht? Die Macht der Angst.

Ging es nicht immer und überall nur um Macht?

Ohne erkennbaren Zusammenhang rasten wild die Gedanken in Johannes.

„Und bist du nicht willig, so brauch ich Gewalt", mischte sich jetzt auch noch der Erlkönig aus der 8. Klasse ein und löste eine Prozession der alten Lehrer durch seinen Kopf aus. Wie leicht war es, die Köpfe der jungen Menschen mit allerlei Angst zu füllen.

Wo ist die Heimat der Liebe?

Wo ist die Heimat der Angst?

Wo ist die Heimat der Gedanken?

Konnte man an den Weihnachtsmann und an Adolf Hitler glauben?

Eine Schiffssirene erinnerte Johannes an die Nähe des Flusses.

„Wo soll die Heimat der Liebe sein, wenn nicht in dir? Dein Vater war ganz voller Angst. Die Liebe hatte keinen Platz in ihm."

Die Stimme, die er plötzlich hörte, klang warm und weich. Sie kam Johannes seltsam vertraut vor und er erinnerte sich daran, sie vor langer Zeit oft gehört zu haben. Das stille Gesicht seiner Mutter schaute ihn an. Und Tina.

Auch sein Vater schaute ihn an und die Erinnerungen versanken in tiefem Schmerz.

Bevor der im Wohnzimmer aufgebahrte Sarg endgültig geschlossen wurde, hatte der damals noch so junge Johannes seinem Vater tränenüberströmt aber trotzig, mit unbeholfen kindlichen Worten, versichert, dass er, Johannes Wüst, gewiss einmal ein anderer Vater sein werde. Seine Kinder würden in Liebe aufwachsen, hatte er dem Mann, der dort ganz blass vor ihm lag, aufgebracht zugerufen. Seinen Kindern würde er nicht so viel Angst machen. Ängstlich hatte er sich vergewissert, dass ihn niemand gehört hatte.

Johannes hatte sich schon abgewandt, als er unerwartet stark den Wunsch verspürt hatte, seinen Vater zu umarmen. Erschrocken hatte er die Hand zurückgezogen, als er die kalte, erstarrte Wange berührte. Der Junge hatte keinen Vergleich, ob sie sich im Leben wärmer oder weicher angefühlt hatte.

„Jetzt reicht es aber. Hör endlich auf damit. Dämliche Gefühlsduselei. Hohles Gelaber. Heimat der Liebe, dass ich nicht lache. Wo

wohnt eigentlich das Verlangen? Ich verlange, sofort etwas gegen diese Kälte zu unternehmen. Du holst dir noch den Tod.“

Die diesmal wohl vertraute Stimme klang ärgerlich und äußerst gereizt. Ängstlich traten die Gedanken an den toten Vater den Rückzug an. In der Tankstelle herrschte reger Betrieb. Während er sich normalerweise an Wein und Bier hielt, landete diesmal zusätzlich ein Flachmann auf dem Tresen. Hier waren keine Würstchen nötig.

Die Tür hinter sich noch zuschlagen hörend, setzte er die kleine Flasche an. Genau das Richtige für kalte Februartage. Einen Moment schien es, als würde die Erde unter ihm wanken. Vielleicht war es aber auch nur der Schnaps. Ein wenig stolz darauf, nicht mehr in Richtung Reeperbahn und zu den dort lauernden Offenbarungen abgebogen zu sein, betrat Johannes kurz darauf die Wohnung. Den leeren Flachmann hatte er der Ruthenbeck unter die Fußmatte gelegt. Sollte sie doch in die Nachbarstraße, den Hexenberg, umziehen. Das nette Getue konnte die sich sparen. Wahrscheinlich horchte sie jetzt schon wieder an der Wand. Er würde ihr mal ein bisschen Musik anmachen.

*

Es ging schon gegen Morgen, als Johannes in einen komaähnlichen Schlaf fiel, aus dem er aber bald schon wieder erwachte. Ein erster Dämmerungsschimmer am Horizont kündigte einen klaren Tag an, ganz im Gegensatz zu den Nebeln, die durch seinen Kopf waberten. Der Alkohol tat noch seine volle Wirkung; trotzdem glaubte die Stimme, es sei einen Versuch wert: „*Jetzt ein kleines Bier und du würdest wunderbar wieder einschlafen.*“ Aber der Boden war noch nicht bereitet.

Johannes Blase schien auf die Größe eines Heißluftballons angewachsen zu sein. Von schwebender Leichtigkeit war er allerdings weit entfernt.

Er schleppte sich ins Badezimmer, in dem ein heilloses Durcheinander fast völlig den Weg zur Toilette versperrte. Ein strenger

Geruch ließ ihn das Fenster aufreißen. Morgen würde er hier einmal Ordnung schaffen, aufräumen, sauber machen, am besten sogar gleich in der ganzen Wohnung. Er würde es sich so richtig gemütlich machen, richtig gut kochen. Die gleichzeitig einsetzende Übelkeit versetzte seiner aufkeimenden Euphorie einen Dämpfer. Trotzdem sammelte er ein paar schmutzige Hemden vom Boden auf, legte sie auf einen schon überquellenden Wäschekorb und stellte eine herumliegende Shampoo-Flasche ins Regal. Das Kinn auf die Hand gestützt, ließ er sich auf die Toilette fallen. Der Ursprung seiner Tränen blieb unklar, zu viele Gefühle überlagerten sich: Scham, Wut, Einsamkeit, Verzweiflung, Traurigkeit zeichneten ein hoffnungsloses Bild. Aber über allem thronte die Angst.

Im krassen Widerspruch zu seinem jämmerlichen Erscheinungsbild dort auf dem Klo sitzend, tauchte die Erinnerung an eine Skulptur auf, die er vor Jahren in Paris gekauft hatte – auf der Hochzeitsreise. Sein Schwiegervater hatte ihn damals wählen lassen: Paris oder Indischer Ozean. Er hatte sich für die Stadt der Liebe entschieden. Vierzehn Jahre war das jetzt her. Im Haus am Stadtrand hatte die Figur einen angestrahlten Platz auf dem Sockel über der Badewanne erhalten. Er meinte sich zu erinnern, dass der Künstler – Rodin - sich bei der Schaffung dieses genialen Werkes mit den Grenzen von Himmel und Hölle befasst hatte, mit der menschlichen Vernunft und Schöpfungskraft.

Vernunft!

„Es ist doch einfach nur vernünftig, wenn Bettina bei mir bleibt. Es wäre die Hölle für sie, wenn sie bei dir bliebe. Wie konntest du so unvernünftig sein, ins Auto zu steigen? 1,7 Promille. Du hättest sie umbringen können. Du kannst ja nicht einmal Verantwortung für dich übernehmen. Du bist ein Versager. Du warst immer ein Versager. Du wirst immer ein Versager bleiben. Wie konnte ich nur auf dich reinfallen. Du hast unser Leben zerstört."

Johannes spürte, wie ihm der Schweiß ausbrach, als der nicht enden wollende Redeschwall seiner Frau durch sein Gedächtnis zog. Noch im Krankenhaus hatte sie ihn über die vollzogene Trennung unterrichtet und ihm mitgeteilt, dass er das gemeinsame Haus am Stadtrand, das ihren Eltern gehörte und das sie seit ihrer Hochzeit mietfrei bewohnten, bei seiner Entlassung leer finden werde. Wenn er vernünftig sei – aber ganz gewiss nur dann - und ihr das alleinige Sorgerecht überlasse, könne er mit ihrer und der Großzügigkeit ihrer Eltern rechnen. Alles könne fair und vorteilhaft für ihn geregelt werden, nur dürfe er keinerlei Skandal verursachen. Die Anwälte ihres Vaters hätten schon alles in die Wege geleitet. Er müsse nur noch unterschreiben. Er könne zwei Jahre weiter im Haus wohnen, erhalte in dieser Zeit einen angemessenen Unterhalt, aber in der Firma sei er ab sofort nicht mehr erwünscht. Für sein freiwilliges Ausscheiden erhalte er eine angemessene Abfindung. Sämtliche Vollmachten seien erloschen, sämtliche Kunden darüber unterrichtet, dass ein neuer Mitarbeiter „gewohnt zuverlässig“ ihre Betreuung übernehme. Sie aber werde mit Bettina in einer anderen Stadt ganz neu anfangen.

Johannes wusste, dass der Neuanfang Norbert hieß, in Frankfurt lebte und die Menschheit täglich auf diesem Nachrichtensender mit seinen Börsenweisheiten beglückte. Es war eine Ironie des Schicksals, dass nicht zuletzt mehrere Aktienempfehlungen von ihm, zu Zeiten, als der Neue Markt noch boomte und die Kurse sich manchmal über Nacht verdoppelten, Johannes bei einem bescheidenen Lebensstil für dieses und mindestens drei weitere Leben finanziell unabhängig gemacht hatten. Es war eine Ironie des Schicksals, dass seine Frau plötzlich eines Tages einen Ehevertrag vorlegte, der ihre Gütergemeinschaft aufhob.

Wahrscheinlich hatte sie damals - Ende 1996 - schon an Trennung gedacht. Geld und Konsumrausch hatten ihn nie wirklich besonders interessiert - er hatte das Spiel ziemlich erfolgreich mitgespielt - und so hatte er den Vertrag fast ungelesen unterschrieben.

Monate später hatte er zum richtigen Zeitpunkt eine erhebliche Summe in EM-TV Aktien investiert und innerhalb von zwei Jahren ein kleines Vermögen eingefahren. Die Muppets hatten ihn reich gemacht. Er, der Sohn des Kohlenträgers und Dorfhelden aus Osten, konnte bis ans Ende seiner Tage von der Kohle leben, die ungezählten Kleinanlegern jetzt auf dem Sparkonto fehlte.

Aber das wusste seine Frau nicht mehr. Ihre wirtschaftlichen Verhältnisse waren längst getrennt. Ihre persönlichen eigentlich auch. Zu dieser Zeit war sie schon zu häufig auf Seminaren in Frankfurt, meistens übers Wochenende, stets mit großzügigen Geschenken für Bettina und ihn beladen, wenn sich die Ankunftstür des Flughafens öffnete. Schon auf der kurzen Autofahrt nach Norderstedt, in dieses Viertel, wo die Straßen alle Rosen- Tulpen- oder Nelkenweg hießen, hatte sich eine aufkeimende Wiedersehensfreude regelmäßig in bedrückendes Schweigen verwandelt. Auffallend oft hatte der Börsenguru aus dem Fernsehen am Montag die gleiche Krawatte wie er getragen.

Es gab keinen Grund mehr für diese Ehe. Liebe war nie der Grund gewesen. Ihre Ehe hatte auf der Hoffnung basiert, der jeweils andere würde sich ändern. Versprochen hatten sie es sich oft genug. So wie sie waren, wollten sie sich gar nicht und so war es kein Wunder, dass sich schnell nach der Hochzeit tiefe Risse aufgetan hatten. Bettina wurde zum Kitt für ihre Nicht-Ehe. Das war eine Rolle, die sie ihr niemals hätten geben dürfen. Aber leider passierte es überall.

Nein, auf Großzügigkeit war er nicht angewiesen. Aber zu seiner Verteidigung hatte er diesmal absolut nichts zu sagen. Wäre der Unfall auf der Rückfahrt passiert… In wie vielen Nächten hatte er diesen Satz schon zu Ende gedacht.

Sollte er ein weiteres Mal versprechen, dass er nicht mehr trinken würde – nie wieder, höchstens noch heute einmal, ein letztes, ein allerletztes Mal. Zu oft hatte Johannes sich nach ein paar Tagen oder Wochen glaubhaft eingeredet, dass er doch alles fest im Griff habe, dass es doch schließlich nicht sein Problem sei, wenn man ihm das Fläschchen Wein am Wochenende nicht gönne. Er mache doch seine Arbeit. In der Woche trinke er doch fast nie, seit Jahren schon. Zu oft hatte er sein Versprechen gebrochen. Nein, es gab nichts zu verteidigen. Diesmal hätte er seinem Gott fast das Leben seines Kindes geopfert.

Als die Blase wieder in den Unterleib zu passen schien, wanderte die Erinnerung noch einmal schmerzhaft zurück in das hochglänzende Badezimmer im Haus am Stadtrand. In den schwarzen Marmorfliesen spiegelte sich auf dem Sockel sitzend Johannes in Denkerpose. Erst verschwommen, dann immer schärfere Konturen bekommend, spiegelte sich auch die Sockelinschrift: Johannes, der Säufer. Zum Lachen war ihm heute nicht.

An diesem Tag würde es überhaupt nichts zum Lachen geben. Johannes fühlte sich völlig niedergeschlagen und ungefragt krochen die Scham, das schlechte Gewissen und die Hoffnungslosigkeit mit unter die Bettdecke. Bereitwillig machte er Platz. Er hatte es nicht anders verdient, sagte er sich.

„Er hat seinen Moralischen", hörte er seine Mutter sagen und sah in ihr stilles, trauriges Gesicht. Immer häufiger hatte sein Vater „seinen Moralischen" gehabt. Johannes glaubte, die Beklommenheit, die über solchen Tagen gelegen hatte, mit den Händen greifen zu können, nicht selten abgelöst von der Angst, dass der unweigerlich bevorstehende Streit wieder einmal in der Drohung seines Vaters enden werde, er könne ja „in die Oste gehen". Johannes glitt in einen unruhigen Schlaf, der von beklemmenden Träumen begleitet wurde.

*

Ganz still, so träumte Johannes, glitt die Oste unter der Gondel der Schwebefähre dahin, kein Windhauch kräuselte die Oberfläche. Nur das vertraute monotone Geräusch der sich langsam zur Flussmitte vorarbeitenden Zahnräder fügte sich in die Stille. Weit über das Geländer gebeugt, sammelte Johannes alle Spucke im Mund, die er den Schleimhäuten abringen konnte. Plop!

Aber nicht die erwarteten, sich gleichmäßig ausbreitenden Kreise durchzogen das Wasser, sondern es bildeten sich - ausgehend von der Einschlagstelle, einem Granatentrichter gleich – die Gesichtszüge seines Vaters auf dem Wasser. Zugleich einsetzender Regen wiederholte das Schauspiel tausendfach auf der ruhigen Oberfläche.

Urplötzlich tobte der Fluss jedoch mit aller Macht gegen die Deiche und die gigantische Kraft der Strömung drohte sogar, die jetzt fast vollständig überflutete Gondel mit sich zu reißen. Johannes krallte sich ängstlich an das Geländer, als er sah, wie sein Vater, ohne zu zögern, von einem der massigen Betonsockel, die die Pfeiler der Fähre trugen, in die Fluten sprang. Selbst bei ruhigem Wasser trauten sich das nur die Mutigsten. Nur einmal tauchte er noch an die Oberfläche, bevor die Oste ihn für immer mitnahm.

Dann war nur noch Stille. Der Fluss hatte sich zu einem unscheinbaren Tümpel gewandelt, kaum 30 cm tief. Vier Männer in Feuerwehruniform bargen einen leblosen Körper.

Als Johannes erwachte, war das Bettlaken schweißdurchtränkt, als habe sich hohes Fieber in seinem Körper eingenistet. Sein Herz pochte so laut wie der Glockenschlag der Kirchturmuhr. Die trockene Kehle brannte. Es war fast elf. Er würde sich anziehen und runter zu den Landungsbrücken gehen. Vielleicht konnte er dort mit einem Kaffee die Kopfschmerzen besiegen.

„Schon mal was davon gehört, dass man einen Kater am besten mit einem kleinen Bierchen bekämpft?“, machte die Stimme einen zaghaften Versuch, zog sich aber beleidigt zurück, als sie erkannte, dass Humor heute kein guter Rat war.

„Oh, der Herr hat heute seinen Moralischen“, hörte er sie noch äffen.

*

„Guten Morgen, Herr Wüst! Na, ist Ihnen der Schweinebraten gut gelungen? Hoffentlich war´s kein Muttertier. Irgendwo hier im Treppenhaus läuft jedenfalls ein Ferkel rum. Fast wär ich darüber gestolpert. Fast wäre ich gefallen. Zum Glück ist ja nichts passiert. Wer hätte sich denn um meinen Moritz gekümmert. Ich habe hier doch niemanden. Dann noch einen schönen Sonntag.“

Johannes schämte sich so sehr, als die Erinnerung an den Flachmann bruchstückhaft auftauchte, den er Frau Ruthenbeck unter die

Fußmatte gelegt hatte, brachte es aber nicht fertig, diese gutmütige, alte Frau, die immer freundlich zu ihm war, um Entschuldigung zu bitten.

Beängstigend breitete sich im Angesicht Frau Ruthenbecks die Einsicht vor Johannes aus, dass er sich immer mehr von den Menschen verabschiedet hatte. Niemanden gab es mehr, mit dem er seine Gedanken über Gott und die Welt teilte, sie ergänzte und veränderte, wenn sie unvollständig oder fehlerhaft erschienen. Immer mehr hatte er sich isoliert, immer spröder wurde sein Denken, immer häufiger ergoss er sich in Selbstgesprächen, immer stärker rieb er sich an einem imaginären Feind, immer engstirniger versteifte er sich in Theorien, die keinen Widerspruch zuließen. Mit niemandem ereiferte er sich mehr gemeinsam über die großen und kleinen Ungerechtigkeiten auf der Welt, wie er es früher nächtelang mit den Genossen geübt hatte, immer auch eine – manchmal utopische - Lösung suchend. Mit niemandem träumte er mehr von einer lebenswerten Zukunft für alle Menschen – klar das Ziel vor Augen und dennoch wissend, dass es nicht zu erreichen war, solange die Menschen eifersüchtig nur ihren eigenen Vorteil sicherten. Wehmütig dachte er dabei an Helmut, den Sohn des Bauern und Freund seiner Jugendjahre, der ihm einst den Horizont geweitet hatte. Beschämt erinnerte er sich an den alten Hinni aus Osten, der ihm in seiner Kindheit so sehr Lehrer gewesen war und dem er ein aufrechtes Leben zugesagt hatte.

Zu sehr war Johannes Wüst nur noch darauf bedacht, sein beschämendes Leben im Geheimen zu leben. Hauptsache, der Schein blieb aufrecht. Hauptsache, niemand merkt etwas. Zu groß war die Scham vor Entdeckung, zu schmerzhaft die Pein. Nichts konnte er sich mehr vormachen, wenn er bereit war hinzusehen, aber zu mächtig waren die Schliche des Selbstbetrugs.

Kurz riss Johannes sich aus seiner Gedankenwelt in die Gegenwart. Er wollte Frau Ruthenbeck fragen, was Moritz denn am liebsten fresse. Er wollte wiedergutmachen, um Entschuldigung bitten. Aber zu weit war die Frau schon von ihm entfernt.

Fast zwanghaft setzte sogleich ein neues Gedankentrommelfeuer ein. Wieder landete er diffus bei seinen Träumen. Wieder mischten sich in unendlichen Debatten ausgetauschte geschärfte Gedanken mit fanatischem Selbstgespräch.

Angstträume waren inzwischen sein ständiger Begleiter, aber wo waren seine Träume geblieben von einer Welt, in der Menschen andere nicht zu Hexen oder hakennasigen Monstern machten. Wo war seine Bereitschaft geblieben, sich den überall auf der Welt lauernden machthungrigen Propheten entgegen zu stellen, die im Geheimen schon neue Scheiterhaufen geschichtet hatten oder die Pläne für noch effektivere Vernichtungswaffen und -lager unter dem Kopfkissen hüteten, auf dem sie ihren selbstgerechten Schlaf schliefen, sicher darauf vertrauend, dass die namenlose Masse auf ihrer ruhelosen Suche nach dem Sinn des Lebens irgendwann reif für einen neuen Propheten war?

Unablässig und überall suchten die Menschen ihren Gott samt seiner Stellvertreter: in der Kirche, der Partei, dem Wirtschaftsverband oder der Gewerkschaft. Beim Popkonzert, auf dem roten Teppich der Filmpaläste, beim Börsenguru oder dem indischen Yogi. Nur nicht in sich selber. Irgendjemandem musste die Verantwortung für das Scheitern oder das Gelingen des eigenen Lebens übertragen werden.

Wo immer man hinschaute, ging es um Macht und Machterhalt und um Schuldzuweisungen für das eigene unzulängliche Dasein. Schlaflos wälzten sich Menschen auf ihrer Luxuskomfortmatratze, garantiert aus feinster Dünndarmwand der Tiefseealge, durch die Nacht und fanden aus Angst keine Ruhe, weil morgen ein jüngerer, schönerer, reicherer, klügerer, skrupelloserer oder einfach nur besser gekleideter Mensch die eigene Stellung bedrohen könnte. Das galt es mit aller Macht zu verhindern.

Die modernen Götter mussten nicht mehr persönlich in Erscheinung treten, überlegte Johannes. Sie versteckten sich in den Schuhen einer Sportartikelfirma, benutzten den Namen einer Automarke oder sammelten ihre Gläubigen vor der Einzigartigkeit eines Mobiltelefons. Nur eines hatten sie mit den alten Göttern noch gemeinsam: Ich bin der Herr, dein Gott! Es gab keinen Platz für Andersdenkende. Dabeisein ist alles.

Die Macht der Götter war seit alters her ungebrochen! Johannes brach bei diesen Gedanken in Schweiß aus.

Die Menschen wollten glauben, mussten glauben. Glauben machte das Ungewisse erträglich. Glauben betäubte die Angst. Glauben füllte die Leere. Glauben ersetzte die persönliche Verantwortung.

Hätte Hitler Hakenkreuze geschissen, wären sie Teil höchster Verehrung geworden. Inbrünstig hätten die Menschen die braune Scheiße angebetet, sie an die Wand gehängt, sie den Kindern ins Haar gesteckt, bereit, jeden und alles zu vernichten, was den Gegenstand der Verehrung bedrohte.

„Vergiss die Macht einer teuren Champagnermarke nicht“, wollte die Stimme gerade losbrabbeln, merkte aber noch rechtzeitig, auf welch dünnem Eis sie sich bewegte. Ihr wurde äußerst unbehaglich und schnell änderte sie deshalb ihre Strategie: *„Was soll denn dieser zusammenhanglose Quatsch. Klein Hänschen erklärt die Welt. An allem musst du rumnörgeln. Immer alles besser wissen. Als ob du etwas davon verstehst. Von Politik hast du doch wohl schon einmal die Schnauze vollgehabt. Damals habt ihr die Welt doch auch nicht verbessert. Die Kommunisten haben dir doch auch nicht gefallen, als alle sie anhimmelten. Die sollen gefälligst die schönen reifen Bananen aus dem Mund nehmen, wenn sie ihren Arbeiter- und Bauernstaat anbeten, hast du gesagt. Freiheit ist das einzige was zählt, hast du gesagt. Freiheit!“*

Die Stimme war richtig wütend. Zu spät merkte sie, dass sie jetzt erst richtig in der Scheiße saß.

Freiheit!

Unsichtbare Mauern im Kopf konnten so viel mächtiger sein als jedes menschliche Bauwerk, ging es Johannes durch den Kopf. Sucht kennt keine Freiheit. Sie braucht keine Wachtürme, keine Schäferhunde, keinen Stacheldraht. Die Zellen brauchen keine Schlösser, keine Gitter, keine Türen. Tag für Tag, Abend für Abend, Nacht für Nacht kehren die Gefangenen zurück in ihr Gefängnis. Schier endlos schleppt sich eine zerlumpte Armee würdelos durch die Nacht, alle Träume hinter sich gelassen, längst kein Ziel mehr im Blick, nur noch den Nachschub sichernd.

Nein, das sollte nicht sein Leben sein. Johannes Wüst würde demnächst desertieren, vielleicht sogar noch heute, spätestens morgen – oder übermorgen.

*

Der Kaffee war abgestanden und bitter, und Johannes befürchtete einen Moment, die wieder einsetzende Übelkeit würde seinem gerade begonnenen Tag ein schnelles Ende bereiten. Er war in ein Lokal unten an den Landungsbrücken eingekehrt.

„Bitte bringen Sie mir ein Bier", hörte er sich zu seiner eigenen Überraschung sagen.

„Groß oder klein?" Die Bedienung sah aus, als habe sie auch einen strammen Nachtmarsch hinter sich.

Als wolle er sich nicht als Teil der Truppe zu erkennen geben, blickte Johannes unverhältnismäßig lange auf die Uhr, als sei diese verantwortlich für seine Bestellung: „Klein!"

Erst als die Dame gerade mit dem Zapfen beginnen wollte, schob er noch ein „Hören Sie, bringen Sie doch ruhig ein Großes" hinterher. Die Frau zuckte nur mit der Schulter und wechselte das Glas.

Aus dem Fenster schauend sah er die Elbe ruhig stromabwärts ziehen, und Johannes ging im Geist einige Stationen durch, die das Elbwasser auf dem Weg zur Mündung passieren würde. Seine Gedanken setzten sich auf ein vorbeitreibendes Stück Holz, verweilten in der kleinen Puppenstadt, die etwas landeinwärts lag, verharrten einen Moment in Krautsand und zogen an Brokdorf vorbei.

Vielleicht würde das Holzstück genau vor der Ostemündung treiben, wenn die Strömung umschlug. Vielleicht würde es mit der einsetzenden Flut die Oste hochtreiben und in Sichtweite der Schwebefähre auf dem Höchststand der Flut in einen Garten im Außendeich schwappen. Vielleicht würde es auch im wilden Schilfgürtel außerhalb des Dorfes hängenbleiben, um dort von einem Jungen aus dem Ort bei seinen Streifzügen entlang des Flusses gefunden zu werden, begierig darauf, sich eine dazu gehörende Geschichte auszudenken. Vielleicht würde der Junge dann sogar gemeinsam mit einem Freund in ein bisher unentdecktes Reich eintauchen, Abenteuer erleben, fremde Welten erforschen.

Johannes schämte sich seiner Tränen, als er aus seinen Gedanken gerissen wurde.

„Bitte sehr, der Herr, ein Großes." Mitleidig sah die Frau ihn an.

„'tschuldigung. Es ist nur... mein Vater", stammelte Johannes.

„Oh, das tut mir leid. Mein Beileid."

Tränen und Tod gehörten zusammen. Versonnen blickte die Frau auf den Fluss hinaus.

„Früh oder spät schlägt jedem von uns die Stunde", zitierte sie eine Zeile Seemannsromantik. Vielleicht hatte auch sie einmal von der Großen Freiheit geträumt.

„Vielleicht! Vielleicht! Vielleicht ist heute einfach nicht dein Tag. Vielleicht solltest du erst mal das Bier trinken. Mein Gott, was hast du aber auch alles durchgemacht. Vielleicht solltest du die Vergangenheit heute ruhen lassen. Es ist doch so ein schöner Tag."

Die Stimme witterte Morgenluft. *„Komm, ich werde dich trösten! Bei mir kannst du vergessen."*

Sie konnte Johannes nichts mehr vormachen. Längst kannte er ihre Lügen. Trotzdem breitete sich die Wärme zunächst wohlig in ihm aus. „Noch ein Großes", rief er der Frau hinter der Theke zu. Eine letzte Träne machte sich auf die Reise, und er stellte sich vor, wie auch sie ihren Weg in die Oste finden würde. Wieder hing er seinen Gedanken nach. Wieder landete er im Februar 1962.

*

„So, einen gibt's noch und dann ab nach Hause." Die Frau auf dem Fährplatz hielt ihm das Schnapsglas hin. Vor Erschöpfung und Kälte zitternd verließ Johannes den Fährplatz. Vier Schnäpse taten ein

Übriges und fast wäre er hingeschlagen. Von einem Mann, den er Onkel Herbert nannte, so wie er viele Männer und Frauen im Dorf mit Onkel oder Tante ansprach, hatte Johannes erfahren, dass sein Vater Deichwache laufe. Inzwischen sei fast sicher, dass die Höhe der Deiche nicht ausreichen werde, um die Flut aufzuhalten. An einigen Stellen sei der Deich zudem so aufgeweicht und brüchig, dass er kaum zu halten sein werde. Man müsse das Schlimmste befürchten. Hagelkörner, vom Nordweststurm mit unbändiger Wucht durch die Luft gepeitscht, ließen ahnen mit welch vernichtender Kraft die Menschen in dieser Nacht zu rechnen hatten – nicht eingerechnet die zerstörerische Kraft, die Herrmann Wüst tonnenschwer in sich selbst trug.

Bis auf die schweren Möbel war die Wohnung fast leer, als Johannes nach Hause kam. Alles was sie tragen konnte, hatte seine Mutter mit Hilfe der alten Frau, die oben im Haus wohnte, in einen fast leer stehenden Bodenraum geschafft. Hier lagen auch Matratzen auf dem Fussboden ausgebreitet. Notdürftig waren Stofffetzen in die Ritzen der Holzluke zum Hof gestopft, was die eindringende Kälte aber kaum abhielt.

„Komm in die Küche und trink etwas Heißes. Hier eine Dekke. Zieh die nassen Sachen aus." Johannes bewegte sich unsicher in der ungewohnten Umgebung. Während seine Mutter sich am Küchenherd der alten Frau zu schaffen machte, saß diese dicht vor ein Radio gebeugt. Die Meldungen wurden immer bedrohlicher. Mehr noch ängstigte Johannes jedoch das pausenlose Gemurmel der Alten, auch wenn er nur einzelne Brocken verstand. Die Frau haderte mit ihrem Gott, zürnte ihm, beschuldigte ihn, dass er sie Krieg und unermessliches Leid auf der Flucht hat ertragen lassen, nur um sie jetzt hier, fern der Heimat, erbärmlich ersaufen zu lassen. Was habe sie getan, dass er sie so strafen müsse?

„Hast du deinen Vater gesehen?", fragte seine Mutter als sie ihm den Lindenblütentee reichte. In ihrer Stimme klang Sorge. „Er ist auf dem Deich", antwortete Johannes ausweichend und spürte deutlich die Wirkung des Schnapses.

Er kann eigentlich nichts dafür. Der Krieg. Besonders, wenn er getrunken hat. Johannes erinnerte sich an den heftigen Streit seiner Eltern, hörte die zornige Stimme seines Vaters, sah ihn einen kräftigen Schluck aus der Flasche nehmen, die er seit einiger Zeit im Werkzeugschrank in der Scheune auf dem Hof versteckt hielt. Durch die offene Tür hatte Johannes ihn vor einiger Zeit zufällig beobachtet.

Der Tee breitete sich wärmend im Körper aus und eine bleierne Müdigkeit wollte gerade von Johannes Besitz ergreifen, als unten laute Männerstimmen die bevorstehende Überflutung des Deiches ankündigten. Vor jedem Haus wurden von einem Anhänger Sandsäcke abgeworfen, mit denen die Bewohner die Hauseingänge sichern sollten. Auch die Stimme seines Vaters hörte Johannes. Was sollten Deichwachen noch ausrichten, wenn der Fluss die Deiche einfach überflutete?

Gemeinsam mit seiner Mutter ging Johannes nach unten, wo sein Vater gerade versuchte, einen aufgerollten schweren Teppich auf den Kleiderschrank zu wuchten. Er schwankte. Zu dritt schichteten sie dann eine Mauer aus Sandsäcken vor der Haustür auf. Immer wieder fasste sich seine Mutter an den Bauch, immer zorniger wurde der glasige Blick seines Vaters. Offensichtlich hatten die Frauen auch die Stärkung der Deichwachen nicht vergessen.

„Ihr geht jetzt nach oben! Um die Hoftür kümmer ich mich alleine.“ Schon bog Herrmann Wüst in den Gang ein, der auf den Hof führte. An der Hausecke waren weitere Sandsäcke abgeworfen. Johannes hätte ihm gern noch von seiner Mithilfe auf dem Fährplatz erzählt. Vielleicht wäre sein Vater stolz auf ihn gewesen. Vielleicht hätte er seinen Zorn besänftigt.

Vielleicht hätte sein Vater ihn sogar in den Arm genommen. Nein, so weit mochte Johannes nicht denken.

Erste Wellen überspülten die Deichkrone, kleine Bäche bildeten sich und suchten sich einen Weg zwischen den Häusern hindurch, die in vorderster Linie am Deich standen, hinein ins Dorf. Hinter den Häusern, wo die Bäche sich vereinigten, bildeten sich Strudel und rissen Löcher in die Erde. Allmählich flutete der Fluss den ganzen Ort. Wenn der Deich direkt vor dem Haus nachgeben würde, gab es keine Rettung.

Johannes kroch, in eine Wolldecke gehüllt, auf seine Matratze und zog die schwere Federdecke über sich. Durch die nur notdürftig verstopften Ritzen der Luke drang jetzt neben der Kälte auch die Stimme seines Vaters. Vor der Hoftür Sandsäcke auftürmend sang er im Wettstreit mit dem tobenden Orkan das Lied vom schönen Polenmädchen. Johannes kannte es gut, weil die Männer es gerne ausgelassen grölten, wenn sie bei ihren Schützenumzügen im Sommer durchs Dorf zogen. Nur die letzte Strophe klang ein wenig verändert: in einem Ostener Teiche, da fand man eine Leiche, sang sein Vater.

Dann hörte Johannes nur noch, wie sich die Scheunentür öffnete. Das Scharnier der Tür des Werkzeugschrankes brauchte einen Tropfen Öl. Johannes hatte Angst, solche Angst.

Todesangst!

Die Oste hatte sich noch vor Mitternacht auf der gegenüberliegenden Flussseite einen Weg durch den Deich gebrochen und sich ins Land ergossen.

Die alte Frau dankte ihrem Gott überschwänglich für die Rettung.

Die Männer der Feuerwehr suchten nach seinem Vater und bargen ihn aus dem flachen Tümpel, der direkt hinter dem Haus in die Erde gerissen war.

Die Schnapsflasche hatte ein Wappen ins Glas eingebrannt. Beim Kaufmann an der Fähre würde es für die Flasche zehn Pfennig Pfand geben.

*

Die Bedienung des Lokals stellte einen Schnaps vor Johannes ab und prostete ihm zu: „Auf seine letzte Große Fahrt. Soll´s noch ein Bier sein?“

Sie schien in der Truppe einen höheren Rang einzunehmen.

„Ja, und noch einen Schnaps, für Sie auch."

Die Stimme lachte still vor sich hin. *„Ein paar Stunden war Johannes krank, jetzt trinkt er wieder – Gott sei Dank."*

Johannes fühlte sich erleichtert, nur heute trank er noch einmal – und dann nie wieder.

Seine Gedanken wanderten erneut fast vier Jahrzehnte zurück. „Seine letzte Große Fahrt", flüsterte er „wahrscheinlich war es die größte seines Lebens."

Er musste auflachen, als ihm das Absurde dieses Gedankens bewusst wurde. Gehörte die Beerdigung noch zum Leben?

„Sehen Sie, so ein kleiner Schnaps hilft immer", freute sich die Bedienung mit ihm.

*

Ab mittags war die Schwebefähre am Tag der Beerdigung für den öffentlichen Verkehr gesperrt. Fahrzeuge konnten die Straße auf der gegenüberliegenden Flussseite ohnehin noch nicht wieder passieren. Noch tagelang stand das Wasser zwischen dem Deich und dem dahinter ansteigenden Geestrücken.

Mitten auf der Gondel stand der Sarg auf einem tiefliegenden Pferdewagen, bedeckt mit einem Tuch, das eine Fahne hätte sein können. Der Feuerwehrhelm auf dem Sarg ließ keinen Zweifel aufkommen, dass hier jemand ein Begräbnis mit allen erdenklichen Ehren verdiente. Je zwei Kameraden von Feuerwehr, Schützen- und Kriegerverein eskortieren den Sarg und salutierten, als Johannes und seine Mutter, begleitet vom Pastor, durch die Deichlücke traten. Niemand im Dorf von Bedeutung, der keinen Platz auf der Gondel beanspruchte. Die Menge aber war so groß, dass viele am Ufer zurückbleiben mussten.

Als die Zahnräder oben im Stahlgerüst langsam ineinander griffen und die Gondel in Bewegung setzten, intonierte der Posaunenchor „Ein feste Burg ist unser Gott" und inbrünstig stimmte ein vielstimmiger Chor ein: „Der alt böse Feind mit Ernst er´s jetzt meint; groß Macht und viel List sein grausam Rüstung ist, auf Erd ist nicht seinsgleichen."

Vom nahen Kirchturm läuteten die Glocken, bis die Gondel in der Mitte des Flusses zum Stehen kam. Der Fluss mochte über den Deich geschaut haben, aber die über der Flussmitte schwebende Gondel zeigte allen, dass auch die Launen der Natur dem Geist der Menschen dieses Dorfes nichts anhaben konnten. Schweigend neigten sich die Häupter vor Herrmann Wüst.

Der Feuerwehrhauptmann zitierte in einer ersten Rede eine Passage aus der Ballade von John Maynard: „Er hat uns gerettet, er trägt die Kron´, er starb für uns, unsre Liebe sein Lohn. Herrmann Wüst, in Erfüllung deiner Pflicht hast du dein Leben für uns und deine Familie gelassen. Pflichterfüllung war dein Leben." Wie Donnerhall breiteten sich die Worte über dem Fluss aus.

Das Oberhaupt der Schützen wollte dem nicht nachstehen und heftete die bei Schießwettkämpfen errungenen Medaillen an das Tuch, das auch eine Fahne hätte sein können. „Wie Bullaugen am Schiff auf deiner letzten Reise sollen sie dich begleiten." Johannes zugewandt fuhr er fort: „Die Lücke, die der Fluss mitten in unsere fest geschlossenen Reihen gerissen hat, wirst hoffentlich einmal du ausfüllen."

Später war nicht mehr zu klären, wer zu verantworten hatte, dass an dieser Stelle die Blaskapelle des Schützenvereins zu einem Tusch ansetzte und eine Strophe vom Lied der immer durstigen Schützenbrüder anstimmte.

Bevor er zu seiner vorbereiteten Rede kam, rettete der Vorsitzende des Kriegervereins die Situation, indem er betonte, genau das wäre Herrmanns Wunsch gewesen. Herrmann habe immer gesagt, selbst wenn wir den ganzen Tag unter Feuer lagen und der Russe uns schwere Verluste zugefügt hatte, sei das noch lange kein Grund gewesen, am Abend nicht ein fröhliches Lied zu singen. Angst habe Herrmann nicht gekannt, nicht als uns die Rote Flut aus dem Osten vernichten wollte, nicht als die Flut der Oste in unsere Häuser drang.

Nur Johannes hörte seinen Vater die letzte Strophe singen: In einem Ostener Teiche, da fand man eine Leiche. Seine Augen füllten sich mit Tränen. Johannes kannte Angst.

An Martha gewandt, die dem ganzen reglos zugehört hatte, fuhr der Mann fort: „Herrmann ist aus einer wahrhaftig grausamen, barbarischen Gefangenschaft heimgekehrt und hat dir hier unter uns eine neue Heimat gegeben. Es war die Vorsehung, die bestimmt hat, dass er uns viel zu früh verlassen musste. Aber sei ohne Sorge, dein Platz bleibt mitten unter uns, ja, du bleibst immer unter uns."

Der Pastor betete zum Vater im Himmel. Dann wurden Blumen ins Wasser geworfen, als wolle man sich sicherheitshalber auch mit dem Flussgott aussöhnen. Unter einsetzendem Geläut vom nahen Kirchturm setzte sich die Fähre wieder Richtung Ufer in Bewegung. Zwei Pferde wurden vor den Wagen gespannt und die am Ufer wartenden Menschen schlossen sich dem schier endlosen Trauerzug an.

Am Grab übernahm der Pastor allein die Regie und übereignete Herrmann Wüst dem Paradies. Jetzt hatte auch Martha Tränen in den Augen und als bei der Absenkung des Sarges ein Trompeter das Lied vom guten Kameraden anstimmte, musste man befürchten, dass der Ort einer neuen Flutwelle ausgesetzt werde. Kein Auge, das dem Heldentod gewachsen war. Herrmann hatte das Dorf durch seinen unermüdlichen Einsatz fast allein vor dem Untergang bewahrt.

Keiner der Redner hatte sich zu den näheren Umständen seines Todes eingelassen, aber hinter vorgehaltener Hand verbreiteten sich schon auf dem Rückweg vom Friedhof rasend die Gerüchte: Voll wie tausend Russen, die Hure trägt ein Kind von einem anderen, lieber hätte er sie umbringen sollen, nicht sich selbst.

„Jetzt bist du unser kleiner John."

Es war Tante Lotte, die Johannes nach der Beisetzung an sich drückte. Wie ein Stahlträger aus dem Gerüst der Schwebefähre bohrte sich dabei die aufgerichtete Spitze eines riesigen Busens in seine Rippen.

Johannes war dreizehn. Er hatte ein schlechtes Gewissen, als sich noch in Sichtweite des Friedhofs Regung in seinen Unterleib schlich.

Als er in der Nacht mit einem ordentlichen Ständer erwachte, musste er trotz der Schwere des Tages grinsen: „Tante Latte“, flüsterte er.

Erst kürzlich hatte der ältere Cousin eines Schulkameraden ihm beigebracht, welch himmlische Fluten der eigene Körper hervorbringen konnte.

„Nur Übung macht den Meister“, war ein weiterer Lehrsatz seiner Kindheit.

Johannes war ein gelehriger Schüler, und bis die Erinnerung verblasste, wurde Tante Latte für einige Nächte seine Übungsleiterin.

*

Als die Bedienung ein weiteres Bier vor ihm abstellte, landete Johannes wieder in der Gegenwart. Die Frau beugte sich unnötig weit über seine Schulter. Die Wärme und – abgesehen von einer kleinen, harten Spitze – Weichheit, die Johannes dabei spürte, erregte ihn überraschend heftig. Eine nicht greifbare Spannung lag im Raum. Eine tiefe Sehnsucht breitete sich machtergreifend aus. Sein Blick glitt über die Hände der Frau. Schade, ein dicker, goldener Ring am Finger zeigte an, dass er sich in ein fremdes Revier begeben würde. Er hatte schon genug Probleme.

Vielleicht war ihr Mann auf Großer Fahrt. Vielleicht hatte sie Streit mit ihm. Urplötzlich verjagte Bitterkeit jede andere Regung. Vielleicht war er auch auf einem Seminar in Frankfurt.

Johannes war betrunken. Er schloss die Augen und sah einen schmucken Kapitän die Gangway herunterkommen, beladen mit Geschenken aus aller Welt.

„Vielleicht solltest du besser einen kleinen Reeperbahnbummel machen“, meldete sich die Stimme zu Wort. Abrupt stand er auf und zahlte.

Er sah nicht mehr, dass die Frau ihm lange nachblickte. Er sah nicht mehr, wie sie lange sinnend auf den Fluss schaute und in eine Welt eintauchte, die es nur in ihrem Kopf gab.

Ihrem Mann hatte die Stunde früh geschlagen. Einen Moment

hatte sie daran gedacht, heute nach Feierabend nicht allein in die Wohnung zu gehen. Etwas hatte ihr an diesem traurigen Mann gefallen. Sie hätten sich etwas kochen können. Sie malte sich aus, wie er sie zärtlich ins Schlafzimmer trug. Noch eine Träne suchte sich den Weg in die Elbe.

Wie oft hatte sie in ihren wenigen Ehejahren geweint, wenn sie wieder einmal schlaflos auf ihren Mann gewartet hatte, wohl wissend, dass er gerade das wenige Geld auf der Großen Freiheit durchbrachte, wohl wissend, dass er sich regelmäßig mit einem dieser immer jünger werdenden Mädchen vergnügte, die – aus aller Herren Länder kommend - selten freiwillig ihre Dienste anboten. Es war ihm einfach vollkommen gleichgültig gewesen, dass der Handel mit diesen Mädchen rund um den Globus von Menschen organisiert war, die darin keinerlei Unterschied zu Schlachtviehtransporten sahen. Die Mädchen waren nur eine Geldquelle. Geld gab Macht und es gab nichts Denkbares, wozu Menschen in ihrer Gier nach Geltung und Macht nicht bereit und in der Lage waren. Wahrhaftig für alles waren Menschen zu finden, die zu wirklich allem bereit waren. Nichts gab es, was es für Geld und der damit verbundenen Hoffnung auf Macht und Ansehen nicht gab. Ihrem Mann war alles völlig egal gewesen. Nur seinen Vorteil hatte er gesehen. Hauptsache die Mädchen waren billig. Geiz macht geil.

Es gab keinen Abgrund, der für ihren Mann tief genug gewesen wäre. Manchmal war er so betrunken nach Hause gekommen, dass er auf allen Vieren durch die Wohnung gekrochen war. Einmal hatte er völlig orientierungslos die Tür des Kleiderschranks geöffnet und auf ihre neuen Schuhe gepinkelt. Ein anderes Mal hatte er sie mit Gewalt auf den Boden gezwängt und sich wie ein wildes Tier an ihr vergangen. Nein, ein Tier hätte das nicht getan, dazu waren nur Menschen fähig. Sie hatte ihren Mann einmal geliebt. Zu Anfang hatte er sich nur selten betrunken.

Verbittert dachte sie an sein würdeloses Gewinsel am nächsten Morgen, wenn er sich an nichts mehr erinnerte, an den reuigen gesenkten Blick eines geprügelten Hundes, an das ins Gesicht geschriebene schlechte Gewissen. Irgendwann im Laufe des Tages begannen dann regelmäßig seine Schwüre, dass er aufhören würde zu trinken und ein ums andere Mal fing er an, ihre goldene Zukunft zu entwerfen. In ferne Länder würden sie reisen, dorthin, wo alles einfacher und besser wäre, irgendwo eine kleine Strandbar eröffnen und den immer durstigen Touristen das Geld säckeweise abnehmen.

Mal früher, mal später war er dann immer wieder aus der Wohnung geschlichen und kurz darauf mit einer Bierfahne zurückgekehrt, um sich bei der gleich beginnenden Traumschiffwiederholung Anregungen für das künftige Leben zu holen. Immer angespannter und unruhiger auf dem Sofa hin- und her rutschend schaltete er noch vor Ende der Sendung – ist ja doch immer der gleiche Quatsch – den Fernseher aus, um ein weiteres Mal „um den Block zu gehen".

Manchmal war er erst völlig betrunken spät in der Nacht wiedergekommen, manchmal kam er – mit reichlich Bier eingedeckt – schon kurze Zeit später zurück. Nur heute wolle er noch ein kleines Abschiedsbierchen trinken. Aber ab morgen – versprochen! Er hatte ihr zugezwinkert: „Denk an unsere kleine Bar unter Palmen. Du musst nie mehr arbeiten. Wir stellen ein blutjunges Mädchen als Bedienung ein. Oben ohne – nur im Baströckchen. Die Kerle werden freiwillig ihr Portemonnaie abliefern."

Er wusste, wovon er sprach, dachte sie bitter.

Noch einmal schaute sie in die Richtung, in die ihr Gast vor wenigen Minuten so urplötzlich verschwunden war. Schade, er schien so ganz anders zu sein.

Sie hatte ihm wiederholt auf die Hände geschaut. Er trug keinen Ring. Aber das sagte ja heute nichts mehr. „Wahrscheinlich ist er so schnell verschwunden, weil seine Frau ihn erwartete", redete sie sich ein. Er wollte sich nicht verspäten, nicht unpünktlich zum Essen kommen. Ein liebevoll gedeckter Tisch würde ihn erwarten, vielleicht Schweinebraten. Sicher würde er unterwegs noch Blumen kaufen, am Sonntag musste er dafür extra den Umweg zur Tankstelle machen, aber das wäre ihm egal. Er liebte seine Frau, sie liebte ihn. Ob es Kinder gab? Bestimmt ein Junge und ein Mädchen.

Sie dachte an ihren Feierabend und musste einen Moment gegen einen aufsteigenden Schmerz ankämpfen. Ein Gefühl, dass gehörig nach Eifersucht schmeckte, machte sich breit. Kurz dachte sie daran, dass der Mann angetrunken war. Vielleicht – nein sicher - gäbe es deswegen Streit zuhause.

Sie würde Verständnis dafür haben, wenn er sich ab und an mal einen kleinen Schluck gönnte. Sicher hatte er seinen Vater geliebt, da war es doch verständlich, wenn er ein wenig Trost suchte. Sie würde ihn trösten. Eine unerwartete Wut auf die unbekannte vermutete Ehefrau stieg in ihr auf.

„Auf dein Wohl", prostete sie dem verstorbenen Vater zu. Sie fühlte sich merkwürdig niedergeschlagen. Eine Stimme in ihr sagte ihr, dass sie zu viel trinke. Aber heute hatte sie allen Grund dazu. Morgen würde das ganz anders sein.

*

Der Himmel hatte sich inzwischen bewölkt und ein vom Westwind getragener Nieselregen kündigte einen erneuten Wetterumschwung an. Unachtsam überquerte Johannes die zu dieser Zeit kaum befahrene Hafenstraße und bog in die Helgoländer Allee ein. Die Menschen zogen es vor, gemütlich beim Sonntagskaffee zu sitzen.

„Schade, bei besserem Wetter würde ich gern einen ausgiebigen Spaziergang durch den Elbpark machen", ging es Johannes durch den Kopf. Die Stimme lachte still in sich hinein, verkniff sich aber einen Kommentar. Eine Mischung aus Euphorie und Niedergeschlagenheit ordnete in Johannes die Reihen zu einem bevorstehenden Gefecht.

Unter der Brücke, die er passieren musste, suchten drei obdachlose Männer Schutz vor Nieselregen und Kälte und ließen eine Weinflasche kreisen. Johannes zog den Kragen des Mantels hoch, als wolle er nicht erkannt werden. Mühsam versuchte er, seine Schritte in gerader Bahn zu lenken.

„Na Kumpel, möchste och enen Schluck?" Bereitwillig hielt einer der Männer ihm freundlich die Flasche hin. Fast hätte Johannes sie ihm aus der Hand geschlagen. „Penner“, zischte er nur.

Es widerte ihn an, dieses Leben zu sehen. Nein, davon war er weit entfernt. Er trank manchmal zu viel, aber das hier waren richtige Alkoholiker. Die Stimme zog es weiterhin vor zu schweigen. Ein schwacher Punkt senkte die Waagschale der Euphorie ein klein wenig. Johannes Wüst würde jetzt erst einmal gepflegt essen gehen. In einem gemütlichen, warmen Lokal auf der Reeperbahn. Nicht unter der Pennerbrücke.

Weltweit träumten genau in dieser Minute Millionen Männer diesen Traum, Johannes Wüst lebte ihn. Er erinnerte sich an das Haus am Stadtrand. Träume nicht dein Leben, lebe deinen Traum. In Silber gerahmt hing dieser Spruch im Gästezimmer.

Nein, Johannes Wüst musste nicht träumen. Tiefer neigte sich die Schale der Euphorie. Urplötzlich hatte er einen Bärenhunger. Er dachte an Schweinebraten. Frau Ruthenbeck fiel ihm ein. Die Niedergeschlagenheit hatte ausgeglichen.

Auch die Reeperbahn war in diesen Nachmittagsstunden wenig belebt. Eine Mischung aus Betrunkenheit, Hunger und körperlicher Zerschlagenheit trieb Johannes in eines der ersten, überall gleichen Imbisslokale. Ein ranziger Fettgestank aus der offenen Küche gesellte einen weiteren heftigen Anflug von Übelkeit dazu. Wärme und Weichheit würde er hier zuletzt finden. Die Waagschale neigte sich urplötzlich bedrohlich in die andere Richtung.

Noch nie hatte er sich so einsam gefühlt!

Er brauchte diesmal keine Stimme, die ihn korrigierte. Er wusste, dass das eine Lüge war.

Wie oft hatte er sich schon so einsam gefühlt!

Johannes stellte das Bierglas auf die Tischplatte und kritzelte in großen Buchstaben „INSELMENSCH“ auf den Rand des Bierdeckels. Er versuchte, sich den Deckel wie ein Namensschild an den Pullover zu heften, aber es gelang nicht. Auf einen zweiten Deckel schrieb er: ROBINSON WÜST.

Wieder einmal überschlugen sich seine Gedanken, hetzten zwischen verschiedenen Stationen hin und her, streiften unzusammenhängend Themen, die ihn sein Leben lang begleitet hatten, fügten sich zu einer Landkarte eines 52-jährigen Lebens, verzweigten sich in wundgelaufenen Wegen und nie gelebten Träumen.

„Suchet, so werdet ihr finden", hatte der Pastor gesagt. Mein Gott, was hatte er gesucht! Er war ein gelehriger Schüler. Er hatte gar nicht mehr aufgehört zu suchen, er konnte gar nicht mehr aufhören zu suchen, Tag und Nacht, Woche, Monat und Jahr – immer auf der Suche nach dem Sinn des Lebens. Immer auf der Suche nach einem besseren Leben: später, morgen, nächstes Jahr, in einer fernen Zukunft.

Selten hatte er etwas gefunden. Ruhiges Fahrwasser, behagliche Momente, kleine Stationen des Glücks. Wie schnell war er dieser trügerischen Ruhe stets entflohen. War das schon alles? Es musste doch mehr geben: mehr Glück, mehr Leben, mehr Lebensqualität, mehr Gerechtigkeit, mehr, immer mehr.

Mehr Geld hatte er gefunden. Aber was gab es dafür? Ganze Innenstädte standen voll mit Kaufhäusern, die tonnenweise Zeug verkauften, das niemand brauchte. Niemand würde merken, wenn ganze Etagen der Kaufhäuser über Nacht einfach verschwänden, weil nichts fehlen würde. Wer brauchte einen Sammelbehälter für die Sammelbehälter von wiederverwertbaren Plastiktüten? Wer eine in Blattgold gewickelte Curry-Wurst?

Ausgelassen hatten sie früher in der Schule das Lied von der Oma gesungen, die im Hühnerstall Motorrad fährt. Wie lächerlich waren ihnen der Nachttopf mit Beleuchtung und der Backenzahn mit Radio erschienen.

Und jetzt? Alles gab es. Kauf Dich glücklich, war die alles beherrschende Devise, die ganze Heerscharen unglücklicher, oft blutjunger Menschen zurückließ, die an diesem Kaufrausch nicht oder nur eingeschränkt teilhaben konnten, immer in der Angst lebend, nicht mithalten zu können.

„Apropos Rausch", meldete sich die Stimme zu Wort, aber Johannes war zu sehr in seine Gedanken vertieft.

„Geld ist nichts, du musst es in Macht verwandeln", hatte sein Schwiegervater ihm eingetrichtert, als Johannes noch vor der Hochzeit 1987 in die Firma eingetreten war.

Dass der alte Lehrsatz, wonach Wissen Macht sei, nur noch sehr eingeschränkte Gültigkeit hatte, bewiesen mehrere Mitarbeiter in seiner Rundumsorglosfinanzdienstleistungs-AG tagtäglich mit einer für Johannes unvorstellbaren Portion an Ignoranz und Dummheit. Aber sie glaubten sich so wichtig, so unglaublich wichtig, so einzigartig wichtig, so auserwählt! Sie hatten ihr Geld in Macht verwandelt.

„Vielleicht kann ich kein Wasser in Wein verwandeln", hörte Johannes seinen Abteilungsleiter sagen, „aber Scheiße in Gold ist doch auch nicht schlecht." Er konnte sicher sein, die Lacher auf seiner Seite zu haben. Eine gut abgestimmte Menge Opportunismus gepaart mit der nötigen Dosis Skrupellosigkeit waren für den Aufstieg wichtiger als Wissen. Erfolg war nachprüfbar. Arm oder reich. So schön einfach war die Welt.

„Unsere Kunden müssen nicht wissen, was wir ihnen verkaufen, es reicht, wenn sie an uns glauben", hatte sein Schwiegervater ihm eingeprägt.

Wie leicht war es, die Köpfe der Gierigen mit allerlei Glauben zu füllen.

„Wie einsam war ich in dieser Firma. Wie einsam war ich in dieser Konsumrauschehe. Wie einsam bin ich ohne Bettina. Wie einsam war ich mein ganzes Leben."

Erst als der Kellner das Geschirr abräumte, merkte Johannes, dass er die Sätze laut vor sich hingesprochen hatte. Der Kellner zuckte nur mit der Schulter und fragte, ob er noch etwas bringen solle. Er war auch nicht auf Rosen gebettet.

„Einsam?", fragte die Stimme mitfühlend, *„du hast doch mich. Mit mir bist du nie einsam. Ich bin für dich da – immer, überall. Ich bin immer bei dir."* Wie ein Echo hallte jedoch dieser andere Satz durch den Kopf: mein ganzes Leben, ganzes Leben, ganzes Leben … Leben … Leben.

Johannes riss sich aus seinen Gedanken und zahlte. Plötzlich musste er lächeln: ROBINSON WÜST sollte auf seinem Grabstein stehen.

Früh oder spät schlägt jedem von uns die Stunde.

*

Der breite Gehweg hatte sich inzwischen deutlich belebt. Angetrunkene Männergruppen übertrafen sich in der detaillierten Schilderung ihrer mannhaften Heldentaten vom gestrigen Abend; der Damenkegelclub aus dem Sauerland fasste allen Mut zusammen und fiel geschlossen über die Wäscheabteilung im Sexshop her. Einzelne Männer verschwanden möglichst unauffällig in den Türen der Laufhäuser und Peepshows. Nein, Wärme und Weichheit würde er hier ganz bestimmt nicht finden. Hier wurde aus Scheiße tonnenweise Gold gemacht.

„Hallo, der feine Herr, hier mal dabei sein. Einfach mal reinschauen und Spaß haben. Oben ohne Bedienung, blutjunge Mädchen nur im Baströckchen. Tolle Live-Show auf der Bühne. Kommen Sie einfach mal rein, einfach mal den Spaß mitmachen." Ein Mann in einer deutlich zu klein ausgefallenen, schmuddeligen Kapitänsuniform legte Johannes die Hand auf die Schulter und drängte ihn leicht in Richtung Eingang. Für beide Beteiligten unerwartet heftig, riss Johannes sich los.

„Du Penner", rief der Kapitän aus der Kostümkiste Johannes hinterher. Ein feiner Herr, bei dem nichts zu holen war, war hier absolut wertlos.

Du Penner, dachte im Stillen aber auch Johannes, als ihm bewusst wurde, wie betrunken er war. Nur einen kurzen Moment war nicht klar, wer gemeint war.

Johannes war erschrocken, als er eine so nie gekannte Aggressivität in sich aufsteigen spürte. Der Karnevalskapitän sollte sich bloß in Acht nehmen. Mit dem würde er schon fertig werden. Aufs Maul würde er ihm geben. Er hatte sich lange genug alles gefallen lassen.

Jetzt reichte es. Er hörte die laute, wütende Stimme seines Vaters aus dem Schlafzimmer dringen. Ein schwerwiegender Verdacht nahm schlagartig allen Raum ein: Vielleicht war Johannes Wüst doch ein „richtiger Alkoholiker".

„Quatsch", hörte er die Stimme, *„du doch nicht. Du hast eine kleine Lebenskrise. Die hat jeder mal. Immer mal wieder. Das geht vorbei. Immer hast du dein Leben gemeistert, obwohl du getrunken hast. Seit deiner Kindheit hast du getrunken und trotzdem hast du immer alles unter Kontrolle gehabt. Weißt du nicht mehr, wie du dich, noch nicht einmal 14 Jahre alt, fast totgesoffen hast? Fast hättest du den Jahreswechsel zu Eis erstarrt in einer Schneewehe erlebt. Lange Zeit hast du danach keinen Tropfen angerührt. Du kannst doch jederzeit aufhören. Hast du doch immer gekonnt. Wochen, Monate, sogar ein ganzes Jahr. Glaubst du denn, als Alkoholiker hättest du so erfolgreich sein können. Du wärst Abteilungsleiter geworden, wenn dieser blöde Unfall nicht dazwischen gekommen wäre. Lass dir diesen Quatsch doch nicht von irgendwelchen Spaßbremsen einreden. Das ist doch deren Problem. Das ist doch nicht dein Problem. Gönn dir doch einfach mal ein bisschen Spaß. Denkst du denn gar nicht mehr an Tante Latte. Nun mach schon, du bist auf der Reeperbahn."*

Es war zu spät. Wie ein geprügelter Hund schlich Johannes durch die Straßen in Richtung seiner Wohnung. Vielleicht war er doch ein richtiger Alkoholiker. Eine bisher nicht gekannte Scham bemächtigte sich seiner: Alles, wirklich alles, wollte er sein, aber nicht dieses Eine, dieses Unaussprechliche.

Als er die Tankstelle passierte, blitzte urplötzlich eine Idee auf, die der Euphorie doch noch einmal ans Licht half: er würde die Kinder aus Osten warnen, sie sollten nicht in seine Fußstapfen treten. Ach was, Osten, die ganze Welt würde er retten. Johanes Wüst, Lebensretter, würde auf seinem Gürtel stehen.

1,7 Promille ließen die Realität manchmal gefährlich außer Acht.

„Geben Sie mir ein paar Flachmänner. Den Schnaps können Sie wegkippen, brauch ich nicht. Nur die Flaschen brauch ich. Für Flaschenpost, verstehen Sie? Die will ich den Kindern schicken. Mit der Ebbe die Elbe runter und dann ab in die Oste. Muss nur die Gezeiten richtig berechnen. Kein Problem für mich. Denen soll das nicht auch passieren."

Überlaut sprudelte es aus Johannes heraus. Der Kassierer zuckte nur mit den Schultern. Es gab keine Erklärung, die er nicht kannte.

Johannes dagegen hatte für die vier leeren Flachmänner vor dem Bett keine Erklärung als er erwachte. An nichts konnte er sich erinnern.

Ein paar zerknüllte Zettel lagen zerstreut in der Wohnung herum. In krakeliger, unleserlicher Schrift entzifferte er nur wenige Wörter: „einsam, würdelos, Osten, Kinder". Aber so sehr er sich auch mühte, der Großteil des gestrigen Tages blieb im Dunkeln.

Schlimmer als alle Kopfschmerzen, schlimmer als alle Übelkeit, schlimmer als der rasende Puls war jedoch die ungeheure Scham, die jede Zelle, jeden Lebensnerv in Johannes ausfüllte, als er es laut aussprach: „Ich bin Alkoholiker."

Alles wollte er sein, aber nicht dieses Eine. Die größte anzunehmende Schande. Das Superversagen. Er schämte sich so abgrundtief.

Undeutlich und in weiter Ferne hörte er in sich eine Stimme vom ersten Vollrausch reden, den er fast nicht überlebt hätte – wenige Wochen vor seinem 14. Geburtstag. Kurz vor seinem 52. Geburtstag fand er einen Bierdeckel auf dem Boden: ROBINSON WÜST war in ungelenken Buchstaben darauf gekritzelt. Vielleicht könnte eine weiße Taube mit auf den Grabstein.

2. Der Anfang

Johannes hatte an die Monate direkt nach den tragischen Ereignissen in der stürmischen Februarnacht nur wenige genaue Erinnerungen. Aber, als wäre sein Vater wiedergeboren, war im August Anna auf die Welt gekommen – ihrem Vater Herrmann wie aus dem Gesicht geschnitten. Wie strafte sie alle Lügen, die ohne jedes Wissen die Geschichte von der Hure aus dem Osten verbreitet hatten, die Herrmann Wüst, Kriegsheimkehrer und Retter des Dorfes, Hörner aufgesetzt hatte. Manche Dorfbewohner waren sogar noch weiter gegangen und hatten hinter vorgehaltener Hand behauptet, Martha habe ihren Mann vorsätzlich in den Tod getrieben.

Wie schnell machten dieselben Menschen nach Annas Geburt aus Herrmann, dem Helden, einen verantwortungslosen Säufer, der seine bemitleidenswerte Frau schändlich in der Stunde der Not allein gelassen hatte. Nicht wenige schämten sich, seinem Sarg gefolgt zu sein, wenigstens froh darüber, nur vom Ufer aus ein wenig geschaut zu haben und nicht auch noch bei dem unsäglich lächerlichen Theater auf der Gondel der Fähre mitgemacht zu haben. Eigentlich war sogar niemand richtig dabei gewesen – und wenn überhaupt, dann nur, weil man es eben nicht besser gewusst habe.

Herrmann Wüst hatte alle getäuscht!

Martha hatte andere Sorgen, als sie so kurz nach der Geburt ihrer Tochter mit ihren zwei Kindern in ein kleines Dorf auf der Geest umzog. Sie musste ihre Kinder durchbringen. Der Abschied aus Osten fiel ihr nicht schwer. Die Menschen dort, wo sie hinzog, würden sein wie die Menschen hier. Die Menschen hier waren, wie die Menschen dort sein würden. Menschen konnten Martha nicht mehr schrecken. Sie hatte den Krieg und die Flucht erlebt und überlebt. Sie hatte in den Scheunen der Dörfer und in den Wäldern vor den Dörfern, von der hereinbrechenden Nacht zu früh überrascht, Männer erlebt, die eines Tieres nicht würdig waren.

Wurzeln ließ Martha diesmal nicht zurück.

Ein heruntergekommenes, kleines Tagelöhnerhaus wurde zur neuen Wohnstätte. Franz, der selbst als Knecht auf dem Hof arbeitete und der vom Bauern wegen seiner absoluten Zuverlässigkeit sehr geschätzt wurde, hatte ihr die Anstellung besorgt. Er kam aus derselben Gegend in Schlesien wie Martha. Jahrelang hatte er nach Menschen gesucht, die ihm vielleicht etwas über den Verbleib seiner so geliebten Frau sagen konnten. Vergeblich. Irgendwo in Odernähe verlor sich ihre Spur. Aber Franz hatte die Hoffnung nie ganz aufgegeben.

So hatte er bei seiner rastlosen Suche im Sommer 1951 auch von Martha gehört. An einem Sonntag hatte er sich mit seinem alten Fahrrad früh auf den Weg gemacht und sie in Osten aufgesucht. Es war wunderbar vertraut, mit ihr über die alte Heimat zu reden.

Anfänglich hatte er auch einen freundlichen Umgang mit Marthas Mann gepflegt. Beim ersten Besuch in Osten hatte der ihm sogar erklärt, wie er, einen Umweg in Kauf nehmend, beim nächsten Mal fahren müsse, um das Fährgeld zu sparen. Franz hatte sich nicht erklären können, was dann passiert war. Immer abweisender wurde Herrmann, immer feindseliger und eines Tages hatte er Franz – augenscheinlich ziemlich angetrunken - grob des Hauses verwiesen: Von einem Polacken lasse er sich ganz gewiss keine Hörner aufsetzen. Erst Jahre später hatte Franz betrübt erfahren, wie es zu der Veränderung gekommen war. Er hatte sich seitdem Vorwürfe gemacht, sich damals nicht mehr um Martha gekümmert zu haben. Aber nichts, was einmal geschehen war, konnte rückgängig gemacht werden. So war Franz froh, jetzt etwas für sie tun zu können.

Ganz anders als für seine Mutter war der Abschied für Johannes. Wie hatte sich alles in ihm gesträubt, das Dorf zu verlassen! Wie sehr würden ihm die gemeinsamen Streifzüge mit seinem Freund Schrubber durch die weiten Obsthöfe und Felder fehlen! Wie würde er die Geborgenheit in der selbstgebauten Hütte im Schilffeld vermissen! Besonders aber trauerte er um die langen Märsche im Außendeich des Flusses, auf denen er, im regelmäßigen Wechsel mit

Schrubber, immer einen staubigen Kohlensack über die Schulter geworfen hatte, um darin allerlei Nützliches einzusammeln, was der Fluss gerade hergab.

Auch der Abschied von der Tochter des Kaufmanns war traurig. Drei Rollen Pfefferminzbonbons, die sie heimlich aus dem Laden genommen hatte, versüßten den Moment. Noch süßer brannte sich ein flüchtiger Kuss in seine Lippen. Wie einen unermesslichen Schatz hütete er die gestohlene Liebesgabe wochenlang in einem Schuhkarton in seiner neuen Heimat, bis schließlich auch das letzte Bonbon zu einer Erinnerung wurde, schnell verblassend gegen die lodernde Erinnerung an die erste, scheue Lippenberührung.

Wie schwer war der Abschied von den Schulkameraden, von den Lehrern, von dem alten, muffigen Schulgebäude! Johannes hatte sich die ganzen Jahre auf jeden Schultag gefreut, auch wenn die Erinnerung immer noch schmerzte, wenn er an jene Tage am Ende der vierten Klasse dachte, an denen die besten Schüler, zu denen er zweifelsohne gehört hatte, die Aufnahmeprüfung zur Oberschule ablegten, um im folgenden Schuljahr auf dem Gymnasium jenseits der Fähre eine Höhere Bildung zu erhalten.

„Wer soll ihm denn helfen? Wer soll denn die Bücher bezahlen?“, hatten die Lehrer seinen Eltern damals abgeraten, ihn zur Prüfung anzumelden. Zwar hatte sein Vater gerade die neue Arbeitsstelle am Brennofen der Zementfabrik bekommen, aber Geld für Bücher war im Lohn nicht vorgesehen.

Jeder und jede aus der Klasse schrieb ihm schließlich noch etwas zur „Ewigen Erinnerung“ in sein Poesiealbum, auch sein Lehrer: „Wir haben zusammen durchwandert manch Tal und manches Gebirge erklommen. Und wenn auch der Weg einmal steiniger war, es hat uns den Mut nie genommen.“

Johannes war verlegen, als dieser eigentlich so strenge Mann ihn plötzlich für einen ganz kurzen Augenblick an sich drückte: „Schade, dass du vor drei Jahren nicht auf die Höhere Schule gekommen bist. Du bist ein so guter Schüler, Johannes. Du hättest es verdient gehabt.“

Sich wieder an die ganze Klasse wendend fügte er noch scherzhaft hinzu: „Na ja, mich hat's ja eigentlich gefreut, wenigstens ist einer hier geblieben, der kein Dummkopf ist."

Mutig schüttelten ihm ein paar Jungen die Fäuste entgegen. Sie mochten ihn, auch wenn sie immer ein wenig Angst vor ihm hatten.

Schrubber hatte ins Poesie-Album geschrieben: *Rohsen, Tulpen, Nelken, diese Bluhmen verwälken, aber nur das eine nicht: ich bitte dich vergiss mich nicht.* Das h und das ä machten Schrubber das Leben in der Deutschstunde genauso zur Hölle wie seine Mutter, wenn er mit schmutziger Kleidung nach Hause kam. Regelmäßig war Schrubber deshalb nach den gemeinsamen Streifzügen am Nachmittag erst mit zu Johannes gegangen. In eine Decke gehüllt saßen die Freunde manchmal noch lange am Küchentisch und spielten Mühle oder Dame, während Johannes Mutter die Hosen der beiden vom gröbsten Dreck befreite.

Wie sollte Johannes Schrubber vergessen!

Ganz besonders würde er auch die Nachmittage vermissen, an denen er dem etwas hinkenden alten Hinni im Gemüsegarten geholfen hatte. Jedes Mal gab es hinterher ein großes Glas Milch und eine dicke Butterstulle.

Von verfolgten Sozialdemokraten und Kommunisten, von Widerstand und Konzentrationslagern handelten seine Geschichten. Von Nachbarn, die ihre jüdischen Mitbewohner und Freunde verraten hatten. Von Eltern, die ihre Kinder der Gestapo ausgeliefert hatten.

Gebannt hatte Johannes stundenlang an den Lippen des alten Mannes gehangen. Davon hatte sein Vater nie etwas erzählt. Und auch die Lehrer nicht.

„Jeder, der wollte, hätte es wissen können. Aber die Angst in ihnen war mächtiger", hatte Hinni einmal gesagt. „Jetzt will niemand dabei gewesen sein – aber frag sie, wie es in ihren Nächten aussieht, Junge. Frag sie, ob sie uns noch schreien hören, wenn sie uns die Knochen gebrochen haben. Frag sie, ob sie den Leichengestank noch in der Nase haben, der die Luft erfüllte, wenn sie die

Massengräber zugeschoben haben. Frag sie, ob sie die rauchenden Schornsteine vergessen haben. Mit ihrem Mund können sie sagen, dass es die Anderen waren, aber ihre Erinnerungen können sie nicht einfach auslöschen. Das kann niemand."

Ein anderes Mal hatte Hinni plötzlich mitten während der Arbeit angefangen zu reden. Das hatte er noch nie getan. Es war der Juli vor der großen Flut und wenige Tage vor dem Schützenfest. Die bunten Marktwagen standen bereits auf dem Platz vor der Festhalle.

Schon schmeckten die Zungen der Mädchen und Jungen das Naschwerk aus der Zuckerbude, schon schnupperten die Nasen den Duft der Bratwürste, der bald wieder die Luft des Festplatzes erfüllen würde, schon erinnerten sich die Jungen und Mädchen an den Fahrtwind des Kettenkarussells und träumten vom Hauptgewinn an der Losbude, schon glänzten die Augen der Männer voller freudiger Erwartung auf den großen Schützenumzug.

Der alte, immer etwas hinkende Hinni und Johannes hatten gerade die letzten Wurzeln geerntet. „Die Angst kann man ihnen nicht vorwerfen, Junge. Niemand wird zum Helden geboren. Aber auch niemand kommt wie diese rückgratlosen Würmer hier auf die Welt, die meine Wurzeln zerfressen. Die meisten waren begeistert, von dem, was sie taten. Konnten gar nicht genug kriegen von ihrem Adolf."

Später hatten sie wieder bei Milch und dicken Butterbroten auf der Bank gesessen. „Schau dir an Junge, wie bei einigen immer noch die Arme zucken, wenn sie in den nächsten Tagen wieder zur Marschmusik durchs Dorf marschieren. Hör dir an, wie sie die alten Lieder grölen, als zögen sie wieder mit Hurra in den Krieg. Ich weiß nicht, ob es Absicht ist, Junge, vielleicht ist es einfach nur Dummheit, aber jedes Jahr spielen sie genau vor meinem Haus den Fehrbelliner Reitermarsch. Meine Frau hätte ihnen aus Fehrbellin erzählen können. Zwei Monate hat sie dort im Frauenstraflager gesessen. Kurz vor Kriegsende haben sie uns dann noch beide geholt."

Es war nicht Verbitterung, die Johannes hörte, tiefer Schmerz lag in dieser Stimme.

Am vorletzten Septembertag 1962 lief Johannes ein letztes Mal zu Hinnis Garten. Noch einmal schmierte

Hinni ein dickes Butterbrot, ein letztes Mal trank Johannes ein Glas Milch. Aufmunternd hatte Hinni ihm die Hand auf die Schulter gelegt und gesagt: „Junge, es gibt viele Wege, die du gehen kannst. Wege entstehen beim Gehen. Hauptsache, du hast ein Ziel. Hauptsache, du gehst aufrecht. Kriech niemals wie ein Wurm. Vergiss das nicht!“

Zum Abschied hatte Hinni ihm einen schweren Korb mit frisch geernteten Kartoffeln gereicht. Als Johannes bereits auf der Straße war, hatte der alte Mann ihm noch winkend nachgerufen: „Und grüß deine Mutter von mir. Du kannst stolz auf sie sein.“ Aber Johannes sah das Winken nicht. Er drehte sich nicht um. Niemand sollte seine Tränen sehen.

Wie sehr würde er den alten Hinni vermissen.

*

In eine Decke gehüllt setzte sich Johannes zu Franz auf den Trecker. Nach dem Melken und Füttern am Sonntagmorgen ruhte die Arbeit auf dem Hof, und der Bauer hatte keine Einwände dagegen gehabt, dass Franz an seinem freien Tag den Umzug machte. Der Bäcker hatte sich angeboten, Martha und die kleine Anna in seinem Lieferwagen mitzunehmen. Da er ohnehin zu einem Sonntagsbesuch zu seiner Schwester auf die Geest fahre, sei es nur ein kleiner Umweg für ihn, hatte er sein freundliches Angebot, für das in Wahrheit sein schlechtes Gewissen verantwortlich war, klein geredet. Einige der umlaufenden Gerüchte waren im Februar von ihm in die Welt gesetzt worden.

Schnell waren die wenigen Habseligkeiten mit Hilfe eines Nachbarn auf dem Anhänger verladen, und mit einem heftigen Ruck setzte sich der alte Hanomag in Bewegung, um sich hinter den vier vor der Deichlücke wartenden Autos einzureihen. Wie oft hatte Johannes hier zusammen mit Schrubber und anderen Jungs stundenlang auf der Lauer gelegen, immer den Posten in der nahen Kurve im Auge behaltend, der heftig anfing, mit den Armen zu rudern, sobald sich ein ausländisches Auto näherte.

Wie ein Insektenschwarm, wie eine Horde Wegelagerer stürzten sich manchmal zehn Jungen auf das noch rollende Fahrzeug, meistens aus DK oder NL, manchmal aus S und ganz selten aus GB. Gleichzeitig trommelten viele Hände gegen die Autoscheiben und auf das Blechdach, gleichzeitig riefen viele Münder mit ungelenker Zunge: „Have you tensticker?“ oder „Have you matchbox?“ Bereitwillig kramten die so Überfallenen in ihren Hosentaschen und Handschuhfächern nach Streichholzschachteln, froh, diesmal mit dem Schrecken davon gekommen zu sein.

Sich aus der Decke schälend blickte Johannes auf das grüne Stahlgerüst der Fähre, das sich wie ein riesiges Insekt hoch über den Deich erhob. Die Wolken rissen kurz auf und ließen zu, dass sich der Schatten der Schwebefähre über den Fährplatz legte.

Johannes wusste, dass sie bei der nächsten Überfahrt noch keinen Platz auf der Gondel finden würden. Er stieg ab und schlenderte betont unauffällig durch die Deichlücke. Der Moment war günstig, kein Mensch war in der Nähe, die Gondel hing noch wartend auf der anderen Flussseite. Mit klopfendem Herzen betrat er die Fährbude, in der die Fährmänner einen fest verschlossenen Raum hatten und die auf die Überfahrt wartenden Fahrgäste einen trockenen Unterstand. Für die Heranwachsenden des Dorfes war die hölzerne Bude der allnachmittägliche Treffpunkt. Wie viele Jungen hatten hier den ersten heimlichen Kuss erbeutet, wie viele Kinderlungen hatten hier ihre Unschuld verloren.

Mit geübtem Blick überflog Johannes die wenigen freien Stellen. Den Griff des kleinen Blechdolchs, den Schrubber ihm zum Abschied geschenkt hatte, fest umschlossen, ritzte er hastig ein unförmiges Herz in das weiche Holz. Ungelenk kratzte er zwei Buchstaben in die grüne Farbe: J + C. Für immer würde Christina, die Tochter des Kaufmanns, sich an ihn erinnern.

Gerade wollte er die ewige Verbindung der beiden Kinderseelen mit einem Pfeil besiegeln, als er draußen Schritte hörte. Eilig kam der zweite Fährmann zum Dienst, mürrisch verwies er Johannes der Bude. Kinder waren ihm ein Gräuel. Schade, dass der andere Fährmann keinen Dienst hatte, der freundliche, der jederzeit zu einem Spaß mit den jungen Menschen bereit war. Mit hochrotem Kopf, weil er fast ertappt worden wäre, verließ Johannes die kleine, hölzerne Hütte. Betont aufrecht gehend durchschritt er die Deichlücke.

Als er zurück auf den Fährplatz kam, zurrte Franz gerade eine Plane über der Ladung fest. Am Himmel zogen sich dicke Wolken zusammen. Regen und ein erster Herbststurm kündigten sich an.

„Fass mit an, Johannes. Mach dich nützlich. Hier, zieh mal fest!" Der stille, fast immer freundliche Mann reichte ihm das Ende eines Hanfseils. Für einen ganz kurzen Moment spürte Johannes das Gewicht eines kleinen Sandsacks in der Hand. Mächtig legte er sich ins Zeug. Hier wurde ein Mann gebraucht, eine Kindheit neigte sich unwiderruflich dem Ende zu.

Mit unbewegten Armen, nur der Daumen deutete - keinen Widerspruch duldend - eine Richtung an, winkte der Fährmann das Gespann auf die Gondel, so dass zwei weitere Autos dahinter Platz fanden. Noch einmal beugte Johannes sich weit über die stählerne Strebe des Geländers, ein letztes Mal spuckte er von der Gondel hinunter in die Mitte des Flusses. Kurz berührten seine Lippen das kalte Metall, kurz erwachte die Erinnerung an seinen Vater.

*

Eine gute Stunde später bogen sie durch das große Hoftor, passierten den gepflasterten Platz, an dessen Stirnseite das weit geöffnete Tor des Bauernhauses einlud, und fuhren an den Schweineställen vorbei zu einem abseits gelegenen kleinen Häuschen. Mit der schlafenden kleinen Anna auf dem Arm erwartete sie schon Martha.

Mit Hilfe von Enno, der wie Franz auf dem Hof als Knecht arbeitete, war das Häuschen schnell eingerichtet: die Küche, die Wohnstube, der Schlafraum für Martha und die kleine Anna, die winzig kleine Kammer für Johannes. Die Enge der Behausung verhinderte nicht, dass eine Freundlichkeit von dem Häuschen ausging. Der angrenzende große Gemüsegarten spendete Johannes unerwarteten Trost. Betont aufrecht gehend umrundete er die abgeernteten Beete.

Schon am nächsten Morgen lernte er seine neuen Schulkameraden kennen, die ihn argwöhnisch in ihre Mitte nahmen. Abweisend teilte der Lehrer ihm einen Platz zu. Kinder schienen für ihn ein Gräuel zu sein.

Wenigstens die Oste war Johannes geblieben, die hier ungewohnt schmal war. Die Prahmfähre etwas außerhalb des Dorfes warf kaum Schatten, wenn der Fährmann sie kraftvoll in die Strömung zog. Nur selten wollte jemand den stillen Fluss überqueren. Trotzdem hatte Johannes in den ersten Tagen Stunde um Stunde darauf gewartet, dass der alte Mann aus seiner kleinen Kate trat, um nach einem Passagier Ausschau zu halten oder weil die kleine Glocke auf der anderen Seite des Flusses ihn zum Übersetzen rief. Wann immer es möglich war und er keine Aufgabe auf dem Hof übertragen bekommen hatte, rannte Johannes nach der Schule runter zum Fluss.

„Wennste da Wurzeln schlägst, machst uns noch den neuen Deich kaputt." Johannes fuhr zusammen als der Mann eines Tages plötzlich direkt hinter ihm stand. „Wat büst denn für einer? Kannst mir ´n büschen beim Holz helfen. De Winter steit vor de Dör. Kann mich ja nich nur mit Grog aufwärm."

Ein stark gerötetes, aber freundliches Gesicht zwinkerte Johannes zu. „Magst mal mit överfahrn?" Auf der anderen Seite des Flusses läutete in diesem Moment die Glocke. Johannes strahlte, als der Mann ihm ein Stück Holz, einer Keule ähnlich, hinhielt und ihm bedeutete, wie er damit das Stahlseil fassen sollte. Wie ein Alter legte Johannes sich ins Zeug, um die behäbige Fähre über den Fluss zu ziehen. Aufmunternd nickte der Fährmann ihm zu.

Es war schon dunkel, als Johannes an diesem Tag nach Hause kam. Lange hatte er dem Fährmann geholfen, einen großen Brennholzstapel aufzuschichten. Begierig hatte er danach – mehrere Schmalzbrote verschlingend - den Geschichten des alten Mannes gelauscht, der nicht immer nur die Oste gekreuzt hatte. Die ganze Welt hatte er auf Großer Fahrt gesehen. Wohlig hatte der Grog Johannes gewärmt.

Wer so arbeiten könne wie er, der könne auch ein, zwei Grog vertragen, hatte der alte Seebär vollmundig verkündet, froh darüber, ein wenig Gesellschaft zu haben. Schon dachte Johannes daran, ihm morgen wieder zur Hand zu gehen.

*

Gerade als er auf den Hof einbog, verließ Franz das kleine Tagelöhnerhaus. Er grüßte Johannes freundlich, hatte es aber offenbar eilig. Die wohlige Wärme des Grogs war in eine unangenehme Benommenheit übergegangen. Deshalb war Johannes ganz zufrieden mit der Kürze der Begegnung. In der kleinen Küche sang ruhig seine Mutter und wiegte Anna dabei in den Schlaf. Noch nie hatte er sie so schön singen gehört. In einer Sprache, die er nicht verstand, sang sie eine Melodie, die ihn tief berührte. Still setzte er sich zu ihr. Still nahm sie seine Hand. Still schaute er auf seine kleine Schwester.

„Mama, was war mit Vater? Was hat er gemeint?" Selbst überrascht über die unbeabsichtigte Heftigkeit, mit der die Frage aus ihm herausbrach, schickte er ein versöhnlich gemeintes „du wolltest es mir doch erzählen, hast es mir doch damals versprochen" hinterher. Lange sah seine Mutter ihn still an.

„Du hast getrunken." Die eben noch fast glücklich wirkende Frau hatte plötzlich Tränen in den Augen. „Ich muss jetzt Anna ins Bett bringen." Johannes spürte Wut in sich hochsteigen. Er konnte arbeiten, er konnte trinken, er konnte eine Fähre über den Fluss ziehen. Er war kein kleines Kind mehr. Heftig stieß er den Stuhl gegen die Wand. „Dann eben nicht …erst versprechen und dann nicht halten." Die Wut hatte noch zugenommen, als er in seine kleine Schlafkammer rannte.

Es war wohl mehr als eine halbe Stunde später, als sich zaghaft die Tür zu seiner Kammer öffnete. Leise setzte seine Mutter sich zu ihm auf die Bettkante. Liebevoll strich sie ihm über den Kopf. „Ich habe dich weinen gehört", sagte sie schließlich, als Johannes sich bemühte, tiefen Schlaf vorzutäuschen.

In den nächsten zwei Stunden erzählte sie Johannes mehr, als sie ihm jemals erzählen wollte, wohl hoffend, ihm den Weg in ein anderes Leben zu weisen. Tiefe Angst hatte sie erfüllt, als sie ihn so angetrunken nach Hause kommen sah. Noch tiefere Angst hatte sie durchlebt, als er – seinem Vater gleich – so wütend wurde. Johannes war kein Kind mehr. Tiefe Sorge formten ihre Worte.

*

„Ich habe deinen Vater geliebt, Johannes – und er war so verliebt in mich. Nach der Flucht dachte ich eigentlich, nie wieder einem Mann nahe kommen zu können. Aber er war so anders. Eigentlich war er ein kleiner Junge, weißt du. Bei allem fragte er immer, was er tun solle. Nichts wollte oder konnte er ohne mich entscheiden. Alles wollte er richtig machen, allen wollte er es recht machen. Dabei war er ja schon fast dreißig. Aber es war, als wollte er noch einmal an seine Kindheit anknüpfen. Es war, als müsste er das Leben ganz neu lernen. Er war bereit dazu. Er wollte ändern, was er ändern konnte. Nichts von dem, was sie ihm jahrelang eingetrichtert hatten, war mehr gültig. Er hatte doch, wie fast alle, so fest an seinen Hitler geglaubt. Als er Soldat wurde, war er fast noch ein Kind. Dann ist er schon bald in den Krieg geschickt worden. Was anderes kannte er doch gar nicht. Er ist doch nur ein paar Jahre zur Schule gegangen, er hatte doch nichts gelernt.

Eigentlich zu schnell war ich dann schwanger und du bist auf die Welt gekommen, Johannes. Er war so stolz, so unglaublich stolz auf dich. So sehr hatte er sich einen Sohn gewünscht, der es einmal besser haben sollte als wir. Stundenlang hat er sonntags vor deiner Wiege gestanden und dich einfach nur angeschaut. Aber sogar dabei hat er immer an den Krieg gedacht. Einmal hat er dich sogar mit einer Handgranate verglichen, mit der man besonders vorsichtig sein muss. Wie ein rohes Ei wollte er dich behandeln, und wenn du in deine Windeln gemacht hast, war es für ihn wie das Knattern eines Maschinengewehres. Wenn du einen lauten Pups gemacht hast, war es für ihn wie das Donnern einer Kanone, und wenn es Zeit war, dass ich dich an die Brust lege, dann rief er nach mir: Der Junge muss Essen fassen.

Er war so voll mit dem Krieg, er war so voller Angst.

Ich glaube, er hatte auch wirklich Angst davor, dich anzufassen. Du warst so zerbrechlich, und er hatte doch so starke Hände. Immer hatte er Angst, dir weh zu tun. Dein Vater mochte dich kaum hochheben. Er war doch an die schweren Kohlensäcke gewöhnt.

Geredet hat er nie viel, und hören mochte er große Reden schon gar nicht mehr. Aber nach deiner Geburt hat er sogar gedichtet: *Am Sonntagabend um acht, kam der Storch und bracht, unserm Vater einen Sohn und der Bengel lachte schon. Legte man ihn in die Wiege, meckerte er wie 'ne Ziege. Legte man ihn auf die Ofenbank, machte er eine Wurst, drei Meter lang.*

Er war so stolz auf dich.

Zum Glück hatte er damals schon Arbeit. Er ging so gern zur Arbeit. Die Arbeit lässt ihn alles vergessen, hat er manchmal gesagt. Wie legte er sich ins Zeug, wenn er den schweren Handkarren durchs Dorf zog und die Kohlen auslieferte. Wie nichts schleppte er die schweren Säcke in die Scheunen und Keller. Pechschwarz kam er dann nach Hause. In der kleinen Zinkwanne habe ich ihm den Rücken abgeschrubbt.

Wie stolz war er, wenn er am Samstag die Lohntüte mitbrachte, immer verschlossen. Immer setzte er sich an den Küchentisch und ich musste das Geld zählen.

Es war, als ob in seinem Gesicht die Sonne aufging, so strahlte er, wenn die Geldstücke gestapelt und die Scheine geordnet auf dem Tisch vor uns lagen. Und? fragte er dann immer: Wie viel ist es? Reicht es für uns drei? Reicht es für ein neues Leben?

Manchmal gönnte er sich dann ein Bier und jedes Mal nahm er eine Mark und steckte sie stolz in eine Sparbüchse. Seine Augen glänzten vor Freude, wenn er Woche für Woche feierlich dazu sagte: Die ist für Johannes. Ihm soll es mal besser gehen.

Manchmal fing er dann richtig an zu träumen. Überall wurden aus den Trümmern doch die zerstörten Häuser wieder aufgebaut. In Osten war ja zum Glück nicht viel passiert. Nicht einmal die Fähre hat etwas abbekommen. Der kleine Lehrer Schütt, bei dem du in der 5. Klasse warst, hat sie gerettet, hat man sich damals erzählt.

Dein Vater träumte sogar davon, dass du später auch mal ein Haus baust. Vielleicht reicht das gesparte Geld dann wenigstens für die Haustür, hat er immer gesagt. Wenn er in der Nacht geträumt hat, waren seine Träume voller Angst, aber wenn er sich am Tag unsere gemeinsame Zukunft ausgemalt hat, dann waren wir richtig glücklich. Er war dann wie ein unschuldiges, kleines Kind.

In diesen Momenten konnte ich kaum fassen, dass wir so kurz nach dem Krieg so glücklich sein konnten. Wir hatten doch nichts. Oft habe ich mich gefragt, wie man das Schreckliche aus der Vergangenheit so schnell vergessen kann. Oft habe ich mir vorgestellt, wie viel Zeit wir in Zukunft noch für ein glückliches Leben haben, wenn wir erst einmal aus dem Gröbsten heraus sind. Es gab ja noch nichts; zum Leben hatten wir wirklich nur das Allernötigste. Aber wir hatten uns – und wir hatten dich, Johannes. Das war mehr als genug."

In ruhigen Worten hatte seine Mutter gesprochen. Längst schon täuschte Johannes keinen Schlaf mehr vor. Längst schon hatte er seinen Kopf in ihren Schoß gelegt. Fest hielt sie seine Hand in ihrer, als sie fortfuhr:

„In den ersten Jahren arbeitete dein Vater von morgens früh bis abends spät. Manchmal hat er dich nur am Sonntag gesehen. Nach Feierabend konnte er an manchen Tagen den Rücken gar nicht mehr gerade machen. Riesige Kohlenberge schaufelte er morgens in die Säcke, im Winter manchmal ganze Gebirge – jeder Sack ganz genau ein Zentner. Wehe, der Alte hat mitgekriegt, wenn er ein Brikett nicht wieder aus der Waagschale genommen hat, wenn die Waage schon ausgeschlagen hatte. Meistens belud er noch vor der Mittagspause den schweren Karren, mit dem er dann am Nachmittag die

Bestellungen auslieferte. Wie ein Ackergaul spannte er sich vor den Karren. Nur wenn im Winter hoch Schnee lag oder die Auslieferung allein einfach nicht zu schaffen war, stellte der alte Meier eine Aushilfe ein. Es gab ja genug Arbeitslose. Am Ende der Woche konnte der Geizhals das viele verdiente Geld in den Kohlesäcken zur Bank tragen.

Aber nachts, Johannes, kamen die Dämonen, schlimme Träume quälten deinen Vater. Nacht um Nacht schreckte er hoch, schweißgebadet, im Schlaf redend, manchmal am ganzen Körper zitternd. Ich dachte, ich könnte ihn trösten. Ich dachte, die Zeit würde ihm helfen, ihn heilen. Aber es wurde nicht besser.

Er arbeitete noch mehr. Vielleicht kann ich dann besser schlafen, hat er gesagt. Jeder im Dorf konnte ihn jederzeit um alles fragen. Herrmann Wüst war immer und für jeden da. Sonntags ging es dann mit dem Schützenverein los, dann noch die Feuerwehr. Wir wollen keine Fremden bleiben, hat er immer gesagt. Dabei war er doch dort geboren, wenn auch auf der anderen Seite des Flusses. Aber wenn er dann sonntags zu Hause war, dann gab es nur dich für ihn.

Trotz aller Not war es eine schöne Zeit Johannes. Zwei schöne Jahre. Du konntest schon laufen. Ständig musste ich aufpassen, dass du nicht allein zur Fähre rennst. Immer wolltest du zur Fähre.

Einmal kam dein Papa mit seinem schwer beladenen Karren am Haus vorbei. Du wolltest gerade mal wieder auf den Deich krabbeln, und da hat er alle Vorsicht vergessen, dich mit seinen starken Händen geschnappt und dich mit samt deiner weißen Hose ganz oben auf die schwarzen Kohlensäcke gesetzt. Wie ein Neger hast du ausgesehen. Er war ganz erschrocken, hat mich ganz hilflos angeschaut. Ich hab ihn einfach in den Arm genommen und war genauso schwarz wie ihr. Wir haben Tränen gelacht, Johannes, mein Gott, wie haben wir gelacht. Die Nachbarn standen an den Fenstern und dachten, wir sind verrückt geworden. Ja, langsam fing es an, uns besser zu gehen.“

Im Nebenzimmer hatte sich die kleine Anna durch leises Wimmern bemerkbar gemacht. Vielleicht hatte sie aber auch im Schlaf gelacht. Sanft legte Martha den Kopf von Johannes aufs Kissen, um nach ihr zu sehen und ihre Tochter wieder in ruhigen Schlaf zu wiegen. Mit einem Glas Apfelsaft in der Hand kehrte sie wenige Minuten später zurück. Unvermittelt, aber ganz anders im Ton, setzte sie ihren Bericht fort.

„Und dann tauchte dieser Paul auf, ein Kriegskamerad deines Vaters. Herrmann war nur ein kleiner Soldat gewesen, Paul war irgendein höheres Tier, genau weiß ich es nicht. Gleich beim ersten Mal brachte er eine Flasche Schnaps mit, noch am gleichen Abend wurde sie leer. Immer häufiger kam er, erst nur am Wochenende, dann auch mitten in der Woche. Jedes Mal hatte er Schnaps dabei, jedes Mal haben sie sich betrunken. Ein halbes Jahr ging das so. Dein Vater konnte oder wollte ihm nichts abschlagen. Er himmelte ihn an. Als habe eine unsichtbare Macht ihn ergriffen, tat dein Vater alles, was Paul von ihm verlangte. Er hat ihm die Füße geküsst. Den Hintern hätte er ihm abgewischt …“

Martha bemühte sich vergeblich, ihre Tränen zurückzuhalten, fuhr aber mit gebrochener Stimme fort:

„Und dann brachte dein Vater eines Tages zum ersten Mal die Lohntüte geöffnet nach Hause. Obwohl Paul an diesem Tag nicht kam, hatte er für sich beim Kaufmann an der Fähre eine Flasche Schnaps gekauft. Das erste Mal wanderte keine Mark in die Sparbüchse. Das erste Mal saßen wir nicht am Küchentisch zusammen. Das erste Mal hatten wir Streit miteinander. Ich gönne ihm wohl nicht, dass er nach zwei, drei Schnäpsen besser schlafen kann, warf er mir vor. Völlig betrunken kam er spät ins Bett und redete wirres Zeug.“

Es war nicht Bitterkeit, tiefer Schmerz lag in Marthas Stimme.

„Auf jeden dieser feigen Hasen, die schon gerannt sind, wenn Paul und er nur in der Ferne aufgetaucht sind, hätte er einen Schnaps getrunken. Alles was sich bewegte, hätten sie abgeknallt wie die Kaninchen. Er und Paul hätten den Osten fast allein erobert, wenn es nicht in den eigenen Reihen auch so viele Feiglinge gegeben hätte. Er und Paul wären die Generäle des Führers geworden. Die ganze Welt hätten sie erobert.

Er war so betrunken. Diesen Menschen kannte ich gar nicht. Er war wie die Männer, die auf der Flucht über mich hergefallen sind."

Immer schwerer fiel Martha das Sprechen. Immer häufiger versagte ihr die Stimme. Tränen befeuchteten ihre Augen und liefen ihr wie dicke Regentropfen über das Gesicht. Aber sie konnte und wollte jetzt nicht mehr aufhören. Johannes sollte erfahren, was der Alkohol aus seinem Vater gemacht hatte. Zu sehr war sie erschrokken, als sie Johannes hatte kommen sehen. Und so fuhr sie fort.

„Er hatte sich an diesem Tag nach der Arbeit nicht einmal gewaschen. Nicht einmal umgezogen hat er sich. Schwarz wie die Nacht kam er und legte sich schnarchend neben mich.

Am nächsten Morgen konnte er nicht zur Arbeit gehen. Noch vor dem Frühstück musste er sich übergeben. Den ganzen Tag hat er gekotzt. Ich bin rüber ins Kontor gegangen und habe ihn krank gemeldet. Der alte Meier hat getobt. Gerade an diesem Tag gab es besonders viel Arbeit, hat er geschrien. Er drohte damit, Hermann zu entlassen. Aber er wusste ganz genau, dass er niemanden finden würde, der so arbeiten konnte.

Dein Vater war ganz klein, als ich wieder nach Hause kam. Es tat ihm alles so leid. Mit roten Augen saß er in der Küche. So solle es nicht weiter gehen, hat er gesagt. Paul würde er bitten, nicht mehr in der Woche zu kommen. Sie müssten ja auch gar keinen Schnaps trinken. Vielleicht könnte er nächstes Mal ein, zwei Flaschen Bier kaufen.

Schon am übernächsten Tag war Paul wieder da. Wieder hatte er eine Flasche Schnaps in der Hand. Ich wollte ihn nicht rein lassen.

Ob ein Polenmädchen zwei deutschen Männern verbieten dürfe, auf die gute gemeinsame Zeit zu trinken, schrie er von der Haustür aus in die Wohnung.

Ob ein Polenmädchen überhaupt etwas verbieten dürfe?

Ob ein deutscher Mann ein Polenmädchen etwa um Erlaubnis fragen müsse?

Zur Antwort kam dein Vater wie ein Wurm zur Tür gekrochen, mit zwei Schnapsgläsern in der Hand.

Ich habe an diesem Abend gehört, wie und was sie geredet haben. Ich habe an diesem Abend erfahren, dass auch dein Vater kein bisschen anders war. Ich habe mit meinen eigenen Ohren gehört, wie sie sich mit ihren Taten gebrüstet haben, wie sie in den Dörfern gewütet haben, was sie den Frauen angetan haben.

So besoffen waren sie auch noch stolz darauf.

Polen, Russen, Deutsche – der Krieg und der Schnaps hat sie alle zu Bestien gemacht, ihnen den Verstand geraubt.

Immer betrunkener wurden sie. Irgendwo hatte auch dein Vater eine Flasche Schnaps versteckt gehalten. Damals wusste ich das noch nicht. Später hat er oft eine Flasche in der Scheune versteckt, im Schrank, wo er sein Werkzeug hatte. Er dachte, ich weiß es nicht. Immer lauter grölten sie ihre Lieder. Wie einen Hampelmann ließ Paul deinen Vater stramm stehen und sich rühren. Dabei waren beide so betrunken, dass sie kaum noch stehen konnten. Ihre Arme reckten sie zum Hitlergruß und grölten dabei: ‚Die Fahne hoch, die Reihen fest geschlossen.'"

Im Nebenzimmer hatte Anna angefangen, laut zu schreien. Vielleicht hatte sie einen bösen Traum geträumt. Sie sanft auf dem Arm wiegend, brachte Martha das kleine Mädchen mit zu Johannes ans Bett. Noch nie hatte der Bruder so viel Zärtlichkeit für seine Schwester gespürt wie in diesem Augenblick. Behutsam nahm er ihre kleine Hand. Warm blickte Martha auf ihre beiden Kinder. Für einen kurzen Moment wohnte das Glück bei ihnen. Für einen Hauch der Zeit blieb die Vergangenheit draußen vor der Tür. Aber schon die nächsten Worte tauchten die Gegenwart wieder in tiefe Schatten.

„Am nächsten Morgen hab ich ihn nicht noch einmal krank gemeldet, sollte er sich doch alleine mit dem alten Meier auseinandersetzen. Natürlich hab ich auch Angst gehabt, dass er wirklich seine Arbeit verliert. Was sollte denn aus uns werden. Du warst doch noch so klein. Wir brauchten doch das Geld. Wir brauchten doch etwas zum Essen.

Irgendwie hat er den Tag durchgestanden, reuig kam er völlig erschöpft und leichenblass nach Feierabend nach Hause, stumm saß er in der Küche. Nichts war mehr wie vorher. Nie wieder sollte es so werden.

Dieser Paul ist so plötzlich wie er aufgetaucht war, wieder verschwunden, keine Ahnung wohin. Es gab Gerüchte, nicht mehr. Der Schnaps aber ist uns geblieben.

Zu Anfang schien es tatsächlich so zu sein, als würde der Schnaps deinem Vater die Nächte ein wenig erleichtern. Er schlief ruhiger, schreckte nicht so oft hoch. Fast täglich trank er, jedoch nur mäßig. Immer wieder versprach er, wieder ganz mit dem Trinken aufzuhören. Ein, zwei Tage, manchmal sogar drei, schaffte er es. Wie ein eingesperrtes Tier lief er dann durch die Wohnung, voller Unruhe, wie gehetzt. Es war, als würde ihm eine innere Stimme einflüstern, dass er trinken müsse. Er konnte nicht mehr ohne.

Immer häufiger kam er schon mit einer Bierfahne von der Arbeit. Du hast oft schon geschlafen. Selten hat er nach dir gefragt. Ich weiß, dass es in anderen Familien nicht viel anders war. Der Schnaps hatte im ganzen Dorf so viele Männer, und manchmal auch die Frauen, in seinen Fängen.

Fast haben wir über die Jahre sogar wieder angefangen, ein normales Eheleben zu führen, uns so gut es eben ging durchgeschlagen. Paul blieb zum Glück verschwunden. Ich weiß nicht, ob dein Vater mehr darüber wusste. Ich habe ihn nie gefragt. Hauptsache er war weg.

Als dein Vater dann in den letzten drei Jahren sogar diese Arbeit am Brennofen in der Zementfabrik bekommen hat, konnten wir uns nach und nach immer ein wenig mehr leisten. Sogar eine Woche Urlaub. Du warst doch so dünn. Die Luft am Meer sollte dir guttun. Erinnerst du dich noch an die Tage an der Ostsee? Wie ein Fisch hast du schwimmen gelernt. Dein Vater mochte nicht ins Wasser gehen. Es war ihm immer zu kalt. Der Arzt wollte dich schon seit drei Jahren verschicken. Aber du wolltest nicht. Heimweh hattest du. Sogar bei Schrubber. Einmal wolltest du bei Schrubber schlafen. Hertha hatte euch schon ins Bett geschickt. Aber dann hattest du plötzlich Bauchschmerzen und Heinz musste dich nach Hause bringen, von Bauchschmerzen keine Spur mehr. Nach der vierten Klasse hättest du eigentlich auf die Höhere Schule gehen sollen, aber du weiß… Der alte Hinni, hat immer zu mir gesagt, das aus dir mal was werden kann. Er hat immer viel von dir gehalten. Wusstest du, dass er von den Nazis verfolgt wurde? Die letzten Monate haben sie ihn sogar noch in ein Konzentrationslager gesteckt. Seine Frau auch. Tante Lotte hat mir zum Abschied zwei Flaschen Apfelsaft für dich mitgegeben. Du hast doch immer so gerne die Äpfel von ihr gegessen."

Wild raste es in Marthas Kopf, wild sprudelten ihre Worte. Unzusammenhängend formten sich ihre Gedanken, jede Bedeutung verlierend. Als scheue sie den eigentlichen Kern ihrer Worte, plapperte sie ungewohnt vor sich hin. Als kämen sie aus einer weit zurückliegenden Vergangenheit, hatte sie die letzten Sätze zu Johannes gesprochen, obwohl das Geschehen doch so nahe war. Wie an einen im Wasser treibenden Baumstamm klammerte sich die Ertrinkende an die wenigen erträglichen Erinnerungen, wissend, dass das Unerträgliche davon unberührt blieb und sich unvermeidlich einen Weg bahnte. Nur einen kurzen Moment konnte sie es noch aufhalten. Unbeschreiblich war der Schmerz, den sie durchlebte. Unvermittelt stand sie auf und brachte die so fest schlafende Anna, als wolle sie diesen Moment nicht stören, zurück in ihr Bettchen.

Immer stärker wurde jetzt doch der Anteil der Verbitterung in Marthas Stimme, als sie sich noch einmal gesammelt hatte und zum letzten Teil ihrer Erzählung ansetzte.

„Du wolltest wissen, was mit deinem Vater vor seinem Tod los war, Johannes", wechselte seine Mutter abrupt das Thema. „Ich werde es dir erzählen, du bist alt genug, ich habe Angst um dich Junge, folge ihm nicht nach, hörst du, mach es nicht genauso wie er! Der Schnaps hat deinen Vater wahnsinnig gemacht. Hörst du Junge, wahnsinnig!

Eines Tages – du warst neun - kam er betrunken nach Hause. An diesem Tag konnte er wieder nicht aufhören. Ich habe ihn angefleht, ich habe gebettelt, ich habe ihm Tee gekocht, ich habe ihn angeschrien, er solle doch wenigstens an dich denken ….

Alles war so sinnlos, wenn der Alkohol ihn in seiner Macht hatte. So betrunken, wie an diesem Tag, war er lange nicht mehr. Später kam er zu mir ins Bett gekrochen. Es hat mich angewidert, wie er versucht hat, sich zu mir zu legen.

Wie von Sinnen ist er ganz plötzlich aufgesprungen. Was mit mir auf der Flucht geschehen ist, wollte er wissen. Ob Männer mir Gewalt angetan hätten? Als ob es Frauen in meinem Alter auf der Flucht gab, die das nicht erlebt hatten. Er hätte das doch am besten wissen müssen.

Besoffen fing er an zu rechnen. Er steigerte sich richtig in einen Wahn und zweifelte an, dass du sein Sohn bist. Ich bin doch keine Elefantenkuh, die ihr Kalb zwei Jahre trägt, habe ich ihn angeschrien. Wir haben heftig gestritten, fast hätte er mich sogar geschlagen. Dann ist er in einen ohnmächtigen Schlaf gefallen.

Am nächsten Morgen dann das alte Lied: Wie ein geprügelter Hund schlich er sich, immer noch ziemlich betrunken, zur Arbeit, er hatte keine richtige Erinnerung mehr an den Abend. Das passierte immer häufiger. Es war so erbärmlich, so würdelos.

Er hat nicht wieder davon angefangen, aber irgendetwas hatte sich in seinem besoffenen Kopf festgesetzt. Von da an gab es nach jedem Dorffest heftigen Streit. Aus dem Nichts war er plötzlich wahnhaft eifersüchtig. Noch nie hatte ich ihm einen Grund gegeben. Aber jetzt durfte ich auf dem Schützenball nicht mehr mit anderen Männern tanzen. Als er im Sommer ein paar Tage Urlaub hatte, fing er an, die Zeit zu kontrollieren, wie lange ich beim Einkaufen war. Die Schuhe vom Schuster musstest du immer abholen. Den Nachbarn verdächtigte er, mir nachzustellen, wenn er mir am Tag bei einer Arbeit im Garten geholfen hatte. Einmal ist er sogar auf Onkel Fritz losgegangen. Immer eifersüchtiger wurde er. Immer mehr bildete er sich ein. Überall lauerten andere Männer in seinem Schnapskopf.

Zwischendurch gab es aber auch immer wieder andere Zeiten, du warst doch schließlich auch da. Die Vorfreude auf das Weihnachtsfest, die Adventszeit, das Fest der Liebe. Liebe gab es zwischen uns nicht mehr. Ich wollte kein Kind mehr, aber dann war ich doch noch einmal schwanger. Mit unserer kleinen Anna.

Als du noch ganz klein warst, hat Franz uns manchmal in Osten besucht. Du weißt ja, dass er aus meiner Heimat kommt. Er war auf der Suche nach seiner vermissten Frau. Zuerst mochte dein Vater ihn sogar, aber nachdem dieser Paul aufgetaucht war, hat sich das schnell geändert. Dein Vater hat Franz beschimpft und eines Tages hat er ihn einfach rausgeschmissen. Franz ist nie mehr wiedergekommen. Er ist ein guter Mensch, er wollte mich nicht in Schwierigkeiten bringen.

Zwei Wochen vor der Flut hat Herrmann Franz dann drüben in Basbeck am Bahnhof gesehen. Dein Vater hat dort nach der Schicht in der Bahnhofskneipe oft noch ein Bier getrunken. Wie von Sinnen ist er an diesem Tag nach Hause gekommen. Gerade hatte ich ihm gesagt, dass ich wohl schwanger bin.

Vielleicht konnte er sich nicht mehr an diese eine Nacht, als es passiert ist, erinnern. Vielleicht hat ihn aber auch einfach nur der Wahnsinn getrieben. Seine blinde Eifersucht auf Franz hat ihn rasend gemacht. Er wollte Franz umbringen. Er hat mich geschlagen. Es war so schrecklich, Johannes. Tagelang hat er sich immer stärker rein gesteigert. Für ihn war klar, dass das Kind von Franz ist. Wie lange das schon geht, wollte er wissen. Wie lange der Polacke ihm schon Hörner aufsetzt, hat er getobt. Mit wie vielen Männern im Dorf ich rumgehurt hätte? Tagelang ging das so, tagelang hat er nur noch gesoffen. An deinem Geburtstag ist er betrunken von der Arbeit gekommen und hat sich ins Bett gelegt. Zum Glück war Schrubber noch da. Die Oste hatte Hochwasser und ihr seid noch im Dunkeln am Deich rumgerannt, um angespülte Flaschen zu sammeln.

Am nächsten Tag dann hätte er morgens mal wieder gar nicht zur Arbeit gehen können. Es ging ihm so schlecht. Das ganze Klo hat er vollgekotzt. Aber er hatte frei und wechselte in die Nachtschicht. In der Fabrik wollten sie ihn schon entlassen, hat Onkel Jürgen mir später erzählt.

Wie immer saß er später in der Küche und fing an zu jammern, dass es ihm leid tut und dass er aufhören wollte zu trinken, dass er nichts dafür kann. Mein Gott, wer hatte alles Schuld an seinem Elend, sein Vater, sein Bruder, Adolf Hitler, Paul, die Männer im Dorf, die Frauen im Dorf, der alte Meier, die Arbeit in der Zementfabrik. Er tat sich so leid, so voller Selbstmitleid war er.

Später fing er dann wieder an zu lamentieren, was für ein schlechter Mensch er sei, was für ein schlechter Ehemann, was für ein schlechter Vater, wie schlecht er in der Fabrik arbeite. Nicht zum ersten Mal, wenn er seinen Moralischen hatte, wollte er sich umbringen. Er wollte in die Oste gehen.

Dann bist du aus der Schule gekommen und er hat sich in seine Scheune verkrochen. Da hatte er schon länger eine Flasche Schnaps versteckt. Er hat sich wohl immer noch eingebildet, dass ich es nicht weiß. Wahrscheinlich konnte er sich nie erinnern, wie viel er am Vortag getrunken hatte. Am Anfang habe ich den Schnaps manchmal sogar weggegossen, manchmal auch mit Wasser aufgefüllt. Aber dann hätte ich das Geld auch in die Oste schmeißen können, wir hatten doch nicht so viel. Am nächsten Tag hatte er ein neues Versteck gefunden. Irgendwo stand eine neue Flasche. Nichts hat geholfen. Später kam er dann wieder an, wieder war er angetrunken, obwohl er ja noch zur Arbeit musste. Alles Gejammer war vergessen. Wieder fing er von Franz an. Ich glaube, du hast alles mitbekommen."

Nur zwei Sätze fügte Martha noch hinzu: „Ich weiß nicht, ob er es mit Absicht getan hat, vielleicht ist er auch gefallen und dann ertrunken. Wenn der Schnaps ihn in seiner Macht hatte, konnte er nicht frei entscheiden."

Aus Marthas Stimme war jetzt wieder jede Bitterkeit gewichen, nur Schmerz und unendliches Leid sprachen aus ihr. Sanft strich sie Johannes über den Kopf und bettete ihn auf das Kissen, behutsam hob sie die Bettdecke am Fußende an und schüttelte die schweren Federn auf. Liebevoll küsste sie Johannes auf die Stirn.

An der Tür drehte sie sich noch einmal um: „Folge ihm nicht, Johannes! Die Sucht macht alle Liebe kaputt, die in den Kindern wohnt, wenn sie auf die Welt kommen. Niemand kann ohne Liebe in Frieden leben. Ich muss mich jetzt um Anna kümmern. Sie weint schon seit ein paar Minuten." Erst jetzt hörte Johannes das leidvolle Schluchzen seiner kleinen Schwester.

Leise Tränen rannen in Johannes Kopfkissen.

Laut grölte sein Vater das Lied vom schönen Polenmädchen.

Johannes hörte, wie mächtig der Sturm tobte.

Er hörte wie sich die Scheunentür öffnete.

Das Scharnier der Schranktür knarrte.

So hörte sich Angst an.

In unbekannten Worten hörte er seine Mutter singen.

So hörte sich Liebe an.

Johannes spürte die kalte, erstarrte Wange seines Vaters.

So fühlte sich Angst an.

Weich spürte er den Kuss seiner Mutter auf der Stirn.

So fühlte sich Liebe an.

Fest nahm er sich vor, sich für die Liebe zu entscheiden. Hatte er es nicht seinem im Sarg liegenden Vater sogar versprochen.

*

In dieser Nacht fand Johannes keinen ruhigen Schlaf. Zu sehr rasten die Gedanken an seinen toten Vater wild und scheinbar außer Kontrolle durch seinen Kopf. Quälend suchte er nach Erinnerungen an diesen Mann, den seine Mutter einmal geliebt hatte.

Und er? Noch nie hatte Johannes sich bewusst Gedanken darüber gemacht, was er eigentlich für seinen Vater zu Lebzeiten empfunden hatte. Er war wie er war. Johannes kannte ihn nicht anders, hatte ihn sich nie anders vorgestellt. Viele Männer im Dorf tranken.

Erwachsene Männer tranken.

Kohlenträger tranken.

Pastoren tranken, Doktoren tranken.

Lehrer tranken, Kaufmänner tranken.

Feuerwehrmänner tranken, Schützen tranken.

Väter tranken, Ehemänner tranken.

Junge Männer tranken, alte Männer tranken, große, kleine, reiche, arme.

Manchmal hatten Schrubber und er sich über ihre Väter lustig gemacht, wenn sie, gemeinsam feiernd, immer betrunkener wurden, immer lauter, immer weniger den anderen wahrnehmend, immer streitsüchtiger, manchmal aber auch besonders großzügig das Portemonnaie zückend, manchmal großspurig eine glorreiche Zukunft für ihre Söhne entwerfend, immer mehr zum Hochstapler des eigenen Lebens und der kläglichen Vergangenheit werdend.

Nicht selten war auch Scham in den Jungen hochgekrochen, wenn die Väter, immer unverständlicher redend, die ungelenken Bewegungen immer weniger unter Kontrolle habend, kein Ende fanden. So sehe eben das erwachsene Leben aus, hatten sie sich mutig eingeredet, dabei durchaus begierig darauf, endlich die erste eigene Erfahrung zu machen, wie sich das Erwachsensein anfühlt.

Auch hatte Johannes manchmal verzweifelte Wut auf seinen Vater verspürt, an Tagen, an denen Onkel Heinz nicht mithielt, Hermann Wüst aber trotzdem jede Flasche bis zur Neige leerte. Gab es Väter die weniger tranken, seltener? In diesen Gedanken wohnte Angst. Waren doch nicht alle gleich? Gab es eine Wahl?

Begierig griff Johannes in dieser Nacht nach den freundlichen Momenten, die verschwommen in ihm auftauchten. Mühsam brachte er sie ans Licht. Immer wieder entglitten sie in einer alkoholgeschwängerten Wolke. Immer wieder flatterte auch den freundlichen Erinnerungen eine Bierfahne voran.

Schmerzhaft tauchten Bilder aus dem Urlaub an der Ostsee auf. Väter spielten mit ihren Jungen Fußball am Strand, tobten mit ihren Kindern in den Fluten. Wilde Reiterspiele endeten in Heiterkeit. Morgen würden sie auch einen Ball kaufen, hatte sein Vater versprochen. Morgen!

Johannes wusste, dass sie auch morgen nicht spielen würden. Immer wieder hatte er etwas versprochen, immer wieder hatte er seine Versprechen gebrochen. Johannes wusste, dass sein Vater auch morgen mit seiner Bierflasche, unter dem Busch verkrochen, am Strand sitzen würde.

Schmerzhaft tauchte die Erinnerung an einen Streit seiner Eltern auf. Einmal wollte seine Mutter im Urlaub in einer Bude unten am Strand halbe Hähnchen essen. Einmal im Urlaub wollte sie keine Brote schmieren. Wie sehr war Johannes schon das Wasser im Mund zusammen gelaufen. Wie groß war seine Vorfreude gewesen. Wie groß war die Enttäuschung, als sein Vater dann angetrunken verkündete, dass sie sich halbe Hähnchen nicht leisten konnten. Heftig hatte seine Mutter dem angetrunkenen Vater ins Gesicht geschleudert, wie viele Hähnchen im Urlaub er schon versoffen habe.

Schließlich lenkte er ein. Morgen würden sie ganz groß essen gehen, versprach er. Morgen!

Johannes wusste, dass es auch morgen, auch übermorgen, ein Käse- und ein Wurstbrot mit einem frischen Salatblatt zu essen gäbe, zum Nachtisch vielleicht ein Stück frisches Obst. Auch morgen würde das Geld nicht für Hähnchen und für Bier reichen.

Wie an einen kostbaren Schatz erinnerte Johannes sich an die Momente, die er als kleiner Junge mit seinem Vater in der Scheune verbracht hatte. „Meine Zimmermannsbude“ hatte sein Vater das staubige Verlies genannt. Jedes Werkzeug hatte er ihm fast geduldig nahe gebracht, die angemessene Größe der Nägel bestimmt, mit klarem Blick die richtige Holzauswahl getroffen. Einmal hatte er ihm ein Vogelhaus gebaut, das den ganzen Winter mit Freude erhellt hatte, ein anderes Mal war es ein Holzschiff, das sie dann an der Fähre in die Oste gelassen hatten. Wie erhaben war das Gefühl gewesen, auf den Schultern des Vaters durch die Deichlücke zu schreiten. Alles Glück dieser Welt war in diesem Augenblick enthalten. Mehr konnte es nicht geben.

Rasch war Wasser durch die nicht kalfaterten Ritzen des Holzes gedrungen, schon bald hatte sich der Knoten gelöst und der behäbige Kahn hatte sich von der Strömung fortreißen lassen. Lachend hatten sie der treibenden Planke hinterher gesehen. Gemeinsam würden sie ein neues, viel besseres, viel größeres Schiff bauen, hatte sein Vater versprochen. Solle dieses unnütze Stück Holz doch ruhig in die Elbe treiben und dann hoch nach Hamburg oder in das große Meer.

Nichts trübte diese Erinnerungen. Sie fühlten sich glücklich an. Aber so sehr Johannes sich auch mühte: Sie blieben einsam. Und je mehr er diese Momente in der nahen Vergangenheit suchte, in den letzten Jahren, desto hartnäckiger blieben sie im Dunkeln. Hatte es sie nicht gegeben? Hatte er sie vergessen?

Wie enttäuschend war der letzte gemeinsame Moment in der „Zimmermannsbude" verlaufen. Johannes hatte seinen Vater um Hilfe bei einem Werkstück aus hartem Tropenholz gebeten, das er im Werkunterricht in der Schule anfertigen wollte. Nach Feierabend würde Hermann Wüst ihm den richtigen Umgang mit dem harten, fremden Holz beibringen – versprochen. Sein Vater hatte ihm am Morgen zugezwinkert.

Schon angetrunken war er an diesem Tag von der Arbeit gekommen, mürrisch ließ er sich von Martha an sein Versprechen erinnern, abweisend betrat er die Scheune, ungeduldig reagierte er auf Fragen, aufbrausend legte er die Schale zur Seite. Heute sei er von der Arbeit einfach zu erledigt, aber morgen, versprach er. Morgen!

Mehr traurig als enttäuscht hatte Johannes die Scheune verlassen. Durch die geöffnete Tür hatte er noch gesehen, wie sein Vater eine Schnapsflasche an den Hals setzte und gierig trank. Er hatte sich vorgenommen, seiner Mutter nicht davon zu erzählen. Sie hatte schon genug Sorgen.

Es ging schon gegen Morgen, als Johannes in einen unruhigen Schlaf fiel, aus dem er immer wieder mit klopfendem Herzen hoch schreckte.

*

Als sie ihn wecken wollte, fand Martha auf nassem Laken ein fieberndes Kind. Viel zu viel hatte sie ihm zugemutet, warf sie sich vor. Johannes war doch erst dreizehn. Wenigstens konnte sie ihn schon alleine lassen, denn sie musste ihre Arbeit drüben im Bauernhaus erledigen, auch wenn Johannes krank war. Voller Sorge bereitete sie ihrem Sohn Wadenwickel.

Drei Tage fehlte Johannes in der Schule. Spöttisch begrüßte ihn der Lehrer, ob er die gute Landluft nicht vertragen habe, oder ob etwa die Arbeit auf dem Hof zu schwer gewesen sei. Auf einem Bauernhof müsse jeder mit anpacken. Mit verschwörerischer Geste wandte er sich der Klasse zu: In Osten gibt es nämlich keinen einzigen Bauernhof. Da wohnen nur bessere Leute. Nicht so dumme Bauern wie wir.

Kinder und sein Leben schienen dem Mann ein Gräuel zu sein.

Mit hämischen, überlegenen Blicken bedachten die Mitschüler Johannes. Einige spannten ihre Muskeln und reckten sie ihm bedrohlich entgegen, zum Beweis, dass er richtige Männer vor sich hatte. Wehmütig dachte er an Schrubber. Aufmunternd hörte er den alten Fährmann, der nicht immer nur die Oste gekreuzt hatte, sagen: Wer so arbeiten könne wie er, der könne auch ein, zwei Grog vertragen. Er würde ihn wieder einmal besuchen. Vielleicht sogar noch heute.

Schnell rannte Johannes nach Schulschluss zum Hof, wo er bereits von seiner Mutter, die kleine Anna auf dem Arm wiegend, erwartet wurde. Dampfend stand ein Teller Gemüsesuppe auf dem Tisch. Der Duft eines frisch gebackenen Graubrotes lag köstlich in der Luft.

„Johannes“, begann sie unvermittelt „ich muss mich um Anna kümmern. Jetzt ist sie krank. Sie hat Fieber. Es war so schwer, eine Anstellung zu finden. Wer stellt schon jemanden wie mich ein. Der Bauer wusste ja, dass ich mit Anna kommen würde. Franz sagt, er ist ein guter Mensch. Wenn ich drüben im Haus arbeite, darf ich Anna mitnehmen. Aber heute muss ich am Kartoffelroder sortieren. Es geht nicht anders.“

Mit knappen Worten schilderte sie ihre Not. Laut dröhnte die Stimme des Lehrers durch seinen Kopf. Vor seinen Augen spannten sich die kräftigen Arme der Mitschüler. Er könne die Arbeit am

Roder machen, er könne arbeiten, wie ein Alter. Stolz klang aus der Stimme, als Johannes seinen Vorschlag machte. Sanft drückte seine Mutter ihn an sich und küsste ihn auf die Stirn. Entschlossen riss Johannes sich los und wandte sich gegen diese kindische Zärtlichkeit. Hier war ein Mann am Werk.

Der Bauer hatte keine Einwände, solange Johannes durchhalte. Die Arbeit sei viel schwerer als sie aussehe. Es seien einfach zu viele Steine im Kartoffelacker. Alt genug sei Johannes ja durchaus. Ein bisschen wenig auf den Rippen habe er. Aber die Jungen im Dorf würden alle in dem Alter schon längst mitarbeiten. Die ein wenig mürrisch klingende Stimme des Bauern konnte seine freundlichen Augen nicht ganz verdecken.

So stand Johannes den ganzen Nachmittag mit Enno, der Magd Grete und Helmut, dem 16-jährigen Sohn des Bauern, am Roder. Über ein Förderband liefen ohne jede Unterbrechung Kartoffeln, Steine und Erdklumpen über die rüttelnden Stäbe. Franz sorgte dafür, dass der Nachschub nie versiegte.

Schon bald schmerzte der Rücken, schmerzhaft verspannten sich die Schultern, lang und länger wurden die Arme. Aber ein unbeugsamer Wille wohnte an diesem Nachmittag in Johannes. Hier war ein Mann am Werk. Verstohlen suchte der Blick den Sohn des Bauern. Neugierig blickte auch Helmut auf Johannes. Worte hatten die beiden Jungen bisher kaum gewechselt. Auch die Augen von Franz suchten immer wieder prüfend den Kontakt zu Johannes. Aufmunternd nickte er ihm zu. Seine Augen verbreiteten Wärme. Unerwartet heftig strömte freudig warmer Stolz durch die Brust des Jungen. Seine Hände rührten sich noch schneller.

Als die letzten Kartoffeln über das Band gelaufen waren, ergriff augenblicklich eine tiefe Erschöpfung den Jungen. Fast taumelnd erreichte er das kleine Tagelöhnerhaus. Erschrocken sah Martha ihn so kommen, den unwillkürlich schneller werdenden Herzschlag rasch wieder unter Kontrolle, als sie die Ursache des schwankenden Ganges sicher erkannte. Liebevoll kümmerte sie sich um ihren Sohn.

Später schaute Franz noch in das kleine Häuschen, erkundigte sich zunächst nach Anna und berichtete schließlich darüber, wie Johannes Marthas Platz am Roder mehr als ausgefüllt habe. Sie könne sehr stolz auf ihren Jungen sein. Dankbare Blicke wechselten durch den Raum. Rot glühten die Ohren des Jungen, schnell die eigene Leistung im Vergleich zu der von Helmut kleinredend. So viel mehr habe der Sohn des Bauern sortiert, viel schneller habe er gearbeitet, viel weniger Steine übersehen. Still lächelnd blickten Franz und seine Mutter einträchtig zu ihm. Es fühlte sich so gut an, dass niemand ihm zustimmen wollte.

Kaum noch die Augen offen halten könnend, lag Johannes kurz darauf in seinem Bett. Seine letzten Gedanken an diesem Tag galten einem Vogelhaus, das einen ganzen Winter mit Freude erhellt hatte und einem Holzschiff, das vielleicht in die Elbe getrieben war, oder in die Weiten des Ozeans mit seinen unergründlichen Tiefen.

*

Am nächsten Morgen konnte Johannes es kaum erwarten, zur Schule zu kommen. Fast krampften die Muskeln vor Anspannung, fast sprengte die stolze Brust die Knöpfe des Hemdes. Fast unerträglich war der Spott seiner Mitschüler: Weiberknecht.

Demütigend ließ der Lehrer die Jungen in Reih und Glied antreten. Er besah sich prüfend ihre Hände. Spöttisch verkündete er der Klasse, dass „der feine Herr“ sich nicht schmutzig gemacht habe, Schwielen habe er auch nicht. Die versteckten Schläge in der Hofpause waren schmerzhaft. Höhnisch waren die Worte des Aufsicht führenden Lehrers, der Johannes aufforderte, sich doch zu wehren, denn sonst werde er nie ein Mann.

Johannes war froh darüber, zuhause nur ein gewärmtes Essen auf dem Küchenofen zu finden. So rannte er nach der Schule, so schnell er konnte, runter zum Fluss. Schon von weitem hörte er geschäftiges Treiben. Gerade hatte ein Bauer seine Kuhherde von den Weiden auf der anderen Seite der Oste übersetzen lassen. Kalte Tage kündigten sich an.

„De hebt mi wedder den ganzen Kahn fullscheten. Jeden Tach geit dat nu so. Fass mal´n büschen mit an.“ Der alte Fährmann, der auch die Seekühe des weiten Ozeans kannte, hielt ihm ein Tau hin, an dem ein Zinkeimer befestigt war. Eimer für Eimer schöpfte Johannes aus der Oste und goss das moorige Wasser über die Planken der Fähre. Wehmütig wünschte er sich plötzlich Schrubber an seine Seite. Tausendfache Erinnerungen an ihre gemeinsamen Abenteuer am Fluss zogen an Johannes vorüber. Wie oft hatten sie sich auf ihrer Jagd nach Treibgut in fremden Welten verloren oder sich auf eine gemeinsame Weltreise begeben, manchmal weit über die Mündung der Oste hinaus. Wie oft hatten sie sich gegenseitig aus den Kochtöpfen der Menschenfresser befreit. Wie viele Piratenschiffe hatten sie im unerbittlichen Kampf versenkt, wie viele Truhen voller Gold in ihren Unterschlupf im Schilf geschleppt, wie viele Prinzessinnen befreit.

Wie sollte er Schrubber vergessen?

Behaglich bullerte der Ofen in der kleinen Kate, als sie nach getaner Arbeit am Tisch saßen. Gemütlich summte der rußgeschwärzte Teekessel auf dem Herd. „Magst auch ein?“ Schon stellte der alte Seemann zwei Groggläser auf den Tisch. Hier war ein Mann gefragt.

Niemand wollte an diesem Tag mehr über den Fluss gesetzt werden. Schon bald brach eine trübe Dämmerung herein. Unglaublich waren die Geschichten aus aller Welt, die der alte Seebär ihm auftischte. Von Stürmen wusste er zu berichten, gegen die der Orkan im Februar ein laues Lüftchen gewesen sei, von Seeungeheuern, die den größten Eber im Dorf mit einem Bissen verschlingen würden, von Matrosen auf Landgang, stärker und wilder als ein Stier. „Besonders wenn sie in Hamburg über die Reeperbahn zogen“, hatte er vieldeutig hinzugefügt, den Blick in eine weite Ferne gerichtet.

Kannibalen in Afrika kannte er nicht weniger als die Hulamädchen auf Hawaii. Eskimos auf Grönland zählte er genauso zu seinen Freunden wie Indianer in Südamerika. Den stürmischen Atlantik hatte er genauso durchkreuzt, wie er eine wochenlange Flaute in der Südsee überstanden hatte. Kap Horn hatte er umrundet, das Kap der Guten Hoffnung umschifft. Freundlich erinnerte er sich an die

Äquatortaufe, rau beschrieb er das Kielholen, das den ungehorsamen Matrosen blühte. Längst nicht alle hatten es überlebt. Kein fremder Kontinent, den er nicht kannte. Kein fremdes Land, dessen Vorzüge er nicht zu schätzen wusste. „Nur Grog können die inne Südsee nich kochen", schloss er seinen Bericht und füllte, diesmal ohne Johannes zu fragen, ein weiteres Mal die Gläser.

Angst kroch in Johannes hoch, als er sich an die Warnung seiner Mutter erinnerte: „Folge ihm nicht nach Johannes, der Schnaps hat ihn wahnsinnig gemacht."

Aber dieser alte Seebär hier trank so ganz anders als sein Vater. Kein bisschen gierig. Nicht heimlich. Nicht pausenlos. Obwohl es schon gegen Abend ging, stand erst der zweite Grog auf dem Tisch. Bedächtig setzte der Mann das Glas an die Lippen. Genüsslich ließ er einen Schluck durch die Kehle rinnen. Hier lauerte keine Gefahr, machte Johannes sich glauben. Köstlich breitete sich Wärme in ihm aus.

Um seine Mutter nicht wieder zu ängstigen, würde ein Pfefferminzbonbon der Kaufmannstochter hilfreich sein, ging es ihm durch den Kopf. Schade, dass er schon die letzte Rolle angebrochen hatte. Wie viele Geschichten konnte er dem alten Seemann noch entlocken?

In welch unbekannte Welten würde der Fährmann ihn führen!

Jeden Schritt übertrieben aufrecht setzend, um sich nicht verdächtig zu machen, begab sich Johannes auf den Heimweg. An den alten Hinni dachte er allerdings nicht dabei.

Auf dem Küchentisch fand er einen Zettel von seiner Mutter. Sie müsse der Bäuerin noch beim Einkochen helfen, hatte sie geschrieben. Es werde wohl ziemlich spät.

Erleichtert schlang Johannes die mit einem Teller abgedeckten Schmalzbrote in sich hinein. Froh über die unverhoffte Wendung, kroch er unter das dicke Federbett. Süß war die Erinnerung an den Kuss der Tochter des Kaufmanns, noch süßer die Erinnerung an Tante Lattes Busen, der sich ihm tief ins Fleisch bohrte.

Ein Matrose auf Landgang.

Unbekannte Paradiese beflügelten in dieser Nacht Johannes' Träume.

*

Der Winter machte sich in diesem Jahr früh und heftig bemerkbar. Die Arbeit auf dem Hof beschränkte sich weitgehend auf die Versorgung des Viehs. Immer öfter übernahm Johannes Aufgaben, die seiner Mutter zugeteilt waren; er fütterte die Hühner und holte die Eier aus dem Stall, schnitt die Rüben für das Futter der Kühe und mischte das geschrotete Korn für den Schweinefraß.

Manchmal bat Franz ihn um Hilfe. Johannes mochte die Arbeit mit ihm. Ruhig gab Franz ihm Anweisungen, geduldig erklärte er ihm die Aufgaben, freundlich verbesserte er seine Fehler. Gemeinsam warfen sie das Heu durch die Luke des Heubodens auf die große Diele und mischten sorgfältig ein wenig Stroh unter das Heu.

Immer häufiger saß Franz nach getaner Arbeit am Küchentisch des kleinen Tagelöhnerhauses. Er vergaß kein einziges Mal, Martha gegenüber die Arbeit von Johannes anerkennend zu erwähnen.

Johannes war kein Kind mehr. Es war nicht zu übersehen, wie froh seine Mutter in der Anwesenheit dieses stillen Mannes war, fast glücklich. Anna auf dem Arm wiegend, sprachen sie immer wieder über die verlassene Heimat im Osten. Wie viel Leid hatten diese beiden Menschen erfahren. So viele geliebte Menschen hatten sie tot oder mit ungewissem Schicksal zurückgelassen oder auf der Flucht verloren.

Trotzdem hatte nichts ihre Dankbarkeit für das Geschenk des Lebens gebrochen. Längst hatten sie sich vom „Gott des Pfaffen in Rom" abgewandt. Eine ungewohnte Bitterkeit lag in Franz Stimme, wenn er über die „Kirchenfürsten" herzog, über ihre gemeinsame Sache im Krieg mit „denen" und dennoch wohnte in ihnen eine tiefe Gläubigkeit an einen liebenden Gott. Unbeirrt glaubten diese einfachen Menschen an eine Höhere Macht, die ihrem Leben einen Sinn gab. Unbeirrt glaubten sie an die Macht der Liebe.

Die Abende, die sie gemeinsam in der kleinen Küche verbrachten, waren behaglich. Manchmal spielten sie „Mensch-ärgere-dich-nicht“ oder „Mau-Mau“, fast unschlagbar war Johannes beim „Spitz pass´ auf“. Manchmal sang seine Mutter alte Lieder, nie so schön wie dieses eine Lied in fremder Sprache, das sie von ihrer Großmutter kannte. Überrascht stellte Johannes fest, dass seine Mutter und Franz sich auf Polnisch unterhalten konnten, wenn auch gebrochen. Vereinzelt klangen Worte durch den Raum, die auch für einen fast 14-jährigen Jungen keine Übersetzung brauchten. So viel mehr drückten die Augen aus als die Zungen.

Aber immer wieder gab es in diesen Wochen auch bedrückende Schultage, unerträgliche Erniedrigungen durch die Mitschüler, boshafte Schikanen durch den Lehrer. Und immer wieder suchte Johannes die Nähe zum alten Fährmann, reiste mit ihm durch die Welt, wenngleich der Wahrheitsgehalt seiner Geschichten immer trügerischer wurde. Zunehmend zweifelte Johannes sogar daran, ob der angebliche Seebär jemals die Weltmeere befahren hatte. Immer häufiger endeten seine Erzählungen schon beim Landgang in Hamburg. Immer häufiger hörte er im Dorf, wie sich die Menschen über den alten Suffkopf unten an der Fähre lustig machten. Nie sah Johannes diesen Mann wirklich betrunken, nie verließ er die Kate des Mannes, ohne selbst getrunken zu haben. „Auf einem Bein kann man nicht stehen“, war das unbeirrte Motto.

Tiefe Sorge durchfurchte Marthas kleines Glück an diesen Tagen. Wie konnte sie Johannes davor bewahren, in die Fußstapfen seines Vaters zu treten? Sie liebte ihren Sohn nicht weniger als die kleine Anna. Was konnte sie tun?

Und dann gab es für Martha noch Franz, der so ganz anders war. Wie tröstend und beunruhigend zugleich war dieser Gedanke, der eigentlich mehr ein Gefühl war. Wie sehr hatte Martha sich geschworen, nie wieder einem Mann nahe zu sein. Sie hatte sich vorgenommen, sich nie wieder so verletzbar zu machen. Doch seit einiger Zeit gestand sie sich ein, wie sehr sie die Aufmerksamkeit dieses Mannes genoss, der ihr so viel gab, ohne von ihr zu fordern. Auch sie gab ihm gerne, wohl wissend, dass er es nicht von ihr verlangte. Konnten Menschen das Schreckliche wirklich so schnell vergessen? Konnte es in der Mitte des Lebens noch einmal eine solche Veränderung geben?

Trotz der Sorge um Johannes verspürte Martha in diesen Tagen tiefe Wärme, als sie die Vorbereitungen für das Weihnachtsfest traf. Oft summte sie dabei das Lied vor sich hin, das sie voller Dankbarkeit an ihre Großmutter erinnerte: Keine Macht der Welt kann die Liebe zerstören, die tief in dir wohnt. Traurig bedachte sie auch die Möglichkeit, dass sie es versäumt habe, in Johannes den Samen für eine robuste Liebespflanze zu legen. Martha drückte die kleine Anna zärtlich an sich. Liebe und Angst kämpften auch in Martha unablässig um die Vorherrschaft.

Johannes war einfach nur froh über den letzten Schultag vor den Weihnachtsferien. Mehr noch freute er sich jedoch darüber, dass Helmut, der 16-jährige Sohn des Bauern, ihm seine alten Schlittschuhe geschenkt hatte. Schon zwei Nachmittage hatten sie gemeinsam auf dem kleinen Teich mitten im Dorf verbracht, Helmut kunstvolle Kreise ziehend, Johannes linkisch das Gleichgewicht haltend. Niemand der anderen Jungen wagte ein Wort oder gar die Hand gegen Johannes zu richten. Zu angesehen war sein Schutzpatron.

Helmut besuchte in der nahen Kleinstadt das Gymnasium und träumte davon, so schnell wie möglich die dörfliche Enge zu verlassen. Stunde um Stunde verbrachte er vor seinem Transistorradio, fremder Musik genauso lauschend, wie den Nachrichten aus aller Welt.

Trotz des Altersunterschiedes hatte er Gefallen an Johannes gefunden, der sich für ihn wohltuend von den Raufbolden im Dorf unterschied. Belehrend zeichnete er Johannes seine Sicht der Dinge, begierig lauschte er, wenn Johannes ihm das Wissen des alten Hinni weitergab. Zaghaft näherte sich Johannes den Gedanken über die Veränderbarkeit der Welt des älteren Jungen an und trug Helmut mutig seine eigenen Gedanken über das Leben vor, die ihm in der Schule nur Spott und blaue Flecken eintrugen.

Die beiden Jungen trafen sich immer häufiger und zwei träumende, junge Architekten entwarfen eine glorreiche, lebenswerte Zukunft für alle Menschen. Helmut berichtete voller Abscheu davon, dass die Neger in Amerika weder den Bus noch die Parkbänke der Weißen benutzen durften. Empört konnte er Politiker in Deutschland benennen, die trotz ihrer Vergangenheit in den Parlamenten saßen und Macht ausübten. Vieles musste Johannes einfach glauben, weil er es nicht besser wusste. Bewunderung für den älteren Gefährten machte es leicht, ihm zu glauben. Ehrfürchtig verneigte er sich vor Helmuts Bücherregal, dass alles Wissen dieser Welt zu enthalten schien.

Zwei freie Geister setzten bei ihren Zusammenkünften schwärmerisch ihren Gedanken keine Grenzen. Niemandem wollte Helmut die Macht zugestehen, über ihn zu herrschen. Zustimmend nickte Johannes, nicht sicher wissend, was genau damit gemeint war. Zu fremd war ihm dieses Denken, zu unüberschaubar diese Welt. Aber der Duft war verlockend.

„Freiheit ist das einzige, was zählt", belehrte ihn Helmut eines Tages. Wie geriet er dabei ins Schwärmen! Sein Herz empörte sich gegen die grausam errichtete Mauer in Berlin, und er feuerte Johannes an, niemals eine Mauer in seinem Kopf zuzulassen. Schlimmer als sichtbare Mauern sind die Denkgefängnisse, ereiferte er sich. Die Gedanken sind frei, zitierte er das alte Volkslied.

Das hier mit Helmut war etwas anderes als die Kindereien mit Schrubber. Stolz erzählte Johannes seiner Mutter davon, dass Helmut ihn zu einer Silvesterfeier ins Bauernhaus eingeladen habe.

Martha sah die Verbindung der beiden Jungen gerne. Alles, was Johannes von dem alten Suffkopf am Fluss fernhielt, erleichterte ihr Leben. Sie trug nur kurz ihre Einwände vor. Johannes war kein Kind mehr. Er musste seinen Weg gehen. Erst einmal stand jedoch Weihnachten vor der Tür. Es schneite dicke Flocken. Weihnachten sollte in diesem Jahr ein Fest der Liebe werden. Die Tage waren voller Glück.

*

Der Schnee fühlte sich weich an, eiskalt, aber dennoch weich.

Vor dem hilflos in den Schnee gesunkenen Johannes tauchte das Bild auf, wie seine Mutter, am Fußende des Bettes stehend, die schweren Federn der Bettdecke aufschüttelte. Dann kuschelte sie ihn in die Decke und gab ihm einen Kuss auf die Stirn. Gesagt hatte sie nichts. Weich und traurig zugleich blickte sie ihn an.

Johannes konnte nicht begreifen, dass das seine letzte Erinnerung bleiben sollte. Er wollte jetzt nicht sterben. Er hatte doch noch gar nicht gelebt.

Er fror.

Die Tränen waren zu Eis erstarrt. Aber als er den Kampf aufgegeben hatte, war es warm durch seinen Körper geflutet. Noch einmal schüttelte seine Mutter die Federn auf, noch einmal küsste sie seine Stirn. Dann hatte Johannes losgelassen.

Noch einmal war er aufgewacht. Am Himmel explodierten grüne Sterne. Für einen lichten Moment erinnerte er sich daran, wie er hierher gekommen war, wie er den Rückweg aufgegeben hatte, wie er in den tiefen Schnee gesunken war, obwohl das Haus doch so nahe war.

Er hatte das Bauernhaus zum Pinkeln verlassen. Die Schneewehen türmten sich meterhoch. Durch den tiefen Schnee war er hinter die hohe Hecke gestapft, dabei merkend, dass er sich kaum noch auf den Beinen halten konnte. Zuerst war es spaßig gewesen. Die Welt hatte sich schneller gedreht, immer schneller. Er hatte an das Kettenkarussell auf dem Ostener Schützenfest gedacht. Das hatte er immer geliebt.

Weiter war er durch den Schnee getorkelt, war hingeschlagen, hatte sich mühsam wieder aufgerappelt. Warm war es ihm die Beine hinab gelaufen. Er hatte sich in die Hosen gepisst.

Urplötzlich hatte sich der Spaß in Angst verwandelt. Er wollte zurück zum Haus, aber jedes Mal, wenn er sich wieder aufgerappelt hatte, spielte sein Körper ihm einen unerbittlichen Streich. Ein paar Schritte war er in die falsche Richtung getaumelt und dann erneut hart in den Schnee geschlagen.

Im Kopf war es noch einmal ganz klar geworden. Im Rausgehen hatte er noch einen kräftigen Schluck aus der Schnapsflasche getrunken, die einsam auf der Flurgarderobe stand, erinnerte er sich. Warum? Er war doch schon so betrunken.

Ganz klar hatte Johannes dann vor sich gesehen, was passieren würde, wenn er sich willenlos in den Schnee sinken ließ. Er spürte die Eiseskälte und hatte gewusst, dass es schnell gehen würde. Noch einmal anstrengen, sich noch einmal zusammenreißen, hatte er gedacht. Aber die Beine gehorchten ihm einfach nicht.

Aus dem Haus war Musik zu ihm gedrungen. Brian Hyland hatte ins Mikrofon gehaucht: *Ginny-Come-Lately, my dream come true...* Schreien, hatte er noch gedacht, so schrei doch! Aber nur einen tierischen Laut, ein Grunzen, hatte er zustande gebracht. Dann waren die Tränen gekommen, warme Tränen, denen er sich ergeben hatte. Er würde sterben. Er war doch noch nicht einmal 14 Jahre alt.

Drinnen hatte niemand sein Fehlen bemerkt. Zu ausgelassen feierten die jungen Leute den Beginn des Neuen Jahres, in dem alles viel besser werden würde. So jedenfalls waren die hohen Erwartungen. Noch waren es unerfüllte Erwartungen! Zart waren noch die Bande, die sich vereinzelt zwischen jungen Paaren gesponnen hatten. Sehnsüchtig blickten verstohlen junge Menschen auf die frisch Verliebten, eifersüchtig ertränkten andere ihren Kummer.

„Ich glaub, mir wird schlecht“, hatte Sigfried gelallt. „Scheiß Rum-Fusel.“

„Du Arsch hättest dir ruhig mal Cola zugießen können. Kotz uns hier bloß nicht voll“, hatte Helmut ihn angefahren.

„Man, wollt ihr das Neue Jahr mit Streit beginnen?“, hatte Ingrid sich eingemischt. „Los alle raus zum Feuerwerk!“

„...5, 4, 3, 2, 1 – Prost Neujahr!“ Alle hatten sich in den Armen gelegen, sich geküsst, mit Gläsern und Flaschen angestoßen.

Eine Rakete war hoch in den Himmel aufgestiegen und grüne Sterne hatten für einen Moment die Szene erhellt. Ingrid hatte sich fest an Helmut geklammert. Was für ein wunderschöner, einzigartiger Moment.

Der eisigen Nacht in die wärmende Stube entkommen, war es Erna, der das Fehlen von Johannes aufgefallen war.

„Wo ist eigentlich Johannes?" Suchend hatte sie in die Runde geschaut.

„Ach, der Kleine darf noch nicht so lange aufbleiben. Der lag doch schon vor 'ner Stunde pennend in der Ecke."

Sigfried hatte sich nur mit Mühe auf den Beinen halten können, fand seinen Witz aber so gelungen, dass er überhaupt nicht verstehen konnte, warum sich nicht alle vor Lachen schüttelten.

„Darf noch nicht so lange aufbleiben. Versteht ihr? Mama hat ihn schon ins Bett gebracht. Liegt einfach da, der Penner. Silvester. Schafft es nicht mal bis Mitternacht …"

Immer verständnisloser hatte Sigfried in die Runde gestarrt. Keiner lachte. Sigfried hatte zur Rumflasche gegriffen.

„Mama hat ihn schon ins Bett gebracht …", hatte er noch einmal lallend angesetzt.

Sie fanden Johannes keine dreißig Meter vom Haus entfernt hinter einer Schneewehe, die der Wind quer zur Auffahrt aufgetürmt hatte. Er atmete. Er lebte. Zornig durchschnitt die Stimme des Bauern die Nacht. Gemeinsam mit Franz, der das Neue Jahr mit Martha begrüßt hatte, trug er den Jungen in die kleine Kammer. Voller Kummer bereitete Martha heiße Wickel und versuchte, dem Jungen ein wenig heißen Tee einzuflößen. Schmerzhaft wurde die Erinnerung an Herrmann in dieser Nacht lebendig, als sie Johannes Kopf über den Eimer hielt, damit er sich erbrechen konnte. Alles Glück der letzten Tage war in unendliche Entfernung gerückt.

*

Mit nicht vorstellbaren Kopfschmerzen erwachte Johannes. Es war, als würde ein Keil versuchen, seinen Schädel zu spalten. Er hatte keine Ahnung, wo er war. Er hatte keine Ahnung, was passiert war. Die Welt bestand nur aus diesem einen Schmerz. War sonst jemand im Raum? Mühsam versuchte er, die Augen zu öffnen. Augenblicklich wurde ihm schlecht. Vor dem Bett stand ein Eimer, so dass sich nur ein kleiner Teil des Mageninhalts auf den Fußboden ergoss. Die Augen wieder fest geschlossen, war es Johannes, als sehe er grüne Sterne.

Aber immer wieder tauchte auch ein anderes Bild vor ihm auf: das stille Gesicht seiner Mutter.

Unvermittelt überkam ihn wieder starke Übelkeit und er musste sich heftig übergeben. Er fühlte sich so elend, dass er am liebsten sterben wollte. Ja, alles wäre besser, als das hier zu ertragen.

Es war nicht zu ertragen.

Gnadenlos bemächtigte sich die Scham jeder Pore. Unerbittlich bahnte sich das schlechte Gewissen einen Weg. Noch zaghaft suchte das Selbstmitleid die Schuld bei anderen.

Ganz langsam drangen Erinnerungsfetzen in sein Bewusstsein. Silvester bei Helmut und seiner älteren Schwester, die gleichzeitig ihren zwanzigsten Geburtstag gefeiert hatte. Freundlich hatten der Bauer und seine Frau den jungen Leuten das Feld geräumt. Für das Vieh sei Silvester nicht wichtig, das brauche auch am Neujahrsmorgen Futter, hatten sie sich früh verabschiedet. Aber die jungen Menschen sollten ruhig feiern, wer wusste denn schon, wie lange es die Welt noch geben würde. Von Atomraketen und Kuba hatte er gesprochen, davon dass die einfachen Menschen den Mächtigen überall auf der Welt egal seien. Für den Erhalt ihrer Macht würden sie die Welt auch wieder in einen Krieg stürzen. Die dummen Kühe seien schlauer als die Menschen, hatte er gesagt, die würden den Stall, in dem sie Wärme und Futter finden, nicht anstecken.

Wie von Geisterhand waren kurze Zeit später nicht wenige Flaschen aufgetaucht. Dunkel erinnerte sich Johannes, dass Sigfried, einer der wenigen jungen Männer aus dem Dorf, ihm ein randvolles Glas hingehalten hatte. „Trink mal was Anständiges. Musst auch mal erwachsen werden“, hatte er ihn aufgefordert.

Johannes war mit Abstand der jüngste Gast auf der Party gewesen. Mächtig stolz war Johannes, dabei zu sein. Wie ein Alter hatte er das Glas in sich hineingeschüttet. Nur für einen kurzen Moment war hell die Scham aufgelodert, als Johannes sich daran erinnerte, dass er seiner Mutter versprochen hatte, keinen Alkohol zu trinken. Warm war es durch seinen Körper geflutet. Ein gebrochener Deich. Verheerend waren die Folgen.

Johannes hörte jetzt Stimmen im Haus. Geschirr klapperte.

Die Tür ging auf. Obwohl er die Augen fest geschlossen hielt, sah er deutlich seine Mutter. Ihr leidendes Gesicht, ihre stumme Verzweiflung.

Trotzig machte das Selbstmitleid einen neuen Versuch und wollte die Schuld auf Sigfried schieben, scheiterte aber kläglich.

Prost Neujahr, dachte Johannes und langsam kam ihm zu Bewusstsein, dass er das Jahr 1963 fast nicht mehr erlebt hätte. Aber er konnte eben schon ganz schön was ab ….

Wie sollte er ahnen, dass er sein Leben achtunddreißig Jahre lang in die Hände einer fremden Macht geben würde.

3. Am Ende

Nur ein paar schmutzige Schneereste in den Vorgärten zeigten noch an, dass der Winter des Jahres 2001 sich gerade erst verabschiedet hatte. Bunte Frühlingsboten schmückten schon die Beete, erstes zartes Grün brach sich aus den Zweigen. Noch mühevoll reckten sich die Schultern der flanierenden Menschen dem Himmel entgegen, lange Monate gewohnt, sich gebeugt gegen die Kälte zu schützen. Die Sonne strahlte wärmend vom blauen Himmel und machte glauben, dass alles Leben eine neue Chance bekommt.

Schon früh am Morgen hatte Johannes sich auf den Weg gemacht. Immer den Fluss entlang elbabwärts, war er jetzt seit fast zwei Stunden unterwegs. Verstohlen hatte er während der Wanderung, auf eine Bank gestützt und halb von einem Busch verdeckt, die Knie gebeugt und die Muskeln gedehnt. Der Körper hatte sich schnell an sportlichere Tage erinnert, wehmütig der Geist an die Geselligkeit nach dem Sport. Als habe er eine neue, ihm völlig unbekannte Stadt entdeckt, nahm Johannes an diesem Bilderbuchfrühlingstag die Eindrücke in sich auf. Freundlich begleiteten seine Augen die herumtollenden Hunde, bereitwillig räumte er den Weg für die schnaufenden Jogger. Hastig sprang er den eiligen Fahrradfahrern aus dem Weg. Ängstlich mied er die Einkehr in eines der schon geöffneten Lokale.

Sieben Wochen war es jetzt her, dass er das Unaussprechliche über die Lippen gebracht hatte: Ich, Johannes Wüst, bin Alkoholiker.

Drei Wochen lang hatte der Kampf noch gedauert, bis endlich wieder eine Markierung im Kalender den ersten alkoholfreien Tag anzeigte. Tag für Tag hatte er in diesen Wochen seinen Vorsatz erneuert, Nacht für Nacht sein Versprechen erbärmlich gebrochen. Nie wieder würde er trinken, hatte er sich an den Tagen eingeredet; nur noch heute einmal, sich am Abend belogen.

Wie hatte er mit sich gekämpft, sich jemandem anzuvertrauen! An einen der letzten gebliebenen Freunde in der Kleinstadt hatte er gedacht. Aber der war gerade selbst in einer familiären Krise. An einen Arzt, der nicht sogleich seine jahrelangen Lügen erkannte, wollte er sich wenden. Aber der vereinbarte Termin lag in ferner Zukunft. Seiner Mutter wollte er alles gestehen, auf ein mildes Urteil hoffend. Aber die lebte seit Jahren in ihrer ganz eigenen Welt. Lange Briefe an Tina hatte er geschrieben, hoffend ihr Herz zu erreichen. Aber wie konnte er ihr sein Leben aufbürden, sie war doch erst dreizehn. Dem alten Hinni, der die Welt längst verlassen hatte, hatte er sich in einsamen Selbstgesprächen anvertraut, wohltuend Trost dabei findend. Aber schnell hatte er in Hinnis tröstenden Worten seine eigenen Gedanken erkannt. An Helmut, der es weit in der Politik gebracht hatte, wollte er sich wenden, auf dem Hauptbahnhof schon die Reisemöglichkeiten nach Berlin erkundend. Aber der hatte so viel Wichtigeres zu tun.

In winzig kleinen Fetzen hatte Johannes die angefangenen Briefe heimlich dem Wind an der Elbe übergeben, gedachte Gedanken wieder fest im Archiv seines Lebens verschlossen.

Schnell hatte die Scham wieder die Oberhand gewonnen! Die Angst vor Entdeckung hatte wieder die Macht übernommen!

Alles wollte Johannes sein, aber nicht dieses eine. Johannes Wüst würde den Kampf aufnehmen, hatte er entschieden.

Alleine!

In den ersten Tagen war es überraschend einfach gewesen. Das Leben war schnell wieder erwacht. Wie hell leuchteten die Farben! Wie sanft klangen die Töne! Wie lieblich duftete die Welt! Wie sanft schmeichelten die Lüfte!

Wie trügerisch aber war die gegenwärtige Ruhe, wie heimtükkisch die Gedanken!

Lebenslänglich!

Sucht kennt keine Freiheit!

Die Bilanz des sich dem Ende neigenden Monats zeigte keinen Makel. Die Wohnung war fast behaglich geworden und Töpfe mit aufbrechenden Blüten fügten sich harmonisch in eine lebendige Unordnung. Moritz begrüßte ihn freundlich, wenn er ihm in unregelmäßigen Abständen Futter brachte. Dankbar nutzte die alte Frau Ruthenbeck jede Gelegenheit für eine kleine Plauderei.

Bücher und Zeitschriften zeugten von wieder erwachtem Interesse am Leben. Reisekataloge von der Ostseeküste und der Costa Brava stapelten sich neben dem Sofa. Wellness im Spa, Hotel auf Usedom oder Gaudi in Barcelona. Schon ausgefüllt lag die Anmeldung fürs Sportstudio auf dem Küchentisch, schon frankiert der Umschlag für den Sprachkurs in der Volkshochschule.

Freudig zeigten sich Menschen, die er längst abgetan hatte, weil er in ihnen Feindschaft witterte, offen für eine Verabredung.

Sucht kennt kein Vertrauen!

Trotz aller sichtbaren Änderung hämmerte aber dieses eine Wort jeden Tag stärker und stärker von früh bis spät durch den Kopf von Johannes: Alkohol. Dieses eine Wort war sein erster Gedanke nach dem Aufwachen, dieses eine Wort war sein letzter Gedanke vor dem unruhigen Schlaf. Wie erinnerte sich jede Faser seines Körpers in jeder Sekunde an das Gift.

Sucht kennt keine Gnade!

Listig mischte sich die Stimme von Tag zu Tag stärker in Johannes Leben, heimtückisch stellte sie Fallen, hinterhältig lag sie Tag und Nacht auf der Lauer.

Immer kraftvoller wurde einerseits sein Körper, immer größer die Klarheit über die grausame Krankheit.

Doch noch viel stärker wurde die Verklärung!

Immer stärker und stärker wurde der Selbstbetrug!

Siehst du, alles gar nicht so schlimm. Du kannst doch wählen. Vier Wochen hast du nichts getrunken und es geht dir blendend. Es war doch ganz einfach. Wo ist das Problem? Heute mal ein kleines Bier, morgen ist dann wieder Schluss. Du hast doch alles unter Kontrolle. Außerdem: War es denn wirklich so schlimm? Gut, manchmal war es wirklich zu viel, aber denk doch mal an die schönen Momente. Denk doch mal an den Genuss. Willst du darauf wirklich verzichten? Zu einem guten Essen gehört ein guter Wein. Wie unvergleichlich löscht das erste Bier nach langer Wanderung den Durst. Wie einmalig schön ist der Sonnenuntergang am Meer mit einem Gin-Tonic in der Hand, wie viel schmeichelnder die Verführung mit enthemmten Sinnen. Warum willst du dein Leben nicht genießen. Du hast es doch verdient. Vielleicht nicht mehr den billigen Wein. Und keinen Schnaps mehr. Die Tankstelle ist wirklich nichts für dich. Aber du könntest dir doch ein paar Kisten Wein kommen lassen. Edler Genuss. Direkt vom Weingut. Höchstens eine Flasche am Tag. Sie muss ja auch nicht immer leer werden. Aber wirklich keinen Schnaps mehr. Du bist doch kein Penner. Einmal kannst du es doch noch versuchen. Gepflegt! Du bist doch gar kein richtiger Alkoholiker!

Oh, wie sehr erkannte Johannes diese Lügen auch an diesem Tag. Wie verfluchte er sie. Wie klar sah er den Hinterhalt! Wie deutlich sah er den Damm brechen!

Lange saß Johannes am Ufer der Elbe, lange blickte er auf den ruhig fließenden Strom, lange blickte er den riesigen Schiffen nach, die sich schon bald wieder, winzig klein, in der Weite des Ozeans verlieren würden. Noch leistete er Widerstand. Noch sträubte sich alles gegen eine neuerliche Niederlage. Noch glaubte er, Herr seiner Gedanken zu sein. Was für ein schöner Frühlingstag!

Aber schon zögerlicher wurden die Schritte, als er lärmende, vergnügte Stimmen vernahm. Hungrig knurrte der Magen, das wohlriechende, mit Kräutern gewürzte Fleisch schon aus der Ferne witternd. Schon erinnerte sich der Gaumen, schon schmeckte die Zunge den feinherben Geschmack. Sich zu ruhigem Gang zwingend, betrat Johannes den Biergarten. Mit zittrigen Fingern umschloss er das Glas, gierig leerte er es in langen Zügen, wohlig breitete sich die giftige Wärme im Körper aus. Schon stand ein zweites Glas vor ihm.

Erst jetzt kam Johannes wieder zu Bewusstsein. Es war zu spät.

Sucht kennt kein Erbarmen!

Abseits suchte Johannes sich einen Platz im Garten, der kühl im Schatten lag.

Er fror.

*

Den ganzen April verbrachte Johannes wieder in der Hölle der Sucht und verbrannte sich dabei an manchem Feuer. Auf dieser Bahn gab es kein Halten. Es gab nur eine Richtung: mit jedem Tropfen stärker abwärts.

Wie lustvoll jedoch waren in den ersten Tagen die erlittenen Schmerzen und die bedenkenlos ausgeteilten Hiebe! Wie Trophäen schmückten die klaffenden Wunden oder anderen zugefügten Streiche das wahnsinnige Leben, das keine Rechenschaft kannte.

Manch unerwartete Begegnung endete euphorisch in ewiger Suffbrüderschaft. Die Worte flossen leicht und locker im Streitgespräch mit zufälliger Bekanntschaft. Wie buntes Feuerwerk blitzten die mit lallender Zunge vorgetragenen Gedanken.

Wie auf dem Reißbrett großer Geister entstand Nacht für Nacht an klebrig-schmutzigen Theken die Architektur einer lebenswerten Welt, in der unbegrenzter Alkoholzugang für alle rund um die Uhr als oberstes Staatsprinzip galt.

In dieser Welt war Freibier das Einzige, was zählt.

2,7 Promille ließen für die Realität keinen Raum.

Laut lärmend tobte dieses Leben, an dem Johannes Wüst, zu keiner Besinnung fähig, wollüstig an vorderster Front teilnahm.

Wie freudig hatte er anfangs die seichten, zufriedenen Tage wieder verlassen, das gedeckelte, triste Sein. Das Leben hatte etwas Anderes für ihn vorgesehen. Man war dagegen machtlos. Man hatte keine Wahl. Man musste das Schicksal akzeptieren. Man stört nicht den Lauf der Dinge.

Du musst auf Gott vertrauen, hatte der Pastor gesagt.

Wie sehr Johannes seinem Gott vertraute!

Sein Leben vertraute er ihm sogar an.

Wie glaubte er, gegen jede Vernunft, an seinen Gott, der keine andere Macht neben sich duldete.

Wie hatte er sein Leben wieder, einem hilflosen Kind gleich, in fremde Hände gegeben!

Das Treiben in diesen Frühlingstagen hatte sich zunehmend wieder auf die Straßen und Plätze verlagert und Johannes Wüst, Lebemann, war ganz oben mit dabei. Wie prahlte er ungefragt auf der Bank am Fluss mit der außerordentlichen Bedeutung seines Lebens, wie beschämt ließ er den zufällig Ausgewählten mit seinem jämmerlichen, langweiligen Dasein zurück.

Johannes Wüst lobte die wieder erlangte Weite in höchsten Tönen. Sein Revier war die Unendlichkeit. Wie fühlte er sich als Steppenwolf, wie suhlte er sich in Hesses geschmeidigen Sätzen, das geheiligte Buch immer in der Jackentasche, wenn er sich durch die Bars der Reeperbahn soff, großspurig immer und immer wieder die geliebten Worte aus den abgewetzten Seiten zitierend.

Wie herrlich war die Welt der Verrückten!

Die Nächte erschienen Johannes tollkühn, und manchen Streifzug am Tag glaubte er verwegen und kühn. Wie wichtig machte er sich in mancher flüchtigen Plauderei in dunkler Kaschemme, wie wurde er zum Hochstapler, wenn er bei einer Prinzessin der Nacht um die Gunst der Stunde buhlte. Nicht selten wurde sie ihm für eine Nacht gewährt. Charmant konnte Johannes sein - und verlogen. Nicht Johannes der Säufer war hier unterwegs, hier wedelten die Scheine des Finanzberaters aus vergangenen Tagen. Hier gewährte der Abteilungsleiter eines Imperiums seine Aufmerksamkeit. Hier lockte ein ungemein wichtiger Mann mit der Aussicht auf eine rosige Zukunft.

Aber wie schnell verblasste dieser Glanz nach kurzer Zeit wieder. Wie schnell wurde dieses Leben wieder fade! Wie schnell trostlos! Wie schnell unerträglich!

Hatte er in den ersten Tagen noch den Stolz des Eroberers gekannt, wenn er neben einer Frau lag, so widerte ihn jetzt schon meist im frühen Morgengrauen die lückenhafte Erinnerung an die lieblose, fast tierische Paarung. Mit allerlei Ausflüchten hatte er sich manches Mal in die eigene Wohnung gerettet, manchmal eine enttäuschte Hoffnung zurücklassend, manchmal hatte er auch, selbst schwer dadurch verletzt, die Erleichterung gespürt, die sein unvermitteltes Gehen auslöste.

Hatte er sich in den ersten Tagen noch vor Lachen gebogen, wenn er geistreich gekalauert hatte, dass es bei ihm ja wieder WÜST aussehe, so ekelte ihn inzwischen die schmutzige Unordnung in den eigenen Räumen.

Hatte er in den ersten Tagen noch versucht, die Fassade eines geordneten Lebens zu wahren, so soff er inzwischen auf der Bank im Park, kaum noch um Heimlichkeit bemüht und setzte den Flachmann schon an die Lippen, wenn die Tür der Tankstelle noch nicht einmal zugeschlagen war.

Jede Kontrolle über sich hatte er verloren. Würdelos hatte Johannes sich einer alles beherrschenden Macht ergeben.

Sucht kennt keine Würde!

*

Wie schnell wurden die Tage für Johannes, kaum dass die Sonne ihnen wohlige Wärme und strahlendes Licht verlieh, wieder tiefschwarz und bitterkalt. Wie ein Dieb schlich er sich aus dem geblümten Bett einer Prinzessin, die für ein paar Stunden so viel Hoffnung in seine großspurigen Worte gesetzt hatte. Sie hatte begonnen, eine leuchtende gemeinsame Zukunft zu entwerfen.

Schon graute der neue Tag.

Die zerlumpte Armee der nächtlichen Helden schleppte sich, auf einem würdelosen Rückzug befindlich, durch den hereinbrechenden Morgen, Johannes Wüst wieder einmal in vorderster Reihe. Das Leben ekelte ihn. Unerträglich wurde der Blick in den Spiegel. Widerlich die eigene Fratze.

Nur heute noch einmal davonkommen und dann nie wieder in den Ring steigen! Nur zaghaft erlaubte Johannes sich kurz diesen Gedanken.

Nie wieder!

Betörend war der Duft der aufkeimenden Hoffnung. Aber wie unerreichbar weit entfernt war das Ziel! Köstlich schmeckte die Erinnerung an laue Tage. Aber wie würgte er am gegenwärtigen Brot!

Wie ein Einbrecher schleppte Johannes sich an diesem Morgen in die eigenen vier Wände. Wie ein bestohlener Dieb verbuchte er milde den Verlust der wertvollen Armbanduhr, die er auf seiner hastigen Flucht bei der verschmähten Prinzessin zurückgelassen hatte.

Erschöpft von nie gekannter Ekstase hatte sie ihm sanft die Uhr vom Arm gelöst, um die Zeit für immer anzuhalten: Nie wieder wollte sie diese Stunde verlassen. Bitter würde sie die Brötchen dieses Morgens kauen.

Sucht kennt keine Verlässlichkeit.

Die Euphorie der Nacht war längst verblasst und Johannes wälzte sich schlaflos auf seiner Matratze. Wieder und wieder lief der Film seines vergeudeten Lebens. Tiefer und tiefer sank er in hoffnungslose Gedanken.

Halb schlafend, halb wachend wusste er Realität und Traum schließlich nicht mehr zu unterscheiden. Wild mischten sich gehetzte Gedanken zu Bildern, fügten sich wie Wolkenfetzen zusammen und rissen wieder auseinander.

In langen Reihen zogen die Männer in Schützenuniform, das Lied vom schönen Polenmädchen grölend, durch den kleinen Ort an der Oste. Fröhlich schwenkten sie die Hüte, schneidig schritten sie zur Marschmusik. Die Menschen standen jubelnd am Straßenrand, die Mädchen mit geflochtenen Kränzen im Haar, die Jungen mit blumengeschmückten Holzstäben in der Hand.

Doch urplötzlich trugen die Männer in fest geschlossenen Reihen das Hakenkreuz am Ärmel und reckten fanatisch die Arme zum Gruß, starr den Blick auf eine imaginäre Zukunft gerichtet, die das eigene jämmerliche Leben mit Größe füllen würde, fest entschlossen, kein Anderssein zu dulden.

Wieder wechselte die Szene. Gewaltig schmetterten die Kehlen den Fehrbelliner Reitermarsch. Zu Aufsehern geworden, trieben die Schützen eine Schar gefangener Frauen forsch durch den Ort. Die Hände an einen Fahnenmast gebunden, hatten sie den alten Hinni, der immer ein klein wenig hinkte, auf den Fährplatz geschleppt und ihn so gezwungen, das widerliche Schauspiel zu begleiten. Wie Würmer wanden sich die Schaulustigen, ohnmächtig vor Angst, das Unrecht schönredend.

Dann wurde unvermittelt aus der Schar der Gefangenen ein unendlicher Zug zerlumpter Gestalten auf der Flucht. Alles, was ihnen geblieben war, trugen die Frauen und Männer unter dem Arm oder in einem staubigen Sack über die Schulter geworfen. Mit wunden Füßen schleppten die Menschen sich durchs Land, getrieben von der Hoffnung auf eine bessere Zukunft. Mitten im Zug der vertriebenen Menschen tauchte das stille Gesicht seiner Mutter vor Johannes auf. Geschunden und erschöpft, aber mit würdigem Schritt, trug sie ihr schweres Bündel.

Schließlich wechselte der innere Film ein letztes Mal: nicht mehr schneidige Männer in Schützenuniform zogen durch den Ort, sondern gebeugte schwarze Gestalten. Bis zum Rand gefüllt waren die Säcke, die sie schwer auf ihren Schultern trugen und die keinen aufrechten Gang zuließen. Endlos war die Prozession der Kohlenträger. Im Schatten der Schwebefähre versammelten sie sich um ihren Anführer, der auf einem Sockel stand und den sie unterwürfig grüßten, bevor sie ihre Säcke ausleerten. Ein Brikettgebirge türmte sich auf dem Fährplatz. Leise wimmerte in jedem Stück Kohle eine gefangene Kinderseele. Der Anführer aber war Herrmann Wüst.

*

Benommen riss sich Johannes aus diesem Halbschlaf, der mehr und mehr zu einem hellwachen Albtraum wurde. Schlagartig wusste er, was er zu tun hatte. Viel zu lange hatte er schon gewartet. Wie aus einer anderen Welt war dieser eine Gedanke urplötzlich wieder aufgetaucht: Flaschenpost für die Kinder in Osten. Ach was, Osten war doch nur der Anfang. Die Kinder der ganzen Welt würde er retten! Johannes Wüst, Lebensretter! Mit noch zittrigen Fingern kramte er nach dem Papier. Entschlossen ging er an sein Werk und schrieb:

Es war einmal ein Kohlenträger, der hatte viele Jahre einer finsteren Macht gedient. Schon früh, als die Gedanken des jungen Menschen noch geschmeidig und formbar waren, hatten seine Eltern ihn in den Dienst eines grausamen Tyrannen gestellt, immer darauf bedacht, selbst mit am Tisch der Mächtigen zu sitzen. Der kleine Herrmann hatte von einem anderen Leben geträumt, aber der lederne Gürtel des Vaters hatte ihm bald Gehorsam beigebracht.

Herrmanns Vater war ein armer Schuster, der sehr früh gelernt hatte, dass gute Stiefel viel mächtiger sein konnten als ein kluger Kopf. Überall im Land waren die Schergen des Tyrannen Tag und Nacht in ihren schwarzen Stiefeln unterwegs und zertraten alles, was ihre Macht gefährden konnte.

Die Menschen lebten in großer Angst, und nur ganz wenige wagten, die Samenkörner der Liebespflanze in die Erde zu bringen, die fast jeder heimlich noch in sich trug oder, aus Angst vor Entdekkung, in einem verborgenen Keller versteckt hielt. Aus längst vergangenen Tagen erinnerten die Menschen sich nur noch schwach daran, dass allein die Liebe die Angst besiegen konnte.

Auch der Tyrann wusste genau, wie gefährlich die Liebe ihm werden konnte und befahl seinen Häschern, immer hinterhältigere Wege zu suchen, wie die Liebe in seinem Reich vollständig und dauerhaft ausgerottet werden konnte. Tag und Nacht erdachten sich seine Gefolgsleute immer grausamere Qualen und bekamen dafür reiche Belohnung. Die Stiefel, die der Schuster fertigte, waren im Reich hoch angesehen.

Wer seine Liebespflanzen freiwillig ablieferte, bekam eine prächtige Uniform und glänzend polierte Stiefel und wer die Pflanzen des Nachbarn verriet, der wurde mit einer vollblütigen Stute belohnt. Wer aber das letzte Samenkorn der Liebe entdeckte und dem Tyrannen auslieferte, dem wurde der höchste Orden des Reiches versprochen.

Durch den Glanz geblendet, durchkämmten ganze Heerscharen das Land und buhlten um die Gunst des Tyrannen. Immer mehr wurden sie Teil der alles beherrschenden Macht, immer weiter entfernten sie sich von der Liebe. Im ganzen Land wurde die Angst mächtiger und mächtiger, während die Liebe immer kleiner wurde.

Schließlich wurde die Angst so mächtig, dass auch die Anhänger des Tyrannen keinen ruhigen Schlaf mehr fanden. Tag und Nacht bespitzelten sie sich gegenseitig und fürchteten um ihre Stellung im Machtgefüge.

Weil aber kein Mensch immer nur in großer Angst leben kann, besannen sie sich auf eine grausame Methode, die die Menschen seit alters her kannten: sie machten die eigene Angst kleiner, indem sie die Angst der anderen noch vergrößerten. Überall herrschte der Vergleich. Sogar die Nasen verglichen sie. Immer unmenschlicher wurde das Reich des Tyrannen.

Das eigene Leben war nur noch auf Kosten anderer zu ertragen. Groß konnten sie sich nur noch fühlen, weil sie mit ihren Stiefeln andere erniedrigend in den Dreck traten. Selbst waren sie zu kriechenden Würmern geworden, wähnten sich aber als Krone der Schöpfung. Sie glaubten sich so unheimlich wichtig, so einzigartig im Universum, so auserwählt.

Als sie aber auch diesen Betrug erkannten, griffen sie erneut zu einer uralten List, denn kein Mensch kann glücklich und in Frieden dauerhaft als Wurm und nur auf Kosten anderer Leben. So erklärten sie ihren Anführer zu einer unfehlbaren göttlichen Macht, an die sie endlich die Verantwortung für das eigene Leben abtreten konnten. Ihr Gott gab ihnen die Größe, die sie selbst, zu wilden Tieren geworden, nicht aufbrachten.

Sie hatten ihren Glauben gefunden!

Niemand hatte mehr ein schlechtes Gewissen, wenn er das Zündholz an den Ofen hielt, in dem sie ihre Menschlichkeit verbrannten. Es war von ihrem unfehlbaren Gott gewollt. Voller Stolz setzten sie den Stiefel in den Nacken des Nachbarn, im Namen des Tyrannen. Man tat es nicht gern, aber es musste getan werden. Selbst die eigenen Kinder opferte man, wenn der gültige Gott es verlangte.

Sie taten nur die Pflicht eines Gläubigen!

Tausend Jahre und mehr hatten sie sich so Seelenfrieden erhofft, nicht bedenkend, dass auch die absolute Macht der Angst vergänglich ist, solange irgendwo auf der Welt auch nur ein einziges Samenkorn der Liebe bewahrt wird.

Wie leer war ihr Leben auf einmal, als der Thron des Tyrannen stürzte. Wie rannten sie wieder in das Haus des Kirchengottes, gewiss hier Ablass für ihren Verrat an der Liebe zu finden. Wie suchten sie einen neuen irdischen Gott, diesmal ganz gewiss unfehlbar, dem sie ihr Leben erneut übereignen konnten.

Niemand zeigte mit Fingern auf sie, niemand warf einen Stein. Kaum jemand, der nicht im Glashaus saß.

Die wenigen aber, die frei von Schuld waren, hielten nichts von Selbstgerechtigkeit. Tiefen Schmerz empfanden sie, wollten jetzt aber nicht auch noch der Bitterkeit zur Macht verhelfen.

Und dann geschah das Wunderbare: Unverwüstlich suchten sich die zarten, ausgerottet geglaubten Pflanzen der Liebe ihren Weg zurück in das Land. Trotz ihrer Angst hatten mutige Menschen sie in verborgenen Gärten, Dachkammern und Hinterhäusern gehegt und gepflegt und wenn sie auch dort entdeckt und zerstört waren, hatten sie sie sanft in ihre Träume gebettet.

In den Ritzen der Trümmergebirge, in den Schößen der geschundenen Frauen und in den Gedanken und Träumen der Menschen, die den Wind der Freiheit auf nackter Haut liebten, wurzelten jetzt wieder die Samen. Überall wurde ihnen das Feld bereitet. So kam auch der kleine Johannes als Frucht der Liebe in Osten auf die Welt.

Nur in Herrmann, dem Sohn des Schusters, fand die Liebe keinen dauerhaften Nährboden. Vergeblich suchte sie nach Halt, immer wieder riss ungebändigte Flut das zart sprießende Grün aus der Erde …

Längst war das Papier tränendurchtränkt, längst krampften die Finger von der ungewohnten Tätigkeit, als Johannes die vollgeschriebenen Blätter noch einmal flüchtig prüfte. Fast wütend, mehr noch enttäuscht, zerbrach er den Stift, zerriss sein Traktat.

Schuster bleib bei deinen Leisten, hieß ein Lehrsatz seiner Kindheit. Was sollte dieses alberne Geschreibe? Wie sollte er damit auch nur ein einziges Kind davor bewahren, in seine Fußstapfen zu treten? Was hatte Hitler mit Schnaps zu tun?

„Du bist ein Versager. Du warst immer ein Versager. Du wirst immer ein Versager bleiben." Immer gnadenloser dröhnte die Stimme seiner Frau durch seinen Kopf: „Du hättest sie umbringen können!“

Bettina. Wie sehr liebte er sie! Wie fehlte sie ihm. Nur ganz allmählich kam ihm ein Verdacht, den er nie hatte denken wollen. Jetzt konnte er sich nicht mehr abwenden.

Noch einmal ließ er die Prozession der gefangenen Kinderseelen durch seinen Kopf ziehen. Randvoll waren die Säcke mit gepresstem Kohlenstaub. Weithin sichtbar türmte sich der schwarze Berg auf dem Fährplatz. Wieder hörte er das Wimmern der verletzten Seelen.

Erst undeutlich, dann immer klarer verstand Johannes das Flüstern. Immer deutlicher erkannte er die ängstlichen Kindergesichter in der schwarzen Kohle. Erschrocken blickte er in seine eigenen, ängstlich geweiteten, kindlichen Augen. Zaghaft trat die Seele vor: „Ich heiße Johannes“, wimmerte es aus dem schwarzen Staub „für Schnaps hat mein Vater die Liebe verraten.“

Voller Angst tauchte jetzt ganz überraschend das kindliche Gesicht seines Vaters genau neben seinem auf, der doch eben noch das schwarze Treiben so grausam angeführt hatte. „Ich heiße Herrmann. Für Macht hat mein Vater die Liebe verraten.“

Jetzt stand urplötzlich ein mächtiger Finanzmagnat an der Stelle des Anführers und eine kleine Seele wimmerte: „Ich heiße Luise. Für Geld hat mein Vater die Liebe verraten.“

Unablässig wechselte die Szene, immer neue Anführer standen auf dem Sockel, doch gleichtönig blieben die kindlichen Worte aus ängstlichen Gesichtern: mein Vater, meine Mutter, meine Eltern haben für Geld, Macht, Ruhm, Neid, Selbstsucht, Drogen die Liebe verraten.

Suchend blickte Johannes sich nach seiner Schwester Anna um, fand sie aber nicht. Behutsam wandte er sich an eine kleine, besonders zarte Seele: „Wo ist denn meine Schwester? Ich finde Anna nicht.“

Mit großen Augen blickte die zerbrochene Kinderseele ihn lange prüfend an, bevor sie ihm antwortete: „Hier findest du nur die Seelen der Kinder, deren Väter oder Mütter die Liebe verraten haben. Anna ist nicht bei uns. Martha und Franz haben sie sehr geliebt.“

Sinnend überdachte Johannes die Worte. Wie ein liebender Vater hatte Franz sich um seine Schwester gekümmert, wie ein liebender Mann um Martha. Nur kurze Zeit hatte Johannes noch Anteil an diesem stillen Glück gehabt, bevor er in die kleine Puppenstadt in Elbnähe gezogen war. Freundlich dachte er an Franz, mit dem seine Mutter zurück ins Leben gefunden hatte. Erschrocken kam ihm die Erinnerung daran, wie Franz ihn gemeinsam mit dem Bauern aus der eiskalten Schneewehe zurück ins Leben gebracht hatte.

Jetzt war sich Johannes sicher, dass es kein Zurück mehr vor der Erkenntnis gab: Ganz blass, mit stummen Lippen erkannte er schlagartig die gefangene Seele seiner Tochter. Sich selbst aber sah er hochmütig auf dem Sockel stehend.

Johannes presste die Hände fest auf die Ohren, weil er es nicht hören wollte. Aber es gab kein Entrinnen. Er konnte sich nicht abwenden. Schon öffneten sich leicht die blassen, noch stummen Lippen.

Aber nicht Bettina sprach es aus, es war Johannes selber: „Ich heiße Johannes. Für Schnaps habe ich die Liebe verraten." Laut schrie er diesen einen Satz immer und immer wieder in den Raum:

„Ich heiße Johannes. Für Schnaps habe ich die Liebe verraten!"

Endlich hatte er erkannt, was den geschundenen, ängstlichen Kinderseelen gemeinsam war: der Verrat an der Liebe!

Nie wieder würde er davor die Augen verschließen können.

Gab es denn gar keine Umkehr? Wild hämmerten die Gedanken, übermächtig wurde die Verzweiflung. Wie konnte er Vergebung erwarten, wie seine Schuld abtragen?

Johannes kannte den einzigen Weg, den er beschreiten musste, ganz genau. Es gab nur diesen einen Weg!

Kurze Zeit war er ihn in den letzten Wochen allein gegangen, noch tiefer als je zuvor war er gefallen, als er ihn wieder verlassen hat. Allein war der Weg viel zu steinig.

„Johannes Wüst, wenn du Leben retten willst, beginne mit deinem eigenen", sprach er. Sogleich nahm er sich vor, nur heute noch einmal ein letztes Glas zu trinken – und dann nie wieder.

Zufrieden lächelnd schwieg die Stimme.

II. Teil: Nie wieder

1. Entschlossen

Johannes erwachte benommen, und noch vor den ersten trägen Gedanken füllte tiefe Niedergeschlagenheit den ganzen Raum aus. Gegen jede Vernunft und jeden Vorsatz hatte er tagelang jeden Kelch bis zur bitteren Neige geleert. Tag für Tag hatte er die Liebe verraten, Nacht für Nacht versucht, die Erinnerung an die gefangenen Kinderseelen zu ertränken. Aber auch an den tiefsten Stellen des Ozeans hielten sie sich mühelos an der Oberfläche, nichts zog sie in bewusstlose Tiefen. Johannes wusste seit einigen Tagen ganz genau: Nie wieder im Leben würde er vor der eigenen tiefen Erkenntnis die Augen verschließen können.

Johannes hatte Angst.

Wovor? Er konnte die Angst nicht greifen, nicht benennen. Noch war es ein unbestimmtes, allgegenwärtiges Gefühl. Er wollte dieses Leben nicht mehr, aber es war vom Umtausch ausgeschlossen. Zu abgegriffen! Zu verschlissen! Nichts mehr wert!

Wenn er es doch wie seinen grauen Anzug in die Reinigung an der Ecke geben könnte: „Hallo Herr Wüst, alles wie immer? Einmal komplett. Ist dann am Donnerstag fertig. Sie werden sehen, wird wie neu."

Ein stechender Schmerz im Rücken verstärkte das beklemmende Gefühl. Langsam tastete die Hand sich an den Rippen entlang. Verkrustetes Blut klebte schmierig an seinen Fingern. Johannes versuchte sich aufzurichten, beugte sich aber den starken Schmerzen. Mehr als der Körper aber schmerzte das unerträgliche Sein.

Ganz langsam stieg der Ekel in ihm hoch. Dieses Gefühl kannte er inzwischen gut. Ein Entrinnen gab es nicht. Es würde von Minute zu Minute immer stärker werden.

Kurz fragte Johannes sich auch an diesem Morgen, was denn in der Nacht eigentlich passiert war. Zu oft aber hatte er inzwischen die

Erfahrung gemacht, dass jeder Versuch, sich zu erinnern, nur noch tiefere Niedergeschlagenheit auslöste, weil die Nacht nicht mehr zu erhellen war. Es gab keine Antwort. Nicht nach dieser Nacht.

Unbemerkt hatten sich die Augen mit Tränen gefüllt, die sich jetzt ihren Weg suchten. Eine gewaltige Woge riss Johannes mit, und der Wunsch, sich in diesem Tränenstrom aufzulösen, wurde übermächtig. Dieser Hölle entrinnen, nur dieser Hölle entrinnen. Vergessen. Ins süße Nichts fallen.

Gleichzeitig machte sich der Ekel noch breiter und ließ keinen Platz mehr für Selbstmitleid. Die Scham stieg ins Unermessliche, wurde aber noch von der Angst vor Entdeckung überragt. Das schlechte Gewissen türmte sich zu einem riesigen Gebirge, durchzogen von heimlichen, einsamen Pfaden. Die mächtigen Wehrtürme des würdelosen Lebens aber hießen: Lüge, Hochstapelei und Selbstbetrug.

Nie wieder. Wie oft hatte Johannes diesen nach Hoffnung schmeckenden Gedanken gedacht. An diesem Morgen hatte er endgültig alle Hoffnung verloren und in einer beängstigenden Klarheit spülte jetzt ein anderer Gedanke an die Oberfläche: Nie wieder aufwachen. Schon formten die blassen Lippen geflüstert den alles auslöschenden Satz: „In einer der nächsten Nächte bringe ich mich um."

Tiefe Depression, die er jedoch nicht als solche zu benennen wusste, erfüllte Johannes, als er sich mühsam und schmerzverzehrt ins Badezimmer schleppte. Zu verworren war die Krankheit. Alle Lebensbereiche hatte sie durchdrungen. Nichts duldete sie neben sich. Lange starrte Johannes in den Spiegel. Wer war dieser Mann, der ihn anstarrte? Wer war Johannes Wüst? Er selber kannte sich nicht mehr.

Warum sagt denn niemand etwas? Jeder muss doch sehen, was los ist. Es muss doch jeder wissen. Warum sagt denn niemand etwas? Warum? Schon öffneten sich die Lippen zu einem verzweifelten Hilfeschrei, doch sogleich übernahm wieder mächtig die Scham das Kommando: Das hier ging niemanden etwas an, das hier war ganz allein die Sache von Johannes Wüst.

Wie sahen andere Menschen ihn? Sahen sie wirklich nur die Menschenhülle? Nur das leblose Spiegelbild?

Warum sah denn niemand, was in ihm war?

Warum sah denn niemand die Angst?

Die Verzweiflung?

Die Not?

Aus dem Spiegel blickte ein aufgedunsenes Gesicht, rotgeränderte Augen, zittrige Hände. Jeder, der wollte, hätte es sehen können. Peinlich berührt dachte Johannes an die Tage in den ersten Jahren in der Firma seines Schwiegervaters, in denen er regelmäßig ziemlich verkatert zur Arbeit erschienen war. Nie hatte jemand ein offenes Wort gesagt, etwa: „Hallo Johannes, du siehst aus, als hättest du wieder zu viel getrunken. Du siehst in letzter Zeit oft so aus. Sag, wenn du Hilfe brauchst. Es gibt Hilfe. Alkoholismus ist eine heimtückische Krankheit. Aber nicht hoffnungslos. Eine Krankheit ist keine Schande."

Keine Schande! Wie hatte er sich nach diesen Worten gesehnt: Keine Schande!

Aber noch tiefer hatte das beredte Schweigen ihn in die Heimlichkeit getrieben, noch höher hatte er die blicksicheren Mauern um sich errichtet.

Auch war er gewiss nicht allein in der Truppe. Er kannte die Zeichen. Man wusste voneinander. Zunftehre. Stille Übereinkunft. Brüder im Glauben.

Manchmal hatten Bemerkungen, die gar nicht auf ihn gemünzt waren, tiefe Scham ausgelöst, alltägliche Handlungen. Sofort roch er die vermutete Alkoholfahne, wenn jemand ein Fenster öffnete, um frische Luft einzulassen. Mit fest verkniffenem Mund hatte er sich über seinen Aktenordner gebeugt.

Manchmal waren es Andeutungen, die nur ihn meinen konnten: „Ich bin in eine Verkehrskontrolle geraten. Ihr glaubt gar nicht, wie viele Leute die morgens um acht mit Restalkohol erwischt haben." Allgemeines Gelächter, vielsagende Blicke. Aber nie war es ein offenes Wort, immer blieben es Andeutungen. Beschämt hatte Johannes sich geduckt, bis wichtige Geschäftigkeit keinen Platz mehr für persönliche Befindlichkeiten ließ. Solange er am Abend genügend Gold gesponnen hatte, war sein Lebenswandel Privatsache. Das ging niemanden etwas an, war der allgemeingültige Lehrsatz in der Firma.

Besonders verhängnisvoll für Johannes, den Säufer, aber waren die Selbstgerechten, die sein Elend benutzten, ja geradezu brauchten und sich lustvoll daran weideten, um das vermasselte eigene Leben aufzuwerten. Welch unheilige Allianz!

Wie nährten die Selbstgerechten im Gegenzug das kranke Denken des Trinkers, wie wurden sie zum Verbündeten der Krankheit, wenn sie sich in ihrer verlogenen Moral so überlegen fühlten, so viel größer, wichtiger, bedeutender. Wie schürten sie, sich dessen nicht immer bewusst, den kindlichen Trotz des um Heimlichkeit bemühten. Wie leicht machten die Selbstgerechten es dem Trinker, bei ihnen eine Mitschuld zu suchen, wie leicht konnte ein Trinker die Verantwortung für das eigene Leben auf sie abwälzen. Jeden Splitter im Auge des Anderen kreideten sie an, nie sahen sie den Balken im eigenen Auge.

Tausend Mal lieber war Johannes Teil der altehrwürdigen Zunft der Trinker, als Mitglied in der Bruderschaft der Selbstgerechten zu werden. Sollten sie sich um ihre eigenen Leichen im Keller kümmern.

Im dritten Jahr hatte Johannes in der Firma die Reißleine gezogen und fast nie mehr während der Woche getrunken. Es fiel anfänglich erstaunlich leicht. Aber welch fadenscheinige Lösung war das. Welcher Selbstbetrug eines Süchtigen! Nie war der Kopf trocken. Keine Stunde, keine Minute in den folgenden Jahren hatten die Gedanken Ruhe gegeben, voller Unruhe war der Körper an den Tagen, immer nur das bevorstehende Wochenende vor Augen. Es wurde zum alltäglichen Lebensinhalt, dass man sich vom verdienten Wochenendrausch Entspannung erhoffte, wohl wissend, dass am Montag schon die nächste Hatz begann.

Sucht kennt keine Ruhe!

Oh, wie herrlich konnte ein Trinker sich jahrelang belügen! Wie konnte er sich Jahr um Jahr einreden, er habe die Sucht unter Kontrolle.

Wie perfekt funktionierte der Selbstbetrug.

Wie verschlagen und mächtig war die grausame Krankheit.

Wie kraftlos aber war das Leben, wenn alle Kraft dafür vergeudet wurde, etwas nicht zu tun. Wie leer wurde das Leben, wenn aller Inhalt darin bestand, nicht zu trinken. Wie starr und knorrig wurde das fantasielose Sein. Wie tot. Wahrhaftig nie kamen die Gedanken an das Gift zur Ruhe, allen Raum nahmen sie ein. Nie wurde der Kopf trocken, nie klärte sich das Denken, niemals mehr hatten die Träume noch Raum.

Wie viele Klippen lauerten gefährlich auf dem täglichen Weg, die kraftraubend umschifft werden wollten. Was waren alle Vorsätze wert, wenn zur Begrüßung in der fremden Stadt eine Flasche Wein auf dem Hotelzimmer stand. Wie viele nicht erwartete Verführungen in seichtem Gewässer gab es. Wer konnte den ungefragt servierten Schnaps nach erfolgreichem Geschäftsabschluss verweigern. Wie hinterhältig lauerte auf scheinbar geradem Weg die Versuchung, wie unerwartet hinter manch nicht einsehbarer Kurve.

Nicht selten war es aber auch gemeine Tücke eines anderen Kranken, der den Zechkumpan dringend brauchte, um das eigene Gewissen zu erleichtern und der eigenen Scham Gesellschaft zu geben.

Doch nicht nur die Arbeit, auch das private Leben war durchdrungen von der Allgegenwärtigkeit des Verlangens. Wie hatte Johannes sich auch hier jahrelang das Leben schön geredet, obwohl er die Wahrheit genau kannte. Johannes Wüst war kein Dummkopf. Er tue doch alles Erdenkliche, was einem Vater möglich ist, hatte er sich eingeredet. Wie hatte er sehenden Auges die Liebe verraten.

Sucht kennt keine Ehrlichkeit!

Seine Frau konnte er leicht zu den Selbstgerechten zählen, zu schnell hatte es tiefe Risse in der vorschnellen Ehe gegeben, zu schnell erwiesen sich ihre Träume als nicht vereinbar. Aber allen Ernstes hatte er geglaubt, die Angst einer Kinderseele besänftigen zu können, wenn er sich nur noch manchmal betrank. Nur am Wochenende. Das taten doch alle Väter. Das konnte doch keinen Schaden anrichten. Das gehörte doch zum normalen Leben. Man konnte das Kind doch nicht in Watte packen.

Die Lüge und der Selbstbetrug sind Brüder der Sucht!

Nie hatte er an nüchternen Tagen verstanden, dass die Angst eines Kindes immer gegenwärtig ist. Jeden Tag, jede Stunde, jede Minute konnte es wieder so weit sein. Tag für Tag lebt das Kind eines Trinkers in Angst.

Und so gab es für Johannes kein Zurück mehr, redete er sich ein. Zu tief war die Einsicht. Zu gegenwärtig die Prozession der angstvollen Kinderseelen. Wie hatte er versagt. Immer würde er ein Versager bleiben. Oh, süßer Schmerz!

Als sich unter der Dusche das verkrustete Blut löste und sich in scheinbar endlosen Strömen in den Abfluss ergoss, glaubte Johannes, sein Leben keinen Moment länger ertragen zu können und bedrohlich tauchte wieder und wieder dieser eine Gedanke auf: In einer der nächsten Nächte …

Die verschmierte Blutkruste auf der Bettkante ließ ihn vermuten, dass er in der Nacht gestürzt war. Einen Moment lang stellte Johannes sich vor, wie es gewesen wäre, wenn er mit dem Kopf auf das harte Holz aufgeschlagen wäre. Fast konnte er den berstenden Schädelknochen hören. Wäre das die Lösung aller Probleme gewesen?

Der Konjunktiv bot viele Möglichkeiten. Aber diese eine schmeckte zunehmend süß. Oh, wie himmlisch! Nie wieder!

Die schmerzenden Rippen rissen ihn in die Gegenwart und ein zugeflogener Gedanke ließ Johannes auflachen: Vielleicht hatte jemand eine Rippe aus ihm herausgebrochen und ein Weib daraus geformt. Hatte es das nicht schon einmal gegeben? Vielleicht war sie sogar noch in der Wohnung.

Die Idee gefiel Johannes, mindestens lenkte sie seine Gedanken für einen kurzen Moment in anderes Fahrwasser. So gut es in seinem Zustand ging, schmückte er den Gedanken weitschweifig aus, bis er meinte, die so erschaffene Frau sogar riechen zu können.

„Ich rieche, rieche Menschenfleisch“, lallte er in Erinnerung an ein Märchen, dass er seiner Mutter immer wieder abgerungen hatte, obwohl es ihm jedes Mal aufs Neue fürchterliche Angst gemacht hatte, wenn der Riese blutrünstig die Höhle betrat, um das gewitterte Leben zu verschlingen.

Das kurze Lachen schmeckte ausgesprochen bitter und gab der Depression noch einen neuen Schub. Es wäre nicht das erste Mal, dass er neben einer Frau erwachte, deren Namen er nicht einmal kannte.

Mühsam schleppte Johannes sich zurück ins Bett und ein heftiger Weinkrampf schüttelte ihn. Das Leben, eben noch ein Fest, ist nichts mehr weiter als die Pest, reimte er in kindlichem Versmaß und merkte deutlich, wie betrunken er noch war: Restalkohol. Alkoholrest.

Sein Blick tastete das Zimmer ab. Auf dem Boden lag verstreut Kleidung herum, ein Stuhl war umgefallen, ein Stapel Bücher wütend aus dem Regal gefegt. Vor dem Bett aber stand eine halb volle Flasche Wein.

Nie wieder, schoss es Johannes durch den Kopf. Gleichzeitig widerte es ihn an, wie oft er diesen Gedanken schon gedacht hatte. Aber jetzt hatte er einen ganz anderen Beigeschmack.

Nie wieder!

Als bestimme ein fremder Geist sein Tun, schob sich seine Hand in Richtung Flasche. Wohlig breitete sich die Wärme aus. Der Kampf war entschieden. Nie wieder!

Nur ein paar Tage würde er sich noch gönnen. Darauf sollte es ihm nicht mehr ankommen. Es gab kein Zurück mehr. Vielleicht würde er ein paar Briefe schreiben. Nein, nur einen Brief. Tina. Abschied nehmen!

Der neuerliche Alkoholnachschub riss die besoffenen Gedanken für einen kurzen Moment noch einmal in eine selbstgerechte, schuldzuweisende Begeisterung. Ach was, einen ganzen Briefroman würde er schreiben. Die Leiden des jungen Johannes. Die Welt würde schon sehen, was sie ihm angetan hat. Aber es war zu spät für eine Wiedergutmachung. Sollten die Anderen ruhig den Rest ihres Lebens mit ihrer Schuld leben.

Sucht kennt nur die eigene Realität!

Er würde an die Ostsee fahren, vielleicht nach Usedom. Vielleicht würde die Strömung ihn über jede Grenze bis in ein polnisches Städtchen treiben.

Oh, wie gab er sich jetzt dem süßen Schmerz hin!

Laut hörte er die Stimme seines Vaters die letzte Strophe seines so kurzen Lebens singen: In einem Ostener Teiche …

Noch lauter grölten die Ostener Schützen das Lied vom schönen Polenmädchen.

Warm dachte er an seine Mutter, berührt erinnerte er sich an den alten Hinni, der immer ein klein wenig hinkte und der ihm mit auf den Weg gegeben hatte, nie wie ein Wurm durchs Leben zu kriechen. Mit wulstigen Lippen, die strohblonden Haare ganz kurz, schaute aus tiefblauen Augen auch Schrubber auf Johannes.

Wie hatte er Schrubber vergessen können?

Wo hatte er all seine Träume begraben?

Johannes hatte Angst, solche Angst!

Aber was war seine Angst gegen das unermessliche Leid, das er in den Augen der gefangenen Kinderseelen gesehen hatte. Wie sollte er damit leben? Stumm und mit blassen Lippen blickte Bettina ihn an.

Es gibt keine Wahl, sprach die Depression. Johannes Wüst hatte sein Leben verwirkt.

Depression ist eine Schwester der Sucht!

Johannes Wüst hatte es in der Krankheit auf die allerhöchste Stufe gebracht. Zum ersten Mal im Leben war er ganz oben angekommen.

Wo soll die Heimat der Liebe sein, wenn nicht in dir? Dein Vater war ganz voller Angst. Die Liebe hatte keinen Platz in ihm, hörte er die Stimme seiner Mutter.

Wie seltsam vertraut ihm alles vorkam.

*

Rasende Kopfschmerzen begleiteten das zweite Erwachen an diesem Tag. Die Augen suchten den Wecker und fanden ihn mit einem blutverschmierten Unterhemd abgedeckt. Es war früher Nachmittag. Angeekelt bemerkte Johannes, dass auch das Betttuch, auf dem er lag, voller Blut war, und die Erinnerung an den frühen Morgen setzte sich langsam durch. Die leeren Flaschen auf dem Boden machten das Bild ein wenig klarer.

Als könne er dadurch seine Gedanken ordnen, begann Johannes damit, die auf dem Boden verstreuten Bücher wieder ins Regal zu räumen.

Bücher! Meterweise sichtbare Gedanken.

Die Gedanken von Johannes Wüst konnte niemand sehen. Auch nicht die der nächsten Nächte.

Bücher!

„In dem Buch findest du den Schlüssel zur Lösung aller Probleme", hatte Helmut, der Sohn des Bauern, ihm einmal gesagt, als Johannes ehrfürchtig in einem dicken blauen Wälzer geblättert hatte, in dem die Lösung aller Probleme der Menschen in einem geänderten Wirtschaftssystem zu finden war.

Heute gab es immer mehr Bücher mit immer mehr Lösungen für immer mehr Probleme. Und wenn sie auch keine Lösung für alles auf einen Schlag anboten, dann mindestens einen unschlagbaren Rat. Die Schreiber wussten genau, wie man schön, perfekt, makellos, geschmackvoll, schlank, reich, ausgeglichen und angstfrei durchs Leben geht.

Erfolgreich, hieß das Zauberwort, das die Köpfe der weniger erfolgreichen mit Angst erfüllte, weil sie nur in der zweiten Reihe saßen.

Erfolgreich planen, entwerfen, verkaufen, verhandeln, präsentieren, entwickeln, finanzieren, abnehmen, flirten, abschleppen.

Erfolgreich ins Leben, die Schule, den Beruf starten.

Sich erfolgreich gegen Rundfunkgebühren, das Finanzamt, den Nachbarn, den Entzug des Titels wehren.

Erfolgreich in der Ehe, erfolgreich bei der Kindererziehung, erfolgreich im Scheidungskrieg.

Erfolgreich gegen den Hunger, den der letzte Krieg verursacht hat, erfolgreich das Trauma der missbrauchten Frauen und Kinder aus den tobenden Bürgerkriegen behandeln.

Erfolgreiche Renaturierung der zerstörten Flusslandschaft, erfolgreiche Sanierung der maßlosen Staatsverschuldung.

Johannes hatte alles gelesen, aber kein Buch konnte ihm jetzt dabei helfen, die düsteren Gedanken in seinem Kopf auszulöschen. Johannes Wüst war reich, aber nicht erfolgreich!

Hatte er sich falschen Rat geholt, die falschen Ratgeber gelesen?

„Wie sind die Bücher eigentlich in mein Leben gekommen?", fragte Johannes sich plötzlich trotz seines jämmerlichen Zustands an diesem Nachmittag.

Unwillkürlich glitt sein Blick zurück in die elterliche Wohnstube in Osten. Nicht einmal in der untersten Schublade seiner gehüteten Erinnerungen fand er ein Buch. Wohl aber schmerzte, wie eine ganz frische Wunde, die Erinnerung an seinen Lehrer am Ende der Grundschulzeit: Wer soll ihm denn helfen? Wer die teuren Bücher bezahlen? Gedemütigt hatte er sich dem fremden Willen gebeugt und war bei den „Dummköpfen" zurück geblieben. „Die Welt ist nun einmal nicht gerecht", murmelte Johannes vor sich hin.

Wie Gift hatte die Bitterkeit sich einen Raum gesucht und versuchte sich breit zu machen. Ein anderer Gedanke änderte aber noch einmal die eingeschlagene Richtung. Irgendwo muss dieses Märchenbuch gewesen sein: „Ich rieche, rieche Menschenfleisch." Er hatte das Buch geliebt, obwohl dieses eine Märchen ihm wieder und wieder Angst gemacht hat.

Was man liebte, konnte trotzdem Angst machen. Die Angst wohnt in den Sätzen, die Angst wohnt in den Wörtern, dachte Johannes.

„Gebrüder Grimm" hatte auf dem Einband gestanden, erinnerte er sich jetzt, als läge das Buch vor ihm.

Gebrüder!

Als wäre es gestern gewesen, tauchte ein Gefühl in Johannes auf. Wie oft hatte sich dieses Wort in seinem kindlichen Kopf festgesetzt: Gebrüder, Gebrüder, Gebrüder. Welche Bedeutung hatten zwei unscheinbare Buchstaben dem Wort gegeben. Wie hatte die kleine Silbe das Wort für Johannes aufgewertet. Immer und immer wieder hatte er es sich vorgesagt, darauf hoffend, eine Erklärung dafür zu finden, was die Gebrüder von normalen Brüdern unterschied. Es musste etwas ganz besonderes sein, etwas, das in seiner Welt nicht vorkam. Aber eine Erklärung hatte der junge Johannes nie gefunden.

Gebrüder! Es gab eine Welt, zu der er keinen Zugang hatte. Sie war in den Büchern versteckt. Wer sollte ihm denn helfen? Wer den Eintrittspreis bezahlen?

Weiter huschten jetzt die Gedanken durch ein Leben, das nun - so jedenfalls war es beschlossen - viel zu früh ein Ende finden sollte. Noch einmal stand Johannes ehrfürchtig vor dem Bücherregal im Zimmer von Helmut, dem Sohn des Bauern, der es in der Politik so weit gebracht hatte. Helmut hatte sein Wissen in wortgewaltige Macht verwandelt. Wehmütig erinnerte Johannes sich an die gemeinsame Zeit auf dem Bauernhof, obwohl sie auch frostige Tage gekannt hatte.

Welch unbekannte Welten hatten sich in den folgenden Jahren vor Johannes in Helmuts Schlepptau aufgetan. Wie hatten seine Gedanken sich geschärft und neu geformt, wie hatten sie jeden Stein gewendet und die Zunge geschmeidig gemacht. Wie stürmisch waren die ungleichen Freunde bereit gewesen, die Welt ganz radikal zu verändern, selbst wenn der Weg über Leichen ging. „Man hat nicht immer eine Wahl", hatten sie in den folgenden Jahren klammheimlich manches schreiende Unrecht der Genossen gebilligt. Wie hatte Helmut, für den nur die Freiheit zählte, ihm anfänglich seine Gedanken in manch durchzechter Nacht aufgezwungen. Schonungslos hatten sie mit der Generation ihrer Versagerväter abgerechnet, immer überzeugt davon, selbst ins Licht zu streben.

Helmut war es auch gewesen, der Johannes, damals gerade 19 Jahre alt, in die kleine Stadt etwas abseits der Elbe geholt hatte, die nach den Jahren in dem kleinen Kuhdorf auf der Geest so verheißungsvoll groß erschienen war, so voller süßem Leben, so voller unbekannter Möglichkeiten. Eine winzig kleine Wohnung mitten im Zentrum hatten sie sich geteilt.

Abend für Abend hatten sich hier die jungen Genossen der Stadt getroffen, um bei Bier und billigem Wein den Lauf der Welt neu zu regeln. Nächtelang hingen sie an Helmuts Lippen, der ganze Bücherwände in seinem Kopf mit sich trug. Sie hatten sein Wissen verehrt. Sie hatten ihn angehimmelt. Sie hatten ihn vergöttert. Wie hatte sich Johannes in Helmuts Ruhm gesonnt! Wie reich waren die Krümel, die von seinem Tisch fielen. Nie hatte Johannes damals verstanden, warum der Freund ausgerechnet ihn ausgewählt hatte. Er war bereit gewesen, alles für Helmut zu tun. Williges Werkzeug einer aufstrebenden Macht.

Wie hatten diese Jahre das Leben mit Hoffnung auf eine bessere Zukunft gefüllt!

Fast stolz dachte Johannes einen Moment an den ersten zarten Widerstand, den er im Dorf unter Helmuts Regie geleistet hatte. Einen Skandal hatte er verursacht, den die Menschen in ihrer heilen Welt so noch nicht erlebt hatten und für den es im Leben auf dieser Welt keine Vergebung geben konnte. Eine spätere Instanz würde darüber richten, hatte der Pastor gesagt. Ausgerechnet bei der Feier zur Schulentlassung. Der Auftritt hatte ihn die schon fest zugesagte Lehrstelle gekostet. Man wolle sich keinen Nestbeschmutzer ins Haus holen, sich keine Laus in den Pelz setzen, hatte der Chef des Landmaschinenhandels seiner Mutter erklärt.

Ungehöriges war passiert. Revolution. Verdorbene Jugend. Wehret den Anfängen, ereiferte sich der Bürgermeister, der schon früher gern mit am Tisch der Mächtigen gesessen hatte.

Vier Schüler sollten bei der Entlassungsfeier feierlich ein selbst erdachtes Heimatgedicht vortragen. Tagelang hatte der Lehrer, der mit Johannes im letzten Schuljahr einen jederzeit brüchigen Burgfrieden geschlossen hatte, die richtige Betonung eingeübt und den ausdrucksvollen Blick an die rechte Stelle gesetzt. Wie stolz war er auf die Früchte seiner Arbeit. Wie sonnte er sich in dem Gefühl, auch dem schlecht gewachsenen Baum endlich ein wenig Halt gegeben zu haben.

Mit fester Stimme und glühendem Blick hatte ein kräftiger Bursche den Vortrag eröffnet: „Ich geh hinaus in weite Wiesen, find Heimat hier in meiner Welt, seh' Gottes Pflanzen fröhlich sprießen, die Heimat mir den Geist erhellt."

Niemand hatte in dem groben Klotz so viel Zartheit vermutet, als er nach der sechsten Strophe der Heimat ewige Liebe und Treue schwor.

Zwei Mädchen hatten dann die Schönheit der Blütenpracht in Mutters Blumengarten und den Stolz der Bauersfrau bei der Kälberaufzucht gerühmt. Dankbare Blicke wechselten zwischen stolz erfüllten Müttern und Töchtern. Wie vernichtende Blitze trafen sie die Mitbewerberinnen. Neidisch hatten sich die Köpfe der weniger Begabten gesenkt.

Schließlich war Johannes ans Pult getreten. Mit klopfendem Herzen, aber fest entschlossen, den von Helmut ausgeheckten unflätigen Streich auszuführen, brachte er mit trockenem Mund und flauem Magen zunächst kaum einen Ton heraus. Schon formten die Lippen des Lehrers ungeduldig die ersten Worte: „Heimat mein, am Oste-Fluss, schenkst mir Freude, nie Verdruss …"

Einmal angefangen war es dann aber wie ein entfesselter Sturm aus Johannes herausgebrochen. Alle Bitterkeit und alle Demütigungen der letzen Jahre rächend, ließ er sich das Wort nicht mehr nehmen, auch nicht dann, als um ihn herum die Welt unter den Schlägen des sich um seinen Erfolg betrogenen Schulmannes in Trümmern versank. Bis zur letzten Silbe trug Johannes sein Werk, das eigentlich mehr aus Helmuts Feder stammte, vor:

Zusammengepfercht mit vierzig Mann,
fing es vor vielen Jahren an.
Jetzt hieß es gehorchen, nie war man mehr Kind,
nur noch eine Nummer, fast wie ein Rind.

Der Lehrer fragte manch dumme Sachen,
und nur wenn er's zuließ, durften wir lachen,
sonst hieß es: still sitzen und brav sich benehmen,
und wer das nicht kann, der soll sich was schämen.

Es war in der Klasse ein kleines Mädchen,
die hatte noch nie was von Schule gehört.

Warum sich drum kümmern, warum ihr denn helfen?
Es war doch ganz einfach: sie war geistesgestört.

So ging es noch vielen, es war nun mal so,
die Klasse wurd' kleiner, der Lehrer war froh,
er konnt' nichts dafür, er war nur gerecht,
er gab nur die Noten, mal sehr gut, mal schlecht.

Es gab einen Jungen, dessen Vater war Trinker,
mal schlug er den Jungen, mal schlug er die Frau.
Der Lehrer sprach nur, dass die Menschen nichts taugen,
denn er liebte schon früher die blauen Augen.

Eigentlich wollte Helmut an dieser Stelle mit zum Gruß erhobenem Arm und stechendem Schritt in den Saal einmarschieren. Aber zu groß war der Tumult, zu aufgelöst die Reihen. Verrat!

Oh, wie Johannes diese Erinnerung jetzt belustigte. Fast freudig fühlte das verwirkte Leben sich unvermittelt an. Gleichzeitig beschämte ihn aber sofort der Gedanke daran, wie seine Mutter damals unter den erneuten Anfeindungen der Menschen im Dorf zu leiden gehabt hatte. Aber Martha Wüst hatte die Menschen gekannt, sie konnten sie nicht mehr schrecken. Sie liebte ihren Sohn, sie liebte ihre Tochter und sie liebte Franz. Sie war glücklich darüber, dass sie ihren Sohn nach der verhängnisvollen Silvesternacht nicht mehr beim Fährmann fand, sie war glücklich darüber, wie munter die kleine Anna aufwuchs und sie war glücklich darüber, dass Franz mit ihr so bald wie möglich ein gemeinsames Leben führen wollte. Alles, was das Leben zu bieten hatte, war in ihren Tagen enthalten. Nicht mehr, nicht weniger.

Von den Erinnerungen unerwartet wieder ins gegenwärtige Leben zurückgerufen, unterbrach Johannes das Einräumen des Bücherregals und begann gezielt nach einem Buch zu suchen, das er nie ganz gelesen und noch weniger jemals verstanden hatte und das er trotzdem all die Jahre wie einen wertvollen Schatz gehütet hatte.

Das Buch war ihm wahrhaftig zugeflogen und manchmal hatte

er sich gefragt, ob sein Leben anders verlaufen wäre, wenn es nur wenige Zentimeter weiter in einer schlammigen Pfütze gelandet wäre und dort sein stilles Leben ausgehaucht hätte. Der Konjunktiv bot viele Möglichkeiten.

Kurz nach seinem Einzug in die kleine Stadtwohnung hatte Helmut ihn mit nach Hamburg genommen, um ihn in einer Beratungsstelle für Kriegsdienstverweigerer vorzustellen, die auf die bevorstehende Gewissensprüfung vorbereitete. Wer wollte schon in einer Armee dienen, in der die Versagerväter noch immer das Sagen hatten. In der Gewissensverhandlung würden sie ihn fragen, was er denn tun würde, wenn im dunklen Wald ein böser Mann käme, um seiner Mutter Gewalt anzutun, seiner Schwester, seiner Freundin. Zufällig läge eine Waffe in Reichweite.

Erst als er Wochen später vor dem Ausschuss tatsächlich ähnliche Fragen beantworten sollte, begriff Johannes den Ernst der Lage. Vielleicht hatte ihn gerettet, dass er keine vorgefertigten, angelesenen Antworten geben konnte, vielleicht war die aus dem Bauch vorgetragene Gewissensnot einfach glaubhafter gewesen. Später konnte er den Genossen seine erfolgreichen Antworten nicht schlüssig erklären und einige schmälerten neidisch seinen Erfolg: Quotenanerkennung.

Nach der Gewissensschärfung waren sie damals in Hamburg noch durch die Stadt gebummelt. Das Buch muss aus dem 6. Stock gekommen sein, denn nur dort war ein Fenster geöffnet gewesen. Nie würde Johannes den verzweifelten Schrei vergessen, der dem Wurf vorausgegangen war. Dort oben schien ein Mensch in großer Not zu leben. Angst und Verzweiflung hatten den Schrei gefüllt. Leblos lag das Buch – zum Glück nur das Buch, hatte Johannes gedacht, den Blick noch lange abwartend auf das Fenster gerichtet - nun wartend auf dem nassen Asphalt, keine 20 Zentimeter neben der Pfütze und mischte sich ungefragt in sein Leben ein. Die Welt der Wissenschaft war Johannes bis dahin noch ziemlich fremd. Aber in diesem Jahr – 1968 - sollte sich ja bekanntlich nicht nur sein Leben verändern.

Das Buch hatte Johannes damals vom ersten Moment an fasziniert. Etwas aus einer ganz anderen Welt war ihm zugeflogen. So viel

Johannes auch las: Er verstand fast kein einziges Wort. Wie ein Erstklässler buchstabierte er manche Wörter, manchmal auch ganze Seiten. Wochenlang hatte er das Buch nicht mehr aus der Hand gelegt. Wochenlang trug er es mit sich. Hütete es sorgsam unter dem Kopfkissen. Das Buch offenbarte ihm eine Welt, zu der er keinen Zutritt hatte. Es gab Welten, die ihm verschlossen waren. Es gab mehr, als eine Welt. Wer hütete die Schlüssel? Wer teilte sie aus? Wer verweigerte sie? Dieser Tag in Hamburg hatte sein Leben verändert. Keine freie Minute verbrachte Johannes mehr ohne Buch. Alles wollte er fortan wissen.

„Staats-u. Universitäts-Bibliothek Hamburg" war in den Umschlag gestempelt. Ein Prof. Dr. Dr. Horst-Eberhard Richter hatte das Buch seiner Frau und seinen Kindern gewidmet: Eltern, Kind und Neurose.

Gebrüder.

Prof. Dr. Dr.

In der begrenzten Ostener Welt gab es eine alte Frau, die Gürtelrose besprochen hatte. Im Garten seiner Mutter auf dem Bauernhof wuchsen wunderschöne Stockrosen in allen denkbaren Farben. Jetzt hatte sich die Welt der Neurosen in sein Leben gedrängt.

Fortan waren Bücher das Einzige gewesen, was für Johannes noch zählte. Alles hatte er verschlungen. Mehr, immer mehr wollte er wissen. Nichts wollte er nur noch glauben. Doch so sehr er sich in den nächtlichen Wortgefechten mit den Genossen auch hervorgetan hatte: nie fühlte er sich ganz zugehörig. Immer blieb ein spöttisches Lächeln um die Lippen der Studierten, wenn Johannes an passender Stelle die Worte der großen Lehrmeister einfügte. Nie schien es genug zu sein. Immer hatte jemand bessere Worte gefunden. Mächtigere!

Wortakrobaten! Wortkrieger!

Diese Gedanken rissen Johannes wieder in die alkoholgeschwängerte Gegenwart und ein gegenwärtiges Wortspiel geisterte wieder durch seinen Kopf: Alkoholfest, Alkoholrest, Alkoholtest, Alkoholpest. Das Leben, eben noch ein Fest, ist schlimmer jetzt noch als die Pest.

Der Tag, der sich kurzzeitig sogar wieder lebenswert angefühlt hatte, war wieder finster und bleischwer lastete die aufkommende Erinnerung an den Unfall auf Johannes. Alkoholtest.

*

1,7 Promille hatte der Alkoholtest ergeben. Er hätte Bettina umbringen können, wenn der Unfall auf der Rückfahrt passiert wäre. Dabei hatte sich Johannes für das gerade begonnene Jahrtausend so viel vorgenommen. Er hatte nicht mehr geglaubt, dass seine Ehe noch zu retten war. Er wusste, dass der Alkohol eine viel zu große Rolle in seinem Leben spielte, auch wenn er in den letzten Jahren gar nicht oft getrunken hatte, fast immer nur am Wochenende. Aber nicht alles konnte man ausschließlich dem Schnaps anlasten. Johannes ahnte, dass die Ehe schon längst beendet gewesen wäre, wenn er endlich bereit gewesen wäre, die Verantwortung für sein eigenes Leben zu übernehmen.

Aber dazu war er nicht in der Lage gewesen, weil ständig und überall die Gedanken an das Gift in seinem Kopf herum spukten. Im Stillen machte Johannes sich schon lange nichts mehr vor: Er war süchtig. Johannes Wüst war Alkoholiker. Doch immer noch hatte er sich trotzdem eingeredet, die Sucht kontrollieren zu können. Im Grunde kontrollierte er das Verlangen doch schon seit seiner Kindheit.

Was für ein kraftaufwendiges Leben!

Johannes hatte sich immer kraftloser gefühlt. Er hatte geahnt, dass er an einem Scheideweg stand.

Gleich nach der Jahrtausendwende war seine Frau Ingrid wieder zu einem Seminar gefahren. Ihre Lügen interessierten ihn nicht mehr. Bei ihrer Rückkehr wollte er die Trennung vorschlagen. Sollte sie doch zu ihrem Börsengott ziehen. Die Firma hatte in Frankfurt eine Niederlassung. Ihr Vater würde ihr dort schon eine angemessene Position verschaffen. Johannes wollte die Firma schon längst verlassen. Schon lange widerte ihn das alltägliche Spiel an.

Aber was war mit Bettina. Schmerzlich hatte Johannes die Einsicht zulassen müssen, dass sie sich weit voneinander entfernt hatten. Schmerzlich hatte er auch die Einsicht zugelassen, dass er die Wochenenden oft mit fadenscheinigen Ausreden füllte, um in Ruhe trinken zu können. Schmerzlich hatte er sich an seinen Vater erinnert, der ihn so oft auf morgen vertröstet hatte.

Monatelang hatten die Gefühle Johannes zerrissen.

Monatelang hatte er keinen klaren Gedanken mehr fassen können. Er wusste, dass es keinen gangbaren Weg gab, wenn er weiter trank. Er wusste aber auch, dass die Familie keine Zukunft hatte, wenn er nicht mehr trank. Nicht Liebe war das Bindeglied zwischen den ungleichen Eheleuten, sondern Angst vor Trennung. Nicht die Freude an der Gemeinsamkeit bestimmte das Leben, sondern die Angst vor der Einsamkeit.

Sucht kennt keine Verantwortung für das eigene Leben!

Noch weniger aber konnte ein Süchtiger die Verantwortung für ein anderes Leben übernehmen. Insgeheim war Johannes erleichtert darüber gewesen, als Bettina vorgeschlagen hatte, die Nacht bei einer Freundin zu verbringen. Wie herrlich war die Aussicht auf einen ungestörten Abend, auf eine gepflegte Flasche Wein. Mosel. Trokken. Ein wenig Restsüße vielleicht.

Wie gleichgültig hatte er die Liebe zu seinem Kind verraten, wie bereitwillig die Aussicht auf einen schönen gemeinsamen Tagesabschluss geopfert.

Sucht und Verrat sind Brüder!

Er hatte Bettina zur Freundin gefahren und sorgfältig darauf geachtet, den nahen Weinladen bei seiner Rückkehr noch geöffnet zu finden. Hastig hatte er sich von Bettina verabschiedet, die ihm noch so viel erzählen wollte. Er habe noch viel Arbeit, hatte er gelogen. Erschrocken hatte er bemerkt, mit welch zittriger Hand er die Flasche öffnete, noch erschrockener festgestellt, wie schnell er die erste Flasche geleert hatte. Zum Glück hatte er Vorsorge getroffen.

Wie ahnte er das Unheil, als kurz nach zehn – Johannes war auf dem Sofa eingeschlafen – das Telefon klingelte. Bettina hatte hohes

Fieber, wollte nach Hause. Natürlich würde er sie holen. Ja, sofort. Wie hatte er versucht, den Blick zu schärfen. Wie aussichtslos war der Kampf. Wie mächtig der Baum. Völlig zertrümmert die Beifahrerseite.

Tagelang hatte Johannes in einem künstlichen Koma gelegen, auf der Beifahrerseite hätte niemand überlebt, hatte man ihm glaubhaft versichert. Wie durch ein Wunder waren bei ihm kaum Knochen gebrochen. Schon nach wenigen Wochen konnte er die Klinik verlassen. Das Haus fand er wie angekündigt leer. Noch am ersten Abend betrank er sich maßlos. Er war sich sicher, dass niemand ihn anrufen werde.

Schon wenige Tage später hatten die Anwälte der Firma ihm glaubhaft versichert, dass er als Alkoholiker keine Aussicht auf ein Sorgerecht habe. Seine Frau würde ihm aber alle Peinlichkeit vor Gericht ersparen, wenn er freiwillig auf jeden Umgang verzichte. Wenn er bereit sei, jeden Skandal zu vermeiden, könne man alles fair im Scheidungsverfahren regeln. Andererseits gebe es genug Zeugen und Beweise für seine unzuverlässige Lebensführung. Er könne doch nicht ernsthaft wollen, dass sein Leben vor Gericht ausgebreitet werde. Diese Schande!

Alles hatte Johannes fast ungelesen unterschrieben. Es gab nichts zu entschuldigen. Fast hätte er dem Alkohol das Leben seiner Tochter geopfert.

Jetzt gab es kein Zurück mehr für Johannes. Zu dunkel war das kraftlose Leben geworden, zu hoffnungslos, zu unerträglich die Erinnerung. Zu mächtig der verschlagene Feind.

Mehr als ein Jahr war seit dem Unfall vergangen. Nur eine Richtung hatte es in dieser Zeit gegeben: mit jedem Tropfen stärker abwärts. Nirgendwo leuchtete ein Licht.

Nur ein paar Tage wollte Johannes sich noch gönnen. Abrechnen mit dem Leben. Nur ein kleiner Koffer begleitete ihn zum Bahnhof. Mehr brauchte er nicht.

„Einmal Usedom, einfach bitte“, verlangte Johannes am Schalter.

2. Endstation

Wie Ameisen auf schmalen Straßen, die keine sichtbare Begrenzung hatten und doch keinen Deut verlassen wurden, bewegten sich die Menschen in der riesigen Bahnhofshalle. Wichtige Geschäftigkeit, eilige Unruhe. In Johannes dagegen kehrte eine seltsame Ruhe ein, als er sich zum Gleis begab. Die letzte Reise. Jede Einzelheit auf dem Bahnsteig nahm er in sich auf, jede Kleinigkeit schien wichtig zu sein. Nie wieder würde er die zurückbleibenden Menschen sehen, nie wieder die flatternden Tauben unter der riesigen Kuppel der Bahnhofshalle.

Nie wieder! Der Gedanke war beunruhigend und tröstend zugleich. Fast wollte er bei der Einfahrt des Zuges dem Impuls nachgeben, sich einfach fallen zu lassen. Sich im süßen Nichts auflösen. Schon näherte sich bedrohlich der stählerne Koloss, als er unerwartet eine Stimme vernahm: „Entschuldigen Sie, ist das der Zug nach Stralsund?" Eine junge Frau stand vor ihm. Sie hatte kurze, blonde Haare und tiefblaue Augen. Und sie wartete auf Antwort. Sie kam ihm seltsam bekannt vor. Fast verlegen verscheuchte Johannes seine noch nicht zu Ende gedachten Gedanken und gab der Frau bereitwillig Auskunft. Das gerade gewonnene Leben fühlte sich überraschend leicht an.

Als hätten sie Angst, einen wichtigen Abschnitt ihres Lebens zu verpassen, drängten die wartenden Menschen in die Abteile. Wie betrogen fühlten sie sich um einen Teil ihrer wertvollen Zeit, weil der Zug einige Minuten Verspätung hatte. Wie empörten sie sich über die tägliche Schlamperei. Umständlich wuchtete Johannes den kleinen, aber überraschend schweren Koffer in die Gepäckablage. Im letzten Moment hatte er einige Bücher und diverse Tagebuchaufzeichnungen in seinem Reisegepäck verstaut. Reisetagebücher. Erinnerungen an bessere Zeiten. Erinnerungen an ein Leben vor dem Tod. Erinnerungen an nie gelebte Träume.

Hin- und hergerissen schwankten seit dem Entschluss seine Gedanken. Mal wollte Johannes sich ganz unbemerkt verabschieden, mal mit großer Geste. Mal wollte er nur Tina erklären, was nicht zu erklären war, mal der ganzen Welt. Briefe nach dem Tod. Wärmend stieg die Sonne in den blauen Himmel. Beständig zog sie ihre Bahn von Ost nach West. Seit ewigen Zeiten drehte sich die Sonne um die Erde, dachte Johannes belustigt.

Realität! Nicht nur die Menschen in dem kleinen Dorf Osten schufen sich ihre eigene Realität.

Für die Sonne war sein Abschied nicht wichtig. Und auch nicht, was die Menschen durch die Jahrhunderte von ihr dachten.

Die Sonne war einfach. Sie nahm sich nicht wichtig. Das taten nur die Menschen.

Bald meldete sich das Verlangen und wollte Johannes zu einem kleinen Besuch im Speisewagen überreden, aber seltsam fest blieb er an seinem Platz. Draußen sah Johannes die frühsommerlich erwachte Natur vorbeiziehen. Mit klopfendem Herzen erinnerte er sich an Vera, eine der ganz großen Lieben seines jungen Lebens. Wie oft hatten sie im Frühsommer im hohen Gras gelegen, wie oft an heimlicher Stelle das größte gemeinsame Glück erlebt. Wie unbesorgt hatten sie die Zukunft erwartet, immer nur im Gegenwärtigen lebend. Warum in der frühen Morgenstunde an den Sonnenuntergang denken? Warum an den blauen Himmel düstere Wolken hängen? Warum den stillen See mit gewaltigen Wogen überziehen? In den ersten Monaten war der Rausch der Tage herrlich gewesen, aber wie alltäglich wurde schnell der Rausch der Nacht. Schnell waren die jungen Liebenden unruhig geworden, wenn ein alkoholfreier Abend drohte. Wie verlogen war ganz schnell das im Jetzt geglaubte Leben geworden. Auch die nahe Zukunft wollte täglich sorgfältig geplant sein. Bitte die Öffnungszeiten beachten!

Sucht kennt keine Gegenwart!

Traurig dachte Johannes jetzt an Vera, die einmal so voller nie gelebter Träume war und die die Erfüllung ihrer Träume auch noch in anderen Drogen gesucht hatte. Immer häufiger hatte das erst so verliebte junge Paar gestritten. Immer mächtiger wurde die Droge, immer selbstsüchtiger, immer fordernder, immer stärker alle Gedanken bestimmend. Johannes wusste nicht, was Vera, die ewig Suchende, in ihrem Leben gefunden hatte. Nicht einmal, ob sie noch lebte, wusste er. Bei seiner Rückkehr war sie nicht mehr da. Er hatte sich damals Mitte der siebziger Jahre auf eine große Reise gemacht. Ab in den Süden!

Sieben Monate war Johannes unterwegs gewesen. Autostopp bis Süditalien. Die Fähre in Otranto war günstig. Geheimtipp! Monate hatte er dann täglich den harzigen griechischen Wein getrunken. Sieben Monate lang war das Leben ein tägliches Fest gewesen. Der Himmel auf Erden. Dabei war die sporadische Arbeit unter sengender Sonne im Olivenhain oder auf staubigem Feld bei der Kartoffelernte alles andere als paradiesisch gewesen. Nur die vereinzelt in warmer Sonne dösenden Schlangen hatten ans Paradies erinnert.

Der karge Lohn hatte für alles gereicht, was das Leben zu einem täglichen Rausch der Sinne machte. Wie schmeichelten die milden Lüfte auf der nackten Haut, wie betörend lag der Duft der wild wachsenden Kräuter in der Luft, wie verzauberten die Töne der Lyra die Nächte, wie ruhig glitt der Blick beim Sonnenuntergang über das Meer zum endlosen Horizont. Wie fügte sich der alltägliche Weingenuss noch lückenlos ins Paradies!

Aber immer häufiger machte erst der starke Metaxa den Abend zu dunkler Nacht. Unverzichtbar! Eben noch ein Fest, jetzt nur noch die Pest.

Die Freiheit ist das Einzige, was zählt, war das Motto der jungen Menschen aus aller Herren Länder, die sich am Abend zufällig zusammenfanden, um gemeinsam ihr Nachtlager unter dem Sternenhimmel aufzuschlagen. Wie bemitleideten sie die Touristen, die die Sterne ihres Hotels an einer Hand abzählten. Millionen Sterne hatte das kostenlose Strandhotel. Wie verachteten sie die Bürger, die ihr halbes Eigenheim am Stadtrand mit in den zweiwöchigen Urlaub schleppten. Nichts brauchte man für ein glückliches Leben. Nur die Freiheit. Vielleicht noch eine Flasche Wein.

Die Einfahrt in den Schweriner Bahnhof riss Johannes aus seinen Gedanken. Zum ersten Mal wurde ihm die Nähe Schwerins zu

Hamburg bewusst. So nah und doch so fern waren sich die Bewohner der beiden Städte jahrzehntelang gewesen. Sichtbare Mauern hatten den Menschen hier bis vor wenigen Jahren den Weg in die erhoffte Freiheit versperrt. Hatten sie jetzt ihr Glück gefunden, ihre Erfüllung? Hatte die äußere Freiheit sie zufrieden gemacht, die ewige Suche beendet? Hatten sie sich glücklich gekauft?

Nachdenklich betrachtete Johannes die drei trinkenden Männer auf dem gegenüberliegenden Bahnsteig. Penner. Richtige Alkoholiker. Hatten sie sich freiwillig in ein neues Gefängnis begeben? Sucht braucht keine Mauern, Sucht kennt keine Freiheit. Schlagartig verdunkelte sich der Himmel für Johannes, unbarmherzig wurde das Verlangen. Um nicht erkannt zu werden, bestellte er sich im Speisewagen vorsorglich eine Bockwurst zum Bier.

*

Gerade lief der Zug in den Rostocker Bahnhof ein, als Johannes, mit zwei weiteren Bierdosen gerüstet, wieder zu seinem Platz ging. Sollte doch ruhig jeder sehen, dass er Johannes, der Säufer, war. Es war nicht mehr wichtig. Es gab keine Zukunft für ihn.

Zukunft!

Vom Bahnsteig hörte Johannes die Lautsprecher-durchsagen durch die geschlossenen Fenster. Anschlusszeiten, Abfahrtzeiten, voraussichtliche Ankunftszeiten wurden bekanntgegeben. Die Bahn traute einer gesicherten Zukunft nicht.

Voraussichtliche Ankunft!

Wie vernünftig, dachte Johannes. Wie konnten die Menschen sich immer so sicher sein, wenn sie über die Zukunft sprachen? Zuviel konnte auf dem Weg passieren. Zuviel konnte einen Strich durch die sicher geglaubte Rechnung machen. Vielleicht würde der Lokführer unterwegs anhalten, um seiner Frau einen Strauß Blumen zu pflücken, vielleicht konnten die Kinder ihn zu einem außerplanmäßigen Stopp verleiten, damit sie den äsenden Rehen am Waldesrand zusehen konnten.

„Nein, so etwas Schönes bringt die Zukunft nicht durcheinander“, brabbelte Johannes vor sich hin. Erschrocken sah er den abwertenden Blick eines mitreisenden Mannes auf sich gerichtet. In ungewohnter Kampfbereitschaft fuhr Johannes den Mann an: „Und? Wie haben Sie sich einen richtigen Alkoholiker vorgestellt? Zerlumpt und stinkend, nicht wahr? Immer schön unter der Pennerbrücke, Hauptsache, nicht zu nahe kommen.“ Geschäftig kramte der Mann mit gesenktem Kopf in seinen Papieren.

Johannes wandte sich wieder seinen Gedanken zu: Nein, etwas Schönes brachte die voraussichtliche Ankunft nicht durcheinander, höchstens ein unschönes Ereignis. Vielleicht versagte die Technik und ließ ein Rad abspringen, vielleicht versagte die Natur und unterspülte irgendwo den Bahndamm, vielleicht war aber auch irgendwo einfach nur ein Mensch in Not und vermutete im Bahnübergang einen gangbaren Ausweg. Vielleicht hatte der Mensch Angst. Bitter und zugleich amüsiert dachte Johannes daran, wie so ein menschliches Versagen den ganzen wichtigen Terminplan des geschäftsreisenden Passagiers durcheinanderbringen würde.

Vielleicht würde ein wichtiger Geschäftsabschluss verzögert oder gar verhindert, vielleicht ein wichtiges Geschäftsessen kalt und ungenießbar. Alles war ein Teil im großen Rad. Freundlich prostete Johannes dem Mitreisenden zu, angewidert wandte der Mann sich ab.

Wieder hing Johannes seinen Gedanken über die Zukunft nach, die es für ihn nicht mehr geben sollte. Nie wieder. Wie würde er den Lauf des großen Rades beeinflussen. Würde jemand sein Fehlen bemerken? Vielleicht sogar bedauern? Um ihn trauern?

„Ich komme in einer Stunde“, hörte er eine Frau in ihr kleines Telefon sprechen. Woher kannte sie die Zukunft? Morgen. Nächstes Jahr. Später. Wenn du einmal groß bist, wenn du einmal reich bist, wenn du es erst einmal geschafft hast. Wenn die Zeiten erst einmal besser sind, die Umstände günstiger, das Leben erträglicher. Wenn du später einmal mehr Zeit hast. Gab es mehr Zeit? Später. Im Alter. In der Zukunft.

Mit welcher Selbstverständlichkeit die Menschen in die ferne und nahe Zukunft sahen. Als wäre sie schon ein für allemal festgelegt. „Mein Sohn wird einmal studieren, ein wichtiger Mann werden“, sprachen die jungen Eltern, und bedachten nicht, dass er noch sein eigenes tückisches Leben leben musste. „Ich bin in zehn Minuten zu Hause“, kündigte der liebende Ehemann freudig sein Kommen an, nicht den um die nächste Ecke biegenden betrunkenen Autofahrer einbeziehend.

Johannes wusste nicht, was ihn ritt, als er zu der Frau ging; noch nie hatte er sich so in das Leben eines anderen Menschen eingemischt. „Entschuldigen Sie bitte“, sagte er höflich und ernsthaft interessiert wirkend „wie können Sie wissen, was in einer Stunde passiert? Glauben Sie daran, dass Menschen die Zukunft sehen können? Können Sie die Zukunft sehen? Kennen Sie auch meine Zukunft?“

Aus unsicheren Augen musterte die Frau Johannes. Etwas stimmte hier nicht. Das Erscheinungsbild des Mannes passte nicht zu seinen Worten, die Worte nicht zum äußeren Schein. Trotzdem erkannte die Frau schnell, dass nichts in Johannes ihr Angst machte und schon formten die Gedanken eine scherzhafte Antwort, als grob der Geschäftsmann sich hervortat: „Jetzt reicht es aber, du Penner. Lass gefälligst die anständigen Menschen in Ruhe oder ich lasse dich aus dem Zug werfen.“ Einen prüfenden Blick auf die attraktive Frau werfend, steigerte er seine Kühnheit noch: „Oder ich werfe dich gleich höchstpersönlich hinaus.“

Einen Moment herrschte knisternde Stille. Nur die Gegenwart war anwesend. Niemand im Abteil wusste, was in der nächsten Sekunde passieren würde. Sollte er mit dem Fremden – wie früher bei einer Schlägerei auf dem Ostener Schützenfest üblich – „vor die Tür gehen“? Aber dazu müsste der rasende Zug anhalten. Warum zog denn niemand die Notbremse?

Notbremse!

Nein, überlegte Johannes und entschied, den balzenden Pfau zu ignorieren. Er wandte sich ganz ruhig an die Frau: „Sehen Sie, so schnell kann es gehen. So schnell gerät die sicher geglaubte Zukunft ins Wanken. Der Herr hier will mich aus dem Zug werfen. Jemand zieht besorgt die Notbremse, vielleicht sogar Sie. Der Zug hält mindestens eine Stunde auf freier Strecke. Als er weiterfahren will, fehlt ein Kind, das sich am Zugführer vorbei durch die offenstehende Waggontür geschlichen hat, um nach den Rehen am Waldrand zu schauen. Der Zugführer findet das Kind, will aber das eigene Fehlverhalten nicht eingestehen und beschuldigt den Vater des Kindes, eine andere Tür gewaltsam geöffnet zu haben. Es kommt zu einer handfesten Auseinandersetzung, in die sich dieser Herr hier ungefragt einmischt. Der Zugführer will für Ordnung sorgen und lässt den Herrn von der herbeigerufenen Bahnpolizei verhaften. Das alles dauert, fast drei Stunden. Sie haben Ihre vorhergesagte Zukunft deutlich verpasst. Es ist so eine Sache mit der Zukunft."

Jemand lachte, andere stimmten zu. Ein kleines Kind fragte die Eltern, ob es auch die Rehe sehen dürfe. Auch die Frau lachte. Nur der feine Herr nicht. Voller Ärger machte er sich auf die Suche nach dem Schaffner. Sollte der sich mit Johannes befassen. Er hatte Wichtigeres zu tun, als sich mit einem Penner abzugeben. Zum Glück gab es dafür andere, die die Verantwortung trugen. Was den Herrn aber wirklich ärgerte, war das Verhalten der Frau. Er hatte sich in ihr getäuscht, eigentlich undenkbar. Diese Schnepfe!

*

Schon näherte der Zug sich Stralsund, als Johannes in einen unruhigen Halbschlaf fiel. Immer wieder wechselten die Gedanken ins wache Bewusstsein. Seit langer Zeit hatte er nicht mehr an seine Schwester gedacht, an Anna. Wo mochte sie sein? Was hatte sie gefunden? Starke Sehnsucht nach seiner kleinen Schwester erfüllte urplötzlich und unerwartet seine halbwachen Träume und Gedanken.

„Die hört das Gras wachsen", hatten die Menschen im Dorf gesagt. „Spökenkieker."

Liebevoll dachte Johannes an das kleine, blonde Mädchen mit den langen Zöpfen. Immer wieder hatte sie – noch keine sechs Jahre alt - die Angler am kleinen Teich im Dorf oder am Ufer im Außendeich des Flusses verblüfft: „Pass besser auf, gleich beißt ein großer Fisch."

Nie hatte sie sich getäuscht. Verständnislos hatten die Männer auf das undurchsichtige, moorige Wasser gestarrt. Etwas in ihrer Welt stimmte nicht. Aber es hatte keinen Namen, und so nannten die Angler es Zufall.

Manchmal hatte Anna auch gesagt: „Du brauchst heute keinen Wurm quälen, weil sowieso keiner beißt."

Regelmäßig waren die Männer Stunden später mit leeren Eimern heimgekehrt. Heimlich holte sich mancher Petrijünger schon am Vorabend unter einem Vorwand Rat. Niemand wollte es offen zugeben, aber immer mehr verließen sich die gestandenen Männer auf die Vorhersagen des kleinen Mädchens.

Als Anna noch keine acht Jahre alt war, fragten die schwangeren Frauen im Dorf sie regelmäßig nach ihrer Meinung, äußerlich betont belustigt darüber: „Na Anna, wird es ein Junge?" Immer mehr verließen sich die werdenden Mütter auf die vorhergesagte Geburt und strickten heimlich rosa oder blaue Mützen.

Johannes hatte wenige genaue Erinnerungen an seine kleine Schwester. Sie war ja erst sechs, als er den Bauernhof auf der Geest in Richtung Kleinstadt verlassen hatte, um mit Helmut in der beengten Wohnung die Freiheit zu suchen. Nur wenige Male hatte er Anna noch getroffen: In den ersten Jahren, wenn er seine Mutter und Franz – immer mit schlechtem Gewissen, weil es so selten war - auf dem Hof besucht hatte, wenige Male war sie später auch in die Stadt zu ihm gekommen, als er noch im Altenheim gearbeitet hat. Nach seiner Rückkehr aus Griechenland hatte er einige Jahre als Pfleger gearbeitet. Dort bei den alten Menschen hatte er auch seinen Wehrersatzdienst abgeleistet. In dieser Zeit hatte er das Einzige kennengelernt, was die Zukunft mit absoluter Sicherheit bringen würde: den Tod. Wehmütig hatte er in diesen Jahren oft an das würdevolle Altern der Menschen in den Dörfern auf den Inseln im fernen Süden gedacht. So gut es ging hatte er tagtäglich versucht, den alten

Menschen gerecht zu werden. Oft hatte die Dankbarkeit der Dahinsiechenden den kargen Lohn um so vieles erhöht.

Erst Ingrid hatte die Wende zum Finanzberater in der Firma ihres Vaters in sein Leben gebracht. Ein paar intensive Schulungen hatten ausgereicht, um den Aufstieg in die Welt, die sich so verheißungsvoll gab, in Angriff zu nehmen. Damals war Johannes müde vom unruhigen Leben, so müde von den vielen Wegen, die sich immer und immer wieder als Sackgasse erwiesen hatten. Gehe zurück auf Los! Er hatte sich nach ruhigem Fahrwasser gesehnt. Voraussichtliche Ankunft im Leben mit fast vierzig. Endlich in der Spur. Nur noch den festgefügten Schienen folgen. Irrwege waren ausgeschlossen. Nächste Haltestelle: Kinderwunsch. Sie haben Anschluss an wichtige Menschen.

Obwohl er seine Schwester Anna nie wirklich kennengelernt hatte, waren die wenigen Begegnungen zwischen ihnen immer voller Nähe und Wärme gewesen. Sie hatte ihn immer nur „Großer Bruder" genannt. Zuletzt hatte er sie 1987 bei seiner Hochzeit gesehen. Verirrt hatte sie in ihrer roten Tracht zwischen all den hochfestlich gekleideten Gästen gewirkt. Verloren. Kopfschüttelnd hatten die Menschen sie feindselig angegafft. Hier bedrohte jemand ihre unerschütterlichen Werte. Den Sinn ihres Lebens. Die trügerische Sicherheit. Den Geldgott, dem sie alles verdankten und der sie so weit über all die Habenichtse erhob.

Als ob Anna von einem anderen Stern komme, hatte sie in dieser Gesellschaft gewirkt. Als trage sie das Zeichen einer Geächteten wirkte die um den Hals geschlungene Mala auf die gutsituierten Menschen. Nur einige Männer, gleichermaßen junge wie alte, richteten immer wieder heimliche Blicke auf Anna, weil sie in den Zeitschriften allerlei Aufregendes über die freizügige Liebe in der Gemeinschaft gelesen hatten.

Oh, wie lockte das nicht Erreichte. Wie ein wildes Tier, das es zu unterwerfen galt, betrachteten die Männer das Mädchen. Oh, wie blühte die Fantasie. Schon raste durch die Köpfe der Lüsternen die Liste der verschwiegenen Hotels, die sie von Zeit zu Zeit eilig in Anspruch nahmen. Das Mädchen war außergewöhnlich hübsch und strahlte eine Freiheit aus, die es zu brechen galt. Man war bereit, dafür eine hübsche Summe Geld zu investieren. Damit war alles möglich. Das war es wert.

Ob das wirklich sein Leben sei, hatte Anna Johannes unnötig laut gefragt und sich dabei demonstrativ vor den Augen seiner Schwiegereltern ein Bier in den wertvoll geschliffenen Sektkelch gegossen. Laut schlürfte sie den herben Tropfen. Angewidert hatte seine Schwiegermutter sich abgewandt. Bei diesen Weggenossen werde er sein Glück nicht finden, hatte Anna ihm die Zukunft vorhergesagt. Sie glauben sich so wichtig, hatte sie hinzugefügt, halten sich für die Krone der Schöpfung. Dabei sind sie doch nur eine unbedeutende Episode im großen Rad des Universums. Sie sind ohne Liebe. Voller Angst, ein anderer könnte ihren Platz einnehmen. Reicher, mächtiger, jünger. Sonntags rennen sie in die Kirche und beten ihren allmächtigen Gott an, den sie am Montag wieder für Geld verraten. Sie nennen ihn allmächtig und sind genau darum eifersüchtig auf ihren Gott, weil er größer ist als sie. Nichts ist ihnen unerträglicher, als der Gedanke, dass etwas größer ist als sie selbst. Deshalb machen sie Gott immer kleiner und kleiner, wollen ihm kein Geheimnis lassen. Alles – auch andere Menschen - müssen sie klein machen, um selbst größer zu werden. Sie machen andere wertlos, um sich selber aufzuwerten. Unwert haben sie es früher genannt. Heute erfinden sie einfach neue Wörter dafür.

Erbost hatte sich an dieser Stelle sein Schwiegervater eingemischt und Anna Schweigen geboten. Was bildete dieses junge Ding mit ihren 25 Jahren sich ein? Dies solle ein Freudentag sein, sie dürfe sich glücklich über die Einladung schätzen, hatte er sie zurechtgewiesen. Sie sei doch wohl viel zu unreif für solches Urteil und möge das Fest der Liebenden nicht weiter mit solchen Unflätigkeiten stören. Er hatte schon lange die Befürchtung, sich mit seinem Schwiegersohn gleich mehrere Läuse in den Pelz gesetzt zu haben. Aber mit nichts hatte er seine Tochter von diesem Irrweg abbringen können. Was mochte sie nur für Gründe für diese unpassende Ehe haben?

Er liebte sie doch so sehr. Ein wenig mehr Dankbarkeit konnte er schon erwarten.

Wie hatte Johannes sich geschämt, dass er seiner Schwester nicht zur Seite gesprungen war. Wie hatte er sie verraten. Nie wieder wolle sie mit diesem unmöglichen Mädchen zusammentreffen, hatte sich seine Frau in der Hochzeitsnacht ereifert. Andere Erinnerungen an die Hochzeitsnacht blieben hinter einem dichten Schleier gefangen, mit zu vielen Gästen hatte Johannes auf eine glückliche Zukunft getrunken.

Eine Lautsprecherdurchsage riss Johannes aus seinem Schlaf, der keiner war und beendete die halbwachen Erinnerungen an die Hochzeit und seine Schwester. Irgendwo in den Tagebüchern, die er wahllos eingepackt hatte, war vielleicht der Brief von Anna, den sie ihm wenige Monate nach der Hochzeitsfeier aus Indien geschickt hatte. Hatte sie gefunden, was sie gesucht hat? Verworren und äußerst beunruhigend waren damals ihre Gedanken für ihn gewesen. Aber er hatte versäumt, sich bei Martha nach den angedeuteten Ereignissen zu erkundigen. Er hatte damals so viel Wichtiges zu tun. Wichtigeres!

Die meisten Reisenden hatten das Abteil längst verlassen, als auch Johannes seinen Koffer nahm, um sich auf die letzte Etappe mit der kleinen Inselbahn zu begeben. Gerade sah er noch die junge Frau, der er in Hamburg Auskunft gegeben hatte, in den wartenden Zug steigen. *Denk daran, dass es in der Bimmelbahn keinen Speisewagen gibt und die Fahrt ist noch lang. Du könntest auch einen Zug später nehmen und in der Zwischenzeit in Ruhe für Nachschub sorgen*, meldete sich unruhig die Stimme zu Wort.

*

Johannes hatte eine alte, schnaufende Dampflokomotive auf holprigen Gleisen erwartet und war fast ein wenig enttäuscht, als er den modernen Zug sah, mit dem er seine letzte Reise antreten sollte. Wie leicht konnten falsche Erwartungen zu Enttäuschung führen.

Wie ein roter Faden ziehen sich Enttäuschungen durch mein Leben, dachte Johannes bitter. Mächtig hatte der Alkoholpegel wieder die Kontrolle über sein krankes Denken übernommen. Wer trug alles die Schuld dafür, dass er jetzt hier angekommen war? Nah war der Zeitpunkt seiner Rache. Wehleidig wurde das alkoholgetränkte Gemüt.

Falsche Erwartungen und Enttäuschung sind Geschwister, hatte er damals in Griechenland in sein Büchlein geschrieben, das ihn immer begleitet hatte. Rot umrandet hatte er noch hinzugefügt: Nur das Leben im Jetzt ist wichtig! Alles was das Leben ausmacht, ist in diesem Moment enthalten. Zukunft entsteht nur in den Köpfen. In seinem Kopf entstand gerade die Zukunft einer der nächsten Nächte.

Ein Blick in den Fahrplan gab der Stimme recht, die immer auch, sorgfältig planend, die nahe Zukunft mit bedachte. Die Fahrt würde noch zwei Stunden dauern und die nächste Bahn fuhr schon eine Stunde später. Darauf sollte es Johannes nicht ankommen. Im Vorbeigehen hörte er eine Frau von der guten Seeluft schwärmen. In Zukunft wolle sie nur noch auf Usedom Urlaub machen. Gerade noch rechtzeitig zog sie ihr Begleiter zur Seite und verhinderte den frontalen Zusammenprall mit einem vollbeladenen Gepäckwagen.

Gleich gegenüber vom Hauptbahnhof fand Johannes ein Lokal, in dem nur an einem Tisch drei Männer saßen, die sich laut unterhielten. Er bestellte sich ein großes Bier und lauschte dem Gespräch:

„Natürlich haben wir etwas anderes erwartet“, klagte ein Mann in Johannes Alter, dem die Enttäuschung im Gesicht abzulesen war.

„Natürlich war nicht alles in Ordnung, was da passiert ist, wenn es denn überhaupt alles stimmt, was man jetzt so hört. Da wird auch viel übertrieben. So genau hat man das ja wahrhaftig nicht gewusst. Aber hätte man es ändern können?“, ergänzte sein Tischnachbar die Worte des Unzufriedenen.

„Die Bonzen haben doch schon immer gemacht, was sie wollen – und das werden sie auch in der Zukunft tun. Wenigstens gab es bei Erich genügend Kindergartenplätze. Es war ja nicht alles schlecht“, lobte der dritte das untergegangene Paradies.

Wie vertraut Johannes alles vorkam. Wenigstens gab es jetzt eine große Auswahl an Dosenbier zum Mitnehmen. Gut gerüstet begab sich Johannes wieder zu dem Gleis, auf dem der Zug schon wartete. Anders als erwartet fiel der Betrunkene schon wenige Minuten nach der Abfahrt in einen tiefen, traumlosen Schlaf, aus dem er erst kurz vor Ahlbeck erwachte.

Endstation!

3. Grenzgänger

Es dauerte eine ganze Weile, bis er das Geräusch einordnen konnte. Langsam wusste Johannes wieder, wo er war und erinnerte sich an die Planierraupe, die schon gestern unermüdlich Sand am Strand hin- und hergeschoben hatte. Er hatte sich eine Weile auf die kleine Mauer an der Promenade gesetzt und dem Treiben zugesehen. Das Hotelfenster vibrierte beängstigend und der schnarrende Ton verstärkte den stechenden Schmerz im Kopf.

Johannes versuchte, sich an den gestrigen Tag zu erinnern, was ihm nur bruchstückhaft gelang. Er war schon ziemlich betrunken im Hotel direkt an der Promenade angekommen. Vom Zimmerfenster aus konnte er die Menschen auf der Seebrücke flanieren sehen. Er hatte sich unendlich einsam gefühlt. Ein kurzer Spaziergang hatte dieses Gefühl nur noch verstärkt. Auf der Mauer sitzend hatte er sich vorgestellt, wie die Raupe sein kaltes Grab schaufelte.

Ein kleiner Junge hatte ihn aus seinen schweren Gedanken geholt. So eine Raupe wolle er haben, forderte er von seiner Mutter. Und als sie nicht gleich reagierte, wiederholte er wütend laut seine Forderung. Menschen blieben, neugierig auf den Ausgang des kleinen Machtkampfes, stehen. Der Frau war das Ganze sichtlich peinlich, und sie gab ihren Widerstand auf; schon zog der Junge sie in den nahen Laden. Die Drohung der Mutter, „wenn du jetzt nicht sofort aufhörst, gehe ich nie wieder mit dir an den Strand", konnte die Niederlage nicht abschwächen. Nur in Johannes Erinnerung blieb das „Nie wieder!" zurück. „Nie wieder!"

Traurig war Johannes zurück ins Hotel gegangen, wo ein älteres Ehepaar gerade bei der Reiseleitung den unerwarteten Baulärm reklamierte, auf den im Katalog nicht hingewiesen war. Nie wieder wollten sie eine Reise in dieses Hotel buchen, wenn ihnen nicht der Reisepreis ermäßigt würde.

Nie wieder!

An der Hotelbar hatte er dann diese Frau kennengelernt, die

sich nicht weniger einsam fühlte als Johannes. Nie wieder wolle sie eine Beziehung zu einem Mann eingehen, hatte sie ihm nach wenigen Minuten verraten. Vor wenigen Wochen hatte ihr Mann sie wegen einer Frau verlassen, die ihr in allen Adjektiven überlegen war: jünger, schöner, reicher, intelligenter. Sie hatten eine Stunde lang geplaudert und getrunken und dann zusammen beim Bingo mitgemacht. Nie zuvor in seinem Leben hatte Johannes an so albernen Sachen teilgenommen, aber sie hatte ihn überredet: „Ich bin die Bingo-Queen", hatte sie gesagt. Und tatsächlich hatten sie zweimal eine Flasche Sekt gewonnen und gemeinsam an der Bar geleert. An alles, was danach kam, hatte er keine Erinnerung mehr. Auch der Name der Frau fiel ihm nicht mehr ein.

Langsam tasteten jetzt seine Augen das Zimmer ab. Seine Hose lag auf dem Boden, das Hemd hatte er an. Vor dem Bett lag eine umgekippte Flasche Wein und auf dem Teppich zeichnete sich ein nasser Fleck ab. „Zum Glück kein Rotwein", murmelte er. War die Frau noch bei ihm gewesen? Johannes wusste es nicht. „Marion", sagte er plötzlich. „Ja, sie heißt Marion." Gleichzeitig setzte dieses schale Gefühl ein, dass er so gut kannte und in Gedanken fügte er hinzu: Marion, die IV.

Einen Moment konnte er sogar darüber lächeln, aber er wusste sofort, dass das nicht lange anhalten würde und so wandelte er seine Gedanken ab: Marion, die vierte Flasche Wein lässt jede Katze grau erscheinen. Aber auch dieses Wortspiel konnte den aufsteigenden Ekel vor sich selbst nicht mehr verhindern. Nie wieder wollte er dieses Leben leben. Er hatte keine Wahl. Der Entschluss stand fest.

Angewidert setzte er die leere Flasche an den Mund. Ein paar Tropfen Wein rannen über seine Lippen. „Schluss", schrie er „es ist aus. Nie wieder! Aus, aus, aus…" Warme Tränen kullerten über sein Gesicht. Der Schnaps hatte ihn wahnsinnig gemacht. Wie ein Tier kroch Johannes über den Boden. Wie ein Verdurstender in der Wüste saugten seine Lippen den letzten Tropfen Wein aus dem noch feuchten Teppich. Nur die äußere Hülle erinnerte noch an den Menschen Johannes.

Sucht ist unmenschlich!

Schon glaubte er, sein Leben in dieser Minute verlassen zu müssen, schon splitterte die Flasche. Schon setzte er die scharfe Kante zu einem raschen Schnitt an. „Für Schnaps hat mein Vater die Liebe verraten", hörte er Bettinas Stimme aus blassen Lippen flüstern. Aus ängstlichen Augen blickte sie still auf ihn. Und auch das stille Gesicht seiner Mutter sah er: „Folge ihm nicht nach Johannes, der Schnaps hat ihn wahnsinnig gemacht." Laut hörte er, wie sein Vater das Lied vom schönen Polenmädchen sang. „Wenn doch endlich Schluss wäre", flüsterte Johannes. Mutlos ließ er die Scherbe sinken.

*

So gut es ging riss sich Johannes zusammen. Wenig erfolgreich versuchte er, im Badezimmer die augenscheinlichen Spuren der Nacht zu übertünchen. Jeder, der sehen wollte, konnte sehen. Ein Blick auf die Uhr zeigte ihm, dass er nur noch eine halbe Stunde Zeit zum frühstücken hatte. Noch einmal schleppte er sich unter die Dusche, noch einmal starrte er lange in den Spiegel. Fast schon hatte sich die Scham durchgesetzt, die Johannes davon abriet, sich so den Menschen zu zeigen. Zu sichtbar waren die Spuren seines suchtkranken Lebens.

Gleichzeitig stieg aber auch Ärger in ihm hoch. Ein Anflug von Selbstgerechtigkeit machte sich breit. Sie sehen es alle, aber keiner sagt etwas. Warum sagt denn keiner etwas? Laut sprach er in den Spiegel: „Selber schuld, dann müssen sie mich eben ertragen. Dann müssen sie mich eben nehmen wie ich bin."

Kurzzeitig gefiel ihm der Gedanke. Und überhaupt ging sein Leben hier im Hotel niemanden etwas an. Er machte hier seit gestern Urlaub und im Urlaub war es doch wohl in Ordnung, mal etwas zu trinken. Er musste jetzt sogar wieder lächeln, wenn er an Marion dachte. Ob sie schon gefrühstückt hatte? Entschlossen trat er auf den Hotelflur. Vielleicht würde es ja doch noch ein ganz schöner Tag. Voller Sehnsucht spürte er die warme Nähe einer ihm völlig fremden Frau. Schon nahm er seine vorschnellen Erwartungen als Realität, den anderen Menschen gar nicht sehend.

Sucht kennt keine Empathie!

Er traf Marion in der Halle in Begleitung einer anderen Frau, als er gerade den Fahrstuhl verließ. Sie grüßte ihn freundlich, aber unverbindlich und so konnte er seine Lücke, den gestrigen Abend betreffend, in keiner Weise füllen. Schlagartig machte sich Enttäuschung breit, war in seinem Kopf doch schon ein langer gemeinsamer Spaziergang am Strand zur Realität geworden. Vielleicht die Einkehr in einem netten Lokal. Ein gemeinsames Essen. Schon waren seine Träume zur Wirklichkeit geworden. Johannes, der Träumer. Er musste gegen aufsteigende Tränen kämpfen. „Nicht hier, nicht jetzt", redete er sich zu.

Der Frühstücksraum war fast leer. Nur drei Tische waren noch besetzt. Der kleine Junge schob mit einer gelben Plastikraupe einen riesigen Abfallberg über den Tisch, während seine Eltern offensichtlich in einen Streit vertieft waren. Erbost erhob sich gerade der Mann und ließ Mutter und Sohn allein zurück: Den Urlaub habe er sich anders vorgestellt, zischte der Wütende im Rausgehen. Beschämt senkte die Frau den Blick. Sie träumte auch von einem anderen Leben. „Die Raupe ist voll Schrott. Kannst du mir das Schiff kaufen?", quengelte der Kleine und nutzte die Gunst der Stunde. Schon früh hatte er seine Lektion gelernt: Kauf dich glücklich. Er wusste, dass er heute keinen Widerstand zu erwarten hatte. „Komm Rüdiger, wir gehen an den Strand. Dann kannst du das Schiff gleich fahren lassen." Versonnen hing die Frau in ihren Gedanken. Ihr Sohn würde einmal so ganz anders werden als der Vater. Wie sehr sie den kleinen Mann liebte.

In der Ecke des Raums unterhielt sich angeregt und lautstark eine Gruppe junger Leute. Fröhliches Lachen begleitete ihren Urlaubstag. Nichts schien ihr Leben zu beschweren.

Am dritten besetzten Tisch aber saß allein die junge Frau, die Johannes bei der Einfahrt des Zuges in Hamburg aus seiner düsteren Absicht gerissen hatte. Freundlich blickte sie mit blauen Augen unter strohblondem Haar auf Johannes. Leicht wulstige Lippen gaben ihrem Gesicht einen vollen Ausdruck. Sie kam ihm seltsam bekannt vor. Er war sich nicht ganz sicher, ob ihre Handbewegung ein Winken andeutete. Schlagartig veränderte tiefe Scham seine Befindlichkeit. Jede, die sehen wollte, konnte sehen. Peinlich berührt verließ Johannes den Frühstücksraum, bog rechts auf die Promenade ein und machte sich auf den Weg. Vielleicht würde die Strömung ihn bis in das nahe polnische Städtchen treiben.

*

Kaum hatte er die Häuser von Ahlbeck, Richtung Osten gehend, hinter sich gelassen, tauchten die Erinnerungen an den letzten gemeinsamen Urlaub mit seiner Familie auf, den er sich so ganz anders vorgestellt hatte. Schon beim zweiten Urlaubsfrühstück hatte er sich heftig mit seiner Frau gestritten. Schon in den Tagen davor hatten sie sich ständig gestritten. Immer um Banalitäten. Er wusste nicht mehr, worum es an diesem Tag gegangen war. Wütend hatte er seine Sachen gepackt und war in eine entfernte Bucht gegangen. Dort würde sie ihn nicht suchen. Er kannte die Gegend. Mehrfach hatten sie dort an der spanischen Costa Brava Urlaub gemacht. Johannes, der Wilde.

An diesem Tag hatte er sich einen fürchterlichen Sonnenbrand zugezogen, weil er in seiner Wut übereilt losgerannt war und keine Sonnencreme eingepackt hatte. Gegen jede Vernunft hatte er sich mühsam durch die Hitze des Tages gequält. Aber zurück konnte er nicht. Unsichtbare Mauern hatten den Weg versperrt. Unsichtbare Stahlfesseln hatten ihn an der Umkehr gehindert. Wie gerne hätte er sich versöhnt, wie unmöglich war ihm die Versöhnung. Wie besessen pochte er auf sein Recht. Wie fanatisch verfolgte er jede Ungerechtigkeit.

Sucht und Besessenheit sind Brüder!

Ein Felsvorsprung hatte ihm ein wenig Schatten geboten, in den er sich wie ein Hund verkrochen hatte. Er hatte sich wie ein Hund gefühlt. „Ich bin ein Hund“, hatte er viel zu laut gedacht. Auch wenn es eine spanische Küste war, verstand hier fast jeder seine Sprache. Besorgt hatte er sich umgeblickt, ob ihn jemand gehört hatte. Immer alberner waren dann die Gedanken gesprudelt. Schon hatte er sich vorgestellt, wie er einem Ball nachsetzte und dabei genau über das Handtuch einer aufschreienden älteren Dame sauste. Wütend beschimpfte die Sonnenhungrige das streunende Tier. Seinen tierischen Ausflug in die Brandung beendete er genau neben einer Bikini-Schönheit, die ihn wütend verwünschte und mannhafte Handlung von ihrem Freund verlangte, als der räudige Köter sein Fell neben ihr schüttelte.

Nur die Kinder hatten ihren Spaß und kraulten der müde gewordenen Bestie angstfrei den Rücken. Johannes hatte bei dem Gedanken laut aufgelacht und gesehen, dass sich mehrere Blicke ihm zugewandt hatten. Besorgt blickten einige auch zur hoch stehenden Sonne. Erschrocken hatte Johannes die unsichtbare Heiterkeit, die doch nur eine kindische Welt in seinem Kopf war, beendet und sich wieder dem Streit am Morgen zugewandt. Der Realität.

Ein Schwall Selbstmitleid hatte sich seiner bemächtigt. Ein Hundeleben! Sie behandelt mich wie einen Hund, hatte er gedacht und bereitwillig zu seiner Wirklichkeit gemacht. Er war, so weit es ging, unter den Felsvorsprung gekrochen. Die Blicke hatten sich wieder abgewandt.

Sie hat Schuld, wenn ich trinke, war ihm selbstgerecht durch den Kopf geschossen. Noch im Denken des Satzes wusste er genau, dass das nicht stimmte.

Zuhause hatte er versprochen, in diesem Urlaub nicht zu trinken. Keinen Tropfen. Vielleicht würden sie einen Neuanfang finden, hatten sie sich eingeredet. Aber beide wussten, dass der Ursprung dieser Gedanken in der Angst vor einer ungewissen Zukunft lag. Wie sehnten sie sich beide nach Sicherheit. Wie trügerisch glaubten sie, die Sicherheit, die sie nicht in sich selber trugen, in dem anderen Menschen zu finden.

Johannes wusste: Auch wenn er hundert Jahre nicht trinken würde, hätte diese Ehe keine friedvolle Zukunft. Zu ungleich waren die

Träume. Zu unterschiedlich die Vorstellungen vom Sinn des Lebens. Nicht alles konnte man grundsätzlich nur dem Alkohol aufbürden, auch wenn er so viel zerstörte. Vor allem Kinderseelen. Begierig benutzte dagegen Ingrid seine Sucht, um sich von jeder Verantwortung rein zu waschen. Immer war klar für sie, wer die Schuld hatte. Nie musste sie ihre eigenen Anteile prüfen. Gut oder böse. Schwarz oder weiß. Schuldig oder unschuldig. Richtig oder falsch. Jeden Vergleich konnte sie für sich als Gewinn verbuchen. Wie einfach machte der Alkohol ihre selbstgerechte Welt. Wie sehr konnte sie sich überlegen fühlen. Wie wuchs sie an dem Kranken.

Kinderseelen! Plötzlich und schmerzhaft erinnerte sich Johannes jetzt auf seinem Weg Richtung Osten an den Anlass für den Streit damals. Am Vortag hatte er Bettina versprochen, nach dem Abendessen Strandtennis mit ihr zu spielen. Sie hatte es sich so sehr gewünscht. Aber dann hatte er, gegen jedes Versprechen und gegen jeden Vorsatz, doch Rotwein zum Essen bestellt. Nur ein Glas, hatte er sich fest vorgenommen. Nur heute einmal, hatte er Ingrids Einrede zu beschwichtigen versucht. Zur Feier des Tages!

Nach dem Essen wollte Bettina dann lieber auf dem Zimmer bleiben. Sie könnten ja morgen spielen, hatte sie gesagt, heute habe sie keine Lust mehr. Sie sei so müde. Kullernde Tränen hatte sie mit einem Sandkorn im Auge erklärt.

Wie hatte er ihre Angst missachtet, wie sich seine Sucht schöngeredet. Es war doch nicht sein Problem. Es war doch das Problem der anderen. Was schadete schon ein Glas Wein? Aufgebracht, fast wütend, war er noch in das nahe Dorf gegangen. Wie hatte das eine Glas den Damm gebrochen. Erst Stunden später war er ins Hotel zurückgekehrt. Ingrid und Bettina hatten festen Schlaf vorgetäuscht. Am nächsten Morgen hatte Ingrid ihn enttäuscht an sein gebrochenes Versprechen erinnert. Wütend hatte er seinen Rausch kleingeredet. Wütend war er allein in die ferne Bucht aufgebrochen. Das hatte er sich wirklich anders vorgestellt.

Noch tiefer wanderten jetzt seine Gedanken zurück zu diesem verhängnisvollen Tag, an dem er sich so sehr als Hund gefühlt hatte.

Immer häufiger hatte er seitdem heimlich getrunken. Immer häufiger Flaschen versteckt. Immer häufiger Ausflüchte für späte Spaziergänge gesucht und gefunden, um die getrunkene Menge nicht nachprüfbar zu machen. Immer heimlicher war sein Leben geworden.

Die Heimlichkeit ist eine Schwester der Sucht!

Als er an jenem Tag vom Strand aufgebrochen war, hatte seine Haut auf dem Rücken wie Feuer gebrannt. Dabei hatte er sich doch so gut es ging wie ein Hund unter dem schattigen Felsen verkrochen. Den ganzen Tag im Schatten und doch so verbrannt. Das Leben war nicht gerecht. Morgen baue ich mir eine Hundehütte, hatte er sich schmunzelnd und bildreich ausgemalt. So sehr hatte ihn der Gedanke belustigt, dass er laut vor sich hin lachte, als er sich auf den kleinen Anstieg begeben hatte, der zum Hauptweg führte. Einen Moment war er unaufmerksam gewesen und das Geröll unter ihm hatte nachgegeben. Zwar konnte er sich im Fallen noch an einem Ast festhalten, doch damit nicht verhindern, dass sich mehrere blutige Schrammen über sein Schienbein zogen. Die Schrammen brannten wie Feuer.

Feuerwasser. Das Wort war ihm ohne nachzudenken in den Sinn gekommen. Feuerwasser! Wasser ist zum Waschen da. Desinfizieren wäre wichtig, hatte er seinen Gedanken freien Lauf gelassen. Wer wusste denn schon, was sich im Dreck hier alles tummelte. Eigentlich hatte er sich vorgenommen, nach seiner Rückkehr ein klärendes Gespräch mit seiner Frau zu führen. Vielleicht könnte er sogar sein Versprechen erneuern. Aber das konnte er auch morgen noch. Sie hatten noch zwölf Tage Urlaub vor sich. Jetzt war es wichtiger, die Wunde zu desinfizieren. Er hatte sich an die kleine Bar auf dem Weg zum Hotel erinnert. Vorsorglich bestellte er sich einen doppelten Brandy. Mit einer Serviette tunkte er leicht ins Glas und betupfte das aufgeschrammte Schienbein. Es brannte höllisch. Himmlisch lief der erste Schluck durch die ausgedörrte Kehle. Das hatte er sich heute wirklich verdient.

Strandtennis, war ihm plötzlich siedend heiß eingefallen, ich wollte doch mit Bettina Strandtennis spielen. So ein Mist, ausgerechnet jetzt diese Verletzung. Er hatte dem Kellner gewunken: „Noch so einen Doppelten. Und ein Bier. Ja, ein Großes."

Wieder in der Gegenwart angekommen, war Johannes angewidert davon, wie er sich damals in diese Stimmung gedacht hatte, in der „sie" ihm besser nicht dumm kommen sollte. So ein überflüssiges Theater! So ein sinnloser Streit am Morgen! Sie hatte Schuld! Da musste sie sich nicht wundern, wenn er manchmal trank.

Oh, wie verlogen war die Sucht. Oh, wie verlogen war das Leben eines Süchtigen. Wie krank das Denken! Aber damit sollte jetzt Schluss sein. Entschlossen suchte Johannes kurz vor der polnischen Grenze einen Weg durch die Dünen. Ganz ruhig lag die Ostsee vor ihm. Für das Meer war Johannes nicht wichtig.

Das Meer war einfach.

*

Nur wenige Menschen tummelten sich am Strand in Sichtweite der polnischen Grenze. Den Fischen in der Ostsee war die Grenze egal. Allein ihr natürliches Element begrenzte ihren Raum. „Nur für die Menschen war die Grenze wichtig", dachte Johannes. Machtblöcke steckten hier ihre Pfähle in die Erde.

Überall ging es immer nur um Macht!

Machtsicherung!

Machterhalt!

„Selten einmal geht es um die Menschen", seufzte Johannes auf der unbewussten Suche nach Gedanken, die ihn doch noch von seiner Absicht abringen konnten. Aber er fand sie nicht.

Bis vor wenigen Jahren noch hermetisch abgeriegelt, durften seit der „politischen Wende" immerhin Fußgänger den nahen Übergang passieren, um sich auf dem polnischen „Basar" glücklich zu kaufen. Schnäppchenjagd. Geiz ist geil. Nicht immer stimmte das Logo der gefälschten Sportschuhe genau, nicht immer war die Fälschung der Designertasche perfekt in der Farbe. Ängstlich hofften die so betrogenen Betrüger, dass zuhause niemand den Betrug bemerkte.

Dabeisein zweiter Klasse. Besorgt verheimlichte nach der Heimkehr so mancher die Wahrheit, weil er doch öffentlich laut gegen den Betrug gewettert hatte. Ehrlich währt am längsten, schrieben selbst die größten Betrüger auf ihre Fahne und ließen keine Gelegenheit aus, die mangelhafte Moral der anderen anzukreiden. Wie groß machte sie der Vergleich. Wie klein machte der Vergleich die anderen.

Man unterstütze doch nur selbstlos die armen Menschen drüben, wenn man sich einen Haarschnitt gönne und die gute polnische Wurst kaufe, beruhigten die Betrüger ihr Gewissen. Diese Habenichtse können ja nichts dafür, wenn die Mächtigen im Osten versagt haben. Endlich winkt ihnen die Freiheit.

Ängstlich aber sicherten die Menschen im Westen schon ihre teuren Autos, bauten neue Garagen und vergitterten die Fenster ihrer Wohnhäuser aus Angst vor der bald bevorstehenden Invasion. Wie haargenau sagten sie die Zukunft voraus, wie erweckten sie das erwartete Leben in ihren Köpfen. Wie wurde in den Köpfen der Menschen die feindliche Erwartung zur unanfechtbaren Realität. Bedrohung lag in den Köpfen und bald darauf in der Luft.

Unterwanderung!

Dolchstoß!

Schon nutzten die braunen Geister wieder die Gunst der Stunde. Schon reckten die braunen Horden wieder die Arme und brüllten, dass der Feind in seine Schranken verwiesen werden müsse. Schon schlossen sich wieder fest die Reihen gegen den nur in den Köpfen geborenen Gegner. Es müsse auf immer klar bleiben, wer Herr und wer Knecht sei, pflanzten sie den jungen Menschen in die Köpfe. Nicht wenige nahmen den giftigen Samen begierig in sich auf. Nein, in diesen Gedanken fand Johannes keinen Anlass, sein Leben zu schonen.

Verrat, wurde den um Versöhnung Bemühten entgegen geschrien. Verrat! Seht ihr denn nicht die heraufziehende Gefahr aus dem Osten, schrien die um den eigenen Machtanteil Fürchtenden. Sie bedrohen unseren Wohlstand! Sie wollen auf unsere Kosten leben! Sogar auf dem Stuhl Gottes auf Erden in Rom sitzen sie schon!

Alles werden sie an sich reißen. Verschwörung! Wehret den Anfängen. Dreht sich denn alles immer nur im Kreis, dachte Joannes einen Moment, sich durchaus der Ironie bewusst, als er sich an seinen täglichen Alkoholspiegel erinnerte.

Wie leicht waren die Gehirne der Menschen mit Dummheit zu füllen, wenn die Mächtigen es nur verstanden, in die Köpfe genügend Angst und Schrecken zu säen. Wie bereit waren die Menschen immer noch oder schon wieder, einem Führer zu folgen, der die Verantwortung für das eigene bedrückende Leben übernahm. „Führer befiehl, ich folge dir", lallte Johannes und dachte dabei an Helmut, der es in der Politik bis nach Berlin gebracht hatte. Ihre gemeinsamen Träume hatte er unter einem Gebirge von Sachzwängen vergraben. Längst wollte er von der Freiheit der Menschen nichts mehr wissen, wenn sie den eigenen Wohlstand bedrohte.

Scheinasylanten!

Sozialschmarotzer!

Wie oft hatte Johannes in Helmuts wohlgesetzten Reden gehört, dass jetzt alles, was einst schwarz war, leuchtend weiß erscheint. Wie verbog sich Helmut, wenn er die Notwendigkeit eines Rüstungsgeschäftes erklärte, wie rechtfertigte er den Krieg, den selbstverständlich keiner wolle. Man habe keine andere Wahl, versuchte er den Menschen einzureden.

Wie fanatisch verteufelte er die einst so klar formulierten Gedanken. Wie hatte die Macht ihn verändert. Wie trüb waren die einst so strahlenden Augen geworden, wie gebogen die Lippen des Zynikers. Wie sonnte sich Helmut in der Selbstzufriedenheit. Wie strahlte, anstelle der Augen, das grelle Scheinwerferlicht. Wie händeringend rechtfertigte er den Verrat, den er als Preis der Macht zahlte. Er erkenne nur die Realität an, beruhigte er das Gewissen vor laufender Kamera.

Johannes schauderte es bei den aufgekommenen Gedanken und fragte sich kurz, wie ein Mensch sich so verändern konnte. Aber schon sah er das eigene Leben vor sich ausgebreitet und verstummte. Er redete sich ein, dass ihn das alles nicht mehr wirklich interessiere. Zu lange lebte er schon im Gefängnis der Sucht, um noch von der Freiheit zu träumen. Im tiefsten Kerker war er gelandet. Viel zu lange schon hatte die wortgewaltige Stimme der Sucht sein Leben bestimmt. Sein natürliches Element konnte ihm nicht länger Lebensraum sein. Zu den Fischen würde er sich begeben. Auf ewig verstummen. Schon spürte er die Leichtigkeit.

Kurz dachte Johannes an den alten Hinni, der immer ein klein wenig hinkte, und den auch die schwarzen Stiefel der Schergen nicht gebrochen hatten. Sein Bein hatten sie zerstören können, aber nicht seinen freien Geist. Voller Liebe dachte Johannes an den alten Mann und für einen Moment schien seine Entschlossenheit zu wanken. Schon setzten die Lippen an zu einem Schrei: Hilfe, hier ist ein Mensch in großer Not. Aber dann setzte sich die Erinnerung an den gestrigen Abend durch und ließ keinen Platz mehr für Hoffnung. Johannes hatte Angst, so unendlich große Angst!

Prüfend überflogen die Augen den Strandabschnitt. Er wollte kein Risiko eingehen. Johannes war kein guter Schwimmer. Wenn er nur weit genug hinausschwömme, habe er keine Wahl mehr, hatte er sich ausgerechnet. Es gab dann kein Zurück. Es gab dann keine Umkehr. Entgegen erster Absicht hatte er entschieden, keinen Brief zurückzulassen. Zu sehr bekümmerte ihn der Gedanke, wie seine Tochter das Ereignis aufnehmen würde. Mochten die Umstände seines Todes besser ungeklärt bleiben.

Vielleicht würde sie sich einen Unfall einreden. Vielleicht würde sie ihren Kindern später einmal erklären, dass ihr Opa 2001 unter ungeklärten Umständen ums Leben gekommen ist. Ertrunken in der Ostsee.

Nein, viel wahrscheinlicher würde sie sagen: Er hat sich umgebracht, mich hätte er auch fast umgebracht. Der Alkohol hat ihn wahnsinnig gemacht. Er ist ersoffen.

Wieder füllten sich seine Augen mit Tränen, die schwer über das Gesicht rannen, als urplötzlich vom Meer her dichter Nebel über den Strand waberte und in wenigen Minuten alles um Johannes herum verschlang.

Seenebel.

Sehnebel.

Fast schon ein Fisch mit nackter, kalter Haut, fast schon die Lippen für immer fest verschlossen, flogen dem Lebensmüden aus dem Nebel ungedacht die Worte zu. Wie von Geisterhand nahm Johannes das angetriebene Stück Holz in die Hand und schrieb mit ungewohnt ruhiger Hand die zugeflogenen Worte in den festen Sand:

Wo eben noch Möwen flogen
wo eben noch Kinder tobten
wo eben noch der Strandhafer
im Wind spielte
ist plötzlich dichter Nebel.
Nichts kann ich mehr sehen
und ich weiß nicht, ob sie noch da sind:
die Möwen
die Kinder
der Strandhafer
Wo eben noch Freude herrschte
wo sich eben noch Heiterkeit ausbreitete
wo eben noch Liebe
mein Begleiter war
ist nur noch tiefe Traurigkeit.
Nichts kann ich mehr fühlen
und ich weiß nicht, ob es sie noch gibt:
die Freude
die Heiterkeit
die Liebe

Ganz leise sang Johannes das Lied vom schönen Polenmädchen: „In einem Polen Teiche, da fand man seine Leiche“, änderte er nur das eine Wort. Schon reichte das Wasser bis zu den Knien, schon hatte er sein natürliches Element verlassen, als er hinter sich eine sanfte Stimme hörte:

„Hallo Johannes, ich bin es: Lisan. Das ist schön, was Du geschrieben hast, Johannes. Ich bin auch manchmal traurig, aber ich weiß, dass alles immer da ist, auch wenn es gerade nicht in mir ist:

die Freude
die Heiterkeit
die Liebe."

Erschrocken blickte Johannes auf. Die Frau, die aus dem Nebel auf ihn schaute, war noch jung. Mitte zwanzig vielleicht. Wer war Lisan? Warum kannte sie seinen Namen? Warum duzte sie ihn?

Erst langsam erkannte er sie. Strohblondes Haar. Blaue Augen. Leicht wulstige Lippen.

Der soeben ins Leben Zurückgerufene brauchte geraume Zeit, um die Gedanken in seinem Kopf zu ordnen. Zu sehr war er schon stummer Fisch gewesen. Es dauerte einige Zeit, bis Johannes die Sprache wieder fand, die sein innerstes Leben doch erst für andere sichtbar machen konnte, wenigstens dann, wenn die den Worten beigemessene Bedeutung weitgehend übereinstimmte. Wie oft verließen aber die gleichen Laute die Lippen und meinten doch gänzlich Verschiedenes. Wie viel Streit gab es um Worte! Wie oft verweigerte die Sprache den ihr zugedachten Dienst des Verstehens. Wie wortgewaltig diente die Sprache der Unterwerfung! Wie verschlagen lenkten die mächtigen Worte der inneren Stimme eines Süchtigen seine Schritte! Ganz nahe der Grenze sah sich Johannes knietief in der Ostsee stehen, als ihm durch den Kopf schoss: Der Schnaps hat mich wahnsinnig gemacht. Erst jetzt kam er wieder zu vollem Bewusstsein.

Mächtig stritten sofort in Johannes die Gefühle. Es gab keinen eindeutigen Sieger. Schon am Gleis in Hamburg hatte dieser junge Mensch sich ungefragt in sein Leben eingemischt. Jetzt lenkte die junge Frau sein Leben erneut in eine andere Bahn. Weil es keinen Namen dafür gab, musste es ein Zufall sein. Ein unglücklicher Zufall! Ein glücklicher Zufall? Unnachgiebig kämpften in Johannes die Empfindungen miteinander um die Vorherrschaft. Weiterhin war unklar, wer den Platz als Sieger verlassen würde. Zunächst überwog der Ärger über die verpasste Gelegenheit, doch zunehmend setzte sich die Dankbarkeit für das gerade gewonnene Leben durch.

Auch in der jungen Frau tobte ein Kampf. Äußerlich ganz ruhig, rasten in ihrem Kopf die Gedanken. Hier war offensichtlich ein Mensch in großer Not. Es war kein Zufall, dass sie dem Mann, den sie gestern Abend so volltrunken an der Hotelbar erlebt hatte, gefolgt war. Sie kannte die Zeichen. Sie hatte als Kind erlebt, was der Schnaps mit ihrer Mutter gemacht hatte. Ihre Mutter hatte die Familie verlassen und hatte ihre rastlose Suche nach dem Sinn ihres Lebens in der Fremde fortgesetzt. Nur die Angst war bei Lisan geblieben. Sie wusste bis heute nicht, was ihre Mutter an der Seite des Mannes, mit dem sie weggegangen war, gefunden hat. In den ersten Monaten hatte sie Postkarten geschrieben, dass das Leben so viel mehr zu bieten habe, als die Enge des Dorfes. Aber von Karte zu Karte hatten die Worte immer verworrener geklungen. Immer wieder war in Lisan das Bild aufgetaucht, dass ihre Mutter im Mittelmeer die Nähe der Fische gesucht hat. Eines Tages waren die Karten ausgeblieben. Auch zum Fest der Liebe hatte ihre Mutter nie wieder geschrieben.

Mächtig war in Lisan die Angst der frühen Jahre erwacht, als sie nach Worten suchte, die den lebensmüden Mann von seinem Vorhaben abbringen konnten.

„Alles ist da, auch wenn wir es nicht sehen. Auch wenn wir es nicht fühlen können“, knüpfte sie an ihre ersten Sätze an. Und als sie spürte, dass ihre Worte Johannes erreichten, sprach sie weiter. Schon strebte der Mann in kleinen Schritten dem rettenden Ufer zu. „Jederzeit ist alles da, was das Leben ausmacht. Ein Korb voller Zutaten. Wir können wählen, wie wir die Lebenssuppe zubereiten. Immer ist die Liebe da. Die Liebe ist der Ursprung. Aber wir müssen ihr Platz in uns geben. Ständig versucht die Angst, der Liebe den Platz streitig zu machen. Auch die Kinder sind noch da, die Möwen, der Strandhafer. Hast du Kinder?“ Aus ruhigen Augen blickte Lisan Johannes an.

„Ich habe eine Tochter“, hörte der „Nie-wieder-sprechen-Wollende“ sich sagen. „Bettina. Sie ist dreizehn.“ Schon formten die Gedanken die Worte: Für Alkohol habe ich die Liebe zu ihr verraten. Ihre Kinderseele ist gefangen in tiefschwarzer Kohle. Immer habe ich nur an Alkohol gedacht. Die Liebe hatte keinen Platz in mir. Immer habe ich nur an mich gedacht. Die Sucht hat mir keine Wahl gelassen, die Sucht ist egoistisch.

Mächtig jedoch bäumte die heimtückische Krankheit sich gegen die gedachten Worte. Schon schämte sich der Kranke wieder seines jämmerlichen Lebens. Alles wollte er sein, nur kein Alkoholiker. Wie quälend war dieses Leben. Schon errichtete die Scham wieder undurchdringliche Mauern, schon verweigerte eine dornige Hecke den Zugang zur Wahrhaftigkeit und die Lippen setzten zur gewohnten Hochstapelei an: „Schade, dass meine Tochter nicht mit hier ist. Sie spielt so gerne Strandtennis mit mir. Stundenlang haben wir im Urlaub manchmal gespielt. Jeden Abend. Manchmal haben wir auch Fußball gespielt, und wenn wir an einem Fluss waren, haben wir Schiffe gebaut und ins Wasser gelassen. Wie oft haben wir uns vorher Geschichten ausgedacht, die wir dem schmucken Kapitän als Flaschenpost mitgegeben haben, die er mitten auf dem großen Ozean für uns ins Meer werfen sollte. Bettina hatte eine schöne Kindheit.

Sie ist seit einem Jahr in Amerika und erfüllt sich dort ihre Träume. Sie wird einmal eine große Schauspielerin. Sie hat so viel Talent.

Manchmal ist sie traurig, dass sie nicht bei mir sein kann. Aber es ist ja für ihre Zukunft. Die Zukunft verlangt immer Opfer. Aber wenn sie es eines Tages geschafft hat …“ Unvollendet blieb der Satz in der Luft hängen.

Nachdenklich sah die junge Frau Johannes mit freundlichen Augen an, bevor sie wieder mit ruhiger Stimme zu sprechen begann: „Du brauchst mir nichts vormachen, Johannes. Ich kenne die Zeichen.“

Etwas stimmte hier ganz und gar nicht. Noch nie hatte ein Mensch so mit Johannes gesprochen. Jede, die sehen wollte, konnte sehen, dachte er äußerst beunruhigt und meinte, die junge Frau müsse den rasenden Herzschlag in seiner Brust sehen, den hämmernden Puls hören, die mit Worten nicht beschreibbare Scham in ihm erkennen.

Unbeirrt fuhr Lisan fort: „Ich habe dich gestern Abend an der Hotelbar erlebt. Du warst völlig betrunken. Hast jede Kontrolle über dich verloren. Du bist auf allen Vieren durch den Raum gekrochen, hast gebellt und Marion angewinselt. Du wolltest, dass sie ihren Bikini holt und sich auf ein Handtuch legt. Niemand außer dir konnte darüber lachen. Immer und immer wieder hast du damit angefangen. Wie besessen warst du von deiner Idee. Dann wolltest du wie ein Hund an den Barhocker pinkeln. Zwei Kellner haben dich aufs Zimmer gebracht. Eigentlich wollten sie die Polizei rufen, aber der Hotelbesitzer wollte keinen Skandal."

Als habe er seine todbringenden Gedanken doch noch zu einem erfolgreichen Abschluss gebracht, war Johannes zu einer Leiche erstarrt.

Schnapsleiche.

Die junge Frau hatte ihm eine Welt gezeigt, die er aus den Büchern nicht kannte. Ohne jedes Verständnis hatte er diese Welt schon bei anderen Menschen gesehen und sich angewidert abgewandt.

Wie von Sinnen!

Sinnlos!

Es gab die Welt der verkümmerten Sinne auch in Johannes: blind für andere, taub für schreiende Seelen, geschmacklos, gefühlsarm und nach Urin stinkend.

Zu Eis erstarrt war Johannes. Es gab eine Welt in ihm, die ihm bis jetzt nicht vorstellbar war, die ihm bis jetzt verschlossen war und die der Spiegel am nächsten Morgen niemals sichtbar gemacht hatte. Es gab die Welt jenseits der Würde. Es gab die Welt von Johannes, dem Säufer.

„Unter noch ungeklärten Umständen ist gestern Mittag nahe der polnischen Grenze die Leiche eines 52-jährigen Mannes gefunden worden. Nachdem der Nebel sich gelichtet hatte und die Sonne ungehindert vom blauen Himmel schien, fand man den zu Eis Erstarrten. Nichts konnte ihn mehr erwärmen. Ein vergleichbarer Fall ist in der Medizin nicht bekannt. Die Ärzte stehen vor einem Rätsel", würde morgen in knappen Worten in der Zeitung stehen.

„Glaubst du wirklich, dass Bettina traurig ist, dass sie nicht dabei war?", setzte Lisan erneut an.

„Ich glaube, dass sie große Angst gehabt hätte. Ich denke, dass du Alkoholiker bist. Süchtig. Deine Seele ist krank, Johannes, vielleicht auch der Körper. Wahrscheinlich hörst du auch diese Stimme, die dir immer wieder sagt, dass alles gar nicht so schlimm ist, die dir vormacht, dass die anderen schuld sind, die dir immer wieder Lügen einredet, obwohl du es doch eigentlich besser weißt. Du bist nicht allein damit, Johannes. Jeder Süchtige kennt diese Stimme. Jeder! Und ganz gewiss nicht nur Alkoholiker. Sie wird immer mächtiger. Immer gegenwärtiger. Nie gibt sie Ruhe. Mehr, mehr, immer mehr… Sie bestimmt das Leben sehr vieler Menschen.

Du brauchst Hilfe, Johannes. Es gibt Hilfe. Sucht, auch Alkoholsucht, ist eine schwere und heimtückische Krankheit der Menschen, keine Schande. Für Alkoholiker gibt es einen Weg. Es gibt eine Hoffnung."

„Keine Schande, keine Schande!" Wie ein Schwamm sog Johannes diese Worte in sich auf. Trotzdem wünschte er sich für einen kurzen Moment, dass der Boden sich auftue und ihn für immer auslösche. Auf allen Vieren durch den Raum gekrochen? Wie ein Hund an den Barhocker gepinkelt? Von zwei Kellnern aufs Zimmer gebracht?

Tausend pechschwarze Nächte zogen Johannes durch den Kopf. Tausend niemals erhellte Momente aus seinem Leben. Nie hatte er in den Spiegel geschaut, der mehr zeigte als die sichtbare Menschenhülle.

Deutlich hörte Johannes die Worte, die seine Mutter ihm an jenem Abend, als er zum ersten Mal betrunken vom Fährmann gekommen war, über seinen Vater gesagt hatte:

„Immer lauter grölten sie ihre Lieder. Wie einen Hampelmann ließ Paul deinen Vater stramm stehen und sich rühren. Dabei waren beide so betrunken, dass sie kaum noch stehen konnten. Ihre Arme reckten sie zum Hitlergruß und grölten dabei: Die Fahne hoch, die Reihen fest geschlossen."

Wie seltsam vertraut ihm plötzlich alles war.

„Wollen wir vielleicht ein Stück gemeinsam gehen? Bis an die Grenze?" Aus ruhigen Augen blickte Lisan fragend auf Johannes. Erst jetzt wurde er sich seiner Nacktheit bewusst.

Jede, die sehen wollte, konnte sehen.

Urplötzlich sah aber auch Johannes sein Leben.

Jahrzehnte der Angst vor Entdeckung

Jahrzehnte ein schlechtes Gewissen

Jahrzehnte der Scham

Jahrzehnte des Selbstbetrugs

Jahrzehnte der Lügen

Jahrzehnte der Hochstapelei

Jahrzehnte der Einsamkeit

Jahrzehnte der Depressionen

Urplötzlich sah Johannes den tiefen Schatten, der sein ganzes Leben überlagert hatte.

Urplötzlich sah er aber auch das helle Licht.

Es gab keine Worte, die beschreiben konnten, was geschehen war. Es gab keine gewohnte Erklärung.

Der Moment war einfach.

Nie wieder, wollte Johannes das Licht vergessen, nie wieder wollte er nur im Schatten leben. Wie gnädig war dieser Moment! Wie gnädig war die Gegenwart!

Es gab keine Worte, die der Stimme noch blieben, mochten sie noch so verschlagen sein. Auch absolute Macht war vergänglich. Nutzlos lag die Maske der so lange herrschenden Gewalt am Strand der Ostsee.

Erlösung. Gnade.

Johannes schämte sich seiner Tränen nicht, die sich jetzt wie eine gewaltige Flut ihren Weg suchten. Als habe jemand einen Stein aus der Mauer in seinem Kopf gebrochen, sah er einen Sonnenstrahl im Nebel glitzern. Dankbar nahm er die Worte der jungen Frau in sich auf und wusste, dass er ihnen folgen konnte: Keine Schande. Es gibt einen Weg. Es gibt eine Hoffnung.

Fast vier Jahrzehnte, nachdem er sich in die Hände einer fremden Macht begeben hatte, war Johannes Wüst bereit dazu, den aufgezeigten Weg zu gehen, mochte er auch noch so steinig sein.

Die Zeit war gekommen!

„Ich weiß, dass es sie noch gibt", sprach Johannes „die Freude, die Heiterkeit, die Liebe."

Lisan aber sprach: „Johannes kommt aus dem hebräischen und bedeutet: Der Herr ist gütig, der Herr hat Gnade erwiesen."

4. Lisan

Der Nebel löste sich schnell ganz auf und räumte den Platz für einen sonnigen Tag. Wortlos machte sich das ungleiche Paar auf den Weg. Johannes kam es in Lisans Begleitung unwirklich vor, dass er gerade noch die Gesellschaft der stummen Fische gesucht hatte. Es kam ihm vor, als sei er in einer anderen Welt gelandet. Begierig atmete er die frische Seeluft ein, damit sich jede Pore seines Körpers mit neuem Leben füllen konnte. Das lange gemeinsame Schweigen war in keiner Weise bedrückend.

Erst als sie die nahe Grenze erreicht hatten, setzten sie sich an den Dünenrand, und Johannes suchte nach passenden Worten für seine Gedanken. Er hatte auf dem Weg darüber nachgesonnen, wie schnell Menschen das Schreckliche vergessen können. Einen Moment lang hatte er dabei befürchtet, dass auch Lisan nur ein Strohfeuer in ihm entfacht haben könnte und der Kopf wollte schon wieder die vertrauten Gedanken kauen. Aber es war Lisan, die die stumme Übereinkunft brach und sein Denken in eine völlig unerwartete Richtung lenkte: „Die Menschen haben den Blick für den Ursprung verloren. Sie halten sich selbst für den Ursprung. Sie sind unersättlich geworden und sie wissen nicht mehr, woher sie kommen."

Wieder schwieg Lisan lange, und Johannes war unsicher, ob sie eine Antwort erwartete. Schon kramten seine Gedanken nach alter Gewohnheit passende Worte hervor. „Ich komme aus Osten", wollte er sagen. Überraschend stellte er dabei fest, mit wie viel Freundlichkeit er an seine Kindheit dachte. Wie sich sein Herz öffnete! Wie viel Wärme in seinen frühen Erinnerungen lag!

Auch als die schattigen Bilder dieser frühen Jahre auftauchten, konnten sie die Liebe nicht gänzlich an den Rand drängen, die er spürte. Neben der Liebe stand jetzt zwar die Angst, aber nicht über ihr und Johannes nahm sich fest vor, nie wieder zu vergessen, dass beides einen Platz in seinem Leben hatte: Licht und Schatten.

Noch bevor er seine Gedanken in Worte gesetzt hatte, sprach wieder Lisan, wieder sagte sie nur wenig: „Die Liebe ist der Ursprung, die Angst kommt erst später. Alles ist eine Frucht der Liebe. Alle Kinder sind am Anfang ganz voller Liebe. Aber die Angst wartet schon, wenn sie auf die Welt kommen. Die Angst der Menschen wohnt in den Wörtern, besonders in den Adjektiven. Die Angst wohnt im ständigen Vergleich."

Obwohl Johannes bei der Erinnerung an seine Kindheitsjahre in Osten gerade erfahren hatte, dass die gefühlte Liebe immer wieder von der allgegenwärtigen Angst bedroht wurde, wusste er mit den Worten der jungen Frau nichts anzufangen und erinnerte sich stattdessen an die Worte seiner Mutter: Ich habe deinen Vater geliebt, Johannes – und er war so verliebt in mich. Aber was hatte das mit Wörtern, besonders mit Adjektiven, zu tun? Beklommen dachte Johannes, der Säufer, daran, wie der Alkohol in den folgenden Jahren die Angst in das Leben seiner Mutter gebracht hatte, als sie schon dabei war, die schrecklichen Ereignisse der Kriegsjahre mit neuer Liebe aus ihrem Leben zu vertreiben.

Jedoch noch bevor er seine aufkommenden Fragen stellen konnte, sprach wieder Lisan und deutete dabei auf eine kleine Blüte, die im kargen Sand ihr kurzes Leben lebte: „Das ist Gott, das ist alles", sagte Lisan „mehr gibt es nicht. Wie unbedacht es wäre, sie auszurupfen. Sie ist so einzigartig. Alles ist einzigartig. Du auch, Johannes."

Ein unbehagliches Gefühl versuchte, in Johannes Platz zu finden, hatte es aber schwer, denn die fremde junge Frau war ihm seltsam vertraut. Was passiert hier, fragte Johannes sich ein wenig ängstlich und verunsichert.

Angst mag kein Vertrauen.

Wieso kannte dieser fremde Mensch seine Absichten? Es wäre unbedacht die Pflanze auszurupfen! Er hatte doch nur bis zu den Knien im Wasser gestanden. Wieso hatte sie gesehen, was sie nicht sehen konnte? Nachdenklich runzelte Johannes die Stirn. Etwas stimmte hier nicht, aber er fand kein Wort dafür. Die ungewohnte Situation machte ihn sprachlos.

Zwei Kaninchen hoppelten durch den Dünensand und zogen für einen Moment die Aufmerksamkeit auf sich. Putzig mümmelten sie vor sich hin. Aus dunkler Tiefe zogen plötzlich zwei Worte durch seinen Kopf: feige Hasen, feige Hasen. Warum nannte man Hasen feige, wenn sie doch nur ihr Leben retten wollten?

Es war wieder Lisan die sprach: „Mehr als alles andere unterscheidet uns die Sprache von den kleinen Häschen. Die Sprache macht die Menschen so wunderbar einzigartig auf der Welt, aber gleichzeitig nimmt sie jedem Einzelnen die Einzigartigkeit, weil die Menschen sich ständig vergleichen: mutiger, schöner, reicher, weiter, schneller, besser mächtiger. Nie ist es den Menschen genug und nur selten finden sie noch Ruhe. In den Köpfen tobt ein ständiger Kampf. Die Wörter haben die Muskeln ersetzt. Ständig kämpfen die Menschen mit Wörtern um die Vorherrschaft. In der Familie, in der Schule, am Arbeitsplatz, an der Uni. Die größten Wortkrieger aber werden Politiker. Wem die Herde Recht gibt, der hat die Macht. Immer und überall geht es nur um Macht."

Wer war diese junge Frau? Johannes konnte seine Fragen nicht länger zurückhalten. „Wer bist du? Was meinst du damit? Kennst du die Macht der Stimme in meinem Kopf? Im Kopf eines Süchtigen?"

„Komm, ich erzähl es dir auf dem Rückweg. Zum Glück können die Menschen ja umkehren, wenn sie an eine Grenze kommen. Wie wäre es, wenn wir unterwegs etwas essen, ich glaube, du hast noch gar nicht gefrühstückt?"

Lachend erhob sich Lisan, zeigte aber noch einmal in Richtung Osten, und sie ereiferte sich unerwartet heftig, als sie diesmal lange zu sprechen begann: „Siehst du die Möwen dort? Denen ist die Grenze egal. Wie leicht wäre es aber auch heute noch, genau wie vor ein paar hundert Jahren, den kleinen Kindern einzureden, die Welt ist hinter dem Horizont zu Ende, solange die Gedanken der Kinder noch frei und formbar sind. Frei von jeder eigenen Erfahrung. Frei von Angst. Offen für das vor ihnen liegende Geschenk des Lebens. Wie bereit wären die Kinder zu glauben, was sie nicht besser wissen können! Wie leicht könnte man ihnen eintrichtern, die Grenzpfähle anzubeten, weil ein alter Mann – nennen wir ihn einfach Gott - die Grenze gezogen hat, um die Menschen vor dem Absturz zu bewahren. Wie leicht könnte man den Kindern einreden, für Gott sind allein die Menschen wichtig. Wichtiger als alles andere im grenzenlosen Universum. Das Wichtigste überhaupt. Auserwählt! Einmalig! Die absolute und endgültige Wahrheit. Die Krone der Schöpfung. Die Achse, um die sich alles dreht.

Schau dir die Lachmöwen dort an. Es scheint, als machten sie sich über die Menschen lustig. Über die menschliche Begrenzung. Wie spielend leicht sie sich über die künstliche Grenze hinwegsetzen können. Es kostet sie nur einen Flügelschlag. Und obwohl die Menschen es sehen, nennen sie die Grenze unüberwindlich, weil sie nur ihren eigenen Maßstab anlegen, den sie im ganzen Universum für allgemeingültig erklären. Realität ist für die Menschen immer nur das, was sie mit ihren gegenwärtigen Möglichkeiten erfassen können. Die Menschen sitzen in ihrer eigenen Falle. Einerseits entreißen sie Gott immer mehr Geheimnisse, andererseits behaupten sie, es gibt nicht mehr als das, was sie kennen und genau erklären können. Sie können nicht ertragen, dass es etwas Größeres geben könnte, als sie selbst. Größer, reicher, klüger, schöner und besonders mächtiger können sie nicht aushalten. Die Menschen haben vergessen, dass sie gerade eben noch ein Teil der Natur waren. Ist erst ein paar Millionen Jahre her. Eine kosmische Sekunde. Die Sprache hat die Menschen von der Natur getrennt. Sie sind vom Geschöpf zum Schöpfer geworden. Aber die Natur vergleicht nicht. Nie. Alles ist schön. Alles ist einfach. Alles ist einzigartig."

Fast entschuldigend hob Lisan die Schultern. „Manchmal geht es einfach mit mir durch. Ich bin eben auch nur ein Mensch. Jetzt halte ich aber meinen Mund. Versprochen!" Johannes musste lachen, als er daran dachte, wie leicht er sich als junger Mensch heftig ereifert hatte. Es war schön für ihn, die eigenen Gedanken in den Worten eines jungen Menschen zu hören. Lisan rannte offene Türen bei ihm ein.

Ein letztes Mal sahen die beiden über die Grenze bis zum Leuchtturm des nahen polnischen Städtchens und machten sich dann auf den Weg zurück nach Ahlbeck, immer am Wasser entlang.

Dieser Spaziergang an der Ostsee, der nach dem Ausradieren der innerdeutschen Grenze auch für Menschen aus Hamburg so herrlich einfach und selbstverständlich war, hätte bis vor wenigen Jahren bei den Inselbewohnern noch ungläubiges Kopfschütteln ausgelöst. Nie wieder! Wortgewaltig hatten die um ihre Macht besorgten Politiker die Grenze als einzig gültige Realität in den Köpfen für immer und ewig festgeschrieben und viele Millionen Gehirne hatten das trockene Futter wiedergekaut.

Johannes schwieg zunächst auf dem Weg, obwohl es ihm schwer fiel, weil tausend Fragen und Gedanken durch seinen Kopf rasten und ein riesiges, nicht durchdrungenes Gebirge auftürmten: Ursprung, Liebe, Angst, Adjektive, Gott, Gnade. Er kannte seit langer Zeit keine Ruhe in seinem Kopf und der eben noch so Zuversichtliche verspürte schon wieder ein erstes rastloses Unbehagen. Fast wollte erneute Mutlosigkeit sich breit machen, als Johannes, selber überrascht davon, mit ungewohnten Worten zu sprechen begann: „Ich wünsche mir so sehr, nie wieder zu trinken. Aber die Sucht ist so viel stärker als ich. So übermächtig. Tausendmal hab ich mir vorgenommen, nie mehr zu trinken. Tausendmal hab ich den Kampf verloren. Was nützen mir deine schönen Worte also. Es gibt keine Zukunft für mich. Ein Trinker hat keine Zukunft."

Lisan blieb stehen und runzelte die Stirn. „Der Weg, der vor dir liegt, ist nicht immer einfach zu finden, Johannes. Aber es gibt ihn. Versprochen! Niemand hat eine gesicherte Zukunft! Niemand hat eine genau vorhersehbare Zukunft. Es gibt nur die Gegenwart, alles andere ist nur in den Köpfen." Einen Moment schwieg sie, fuhr dann aber unbeirrt fort. „Du hast eine Wahl, Johannes. Warum wählst du dir so unerreichbare Ziele. Nie wieder. Reicht es denn nicht, wenn du heute nicht trinkst. Nur heute. Jetzt?"

Wie Schuppen fiel es Johannes von den Augen. Es gab wirklich eine Hoffnung. Es gab einen gangbaren Weg. Voller Dankbarkeit nahm Johannes die Worte der jungen Frau in sich auf. Wie gnädig war dieser Tag. Nur heute! Jetzt!

*

Kurz vor Ahlbeck fanden sie einen kleinen Imbiss, bestellten Kaffee und Fischbrötchen, und Johannes war es, als habe er noch nie im Leben so gut gefrühstückt. Amüsiert bemerkte er die beobachtenden Blicke von den Nachbartischen. Noch war kein sicheres Urteil gefällt. Wohlwollend packte die eine Partei Lisan in die Schublade der braven Tochter, die selbstlos den alternden Vater begleitete, leicht angewidert sah die andere Mannschaft Johannes als lüsternen Greis, der auf dem besten Weg war, das Leben der jungen Frau zu zerstören. So ein Schwein!

Lebensretterin und Beinahefisch war als Realität in den Köpfen der Menschen nicht vorgesehen. Damit hatte man keine Erfahrung. Man hielt sich lieber an Bekanntes.

Wiederkäuer. Vorverdauter Gedankenbrei.

Das Unbekannte war die Quelle der Unsicherheit, die Ungewissheit war die Heimat der Angst.

Es war für Johannes nicht mehr überraschend, als Lisan unvermittelt von einer Herde Rindviecher sprach, die sich nur im eigenen sicheren Stall zurechtfindet. Nichts an den Worten der jungen Frau konnte Johannes noch überraschen. Sofort tauchte vor ihm das Bild des Bauernhofs auf. Wie oft hatte Johannes sich darüber gewundert, mit welcher Sicherheit die Kühe ihren Platz im Stall einnahmen, wenn er sie von der Weide auf den Hof getrieben hatte. Sie hielten sich auch nur an Bekanntes. Plötzlich lachte Johannes laut auf und Lisan schaute ihn fragend an.

„Ich denke gerade daran, wie einzigartig schön die Augen jeder einzelnen Kuh sind“, erklärte Johannes. „Kannst du dir vorstellen, dass die Oberkuh Angst hat, ihre Nachbarin könne schönere Augen haben als sie? Kannst du dir vorstellen, dass sie deshalb einen Bullen beauftragt, die Kuh im dunklen Wald umzubringen? Spieglein, Spieglein an der Wand, welche Kuh hat die schönsten Augen im Land?“

Vor Lachen prustete Lisan ein wenig Kaffee über den Tisch und einige Mitglieder der Braven-Tochter-Fraktion wechselten eilig die Partei.

„Die Menschen wissen nicht mehr, woher sie kommen. Sie haben sich vom Ursprung gelöst und halten sich für wichtiger, als alles Andere. Sie sehen nicht mehr, dass sie nur ein Teil des großen Rades sind, das sich beständig dreht. Sie halten sich für das Rad selbst. Dabei ist es doch noch gar nicht so lange her, dass sie selbst noch wie die Tiere waren und gegrunzt haben, wie die Schweine."

Ruhig, aber unnötig laut, setzte Lisan ihre Worte und schaute dabei nur auf Johannes. Schlagartig hatte sie damit auch die Letzten der eben noch gegensätzlich denkenden Menschen an den Nebentischen gegen sich vereinigt. Das Urteil war einstimmig: Hier sprach eine Verrückte. Möge Gott ihr beistehen.

„Glaubst du, Gott hätte seine Kinder, wenn sie wirklich einzigartig wären, auf einem Planeten angesiedelt, der unweigerlich dem Untergang geweiht ist, wenn die Sonne einmal kein Leben mehr zulässt? Die Kinder von Gottes Grill! Schade nur, dass es niemanden mehr geben wird, der den Bestseller lesen kann."

Diesmal schaute Lisan interessiert in die Runde, aber niemand erwiderte ihren Blick. Hastig beendeten die Menschen ihre Mahlzeit und zogen ihre Kinder an den Strand, um dort Burgen und Luftschlösser zu bauen.

Blasphemie.

Gotteslästerung.

Du sollst keine anderen Götter haben neben mir. Aus dunkler Tiefe tauchte jetzt in Johannes die Erinnerung an seinen Vater auf. Fast bekam er ein schlechtes Gewissen, weil er ihm noch einen zugesagten Kaffee schuldete. Glaubensbrüder. Brüder im Glauben an einen Gott.

Als kenne sie jeden seiner Gedanken, sprach wieder Lisan: „Gott ist nur eine Abkürzung für Größe ohne Tamm Tamm. Die Menschen machen ein unglaubliches Theater um jeden Fliegenfurz. Gott braucht kein Theater. Er ist einfach. Gott ist nicht erklärbar. Ungewiss. Aber genau das können die Menschen am wenigsten ertragen. Ungewissheit macht den Menschen Angst. Unvergleichlich geht gar nicht. Nicht erklärbar geht noch weniger. Dann schon lieber glauben. Deshalb haben die Menschen das Märchen von der Rippe erfunden. Und natürlich darf der Bösewicht nicht fehlen. Klingt alles sehr menschlich, oder? Märchen eignen sich besonders gut, um den Menschen Angst zu machen. Die Angst dient dem Machterhalt. Mit Gott hat das nichts zu tun."

Ich bin der Herr dein Gott, dröhnte es Johannes mächtig durch den Kopf, aber sogleich kam ihm dieser Gedanke jetzt allzu menschlich vor, albern sogar. Trotzdem sprach er es aus: „Mein Gott ist der Alkohol. Alles habe ich ihm geopfert. Zuletzt fast mein Leben."

Als habe sie auch diesen Einwand schon kommen sehen, antwortete Lisan sogleich: „Gott verlangt keine Opfer, Gott spricht keine Strafen aus. Das ist eine geniale Erfindung der um ihre Macht besorgten Menschen. Hat ein paar tausend Jahre hervorragend funktioniert: Geld her oder Gott bewirft dich mit Blitzen. Aber weil niemand ständig nur in Angst leben kann, haben schlaue Köpfe Jesus erfunden, der die ausgerottete Liebespflanze in das Leben bringen soll."

Lange sah Lisan zum Himmel, bevor sie fortfuhr: „Glaubst du, Gott würde seinen Sohn alles ausbaden lassen? Glaubst du, Gott würde Menschen erschaffen, die sein Sohn erst erlösen muss? Hört sich alles sehr nach menschlichem Denken an, oder? Mein Sohn erlöst dich, aber nur, wenn du schön brav bist und den alten Männern immer demütig die Füße küsst. Geniale Geschichte. Lässt sich wunderbar in Gold verwandeln."

Durch diese Gedanken endgültig wieder in seinem Leben angekommen, stimmte Johannes Lisan gerne zu: „Ja, das hört sich vernünftig an. Ein liebender Vater würde so etwas nicht tun. Gott hat alles vollkommen gemacht. Aber Menschen, die sich unvollkommen fühlen, sind besser zu beherrschen."

„Die Liebe Gottes, Johannes", fuhr Lisan jetzt wieder fort, „die natürliche Schöpfung, ist bedingungslos. Gott gibt ständig ohne Erwartung und nimmt ohne zu fordern. Dazwischen aber liegt unser Leben. Ein großartiges Geschenk. Einzigartig. Wie du dein Leben füllst, hast du schon selber zu verantworten. Immer und überall gibt es Licht und Schatten. Manches in deinem Leben kannst du verändern, anderes nur gelassen hinnehmen. Nicht immer ist es einfach eine Unterscheidung zu treffen. Manchmal braucht es Mut.

Immer kannst du dich aber auch einer fremden Macht unterwerfen und dein Leben in fremde Hände geben. Aber dann wirst du nie zufrieden sein, nie wirst du dauerhaftes Glück finden, bestenfalls einen kurzen Rausch. Du kannst dich besaufen. Du kannst dir jeden Tag neue Kleidung kaufen. Ein immer größeres Auto. Jede fremde Macht trägt den gleichen Namen: mehr, mehr, mehr.

Der Rausch ist das Kind einer fremden Macht!

Das Glück ist das Kind der Liebe in dir!"

Lange Zeit schweigend, bedachte Johannes Lisans Worte genau. Es war, als habe sie dem, was er schon lange in sich fühlte, eine sichtbare Form gegeben. Einen Halt. Wunderbar erkannte er sein Leben. Eine ungewohnte Ruhe breitete sich behaglich in Johannes aus.

Ruhe, himmlische Ruhe!

Kurz zogen noch einmal tausend schlaflose, besorgte Nächte durch seinen Kopf. Selten, eigentlich sogar nie, war wirklich gegenwärtige Not die Ursache seiner Besorgnis gewesen. Johannes kannte weder Hunger noch die Kälte der Nacht. Mit einem dankbaren Lächeln gedachte er seiner Mutter, die am Fußende des Bettes stehend die wärmenden Federn über ihn legte. Liebe.

Immer war es die Angst vor einer noch nicht gelebten Zukunft gewesen, die lautstark nach Betäubung schrie. Die Angst vor etwas, das es nur in den Köpfen der Menschen gab, in seinem Kopf. Immer war es die Angst davor gewesen, nicht zu genügen, nicht mithalten zu können, nicht auszureichen. Immer wohnte die Angst im Vergleich. Immer wohnte die Angst in der Zukunft. Immer wohnte die Angst in der Ungewissheit.

Erwartungen.

Befürchtungen.

Die Angst ist eine Schwester der Zukunft!

Kurz zogen noch einmal die Lehrsätze des Lebens durch seinen Kopf. Es genügte nicht klug zu sein, man musste klüger sein. Es genügte nicht reich zu sein, man musste reicher sein. Es genügte nicht gut zu sein, man musste besser sein. Es genügte nicht mächtig zu sein, man musste mächtiger sein.

Wie hatte der Vergleich sich selbständig gemacht. Sinnlos! Unablässig brabbelten weltweit Milliarden Stimmen in den Köpfen: größer, schneller, reicher, mächtiger, mehr, mehr, mehr. Immer mehr. Wie war es möglich, dass Menschen keinen ruhigen Schlaf fanden, die allen käuflichen Reichtum horteten? Wie war es möglich, dass Menschen immer höhere Mauern um sich schichteten, aus Angst, den Überfluss teilen zu müssen?

Niemand hatte mehr die Kontrolle über die brabbelnden Köpfe. Längst führten die Gehirne ein Eigenleben. Längst machten die Gehirne den Menschen glauben, den Wert des eigenen Lebens im Vergleich mit anderen Menschen zu finden.

Längst hatten sich die Erdenbewohner von Washington über Moskau bis Peking, vom Himalaya bis zu den Wäldern am Amazonas in einer einzigen Weltreligion vereinigt und huldigten dem grenzenlosen Wachstumsgott, dem Geldgott, der unersättlich forderte. Immer mehr. Kauf dich glücklich. Alles ist möglich! Alles ist machbar!

Wie gnadenlos war der Spiegel, der die Schönheit Schneewittchens pries! Tausendmal schöner als ihr!

Tausendfach schrie die Angst nach Betäubung!

Wie konnte der Zweite noch Ruhe finden, wenn er doch schon als kläglicher Verlierer galt? Niemals waren die Menschen angekommen. Nie waren sie am Ziel. Kaum sanken sie völlig erschöpft auf die Matte, wurde die Latte schon höher gelegt. Mehr, mehr, immer mehr.

Niemand konnte diesem Maßstab mehr gerecht werden und so hatte die Angst immer leichteres Spiel: Du bist ein Versager, redete sie schon den kleinsten Kindern ein. Du wirst immer ein Versager bleiben.

Die willigsten Handlanger aber fand die Angst in den Menschen, die ihre Größe nicht in sich selbst fanden und deshalb mit scharfer Zunge andere klein redeten. Wortkrieger.

Wie eine Ahnentafel hängte Johannes jetzt Bilder an die Wand seiner Erinnerungen: sein Vater, der selbst so voller Angst war, sein Lehrer, für den Kinder ein Gräuel waren, den Freund, der so mächtig in der Politik geworden war, den Vorgesetzen, der aus Scheiße Gold machte, seine Frau, die doch auch nur etwas höher sitzen wollte.

Wie im Zeitraffer waren alle Gedanken, die er jemals gedacht hatte, Johannes durch den Kopf gerast. Wie aus großer Höhe sah er auf ein Leben, das zwischen Angst und Betäubung pendelte. Ein süchtiges Leben!

„Du kannst die Menschen nicht ändern. Nur bei dir selbst kannst du etwas verändern", unterbrach Lisan die Stille. „Denke an den Ursprung. Gott ist der Ursprung. Liebe ist der Ursprung. Also ist Gott Liebe. Schau genau hin, alles Natürliche ist voller Liebe: jede Pflanze, jedes Tier, jedes Kind. Das Natürliche kennt keinen Vergleich. Alles ist ein Teil des großen Rades. Nicht mehr, nicht weniger. Die Natur ist einfach."

Nie wieder wollte Johannes Sklave des Vergleichs sein. Mit fester Hand schrieb er auf ein Blatt Papier:

Die Angst ist der Ursprung aller Sucht!
Die Heimat der Angst ist der Vergleich!
Die Angst wohnt in den Adjektiven!

*

Drei Tage waren seit jener denkwürdigen Begegnung mit Lisan vergangen. Keineswegs hatte das Verlangen sich kampflos verabschiedet. Keineswegs war die Stimme plötzlich und unerwartet verstummt. Aber wie hilflos waren ihre Überredungskünste, wenn Johannes sich nur klar machte, wie schnell sich jede lichte Gegenwart wieder in finstere Nacht verwandeln würde, wenn er dem Verlangen nachgab. Nur im gegenwärtigen Moment trank er nicht. Nur heute! Jetzt!

Wunderbar hatten sich so die Sekunden der Tage und Nächte zu einer glitzernden Perlenkette gefügt und sich um sein einzigartiges Leben geschlungen.

Mit einer nie gekannten Dankbarkeit begrüßte Johannes den Morgen. Gut gerüstet machte er sich mit der kleinen Inselbahn auf den Weg nach Koserow, um von dort den langen Rückweg nach Ahlbeck anzutreten, immer am Meer entlang. Immer an der Grenze, die ganz natürlich den Lebensraum der Fische bestimmte, obwohl auch die Fische vielleicht eines sehr fernen Tages lieber im Fernsehsessel sitzen würden, um die Abenteuer eines intergalaktischen Wesens zu verfolgen. Wer wusste denn schon ganz genau, was die Evolution noch alles hervorbringen würde.

Waren die Anfänge des Lebens, allen Lebens auf der Erde, vor Milliarden Jahren nicht im Meer gewesen? Hatten dort vor Urzeiten nicht auch die Gehirne der Menschen, die sich heute für so auserwählt hielten, ihren Anfang genommen? Was war die Spanne eines Menschenlebens, gemessen an der Geschichte der Menschheit? Was war die Entstehung der Menschheit, gemessen an der Entstehung des Universums? Was war die Größe der Menschen, gemessen an der Größe des Ganzen? An der Grenze des Universums endete die menschliche Vorstellungskraft, mochten die Gehirne sich noch so quälen: Was kommt vor dem Urknall, was nach der Unendlichkeit?

Belustigt dachte Johannes daran, wie Lisan ihn vorgestern aufgefordert hatte, mit ihm „Evolutiony" zu spielen. Wie hatte er sich zunächst schwer getan, vom gewohnten Denken abzurücken. Wie hatte er sich geweigert, die Realität in seinem Kopf zu verlassen.

Aber bald schon hatte er das Hintergründige in Lisans Worten erkannt: „Vielleicht lernen die Möwen in den nächsten zehn Millionen Jahren auch das Sprechen. Was sind im Universum schon zehn Millionen Jahre. Vielleicht gibt es irgendwo da draußen schon jetzt Möwen oder ganz andere Wesen, die siebzehn Sprachen beherrschen. Ach was, sprechen wird nicht mehr nötig sein. Sie denken direkt von Gehirn zu Gehirn."

Zaghaft hatte Johannes sich vorgewagt: „Vielleicht brauchen die Ameisen aber auch nur acht Millionen Jahre und vergiften die Möwen vorher. Wer kann heute schon sicher sagen, was morgen ist. Vielleicht schaffen die Menschen es auch schon in wenigen tausend

Jahren, alles Leben auf der Erdkugel unmöglich zu machen. Die Zukunft ist nicht gewiss."

Immer alberner werdend, hatte Lisan sich aus Seegras eine Perücke aufgesetzt und bedrohlich einen Bambusstock auf Johannes gerichtet. Wortgewaltig hatte sie mit quäkender Stimme verkündet: „Erkenne die Realität an. Im Namen Gottes. Die Erde eine Kugel, dass ich nicht lache. Ab in die Hölle mit dir."

Nein, von wortgewaltigen Menschen wollte Johannes sich nicht mehr in die Hölle schicken lassen und so war er noch einmal auf die Möwen zurückgekommen:

„Noch vergleichen sie sich nicht ständig. Noch hat keine Obermöwe ihnen schmackhaft gemacht, dass nur Kaviar das Möwenleben lebenswert macht. Sie wollen nur satt werden. Süße Möweneier ausbrüten und ihr wärmendes Gefieder vor den Ölklumpen der Menschen in Sicherheit bringen. So haben die Menschen auch mal angefangen. Aber das wollen sie nicht mehr wissen. Für die Obermenschen gibt es nur eine immer und überall gültige Realität. Alles, was ihrer Macht dient, ist ihre Realität, die sie mit allen Mitteln verteidigen und wortgewaltig in die Köpfe der Menschen pflanzen."

Johannes hatte verstanden!

Noch lange hatten sie an diesem Tag der Natur so manch brauchbaren Vorschlag gemacht und waren auf dem imaginären Spielfeld einige Schritte vorgerückt, wohl wissend, dass die Natur viele Millionen Jahre bestens ohne die Ratschläge der Menschen ausgekommen ist.

Manchmal waren sie aber auch am Ende einer Sackgasse gelandet. „Die Affen haben den Schnaps entdeckt und kümmern sich nicht mehr um ihre Kinder. Gehe zurück auf Ursprung!", glaubte Johannes die Entwicklungsgeschichte korrigieren zu können und Lisan ergänzte: „Die Menschen ergötzen sich an der Würdelosigkeit anderer und schauen täglich acht Stunden das Fernsehprogramm von SAT7TL. Wegen lang anhaltender Übelkeit zehn Runden aussetzen."

Angewidert erzählte sie Johannes, dem Unwissenden, davon,

dass es im täglichen Programm keine menschlichen Abgründe gab, die nicht geifernd zur Schau gestellt wurden. Nichts war erbärmlich genug, um daraus nicht noch ein Stück eigener Größe ziehen zu können. Längst war die Würde des Menschen nicht mehr unantastbar, wenn nur genügend Gold aus der Scheiße gemacht wurde.

Mit Leichtigkeit hatten sie im Spiel Grenzen überschritten, während andere Hindernisse unüberwindlich blieben. Schließlich hatten die Menschen sich spielend als Irrtum der Evolution herausgestellt und ihren Platz für einen neuen Versuch räumen müssen. „Mögen die Vronos näher bei Gott bleiben", hatte Lisan den neuen Bewohnern mit auf den Weg gegeben und Johannes hatte ergänzt: „Mögen sie länger ein Teil des Ursprungs bleiben, der Liebe."

Überrascht und verunsichert hatte Johannes plötzlich gesehen, dass sich heimlich eine Träne aus Lisans Auge davon schleichen wollte. „Ich bin auch manchmal traurig", hatte sie zu einer Erklärung angesetzt, als sie seinen hilflosen Blick bemerkte. „Ich muss jetzt gehen und mich um meinen Vater kümmern. Er ist hier in einer Klinik."

Lisan hatte Johannes nur in kurzen Worten erklärt, dass ihr Vater seit langer Zeit nicht mehr spreche. „Er findet keine Worte für die Angst, die andere Menschen ihm hinterlassen haben", hatte sie nur ohne weitere Erklärung gesagt und Johannes ratlos damit zurückgelassen. Kein Arzt fand ein passendes Krankheitsbild. Schweigend hatten sie sich voneinander verabschiedet. Auch gestern hatte Lisan den ganzen Tag in der Klinik verbracht. Sie hatten sich nur kurz beim Frühstück getroffen.

*

Nach einer knappen Stunde, die er in Gedanken bei der jungen Frau verbrachte, die für ihn so voller Geheimnisse war, hatte Johannes sein Ziel erreicht und ging vom Bahnhof zur Seebrücke in Koserow. Für morgen war er noch einmal mit Lisan verabredet. Aber so sehr er sich auch darauf freute, wollte er den heutigen Tag auf einer langen Strandwanderung genießen. Nur kurz besorgte ihn die Erinnerung an jenen Morgen an der Elbe, an dem er rückfällig geworden war, und der ihn wieder so nah an den Abgrund geführt hatte. Abgründe lauerten immer und überall und das würden sie auch in der Zukunft tun. Dankbar würdigte er noch einmal die Worte Lisans und wusste, dass er den Weg, den sie ihm aufgezeigt hatte, gehen konnte. Aufrecht wollte er gehen, nicht wie ein Wurm kriechen!

Freundlich dachte er an den alten Hinni. Etwas wehmütig kam die Erinnerung an Schrubber, dem er doch zugesagt hatte, ihn nicht zu vergessen. Was war wohl aus Schrubber geworden? Wie sehr er sich plötzlich nach dem Freund seiner Kindheit sehnte. Schon malte sein Kopf das Bild, wie sie sich gemeinsam, mit staubigen Säcken auf dem Rücken, auf den Weg machten, um dem Meer die angespülten Schätze zu entlocken.

Lächelnd dachte Johannes an die Schatzsucher, denen er gestern lange zugesehen hatte. Hier an der Ostsee suchten und fanden sie den einzigartigen Bernstein, der zu Zeiten der letzten Dinosaurier als Harz die Wunde eines Baumes verlassen hatte. Fasziniert von der Vielfalt, gingen Johannes die goldbraunen Klumpen nicht mehr aus dem Sinn. In den wertvollsten Steinen, die doch nur durch die Sprache der Menschen zu Steinen wurden, waren Insekten aus uralten Zeiten eingeschlossen. Vor 50 Millionen Jahren hatte das Harz das einzigartige Leben eingefangen. Zu Stein gewordene Tränen der Götter, hatten die Menschen in früherer Zeit geglaubt.

„Gibt es einen Weg, eine verletzte Kinderseele aus der Kohle zu befreien oder muss sie für immer in ihrem staubigen Gefängnis bleiben?" Erschrocken blickte Johannes sich um, als er merkte, dass er laut vor sich hin gesprochen hatte. Niemand war in seiner Nähe.

Seinen Gedanken nachhängend ging er weit nach vorne auf die schmucklose Seebrücke und schaute lange auf die ruhige Wasseroberfläche. Aus einer einzigen Wolke am Himmel fielen ein paar dicke Tropfen, und es war Johannes, als sehe er in jedem Einschlagtrichter das ängstliche Gesicht seines Vaters.

„Johannes Wüst, nie wieder willst du dich von machtvollen Worten in die Hölle schicken lassen, also höre du auf, andere Menschen zu verurteilen, die doch auch nur ganz voller Angst waren."

Vergebung!

Die Zeit war gekommen!

Voller Liebe konnte Johannes jetzt an den Mann denken, dem niemand in seiner größten Not beigestanden hatte. Niemand hatte den Sehnebel in seinem Kopf gelichtet. Johannes spürte förmlich die Einsamkeit des Mannes, der sein Vater war, und hörte die fremde Stimme in dessen Kopf, die ihm einredete: Immer wirst du ein Versager bleiben. Zu sehr war sein Vater sein ganzes Leben lang Sklave fremder Mächte geblieben. Wiederkäuer.

Mit langen Schritten eilte Johannes jetzt ganz ans vordere Ende der Brücke, schaute Richtung Osten und schrie mit lauter Stimme über das Meer: „Ich heiße Johannes Wüst. Für Adolf Hitler und Schnaps hat mein Vater die Liebe verraten. Er ist wie ein Wurm durchs Leben gekrochen, weil er so voller Angst war. Immer wollte er es allen nur recht machen. Nie war es genug. Immer blieb er Sklave, immer schrie jemand: mehr, mehr, mehr. Aber ich habe mir mein Leben selber zuzuschreiben. Ich trage die Verantwortung für mein Leben."

Ein einziger greller Blitz fuhr vom Himmel und ein gewaltiger Donnerschlag erfüllte den Raum.

Johannes Wüst war frei.

*

Rasch hatte die Wolke am Himmel sich vollständig verzogen und ein ungetrübter Tag begleitete Johannes, als er sich auf seine lange Wanderung machte. Ganz weit in der Ferne sah er verschwommen sein Ziel und glaubte einen Moment, es niemals erreichen zu können. Schon wollte sich der Körper sträuben, schon suchten die Gedanken den gewohnten Pfad: das schaffe ich nie. Es gab so viele Gründe, einen bequemeren Weg zu wählen.

Gute Gründe!

Vernünftige Gründe!

Urplötzlich aber wusste Johannes, warum Lisan ihm zu dieser Wanderung geraten hatte und sprach laut ihre Worte: „Warum wählst du dir so unerreichbare Ziele. Nie wieder. Reicht es denn nicht, wenn du heute nicht trinkst. Nur heute. Jetzt?"

Johannes glaubte, er habe verstanden! Mutig, fast spielerisch, setzte er einen Schritt vor den anderen. Schritt für Schritt! Nur heute. Nur diesen einen Schritt. Jetzt!

Als er nach einigen Minuten über die Schulter zurückblickte, merkte er, wie jeder Schritt ihn ganz schnell voranbrachte. Fast rannte er den Strand entlang. Schnell hatte er die Seebrücke weit hinter sich gelassen und schon bald war sie hinter einer Biegung ganz aus den Augen verschwunden, so als habe es sie nie gegeben. Als wäre sie einfach weggewischt. Schon spielten seine Gedanken das Spiel, er könne Geschehenes ungeschehen machen. Ausradieren. Johannes wusste, dass das nicht ging. Alle Vergangenheit blieb ein Teil von ihm.

Weiter, immer weiter, marschierte Johannes. Schneller, immer schneller. Mehr, immer mehr …

Nach fast einer Stunde ließ der eilige Wanderer sich erschöpft in den warmen Sand fallen und schon wollte sich Enttäuschung breit machen. So sehr Johannes sich auch bemüht hatte, so weit die Seebrücke auch zurück lag: Es schien so, als wäre das Ziel am Horizont um keinen Millimeter näher gerückt, immer noch lag es unerreichbar weit in der Ferne. Hatte auch Lisan ihn auf einen Irrweg geführt? Gab es auch auf diesem Weg keine Hoffnung?

Du bist ein Versager! Immer wirst du ein Versager bleiben! Plötzlich jedoch musste Johannes lachen. Was war er doch für ein Narr!

Johannes hatte verstanden!

Johannes, der rastlose Läufer, brauchte längst keine fremde Stimme mehr, die ihn in die Hölle schickte. Das schaffte er ganz alleine. Tag für Tag!

Niemand brauchte mehr eine fremde Stimme. Die Lokomotive hatte sich in den Köpfen der Menschen selbständig gemacht. Einmal in Schwung gekommen, war sie nicht mehr zu stoppen. Niemand hatte mehr die Kontrolle über die rasante Fahrt. Niemand prüfte mehr das Ziel. Man hatte es einfach. Niemand fragte mehr nach dem Sinn. Es war einfach so.

Pausenlos verglichen die Menschen sich. Pausenlos wurden andere zum Maßstab für das eigene Leben. Man passte sich an. Man störte nicht. Man wollte es zu etwas bringen. Man wollte, dass die Kinder es einmal besser haben. Man war nicht egoistisch. Ein wenig besser vielleicht wollte man es schon haben. In Zukunft! Morgen! Später! Aber eigentlich war man zufrieden. Wenn da nicht der Nachbar das neuere Auto hätte, der Kollege den besseren Job, die Freundin die reinere Haut. Wer wollte schon ewiger Zweiter sein? Man musste sich mehr Mühe geben. Ganze Lastwagen voller „Mans" bestimmten den Takt. Tonnenschwer drückte die Last auf die gebeugten Schultern!

Kurz bevor man es dann endlich geschafft hatte, rückte die Latte wie von Geisterhand wieder ein wenig höher. Niemand kam jemals zur Ruhe.

Milliardenfach brabbelte der Vergleich durch die Köpfe der Menschen und kannte nur Verlierer. Unersättlich waren die Menschen geworden.

Der Gipfel der Unersättlichkeit aber war die Sucht.

Sich an das Evolutiony-Spiel mit Lisan erinnernd, schrieb Johannes in den feuchten Sand: Sucht ist der Gipfel der Maßlosigkeit. Der endlose Zug der Süchtigen aller Länder hat sich vereinigt und ist in den Abgrund gerast. Die Gier hat die Menschheit ausgerottet. Gehe zurück zum Ursprung.

In Gedanken fertigte Johannes eine Liste der Passagiere des Zuges an und war nicht wenig erstaunt darüber, wie viele der untergegangenen Menschen er persönlich kannte:

Kaufsüchtige, Arbeitssüchtige, Herrschsüchtige, Esssüchtige, Alkoholsüchtige, Sexsüchtige, Medikamentensüchtige, Spielsüchtige, Magersüchtige, Geltungssüchtige, Putzsüchtige, Geschwindigkeitssüchtige, Schokoladensüchtige, Sonnensüchtige, Sportsüchtige, Drogensüchtige, Laufsüchtige. …

Endlos konnte er die Liste fortsetzen.

Ganz oben auf dem Sockel aber standen die Machtsüchtigen!

Nachdenklich runzelte Johannes die Stirn. Es schien ihm, als stünde es nicht besonders gut um die Menschheit. Vielleicht waren die Menschen wirklich nur ein Irrtum der Evolution, der sich in absehbarer Zeit von selbst erledigte. Aber nichts hinderte ihn, Johannes Wüst, daran, sein einzigartiges Leben jetzt zu leben. Bei jedem Schritt. Er konnte die rasante Talfahrt der Menschheit nicht stoppen, aber er konnte den Zug verlassen und mit den Menschen, die ihr Glück auch nicht im Kaufhaus fanden, Blumen pflücken oder die Rehe am Waldrand beobachten. Er konnte das Ziel bestimmen. Es gab eine Wahl, auch wenn sie begrenzt war. Nur im Märchen wurde der Bettelmann König. Aber war „König werden" ein lohnenswertes Ziel? War „immer mehr" der Sinn des Lebens?

Johannes hatte verstanden, was Lisan ihm sagen wollte. Er konnte seinen Weg gehetzt fortsetzen, er konnte aber auch verweilen, und die Schönheit des Augenblicks erleben. Nur heute trocken half nicht weiter, wenn die Gedanken nur das ferne Wochenende sahen. Was taugte der einzelne Schritt, wenn er nur am Ziel gemessen wurde. Und dennoch gab es nur diese eine Möglichkeit: Schritt für Schritt entstand täglich ein lohnender Weg unter seinen Füßen.

Es gab eine Wahl. Dankbar konnte Johannes das einzigartige Geschenk des Lebens annehmen, er konnte dem einzigartigen Leben aber auch ein rasches Ende bereiten. Fisch werden. Tier. Gott wäre es egal. Tiere sind ihm genauso lieb und wichtig, wie die Menschen. Gott verurteilt nicht.

Das taten nur die Menschen.

Johannes konnte die Suppe versalzen, er konnte aus den Zutaten des Lebens aber auch ein einzigartiges Gericht bereiten. Gott lieferte nur die Zutaten, er aß nicht mit.

Gott war einfach!

Immer und überall.

Der Ursprung.

Einzigartig in seiner Größe.

Gott war Liebe!

Einzigartig kennt keinen Vergleich!

„Johannes Wüst, du einzigartiger Dummkopf", sprach Johannes.

Langsam machte er sich wieder auf seinen Weg. Jede Einzelheit nahm er in sich auf. Überall fand er Gott. Alles war voller Liebe.

Immer wieder verweilte Johannes, fühlte den schmeichelnden Stein, betrachtete lange das Blatt einer Blüte oder den Flug einer Libelle. Er spürte die Brise des Meeres auf seiner Haut und sog begierig die leicht salzige Luft in sich auf. Das Leben! Jeder Blick aufs Meer beschenkte ihn mit der Einmaligkeit des Augenblicks. Nie wieder würde ein Mensch die Welle sehen, die sich vor seinen Augen brach. Jede Welle war einzigartig. In Johannes aber würde dieser Moment ewig leben, und randvoll füllte er an diesem Tag das Gefäß der Liebe in sich.

*

Sich so den Stunden mit allen Sinnen hingebend, war es schon früher Nachmittag, als Johannes in einem Lokal einkehrte, das hoch auf einer Klippe lag und einen herrlichen Blick über die Ostsee freigab. Nur kurz flammten die Erinnerung und damit die Angst vor der nie schlafenden Sucht auf, als er sich einen schattigen Platz an einem abgelegenen Tisch im Garten suchte. Überall lauerte die Versuchung, und das würde sie auch in Zukunft tun. Mochte die Zukunft auch ungewiss sein, auf die Sucht war Verlass. Johannes konnte den weiteren Verlauf des Tages mit absoluter Treffsicherheit vorhersagen, wenn er dem Verlangen auch nur einen einzigen Schluck nachgeben würde. Jetzt musste er nicht trinken. Mehr war nicht nötig.

Freundlich nahm der Kellner die Bestellung auf, und Johannes kramte ein wenig unbeholfen in seinem Rucksack. Sorgfältig glättete er die hauchdünnen Blätter des Briefes, den seine Schwester ihm wenige Monate nach seiner Hochzeit aus Indien geschickt hatte und den er gestern in einem der Tagebücher entdeckt hatte.

Luftpost.

Johannes glaubte, sich zu erinnern, dass er die Zeilen damals als etwas wirr und beunruhigend abgetan hatte. Wie oft hatte er seine kleine Schwester belächelt.

Kleine Träumerin.

Spökenkieker.

Zu Fischbrötchen und Apfelsaftschorle vertiefte er sich jetzt in ihre Gedanken:

Lieber Großer Bruder!

Ich hoffe, Du bist in Deiner neuen Welt gut angekommen und findest ein Leben, das Dich glücklich macht. Jeder muss seinen eigenen Weg gehen und gerade Wege sind oft langweilig. Manchmal sind es die Umwege, die das Leben so lebenswert machen. Manchmal landet man in einer Sackgasse und es kostet viel Kraft und Mut umzukehren.

Mein Weg hat mich nach Indien geführt und dafür bin ich dankbar, denn täglich finde ich, ohne zu suchen. Die letzten Jahre waren das genaue Gegenteil: pausenlos habe ich gesucht, ohne zu finden.

Zunächst einmal bin ich froh darüber, dass Kolumbus sich geirrt hat und nicht hier gelandet ist, um den Menschen im Namen der Liebe, Spaniens und der Heiligen Katholischen Kirche den einzig wahren Glauben einzuprügeln. Indien wäre heute ein völlig anderes Land und ich mag es so, wie es jetzt ist. Ich mag die Menschen.

Mama hat mich vor meiner Abreise gefragt, was ich in Indien will. Die Menschen dort werden auch nicht anders sein, als die Menschen anderswo, hat sie gesagt. Mama ist eine kluge Frau. Ich liebe sie. Bitte, gib ihr einen dicken Kuss von mir.

Sie hat recht und unrecht zugleich. Hier gibt es genauso viele machtgeile Scharlatane wie überall auf der Welt und irgendwie schaffen sie es immer wieder, kleine suchende Dummköpfe wie mich, in ihren Bann zu ziehen und den ganz ursprünglichen Glauben der Menschen an die Liebe, an das Gute, allein zu ihrem Vorteil auszunutzen: Im Namen Gottes, im Namen des Königs, im Namen des Führers, im Namen der heiligen Kuh.

Ich bin hierhergekommen und habe Liebe gesucht. Gefunden habe ich einen machtgeilen, alten Mann, für den Gott nur eine Abkürzung ist: Geiler Opa tatscht Titten.

Keine Sorge, es geht mir gut. Die Mala habe ich ganz schnell abgelegt und den Ashram fluchtartig verlassen. Von Meistern habe ich erst einmal für lange Zeit genug. Du kannst ruhig ein wenig stolz auf Deine kleine Schwester sein - und spare Dir Deine Selbstgerechtigkeit. Von Mama weiß ich, dass Du im Schlepptau von Helmut auch einen Irrweg gegangen bist und dass es noch nicht so lange her ist, dass ihr eine gewisse Sympathie für selbsternannte Götter hattet. In Deinen jungen Jahren waren es eben Politgötter, bei mir war es ein Guru.

Mama hatte viel Angst um uns. Ich habe in den Jahren an der Uni viel über die Zeit gelesen, als Du so alt warst, wie ich jetzt (ja, Großer Bruder, ich bin tatsächlich schon 25) und kann mich dunkel daran erinnern, dass irgendwann sogar die Polizei mit Maschinengewehren auf dem Hof stand und den Heuboden abgesucht hat. Deine heimlichen Helden damals sind doch zunächst auch aufrichtig im Namen der Gerechtigkeit angetreten, um die Welt zu retten. Aber schon bald ging es bei einigen Deiner einstigen Freunde nur noch um Macht, und aus den lieben Genossen sind eiskalte Mörder geworden. Ich glaube, das kann man durchaus vergleichen. Immer und überall geht es um Macht, egal ob Politik oder Glaubensgemeinschaft, egal, ob Guru oder Geschäftsmann. Es fängt mit einer guten Idee an, im Namen der Menschen, und irgendwann macht die Lokomotive sich selbständig.

Ich hoffe, Dein Ausflug in die Welt des großen Geldes wird nicht zum neuen Albtraum für Dich. Niemand in dieser Welt kann jemals zufrieden sein, weil es immer jemanden gibt, der mehr hat. Immer bist du nur Zweiter. Wer soll da noch ruhigen Schlaf finden? Aber Du kannst ja jederzeit umkehren, Großer Bruder. Deine kleine Schwester hat Dir ja gerade vorgemacht, wie es geht (haha).

Jetzt zu Mamas Irrtum. Die meisten Menschen hier sind ganz anders, als bei uns (kannst Du Mama ruhig sagen, vielleicht kommt sie mich dann mal besuchen, sie fehlt mir).

Für mich ist es sehr aufregend, an was die Menschen hier alles glauben. Affen, Schlangen, Elefanten, alte Männer. Aber ist der eine Gott nicht so gut oder schlecht, wie der andere?

Manchmal kommt es mir fürchterlich albern vor, und mit Schlangengöttern werde ich mich ganz sicher nie anfreunden. Aber dass sie die Kühe verehren, gefällt mir. Wie oft habe ich mit Mama die kleinen Kälber gefüttert und mir heimlich überlegt, wie ich sie aus dem Stall befreien kann, damit aus ihnen keine Leberwurst wird. Einmal habe ich es wirklich versucht und Enno hat mich dabei erwischt. Er war fürchterlich zornig und hat mir damit Angst gemacht, dass ich in die Hölle komme. Nur gute Menschen kommen in den Himmel, hat er mir gedroht und mir eine schallende Ohrfeige gegeben. Dann doch lieber Kalbsleberwurst, hab ich in meiner Angst gedacht.

Als ich Mama davon erzählt habe, hätte Enno die Ohrfeige fast zurück bekommen. Kannst Du Dir Mama wütend vorstellen?

Für meine Reise hierher habe ich extra einen Fensterplatz gebucht. Es war ja mein erster Flug und bis nach Indien ist es ziemlich weit. Ich dachte, da hätte ich eine gute Chance, ein paar gute Menschen im Himmel zu sehen. Aber von Engeln weit und breit keine Spur. Stundenlang hab ich mir an der Scheibe die Nase platt gedrückt. Die Geschichte scheint also genau so albern zu sein, wie die Geschichten, die hier so erzählt werden. Märchen aus uralten Zeiten.

Das Dumme an den Religionen ist doch wohl, dass sie ihren Ursprung in den noch ziemlich unwissenden menschlichen Köpfen von früher haben und wo unwissender Mensch drin ist, kann auch nur unwissender Mensch rauskommen, oder?

Niemand käme heute noch ernsthaft auf die Idee, den Blödsinn als ewige Wahrheit zu verkaufen. Aber wer gibt schon ein so gut gehendes Geschäft freiwillig auf? Wer verzichtet schon freiwillig auf die Macht über so viele Millionen Menschen?

Ich glaube, die Götter sind nichts anderes als die Marsmenschen der Kinder. Mal sind sie halb Pferd und halb Mensch, mal schweben sie als alter Mann, der wie Bhagwan aussieht, durch den Himmel. Die Marsmenschen haben fünf Augen, drei Beine und Antennen auf dem Kopf. Vielleicht essen sie nicht mit dem Mund, sondern mit dem Hin-

tern oder gar nicht. Aber alle Eigenschaften sind den Menschen bestens bekannt und bleiben sehr irdisch und begrenzt.

Hier gibt es an jeder Ecke Götter. Ich denke, weil Gott, wenn es denn wirklich einen gibt, nicht erklärbar ist, kann es auch keine Beschreibung von ihm geben. Das macht den Menschen bei uns große Angst. Mit Ungewissheit können sie nicht gut leben. Dann lieber Blödsinn glauben. Die Menschen bei uns wollen Sicherheit. Deshalb haben sie Gott in ganz strenge Regeln, Vorschriften und Gebote gepresst. Ich glaube, Gott lacht nur darüber. Er hat so viel mehr zu tun, als sich um die albernen Sorgen der Menschen zu kümmern.

Etwas Unbekanntes können die Menschen sich gar nicht ausdenken. Die Schlauberger heute genauso wenig wie die Dummbacken früher. Sie können das Bekannte immer nur neu zusammensetzen, so wie der Maler mit alten Zutaten immer wieder neue Bilder malt. Niemand kann ein Tier mit unbekannten Körperteilen malen. Höchstens ein Pferd mit drei Schwänzen, oder das Menschenbein sieht aus, wie ein Pferdehuf. Der eben noch unbekannte Frosch im Regenwald ist bis zu seiner Entdeckung absolut unbeschreiblich, sonst wäre er ja nicht unbekannt (Ganz schön logisch Deine kleine Schwester, oder?). Im Moment seiner Entdeckung ist er aber schon Vergangenheit und damit exakt beschreibbar (exakt war eines Deiner Lieblingswörter, Großer Bruder, Du warst immer ein echter Schlauberger für mich). Vielleicht atmet er mit dem Hintern oder hat eine Ersatzlunge. Die neu entdeckten Eigenschaften sind dann die Merkmale der Marsmenschen von morgen. Vielleicht hat er aber auch Eigenschaften, die wir begrenzten Wesen mit unseren Sinnen nicht wahrnehmen können. Dann bleiben sie uns unbekannt! Unbeschreiblich! Wir kennen nur Wörter für Bekanntes. Vielleicht marschieren aber gar nicht alle Menschen im Gleichschritt. Vielleicht gibt es Menschen, die über besondere Möglichkeiten verfügen. Bei uns darf es nicht geben, was die mächtigen Gelehrten nicht messen können. Spökenkieker gelten als verrückt. Ich weiß, wovon ich rede.

Kannst Du Dich noch an die Angler erinnern, die damals immer so ungläubig geglotzt haben, wenn ich ihnen gesagt habe, dass kein

Fisch anbeißt? Mit ihren Glotzaugen sind sie den Fischen ganz ähnlich geworden. Später haben mich dann die Frauen gefragt, ob sie einen Jungen oder ein Mädchen bekommen.

Ich kann Dir mit Worten auch nicht erklären, warum ich es wusste. Ich wusste es einfach. Je älter ich wurde, desto mehr habe ich meine beunruhigenden Fähigkeiten verheimlicht. Ich wollte ja nicht als verrückt gelten.

Später an der Uni habe ich einmal davon in einem Seminar erzählt und die Kommilitonen haben vor Lachen unter den Bänken gelegen. Der Dozent hat mir den Rat gegeben, in Zukunft nur noch zu glauben, was ich in seinem Hörsaal höre. Bei ihm wäre ich auf der sicheren Seite.

In den folgenden Wochen hat der widerliche Kerl mir übel nachgestellt, weil er „meine besonderen Fähigkeiten" kennenlernen wollte und einmal in seiner Sprechstunde wurde er zudringlich. Zum Glück wusste ich von den Schweinen auf dem Hof, wo ich hintreten muss.

Ich habe Mama davon erzählt. So habe ich sie noch nie erlebt. Sie wirkte absolut entschlossen und ist noch am selben Tag nach Braunschweig gekommen. Am nächsten Tag ist sie zu Prof. Dr. Miststück in die Sprechstunde gegangen. Schon nach ein paar Minuten kam sie wieder heraus. Sie wollte mir nicht sagen, was drinnen passiert ist. Sie hat nur gesagt, dass sie nicht wolle, dass ich auch „damit" leben müsse. Ich wusste zuerst nicht, was sie damit meint. Am nächsten Tag war der Vorfall an der ganzen Uni bekannt, weil die Tür zum Nebenbüro offen gestanden hat. Sie hat dem Kerl nur in kurzen Sätzen unmissverständlich klar gemacht, was sie auf der Flucht erlebt hat und dass sie ihn umbringt, wenn er sich mir oder einer anderen Frau noch einmal ohne Zustimmung nähert. Einige Frauen wollten aus Mama eine Heldin machen, für andere war sie einfach nur verrückt. Für mich war Mama schon immer eine Heldin. Dr. Misthaufen hat mich in Ruhe gelassen. Ich glaube, er hatte wirklich Angst vor Mama. Die Uni habe ich trotzdem verlassen und angefangen, im Kindergarten zu arbeiten.

Manchmal denke ich, der Kerl hat seinen Anteil daran, dass ich in den folgenden Jahren pausenlos auf der Suche nach liebenswerten Menschen war. Ich war eine leichte Beute für selbsternannte Heilige. In der Gruppe gab es wirklich liebenswerte Menschen, die doch auch alle nur auf der Suche nach Liebe waren. Ich bilde mir ein, dass Du verstehst, was ich meine. Du warst doch auch immer ein Großer Sucher.

Jetzt aber genug davon. Mir wird immer noch ganz schlecht, wenn ich daran denke. Ich wollte Dir doch den Unterschied zwischen den Menschen erklären. Bei uns gibt es nur, was man sehen, hören oder anfassen kann, auch wenn manchmal das Gegenteil bewiesen wird. Niemand bestreitet mehr die Existenz von Ultratönen, oder dass die Erde rund ist. Bei Bedarf wird die Realität eben passend gemacht.

Hier in Indien lassen die Menschen Zweifel zu. Niemand bestreitet, dass es Fähigkeiten geben könnte, die nur wenige Menschen haben. Niemand glaubt, immer alles ganz genau erklären zu müssen. Es wimmelt nur so von Spökenkiekern. Die Menschen hier schließen nicht aus, dass es mehr gibt als das, was sie erklären können. Sie akzeptieren ihre begrenzten Möglichkeiten. Sie haben kein Problem damit, dass die Götter größer sind als sie. Sie halten sich nicht für das Ende der Fahnenstange. Warum sollte zukünftiges Leben hier oder anderswo nicht sechs oder sogar tausend Sinne haben? Warum sollte zukünftiges Leben nicht grundsätzlich über telepathische Sinne verfügen? Warum sollte es nicht schon jetzt mitten unter uns Menschen mit heute noch außergewöhnlichen Fähigkeiten geben?

Natürlich haben Scharlatane bei dieser Haltung leichtes Spiel, ihr Leben auf Kosten anderer gemütlich einzurichten, aber grundsätzlich finden die Menschen hier viel mehr Ruhe als bei uns, weil das Leben gelassener gelebt werden kann, wenn die Unersättlichkeit nicht ständig mit am Tisch sitzt und immer mehr fordert. Die Menschen hier wollen nicht immer die Größten sein.

Die Armut ist hier ein riesiges Problem, und es ist schrecklich für mich, die hungernden Kinder zu sehen. Manchmal kann ich es kaum aushalten. Niemand kann Ruhe finden, wenn das Leben ständig ernsthaft bedroht ist. Niemand kann Ruhe finden, wenn die Schlafmatte auf der nassen Straße liegt.

Ist es da nicht unglaublich absurd, dass bei uns niemand mehr Ruhe findet, weil der Überfluss bedroht ist? Pausenlos wird uns eingeredet, dass wir immer mehr brauchen, um glücklich zu sein. Sind die Erzähler des Immer-Mehr-Märchens nicht die größten Scharlatane? Warum bezahlen wir mit unserer Ruhe und mit unserem Frieden das Luxusleben der Unersättlichen? Warum verlassen wir den Zug nicht?

Ach, Großer Bruder, ich weiß doch auch keine Lösung. Aber darf ich deshalb keine Fragen stellen? Vielleicht ist der Zug auch schon so weit gefahren, dass es gar keine Umkehr mehr gibt. Ich kann die Menschen nicht ändern, ich kann nur mein Leben verändern.

Seit ein paar Wochen arbeite ich in einer kleinen Stadt in einem Kinderheim. Jeder Moment im Alltag ist so ausgefüllt, dass ich gar keine Zeit habe, an eine Zukunft zu denken. Aber reicht es denn nicht, wenn ich jetzt glücklich bin? Es gibt Tage, an denen ich sehr!!! glücklich bin. Allerdings bin ich dann nicht in der Stadt.

In der Stadt sind die Menschen den Menschen bei uns schon sehr viel ähnlicher geworden. Sie haben nie genug. Pausenlos läuft der Fernsehapparat und redet den Kindern ein, dass nur amerikanische Limonade das Leben lebenswert macht. Die armen Eltern, die sich diesen Quatsch nicht leisten können, haben schlechte Karten bei den Kindern. Die Kinder, die die Limonade bekommen, haben schlechte Zähne, aber die Eltern können sich den Zahnarzt nicht leisten und haben deshalb schlechte Karten bei den Nachbarn.

Es gibt nur Verlierer bei diesem Spiel. Bis auf den Limonadenhersteller, könnte man meinen. Aber der findet auch keine Ruhe mehr, weil er in ständiger Angst lebt, jemand könnte in sein schönes, großes Haus einbrechen und das viele Geld stehlen, das er mit der Limonade verdient hat. Deshalb hat er hohe Mauern um sein Haus errichtet und lebt dort fast wie in einem Gefängnis.

Ich fahre manchmal ein paar Tage in ein kleines Dorf ganz in der Nähe. Dort bin ich einfach nur glücklich.

Dort bin ich einfach nur.

Die Menschen haben nichts, was man stehlen könnte und alle Türen stehen offen. Ich hoffe, das Dorf bleibt noch lange vom ersten

Fernseher verschont. Das Wasser aus dem klaren Bach schmeckt köstlich. Niemandem fehlt das Zuckerwasser. Ich habe im Dorf gefunden, obwohl ich nichts gesucht habe. Er heißt Davinder und hat schönere Augen als ein Kalb.

Die Menschen in dem Dorf sind einfach.

Der Sinn ihres Lebens ist das Leben. Ich glaube mehr gibt es nicht.

Ich wünsche Dir ganz viel Liebe, Großes Rindvieh. Liebe ist das einzige was zählt.

Deine Schwester Anna

Lange bedachte der Bruder die Worte seiner kleinen Schwester, die ihm damals etwas wirr vorgekommen waren. Jetzt kamen sie ihm seltsam vertraut vor. Wie einen wertvollen Schatz faltete er die Blätter, und legte sie zurück in das Tagebuch.

*

Als Johannes sich wieder auf den Weg machte, tauchte die Sonne das Land in ein warmes Licht und glitzernd tanzten die Sonnenstrahlen auf dem Wasser. Ein paar Möwen stritten sich lautstark um die Brotkrumen, die ihnen von zwei Kindern zugeworfen wurden, während ein zottiger Schäferhund aufgeregt versuchte, die Vögel zu fangen. Fast schien es, als machten sich die Möwen über das dumme Tier, das seine begrenzten Möglichkeiten nicht anerkennen wollte, lustig. Wütend verbellte der Hund die eleganten Flugkünstler, als er schließlich barsch an die Leine gelegt wurde. Deutlich lesbar aber standen dem Hundebesitzer die Worte ins Gesicht geschrieben: Seht ihr, ich bin der Herr. Schon spürte der arme Hund die Knute des Mannes, der ihn eben noch angestachelt hatte, den Möwen nachzusetzen.

Obwohl sich äußerlich nichts verändert hatte, obwohl das warme Licht um keinen Deut kühler war, obwohl das Glitzern des Wassers nichts von seinem Zauber verloren hatte, war dem Tag ein wenig seine Leichtigkeit genommen. Jedenfalls für Johannes. Es war, als habe sich ein kleiner Schatten über sein Inneres gebreitet. Ganz anders nahmen die Kinder die Szene in sich auf. Voller Bewunderung begleiteten sie die Demonstration der Macht.

Nachdenklich setzte Johannes einen Schritt vor den anderen. Wie leicht war es, die Köpfe der Kinder zu formen. Wie schwer war es, die einmal geformten Köpfe wieder zu verändern. In jedem Kopf wohnte eine eigene Welt, die nur auf eigener Erfahrung gegründet war. Allein Worte konnten diese einzigartige Welt für andere sichtbar machen. In den Wörtern wohnte aber auch das Missverstehen. In den Wörtern wohnte aber auch die Angst. Die Angst, die nur einen Gegenspieler hatte: Die Liebe! Liebe war auch ohne Worte. Liebe war der Ursprung.

Liebe war einfach.

Die Angst war ganz anders. Sie kam mit den Wörtern. Sie wohnte in den Wörtern. Sie hatte so viele Ausdrucksformen: Zorn, Wut, Hass, Rache.

Es war unmöglich, zornig, wütend oder hasserfüllt zu sein, wenn man voller Liebe war. Lange dachte Johannes daran, wie er vor Jahren stundenlang ganz still am Bett seiner Tochter gesessen hatte, wenn sie schon längst ins Reich der Träume geglitten war. Lange dachte er daran, wie es war, etwas anzuschauen, was man sehr lieb hatte.

Nichts konnte seine Erinnerung daran trüben. Kein einziger Millimeter Raum blieb für die Angst, wenn die Liebe alles ausfüllte. Ganz weich wurde der Blick von Johannes, als er sich an seine kleine Tochter erinnerte. Undeutlich gesellten sich nach und nach andere Gesichter dazu. Zuerst verschwammen Bettinas Gesichtszüge mit denen von Anna, das stille Gesicht seiner Mutter kam hinzu, freundlich schaute aber auch der Bauer auf ihn und Franz lobte anerkennend seine Arbeit. Der alte Hinni aus Osten schenkte ihm noch einmal ein Glas Milch ein und auch die Tochter des Kaufmanns fehlte nicht. Immer länger wurde der Zug der liebevollen Erinnerungen. An der Spitze des Zuges aber marschierte Schrubber mit einem kleinen Mädchen an der Hand. Die blonden Haare verdeckten ein wenig die blauen Augen und die leicht wulstigen Lippen gaben dem Gesicht ein volles Aussehen. Urplötzlich erkannte Johannes sie …

„Liebe ist das einzige was zählt", rief Johannes aus und sah aus dem Augenwinkel gerade noch, wie die beiden Kinder sich an die Stirn tippten. Sollten sie ihn ruhig für verrückt halten.

Johannes Wüst war angekommen.

III. Teil: Nur heute

1. Schrubber

Johannes wollte nicht wahrhaben, was doch so augenscheinlich war. Wieder und wieder rief er sich das Bild des Freundes aus jungen Jahren ins Gedächtnis, wieder und wieder entglitt ihm das Bild und formte sich neu. Mit leicht wulstigen Lippen, die ein Lächeln andeuteten, schaute aus blauen Augen unter kurzen, blonden Haaren Lisan auf Johannes. Sie war Schrubber wie aus dem Gesicht geschnitten.

Eigentlich gab es nicht den geringsten Zweifel, aber der Verstand wehrte sich noch heftig dagegen, anzuerkennen, was er nicht ganz genau erklären konnte. Zur Not mochte er an einen Zufall glauben, einen glücklichen Zufall. Dass etwas nicht erklärbar war, machte den Verstand unruhig. Er mochte keine Ungewissheit. Ungewissheit machte ihm Angst.

Der Tag war schon ziemlich weit fortgeschritten, als Johannes beschloss, seine lange Wanderung in Bansin zu beenden. Zu erschöpft war er, um auch noch die letzten sechs Kilometer zu Fuß zurückzulegen. Die Füße schmerzten und trocken klebte die Zunge am Gaumen. *Ein Bier wäre jetzt gut*, wagte die Stimme sich zaghaft aus der Deckung, musste aber unverzüglich eine Niederlage einstekken, denn heute trank Johannes nicht. Nur heute! Jetzt!

Es fühlte sich wunderbar an, der Sucht so ein Schnippchen zu schlagen, und zum ersten Mal in seinem Leben begriff Johannes die ganze Heimtücke der Krankheit wirklich. Anders als die tausend Mal, die er schon versucht hatte, mit dem Trinken aufzuhören, fühlte er heute mit allen Sinnen die Widerwärtigkeit der Sucht und dieses Gefühl war so viel mehr wert, als alles Wissen, das er über die Jahre in unzähligen Ratgebern gefunden hatte.

Wissen hatte nicht ein einziges Mal verhindert, dass er gute Gründe gefunden hatte, zu trinken. Immer würde es gute Gründe geben, die Verantwortung für das eigene Leben abzuwälzen. Immer aber blieb Johannes, der Säufer, nach dem ersten Glas der eindeutige Verlierer, weil er das Verlangen nach immer mehr seit langer Zeit nicht mehr kontrollieren konnte. Tausendfach hatte er es versucht. Tausendfach hatte er die salzige Suppe allein auslöffeln müssen.

Niemand konnte die Sucht dauerhaft kontrollieren. Sucht war ganz einfach mächtiger als die Menschen. Jede Sucht! Mehr, immer mehr brabbelte es unablässig, wenn die Tür auch nur einen Spalt breit geöffnet wurde.

Zum ersten Mal in seinem Leben begriff Johannes Wüst mit allen Sinnen, dass er zwar niemals seine Sucht kontrollieren konnte, wohl aber die Sucht ihm das Leben über Jahrzehnte tagtäglich zur Hölle gemacht hatte. Zum ersten Mal in seinem Leben begriff Johannes Wüst vollständig, dass ein Süchtiger sein Leben nicht mehr meistern konnte, wenn er den hochmütigen Kampf nicht aufgab. Die Sucht war einfach stärker. Endlich konnte Johannes, der Säufer, bedingungslos kapitulieren.

Gehe zurück zum Ursprung!

Sucht kennt nur Verlierer, aber es gab eine Hoffnung, einen gangbaren Weg. Johannes konnte den Zug verlassen. Jeder konnte den Zug verlassen. Nur heute! Tiefe Dankbarkeit für den Tag erfüllte Johannes, als er an den schmucken Häusern des kleinen Dorfes entlang schlenderte. Jede Einzelheit nahm er in sich auf. Überall sah Johannes das erwachende Leben, überall erkannte er das einzigartige Geschenk.

Unweigerlich brachten diese Gedanken ihn wieder zu Lisan, und aufgeregt dachte er an die morgige Verabredung mit ihr. Wenn es stimmte, was so unwahrscheinlich und doch so augenscheinlich war, dann wäre Schrubber hier auf Usedom in einer Klinik, überschlugen sich jetzt die Gedanken.

Johannes versuchte sich zu erinnern, was Lisan genau über ihren Vater gesagt hatte. Seit langer Zeit hatte er nicht mehr gesprochen. Eine Erklärung dafür hatte sie Johannes nicht gegeben. Was mochte mit Schrubber passiert sein? Auf welche Wege hatte sein Leben ihn geführt. Auf welch verschlungenen Pfaden mochte er sein Glück gesucht haben. Was hatte er gefunden?

„Rohsen, Tulpen, Nelken, diese Bluhmen verwälken."

Wie hatten die Buchstaben und Wörter dem Freund das Leben früher schon schwer gemacht, erinnerte Johannes sich jetzt lächelnd an den Vers in seinem Poesiealbum, der mit der Schrubber eigenen Version endete: „Ich bitte dich, vergiss mich nicht!"

Wie sehr Johannes sich jetzt nach dem Freund sehnte, obwohl er doch seit fast vier Jahrzehnten nichts von ihm wusste. Ein Märchen aus uralten Zeiten geisterte durch seinen Kopf. Mehr nicht. Zwei kleine Jungen, die mit staubigen Säcken auf dem Rücken aufsammelten, was der Fluss ihnen gab. Plötzlich hatte Johannes Angst, dass er sich alles nur einbildete. Weiße Mäuse! Hatte der Schnaps ihn wahnsinnig gemacht? Verrückt?

Schon wollte er sich ein Taxi bestellen, um möglichst schnell zurück nach Ahlbeck zu kommen, sah dann aber das Schild einer Fahrradvermietung, und wenige Minuten später saß Johannes fest im Sattel. Herrlich spürte er jetzt wieder das gewonnene Leben!

Doch die Versuchung schlief nie und das würde sie auch in Zukunft nicht tun. Gerade, als er ein um diese frühe Abendzeit schon ziemlich belebtes Tanzlokal in Heringsdorf passierte, bog Marion um die Ecke. Marion, die IV. Schon sichtlich angetrunken, schien sie nicht nachtragend zu sein. Ganz im Gegenteil: was hätten sie doch für einen schönen gemeinsamen Abend gehabt, kicherte sie vielsagend. Wie lustig der Abend doch gewesen sei, aber da gebe es doch gewiss noch mehr. Viel mehr! Aufmunternd zwinkerte sie Johannes zu und flüsterte ihm ins Ohr, dass sie für den kleinen Lumpi aus Osten einen neuen Bikini gekauft habe. Schon schmiegte sie sich ziemlich fest an den fremden Mann, von dem sie doch nur ein klein wenig Liebe erhoffte. Johannes, der VI. Auch Kater konnten grau sein.

Johannes war kein Heiliger und wollte auch nie einer werden. Wie verlockend war die Aussicht auf ein paar gesellige Stunden. Wie sehnte er sich im Grunde doch auch nur nach etwas Wärme. Aber zu bitter schmeckte die Erinnerung an Lisans Worte, als sie ihm seinen volltrunkenen Zustand vor Augen geführt hatte. Johannes wusste, wie der Abend weitergehen und schließlich enden würde, wenn er dem Verlangen jetzt nachgab. Dem Süchtigen bot auch der Konjunktiv nur eine einzige Möglichkeit. Dem Süchtigen blieb keine Wahl. Sich freundlich verabschiedend, ließ er Marion enttäuscht zurück.

Stattdessen begleitete ihn die altbekannte Scham auf seinem Weg nach Ahlbeck, als Johannes bewusst wurde, dass Lisan ihm wohl nicht alles erzählt hatte, was an jenem volltrunkenen Abend passiert ist. Einen Bikini für den kleinen Lumpi! Woher kannte Marion seinen Spitznamen aus Ostener Tagen, den er mit seinem Auszug aus dem Dorf für immer hinter sich gelassen glaubte. Nie hatte er erfahren, wie er zu diesem Namen eines krummbeinigen Dackels gekommen war.

Als er zwanzig Minuten später das Hotel betrat, fand er an der Rezeption einen Brief von Lisan. Mit klopfendem Herzen musste Johannes sich zwingen, den Umschlag nicht schon im Treppenhaus aufzureißen. Was mochte sie ihm mitteilen? War etwas mit Schrubber passiert?

Nachdenklich bemerkte Johannes, dass er nicht den geringsten Zweifel mehr daran hatte, seinen Freund hier auf der Insel zu finden. Dabei wusste er doch, dass falsche Erwartungen so enttäuschend sein konnten. Endlich auf dem Zimmer angekommen, wurde ihm fast ein wenig feierlich zumute, als er schließlich den Umschlag öffnete.

Lieber Johannes,

ich freuhe mich über die Begegnung mit dir, die morgen leider keine Fortsetzung finden kann. Mein Vater ist heute schon unvorhergesehen aus der Klinik entlassen worden und ich habe ein Auto gemietet, um ihn nach Hause zu bringen. Die Zugfahrt mag ich ihm derzeit nicht zumuten. Wir werden uns aber wiedersehen. Versprochen!

Papa lebt in einem kleinen Dorf an der Unterelbe, in Osten an der Oste. (Musst du mit ganz langem Ooooo aussprechen, wenn du im Dorf als Mensch durchgehen willst.) Vielleicht hast du mal davon gehört, weil es dort eine Schwebefähre gibt, die fast einhundert Jahre alt ist.

Echt einzigartig!

Falls du nicht weißt, was eine Schwebefähre ist, stelle dir einfach den Eiffelturm vor und male ihn grün an. Allerdings hatte das Meisterwerk in Osten früher sogahr einen praktischen Nutzen. Mit einer Gondel, die in den Stahlträgern hängt, wurden bis 1974 Autos und Menschen über den Fluss und wieder zurück gebracht. Papa hat immer gesagt, die Fähre ist für ihn wie Ebbe und Flut. Beständig ist sie gekommen und gegangen. Vielleicht weißt du das aber ja auch alles selber (lach).

Jetzt kommen viele eilige Touristen in den Ort und beklagen ein bisschen wehmütig, wie schön gemütlich früher alles war, bevor sie zu den nächsten Sehenswürdigkeiten weiterrasen. Ich glaube, manche würden am liebsten alle acht Schwebefähren, die es auf der Welt noch gibt, an einem einzigen Tag als gesehen abhaken. Am besten im Raumschiff. Dabei ist es wunderbar, durch den kleinen Ort zu schlendern und sich anschließend im Schatten der Schwebefähre ans Wasser zu setzen und die Ruhe zu spüren, die im Fluss wohnt. Obwohl ich nicht mehr in Osten wohne, liebe ich die Oste. Der Ort ist ja nicht so weit von Hamburg entfernt und vielleicht magst du einmal hinfahren.

Die Menschen im Dorf sagen, ich sehe meinem Vater sehr ähnlich und bestimmt erkennst du ihn, wenn du ihn triffst. Oft sitzt er stundenlang auf einer Bank auf dem Deich und schaut auf den Fluss und die Fähre. Früher haben wir manchmal zusammen dort gesessen und Papa hat mir ausgiebig von den Abenteuern erzählt, die er mit seihnem Freund Lumpi am Fluss erlebt hat. Er hat ihn nie vergessen. Vor ein paar Jahren hat Papa einmal zu mir gesagt: „Ich sitze hier und warte auf Lumpi. Er hat versprochen, mich nicht zu vergessen. Eines Tages wird er kommen, du wirst schon sehen." Er hatte keinen Zweifel.

Papa hat mir erzählt, dass Lumpi und er früher Fährmänner werden wollten, aber dann ist sein Freund weggezogen und allein ist Papa lieber Lokomotivführer geworden. Irgendwann würde Lumpi irgendwo auf einer Bank am Bahnsteig sitzen und auf ihn warten, hat Papa sich in den letzten Jahren ernsthaft eingeredet. Papa mochte seinen Beruf ziehmlich gerne, aber dann ist das mit den Menschen passiert, die das einzigartige Geschenk ihres Lebens nicht mehr erkennen konnten und deshalb glaubten, dass Papas Lokomotive ein guter Ausweg für sie sei.

Zuerst war es ein Mann, der seit einiger Zeit jeden Tag eine Flasche Schnaps trank und der sein Leben nur noch im Nebel gesehen hat. Zwei Jahre später kam eine junge Frau, die sich hoch verschuldet hatte, weil sie fast täglich neue Kleider gekauft hat. Sie wollte einfach allen gefallen. Es allen recht machen. Besonders ihren Eltern. Als sie kein Geld mehr hatte, fing sie an zu klauen und ist erwischt worden. Sie hatte große Angst und hat sich so geschämt. Ihr Vater hat meinem Papa einen Brief geschrieben und sich für seine Tochter entschuldigt, aber letztlich sei es besser so, als mit der Schande zu leben, eine Tochter im Gefängnis zu haben.

Damals hatte es Papa schon einmal die Sprache verschlagen. Er konnte monatelang nicht arbeiten und jahrelang nicht verstehen, wozu Väter alles in der Lage sind. Ich glaube, Papa wäre damals in der Lage gewesen, den Kerl umzubringen. Ich konnte mir nicht vorstellen, dass er so wütend werden kann, aber Papa hat immer gesagt, dass Menschen zu allem fähig sind.

Vor zwei Jahren ist es dann wieder passiert. Eine Mutter mit ihrer kleinen Tochter auf dem Arm. Niemand weiß, in welch großer Not sie gewesen ist, niemand hat rechtzeitig gemerkt, dass sie dringend Hilfe braucht. Niemand weiß, was in der Welt in ihrem Kopf vorgegangen ist. Sie hatte mit niemandem über ihre Angst gesprochen. Papa hat noch eine Notbremsung versucht. Es war auf gerader Strecke und er hat sie von Weitem gesehen. Aber der Zug ist ein paar Meter zu spät zum Stehen gekommen. Seitdem spricht Papa nicht mehr. Niemand weiß, was in der Welt in seinem Kopf vorgeht.

Als ich in Hamburg auf dem Bahnsteig deine Absicht erkannte, habe ich ehrlich gesagt mehr an den Lokomotivführer als an dich gedacht. Vielleicht habe ich an diesem Tag seiner kleinen Tochter die Gute-Nacht-Geschichte gerettet. Vielleicht hat er am Abend Fußball mit seinem Sohn gespielt. Vielleicht hat er mit seiner Frau Samen in die Erde gestreut, um sich im Herbst gemeinsam an den Blumen zu erfreuen. Vielleicht hat er aber auch einfach nur mit einem Freund aus Kindertagen auf der Bank gesessen und auf den Fluss geschaut. Liebe ist einfach.

Später an der Grenze hätte ich dich einfach zu den Fischen gehen lassen können. Ich mische mich nicht gerne ungefragt in das Leben anderer Menschen ein. Niemand kann dauerhaft ein Leben retten, das nicht mehr gewollt ist, weil die Angst so übermächtig geworden ist und manchmal nicht einmal einen Millimeter Raum für die Erinnerungen an die Liebe lässt.

Angst ist so mächtig!

Nur Liebe kann sie besiegen. Suche deshalb nach den Erinnerungen an die Liebe in dir, mögen sie auch in der tiefsten Schublade versteckt sein. Du wirst sie mit absoluter Sicherheit finden. Jeder trägt die Liebe in sich. Liebe ist der Ursprung! Solange du ein einziges Samenkorn der Liebe findest, gibt es einen sehr guten Grund für das Leben: das Leben. Mehr gibt es nicht.

Wenn du dein Leben aber voller Verzweiflung der Angst überlässt, machst du die Angst nur noch mächtiger, weil sie in den Menschen neu erblüht, die du verlassen hast. Für das große Rad wäre es egal, wenn du gehst, für das Universum wäre es egal, wenn alle Menschen gehen. Aber nicht für die einzigartigen Menschen, die dich lieben. Die Tochter, der Freund aus Kindertagen. Deine Angst würde auch ohne dich weiterleben und sich mit mächtigen Worten in anderen Köpfen einnisten. Nur die Liebe kann diesen Kreislauf unterbrechen. Liebe ist größer als Worte.

Jeder hat eine Geschichte, Johannes, mit der sich die Angst erklären lässt. Niemand kann Vergangenheit ungeschehen machen, aber du kannst wählen, was du heute tust. Jetzt. Auch dein Leben hat seine Gründe und niemand hat das Recht, dich dafür lebenslang zu verurteilen. Du wirst Vergebung finden, wenn du den Mut und die Kraft findest, einen neuen Weg zu gehen. Auch du wirst vergeben können. Vergeben können ist ein wunderbares Geschenk. Es macht frei von Wut, Groll und Hass. Wut, Groll und Hass sind doch auch nur eine Form von Angst.

Lieber Johannes, ich wünsche dir, dass du auf deinem weiteren Weg viel Liebe findest und bin sicher, dass du ihn aufrecht gehen wirst. „Ein Weg entsteht, wenn man ihn geht", (aus China).

Ich werde unsere Begegnung als wertvollen Schatz hüten und verspreche dir ganz sicher nicht, dass sich unsere Wege nie mehr kreuzen. Manchmal besuche ich Papa ein paar Tage in Osten.

Alles Liebe

Lisan

PS: Es ist schon so eine Sache mit dem Zufall. Marion hat mich heute gefragt, ob ich Lumpi gesehen habe. Einmal hat Papa mir erzählt, dass Lumpi eigentlich Johannes heißt, der Herr ist gütig, der Herr hat Gnade erwiesen.

PPS: Liebe Grüße an Papa

Lange saß Johannes am Fenster und starrte auf die Seebrücke, bevor er den Brief ein weiteres Mal las. Diesmal machte er amüsiert rote Kringel um die „h", die für manche Menschen so unglaublich wichtig waren. Wichtiger als die Liebe. Dankbar erinnerte sich Johannes an seine Mutter, und sah, wie sie in der kleinen Küche in Osten Schrubbers Hose säuberte, damit er zuhause von seiner Mutter keinen Ärger bekam. Schon hatte Johannes ein Samenkorn der Liebe in sich gefunden.

Eines Tages wird auch Bettina mein Leben erkennen, schoss es ihm plötzlich hoffnungsvoll durch den Kopf, und voller Liebe dachte er an das kleine Mädchen, dass er solange nicht mehr gesehen hatte.

Erst jetzt wurde Johannes sich bewusst, dass seine Erwartung zur Gewissheit geworden war. Er hatte Schrubber gefunden.

*

Mitten in der Nacht schreckte Johannes aus dem Schlaf hoch und ging mit klopfendem Herzen zum Fenster, um es zu öffnen. Die nahe Seebrücke lag verlassen vor ihm und verlor sich im dunklen Wasser der Ostsee. Nur einen einsam durch die Nacht streunenden Hund erkannte Johannes. Etwas unsicher tasteten die Augen das dämmerige Zimmer ab. Leicht beunruhigt schmeckte die Zunge einen schalen Geschmack. Draußen aber brachen sich sanft die Wellen und beruhigten rasch den aufgeregten Puls. Begierig sog Johannes die frische Seeluft ein. Er hatte nur geträumt.

Im Traum hatte die Stimme noch einmal mit aller Macht versucht, die Oberhand über Johannes zu gewinnen. Wie hatte sie ihm geschmeichelt, wie hatte sie das betrunkene Leben schön geredet. Wie hatten aber auch die Zechbrüder und -schwestern sich gegenseitig zu Helden der Nacht erklärt. Wie hatten sie sich gegenseitig belogen!

Schon war Johannes im Traum bereit gewesen, den Nachschub für die Truppe zu sichern. Mit dem gemieteten Fahrrad, das an das Geländer der Seebrücke geschlossen war, sollte er zur nächsten Tankstelle radeln, um die Nacht für die Ruhelosen zu retten. So jedenfalls war es vom Wortführer, in dem Johannes Helmut, den Sohn des Bauern, erkannte, beschlossen und von Marion kichernd verkündet worden.

Als Johannes sich aber auf schwankenden Beinen dem Rad näherte, bewachte ein großer Schäferhund das stählerne Ross und verweigerte ihm mit gefletschten Zähnen den Zugang. So sehr er sich auch mit schmeichelnder Stimme bemühte, konnte Johannes das Tier nicht erweichen, das Rad freizugeben. Und als er, von der Sucht getrieben, jede Vorsicht vernachlässigte, spürte er schmerzhaft, wie sich die Zähne des Tieres in seine Hand bohrten.

Mit klopfendem Herzen, den Schmerz tatsächlich wie eine frische Wunde spürend, war Johannes aus dem Schlaf hochgeschreckt. Nachdenklich stand er jetzt am geöffneten Fenster, lauschte den Wellen und sah dem Hund nach.

„Es ist schon so eine Sache mit dem Zufall“, sprach Johannes noch einmal die Worte, mit denen Lisan ihren Brief abgeschlossen hatte, bevor er wieder unter die Bettdecke kroch. Lange lag er in dieser Nacht noch wach und bedachte das Geschehen. Erst als im Osten schon langsam der neue Tag anbrach, fiel Johannes noch einmal in einen tiefen Schlaf. Auf seinem Gesicht aber lag ein zufriedenes Lächeln: „In Osten geht die Sonne auf“, war sein letzter Gedanke gewesen, bevor er die Realität wieder seinen Träumen überließ.

*

Als er am Morgen des übernächsten Tages zum Bahnhof ging, fühlte sich das Leben leicht an. Es war ja keineswegs neu für Johannes, nicht zu trinken. Tage, Wochen, manchmal Monate hatte er nicht getrunken. Aber nie war der Kopf frei geworden, nie trocken die Gedanken. Nie hatte er wirklich vor der übermächtigen Sucht kapituliert. Immer wieder hatte er sich hochmütig eingeredet, den aussichtslosen Kampf gewinnen zu können. Jetzt konnte er endlich loslassen! Der Nebel hatte sich gelichtet. Jeder Augenblick seines Lebens war schön, er musste nicht noch schöner werden. Jeder Atemzug war Leben. Mehr gab es nicht, alles war darin enthalten. Mit Worten konnte Johannes nicht erklären, was in ihm eigentlich passiert war. Es war einfach.

Gnade ohne Tamm Tamm.

So beschwingt trat Johannes eine Reise an, von der er nicht wusste, wohin sie ihn führen würde, aber die Angst schlief nie und das würde sie auch in Zukunft nicht tun. Sofort witterte sie bei diesen ungewissen Gedanken Oberwasser. Ungewissheit war schließlich die Heimat der Angst. Natürlich erinnerte Johannes sich daran, wie oft er schon euphorisch aufgebrochen war, nur um dann noch tiefer zu fallen. Sah er wieder nur ein Trugbild, das sich schnell als Luftschloss erwies? Lauerte um die nächste Ecke wieder ein tiefer Abgrund?

Sorgfältig prüfte Johannes seine Gedanken und Gefühle. Nichts aus seinen langen Lebensjahren konnte er ungeschehen machen. Alles blieb für immer in ihm. Er war nicht neu geboren, aber durch die Begegnung mit Lisan hatte sich etwas grundlegend verändert. Zum ersten Mal in seinem Leben erkannte Johannes die Größe in sich selbst. Größe ohne Tamm Tamm.

Wer bestimmte fortan seine Ziele, wenn nicht er selbst? Wer bestimmte fortan den Maßstab seines Strebens, wenn nicht er selbst? Warum verglich er sich mit anderen, wenn er doch einzigartig war? Warum ließ er sich den Vergleich aufzwingen von Menschen, die selber keine Ruhe in sich fanden, weil sie unablässig dem Immermehr-Gott nachrannten? Warum wollte er mehr, wenn er doch alles hatte? Mehr, als den Frieden in sich, gab es nicht!

Frieden mit sich! Frieden mit Gott!

Dem Ursprung!

Der Liebe!

Wie im Flug war die Zeit während der langen Bahnreise vergangen und längst nicht alle Gedanken, die seinen Kopf füllten, hatte Johannes in sein kleines Buch geschrieben, als der Zug in den Hamburger Hauptbahnhof einlief. Nie wieder wollte er sagen können, er habe es nicht besser gewusst, wenn ihm sein Leben noch einmal zu entgleiten drohte. Wie einen kostbaren Schatz packte er das Buch in seinen kleinen Koffer.

Wie Ameisen auf unsichtbaren, eng begrenzten Straßen bewegten sich die Menschen geschäftig durch die riesige Halle. Nichts Äußeres hatte sich verändert und doch war alles in Johannes ganz anders, als bei seiner Abreise vor wenigen Tagen.

„Können Sie mir bitte eine tägliche Verbindung nach Basbeck-Osten heraussuchen? Den genauen Tag kann ich Ihnen noch nicht sagen", verlangte Johannes freundlich bei der Auskunft. „Vielleicht fahre ich morgen, vielleicht aber auch erst in drei Monaten."

Der Mann hinter dem Tresen interessierte sich nicht für die ungewisse Zukunft von Johannes und entgegnete bestimmt: „Sie meinen Hemmoor! Einfach?"

Wie gut, dass immer alle mein Ziel kennen, dachte Johannes, sagte aber: „Wissen Sie, ich war vor fast vierzig Jahren das letzte Mal da. Damals hieß es noch Basbeck-Osten. Das war einfach."

„Einfach oder auch eine Verbindung für die Rückfahrt?", kam gelangweilt die genervte Nachfrage.

Schon wollte Johannes den Mann fragen, ob er die Schwebefähre über die Oste kenne, und ob er wisse, dass große Teile der Hamburger Speicherstadt mit Ziegeln aus den Ostener Ziegeleien erbaut worden sind. Schon erinnerte sich Johannes daran, dass ein gewisser Baumeister Prey, immerhin ein Miterbauer des Hamburger Michels, die Ostener St. Petri Kirche erbaut hat, als er heftig von hinten angefahren wurde: „Hören Sie. Glauben Sie, irgendwer hier interessiert sich für Ihr Leben? Ich habe es eilig. Ich habe Wichtigeres zu tun. Nun machen Sie schon."

Du kannst die Menschen nicht ändern. Nur bei dir selbst kannst du etwas verändern, hörte Johannes Lisans Stimme. Freundlich antwortete er dem Schalterbeamten in knappen Worten: „Ja, einfach. Ich kenne meine Zukunft noch nicht."

2. Osten

Johannes hatte kurz nach seiner Rückkehr von der Ostsee entschieden, dass er nichts übereilen wollte. Erst musste er sein eigenes Leben ein wenig auf die Füße stellen. So war ein farbenfroher Sommer durchs Land gezogen, als er sich auf die Reise begab. Früh am Morgen machte Johannes sich auf den Weg zum Bahnhof. Ein schöner Tag begleitete seinen Aufbruch, obwohl das frühe Tageslicht schon eine Ahnung zuließ, dass der Sommer bereits weit fortgeschritten war. Aus tiefer Erinnerung glaubte Johannes, ein Hauch von Apfelduft läge in der frischen Morgenluft. Augustäpfel. Wenn er die Augen schloss, konnte er in Gedanken die unendlichen Reihen der sich unter der schweren Last biegenden Obstbäume durchwandern. Wenn er die Augen schloss, war Johannes schon in Osten angekommen. Schrubber ging immer an seiner Seite.

Johannes hatte keinen festen Plan für den Tag und auch nicht für die nächsten Tage, aber er hütete sich davor, falsche Erwartungen mächtig werden zu lassen. Er kannte die Tücke. Er wusste, wie schnell falsche Erwartungen zu Enttäuschungen führten. Er wusste, wie schnell Enttäuschung der Sucht hilfreich zur Seite sprang. Zu oft hatte er erfahren, dass die Sucht sich nicht kampflos geschlagen gab. Aber Johannes wollte nicht mehr kämpfen. Er musste nicht mehr kämpfen, seitdem er sich zu seiner Krankheit bekannte. Er musste sich nicht mehr verstecken. Herrlich war es, die hohen Mauern einzureißen, hinter denen die Freiheit wartete.

Johannes hatte die Wochen in Hamburg genutzt, um sich einer Gruppe gleichgesinnter Menschen anzuschließen. Alleine war es viel zu schwer, sich der täglichen Herausforderung zu stellen. In der Gruppe verlangte niemand eine Erklärung für sein Leben. Kein Mensch, der die Heimtücke der Krankheit aus eigener Erfahrung kannte, richtete hochmütig über die anderen und niemand zeigte selbstgerecht mit dem Finger auf die, die noch nicht die Kraft gefunden hatten, zu ändern, was sie ändern konnten.

Wie beschämt hatte Johannes sich dem ersten Treffen genähert, wie befreit hatte er den Heimweg angetreten. Wunderbare Menschen mit einmaligen und unvergleichlichen Lebensgeschichten widersetzten sich tagtäglich erfolgreich dem Joch der Sucht: alternde Lehrer und ganz junge Studenten, Fabrikarbeiterinnen und Rechtsanwältinnen, Verkäufer und Pastoren, Matrosen und Kapitäne, Männer und Frauen, die im Haus am Stadtrand wohnten und Menschen, die ihr Leben auf der Straße lebten. Er hatte Freunde in der Gruppe gefunden, die bereit waren, das Leben in all seinen Facetten anzunehmen. Er hatte Freunde gefunden, die den Wert eines Menschen nicht in Geld aufwogen.

Freunde des Lebens!

An diesem Morgen jedoch war Johannes auf dem Weg, den Freund seiner Kindheit aufzusuchen, den Freund, der auf einer Bank saß und auf ihn wartete. Den Freund, der ihn nach Lisans Worten nie im Leben vergessen hatte. Nur leichtes Gepäck begleitete Johannes, konnte er doch nicht wissen, was die Reise nach Osten ihm alles bringen würde. So in Gedanken, wich er unvorsichtig ein Stück von der Ameisenstraße ab und stieß heftig gegen einen eiligen Passanten, der ihn mit erbosten Worten zurechtwies. „Ach, nur so ein unwichtiger Penner“, hörte er den Mann noch in sein kleines Telefon sprechen.

An jeder Ecke sah man jetzt Menschen in diese kleinen Telefone sprechen, die anzeigten: Seht her, hier ist ein wirklich wichtiger Mensch! Überall sah man jetzt Menschen, die bereit für eine neue, weltweite Glaubensgemeinschaft waren, mochten ihre alten Götter auch noch so verfeindet sein.

Überall sah man jetzt aber auch Menschen, besonders junge Menschen, die sich beschämt duckten, weil die knappe eigene Kasse es nicht erlaubte, dem neuen Gott angemessen zu huldigen. Aber man war bereit, alles dafür zu tun, sich der neuen, hochglänzenden Macht anzudienen und ihr bedingungslos Opfer zu bringen.

Schon gab es auf den Schulhöfen wieder blutige Nasen, schon tobten erbitterte Glaubensschlachten. Schon wurde auf den Straßen im Namen des neu ernannten Gottes brutale Gewalt ausgeübt, wenn das so heiß begehrte Statussymbol vom besser gestellten Mitschüler nicht freiwillig herausgegeben wurde. Schon splitterten tausendfach die Scheiben der noblen Karossen, wenn eine Ikone des neuen Glaubens verlassen auf dem Beifahrersitz lag. Dabeisein ist alles, koste es, was es wolle. Selbst die angedrohte Freiheitsstrafe war für manch jungen Menschen kein zu hoher Preis, wenn es darum ging, Mitglied der neuen Glaubensgemeinschaft zu werden.

Hier war ein Zug in die Gleise gesetzt worden, der schon nach ungewohnt kurzer Fahrt nicht mehr zu stoppen war. Niemand hatte mehr die Kontrolle darüber. Pausenlos wurde die Lokomotive befeuert. Niemand hinterfragte mehr den Sinn. Niemand fragte mehr, wem das alles diente. Mehr, immer mehr …

Noch gaukelte das kleine Telefon den Menschen grenzenlose Freiheit vor, und die Menschen glaubten, sie seien dem Paradies auf Erden wieder ein Stück näher gekommen. Aber schon gab es Berichte über die ersten Süchtigen und täglich wurden es mehr.

Sucht kennt keine Freiheit, ging es Johannes nachdenklich durch den Kopf.

Keine Sucht kennt Freiheit!

Gab es gute und schlechte Süchte? Gegen die Sucht nach immer mehr schien niemand Einwände zu haben, denn sie diente mächtigen Interessen. Den Interessen der Mächtigen! Machbarkeitswahn kennt keine Grenzen. Alles schien zulässig zu sein, wenn am Abend nur die Kasse stimmte. Wer gab schon freiwillig ein gut gehendes Geschäft auf!

Wie Pilze schossen überall die kleinen Läden aus dem Boden, an deren Schaufenstern sich die neuen Gläubigen die Nasen wund rieben, um ja nicht das neueste, das modernste, das leistungsstärkste, das kleinste und leichteste Modell zu verpassen. Selbst die größten Dummköpfe konnten hier leicht ihr karges Leben aufwerten, wenn sie über die Geräte mit den nötigen Eigenschaften verfügten. Mächtiger als jemals zuvor aber wohnte die Angst in den Adjektiven für diejenigen, deren Geld nur für ein Auslaufmodell reichte.

„Gibt es richtige und falsche Süchte? Gute und Schlechte? Ungewollte und Gewollte?“, rief Johannes dem Mann hinterher, mit dem er zusammengestoßen war. Aber der hatte wichtigere Fragen zu beantworten.

Am Fahrkartenschalter legte Johannes den Ausdruck mit der Verbindung nach Hemmoor vor. „Einmal Hemmoor einfach, bitte.“

„Endlich mal jemand, der genau weiß, was er will“, stand zufrieden im Gesicht des Schalterbeamten geschrieben.

*

Es war kurz vor zehn, als Johannes in Hemmoor aus dem Zug stieg. Trotz des Rucksacks, der schwerer auf der Schulter drückte als angenommen, wollte er den Weg nach Osten laufen, so wie er es von früher kannte. Ein Taxi war ohnehin weit und breit nicht zu sehen. Die Bahnhofsgaststätte, in der sein Vater in den letzten Wochen seines Lebens so gerne eingekehrt war, gab es nicht mehr und auch die Schalterhalle war nur noch blasse Erinnerung. Moderne Automaten auf den Bahnsteigen machten menschlichen Kontakt überflüssig.

Johannes hatte den rußigen Geschmack der alten Dampflokomotiven auf der Zunge, als seine Erinnerungen ihn in die Kindheit führten. Und auch der feinherbe Geschmack des Bieres fehlte nicht, als er sich daran erinnerte, dass sein Vater hier auf dem Bahnhof an einem seiner letzten Lebenstage Franz getroffen hatte. Der Schnaps und die Eifersucht hatten seinen Vater schon wahnsinnig gemacht.

Schaudernd sah Johannes sich selbst bis zu den Knien in der kalten Ostsee stehen und erinnerte sich dankbar an Lisan. Er war nicht gekommen, um die Vergangenheit wieder aufleben zu lassen, riss Johannes sich zusammen. Er war hier, um …. Unvollendet blieb der Satz in der Luft hängen.

Ein Weg entsteht, wenn man ihn geht, sagte sich Johannes und lenkte seine Schritte in Richtung Bahnhofstraße. In seiner Kindheit war Johannes nicht oft hier auf der anderen Flussseite gewesen. Jedes Überqueren des Flusses mit der Fähre hatte damals zehn Pfennig gekostet, und die Ausgabe wollte gut überlegt sein, denn nicht jeder Tag brachte eine Pfandflasche mit sich. Aber trotz der seltenen Besuche in Basbeck hing an jedem Haus und jedem Schuppen eine Erinnerung.

So in Gedanken, bog links plötzlich der Strandbadweg ab und fast im Laufschritt folgte Johannes der kurzen Straße, die ihn an den See führte. Die alte Tonkuhle. Die Badeanstalt. Johannes wusste nicht, ob sein Herz mehr von der kurzen Anstrengung des Laufens oder mehr von der Erinnerung an die letzten Sommertage hier im Strandbad mit Schrubber raste. Er schloss für einen kurzen Moment die Augen und längst vergessen geglaubte Gerüche kitzelten seine Nase.

Zuerst war es der harzige Duft der Kiefern hinter der Holzbaracke, in der die Umkleidekabinen untergebracht waren. Heimlich gebohrte winzige Löcher in den Wänden hatten für die Jungen einen ersten verschwommenen, flüchtigen Blick auf das vermutete Paradies im Schoß der Mädchen freigegeben und nächtelang die Träume beflügelt. Auf der Wiese neben der Baracke hatten die etwas älteren Platzhirsche des nahen Gymnasiums ihr Revier und der aufdringliche Geruch des viel zu dick aufgetragenen Sonnenöls lag schwer in der Luft.

Dann der feuchte Modergeruch der Uferzone, wo das Seeufer steil abbrach, und dessen unbefugtes Betreten augenblicklich den schrillen Ton der Trillerpfeife des Bademeisters auslöste. Und schließlich die immer leicht nach Teer riechenden Holzbohlen des Steges, der weit auf den See hinausführte.

Der Steg durfte nur mit dem aufgenähten Freischwimmerabzeichen auf der Badehose betreten werden und wie geprügelte Hunde schlichen die ertappten Nichtschwimmer wieder ans flache, sandige Ufer zurück, wenn der schrille Pfeifton des Bademeisters allen Menschen im Schwimmbad anzeigte, dass er einen Hochstapler entlarvt hatte. Am Ende des Holzweges aber ragte der Drei-Meter-Turm scheinbar endlos in den Himmel und trennte die Spreu vom Weizen.

Mit den eleganten Flugkünsten der Möwen vergleichbar, hatten sich die mutigsten Jungen vom hölzernen Sprungturm kopfüber ins Wasser gestürzt, nachdem sie zuvor meterhohe Sprünge auf dem wippenden Sprungbrett gewagt hatten. Die bewundernden Blicke der Mädchen waren ihnen sicher gewesen, während andere Jungen mit einer kräftigen Arschbombe wenigstens ein klein wenig Aufmerksamkeit erhofften. Ein paar Jungen wagten aber nur beschämt einen Fußsprung. Ewige Versager.

Das hier am Sprungturm war noch einmal etwas ganz Anderes, als sich vom Stahlträger unter der Fähre in die trüben Fluten der Oste fallen zu lassen. Hier herrschte der unbarmherzige, gnadenlose Vergleich. Höher, weiter, mutiger, war das Einzige, was zählte. Möwe oder stummer Fisch. Obwohl Schrubber und Johannes mehr zu den Fischen gezählt hatten, waren sie im letzten gemeinsamen Sommer tagelang bereit gewesen, den Groschen Fährgeld zu investieren, um wenigstens dabei zu sein. Eigentlich hatten sie sich an und in der Oste viel wohler gefühlt.

Erst jetzt bemerkte Johannes, dass der hölzerne Turm, der sein und Schrubbers Leben so beschwert hatte, gar nicht mehr da war, obwohl er in ihm doch noch so lebendig wirkte.

„Was einem Angst macht, muss schon lange nicht mehr da sein", sprach Johannes zu sich selbst und machte sich wieder auf seinen Weg. In Gedanken fügte er noch hinzu: Auch die Zähne der Hunde, die sich im Dorf immer an meine Ferse geheftet haben, werden inzwischen stumpf sein, denn welcher Hund wurde schon vierzig Jahre alt?

„Was einem Angst macht, kann schon lange tot sein", sprach er noch einmal laut seine Gedanken aus. Heute gab es nichts, was ihn ängstigen musste, dachte er, als ihm plötzlich einfiel, was denn eigentlich aus dem Grab seines Vaters geworden war. Er hatte es nie besucht.

Trotz der kurzen dunklen Gedanken fühlte Johannes sich leicht, als er die Bundesstraße überquerte, die Hamburg mit Cuxhaven verband. Nur kurz schmerzte die Erinnerung an den eingezogenen Führerschein. Bis jetzt hatte er ihn nicht vermisst, und heute wollte er nach vorne schauen. Wenige Kilometer vor Cuxhaven flossen die Oste und die Elbe zusammen, fiel ihm ein und einen Moment stellte Johannes sich vor, die nächste Reise mit einem hölzernen Floß anzutreten, wusste aber nicht sicher, ob er dafür einen Floßführerschein brauchte.

„Sie sind nicht berechtigt, den Fortschritt mit einem Floß zu stören", hörte er die Stimme eines strengen Beamten der Wasserschutzpolizei. Johannes musste lachen, als das Bild des Polizisten aus dem Kaspertheater vor ihm auftauchte. Er hatte die lustigen Vorstellungen geliebt, die ein älterer Junge aus der Nachbarschaft regelmäßig für die Kinder des Dorfes gegeben hatte. Zehn Pfennig Eintritt waren ein gut investierter Groschen gewesen.

Die Straßenkreuzung zeigte Johannes an, dass noch genau ein Kilometer bis zum Fluss vor ihm lag und ganz albernen Gedanken folgend, die ihn auch an Tante Latte erinnerten, formulierte er: „Der Kleine John an Logbuch: Ich weiß nicht, ob die vor mir liegende Insel jemals entdeckt wurde. Ein mächtiger Strom, ich vermute die Mutter aller Flüsse, verwehrt mir den Zugang zum Dorf. Vielleicht betrete ich Neuland, vielleicht entdecke ich eine bisher nicht gekannte Zivilisation. Der Turm eines riesigen Tempels ragt in den Himmel, und ich weiß nicht, ob er noch alten Göttern dient, oder schon dem aufstrebenden neuen Gott geweiht ist. Vielleicht erwartet mich aber auch eine Überraschung. Es scheint so, als stünden die Bewohner in ständigem Kontakt zu Außerirdischen, jedenfalls ragt eine riesige stählerne grüne Antennenkonstruktion in den blauen Himmel."

Unbeschwert näherte Johannes sich jetzt der Fähre über den Fluss, dessen Spuren für immer in ihm waren, tiefer als das Bett, das er sich auf der Suche nach der Weite des Ozeans in die Landschaft gegraben hatte.

„Gehe zurück zum Ursprung", sprach Johannes, als die belaubten Äste der Bäume endlich den Blick auf das stählerne Gerüst der Fähre vollständig freigaben. Deutlich hörte er vom Kirchturm des nahen Dorfes auf der anderen Flussseite die Glocken der St. Petri

Kirche läuten. Vielleicht waren die wohlvertrauten Töne aber auch nur in ihm.

*

Es konnte ein Zufall sein, ein glücklicher Zufall, aber als Johannes nach einem gehörigen Umweg das Dorf erreicht hatte – er hatte nicht bedacht, dass er nicht mit der Fähre fahren konnte, sondern die außerhalb des Dorfes gelegene Brücke passieren musste – fand er gleich neben der Fähre ein kleines Blockhaus auf dem Deich, das zur Vermietung ausgeschrieben stand. Ohne weitere Überlegung zahlte er für einen Monat den verlangten Mietpreis im Voraus und zerstreute so die Bedenken der Vermieterin gegen den ungewöhnlichen Gast. Kaum hatte die Frau das Haus verlassen, konnte Johannes nicht verhindern, dass sich eine erste Träne ihren Weg suchte, als er am Fenster stand und durch den Garten im Außendeich auf den Fluss und die Fähre schaute. Seit langer Zeit weinte Johannes aus purem Glück und die Gedanken alberten: „Der Kleine John an Logbuch: Die Einheimischen haben mich freundlich aufgenommen und mir für ein paar bunte Papierfetzen für einen Monat eine wohnliche Hütte direkt am Fluss überlassen." Und als urplötzlich lautstark der Magen sein Recht einforderte, fügte er noch hinzu: „Werde jetzt erst einmal auf die Jagd gehen."

Wenige Minuten später saß Johannes auf einer herrlichen Terrasse im Schatten der Schwebefähre und bestellte Schweinebraten. Und zur Feier des Tages eine ganz große Flasche Mineralwasser. So ähnlich musste es im Paradies sein, dass doch auch nur als ungewisse Hoffnung in den begrenzten Gehirnen der ängstlichen Menschen geboren war und das sich seit Jahrhunderten so gut als Lockvogel vermarkten ließ. Alles, was das Leben ausmachte, war da.

Das Leben war einfach!

Nichts fehlte in diesem Moment. Der Moment war unvergleichlich. Mehr gab es nicht.

*

So gestärkt machte Johannes sich zu einem ersten Rundgang durch das Dorf auf, jedoch als er, sich an den alten Hinni erinnernd, betont aufrecht durch die Deichlücke auf den Vorplatz der Fähre schreiten wollte, fand er an der Mauer eine eiserne Marke, die den Höchststand der Sturmflut 1962 anzeigte, und der geplante Erkundungsgang kam schon nach wenigen Metern ins Stocken.

Ein letztes Mal hörte Johannes seinen Vater singen. Ein letztes Mal öffnete sich die Tür des alten Schranks im Schuppen, die so dringend einen Tropfen Öl gebraucht hätte. „Ruhe in Frieden", sprach Johannes und fühlte das ganze Glück, aufrichtig vergeben zu können. Im Schatten der Schwebefähre konnte er heute die Gespenster begraben, die sich so lange in seinem Kopf getummelt hatten.

Erst jetzt nahm er wahr, dass die kleine hölzerne Fährbude fehlte, die früher tagtäglich als Treffpunkt gedient hatte. Was war aus all den Schwüren ewiger Liebe geworden, die die jungen Menschen in das Holz geritzt hatten? Was war aus der Tochter des Kaufmanns geworden? Einen Moment lang glaubte Johannes, den Sinn seiner Reise nicht mehr klar erkennen zu können. Was wollte er hier nach all den Jahren? Sentimentales Gedankengehopse! Doch dann sah er urplötzlich den Mann auf der Bank sitzen, die auf der Deichkrone direkt neben seiner angemieteten Holzhütte stand. Unbewegt saß er dort und schaute auf den Fluss. Es gab keinen Zweifel, er hatte Schrubber gefunden.

Fast wollte Johannes vor Freude das Herz aus der Brust springen. Gleichzeitig spürte er aber auch eine unbestimmte Angst. Er hatte Schrubber damals versprochen, ihn nicht zu vergessen und war doch so lange weggeblieben. Auch war Johannes unsicher, wie er Kontakt zu dem Mann aufnehmen sollte, der nach Lisans Worten seit langer Zeit nicht mehr sprach. Würde Schrubber ihn überhaupt erkennen? Konnte er ihn verstehen. War er bei klarem Verstand? Erst jetzt bemerkte Johannes, dass er nicht ausreichend bedacht hatte, dass auch Schrubber sein Leben gelebt hatte. Gerne hatte sein Gehirn ihm noch das Bild des blauäugigen Jungen mit den kurzen blonden Haaren als Realität verkauft, auch wenn der Verstand es eigentlich besser wusste. Nahtlos hatten seine Gedanken an die uralten Erinnerungen angeknüpft. Erst jetzt erwog Johannes ernsthaft, dass das Band der Freundschaft einen Riss haben könnte.

Zwischen unbändiger Freude und aufkommenden Zweifeln hin- und hergerissen, lenkte Johannes seine Schritte auf den Deich und unablässig suchte das Gehirn nach passenden Begrüßungsworten. Vielleicht eine lustig klingende Entschuldigung, dass es etwas länger als vorgesehen gedauert habe. Nein besser wäre es wahrscheinlich, mit dem Gruß von Lisan zu beginnen. Er konnte aber auch wortgewaltig in die Offensive gehen: Tut mir leid, aber mein Leben war auch nicht gerade einfach. Vielleicht wäre es das Beste, einfach mit einer Erinnerung an die gemeinsame Zeit zu beginnen.

Wild rasten in Johannes die Gedanken, als er sich dem Mann auf der Bank näherte, der jetzt leicht seinen Kopf hob. Über das Gesicht huschte ein freudiges Erkennen und eine nur angedeutete Bewegung forderte Johannes auf, sich zu setzen.

„Ich hatte nie einen Zweifel, dass du kommst." Wie ein wohlklingender Glockenton erfüllte unverhofft die vertraute Stimme Schrubbers die Luft. Lange saßen die Freunde aus uralten Zeiten schweigend auf der Bank und schauten stillvergnügt auf den Fluss. Ohne Worte erkannten sie gegenseitig die einzigartige Welt im Kopf des Anderen, die immer noch so viel Verbindendes hatte.

Wohl mehr als eine Stunde war vergangen, als Schrubber unvermittelt zu sprechen begann: „Für das, was ich gesehen habe, gibt es keine Worte."

„Man kann nicht alles erklären", entgegnete Johannes nur und lauschte wieder der Geschichte, die der Fluss den beiden Männern erzählte.

Schon verwandelte das frühe Abendlicht den Fluss in einen verzauberten Lindwurm und die Farben ließen eine Ahnung zu, dass der Herbst bald Einzug halten wollte. Die Sonne stand bereits weit im Westen, als sich die wiedergefundenen Freunde mit wenigen Worten voneinander verabschiedeten. Freundschaft brauchte nur wenige Worte, war sie doch eine enge Verwandte der Liebe.

Unvergleichlich schön war der Tag gewesen. Nichts gab es, was ihn noch schöner machen konnte. Das hatte sogar die Stimme begriffen und so versuchte sie gar nicht erst, ein Loblied auf eine schöne Flasche Wein am Abend anzustimmen.

*

Über Nacht hatten Regenwolken den Himmel mit tiefem Grau überzogen. Die Wolken konnten aber keinesfalls verhindern, dass Johannes den Tag freudig und dankbar begrüßte. Alles, was das Leben ausmachte, lag auch heute als Angebot vor ihm ausgebreitet. Nicht an jedem Tag waren frische Erdbeeren im Korb; hartnäckig versuchte sich fast täglich ein Stück verschimmeltes Brot besonders wichtig in den Vordergrund zu spielen. Und so würde es auch heute wieder sein. Aber Johannes hatte gelernt, mit Sorgfalt aus den vorhandenen Zutaten des Tages zu wählen. Damit reichte es fast täglich für ein schmackhaftes Mahl.

Wie süßer Honig floss heute die Oste direkt vor seinem Fenster und veredelte den Geschmack der Erinnerungen an den gestrigen Tag. Obwohl es keine feste Verabredung gab, war es ausgemachte Sache, dass der beinahe stumme Dialog mit Schrubber heute eine Fortsetzung finden würde, vielleicht sogar ein wenig wortreicher. Aber erst einmal wollte Johannes den gestern verpassten Rundgang durch das Dorf nachholen.

„Kleiner John an Logbuch", begann er gerade wieder sein heiteres Spiel von gestern, als er beschloss, auch dieses Kapitel seines Lebens endgültig abzuschließen. Sorgfältig bettete er den Kleinen John in die Erde des Friedhofs seiner Erinnerungen, direkt neben den krummbeinigen Lumpi. Beide blieben für immer ein Teil seines Lebens, sollten aber fortan nicht mehr seine Schritte lenken. Seitdem er nicht mehr trank, konnte er selbst die Verantwortung für sein Leben übernehmen. Johannes Wüst war bereit dazu, den kleinen Ort so zu sehen, wie er ihn heute fand. Liebevoll dachte er an die Worte seiner Mutter: Die Menschen hier würden auch nicht anders sein, als die Menschen dort.

„Einzigartig in ihrer Lebensgeschichte und unvergleichlich", fügte Johannes noch seine eigenen Gedanken hinzu, bevor er sich zum Aufbruch fertig machte. Auch in Osten würde er Menschen finden, die im ewigen Kampf zwischen Liebe und Angst durchs Leben taumelten. Liebe und Angst, mehr gab es nicht. Auch in Osten würde er Menschen finden, die die Angst mit machtvollen Worten täglich schürten und den Vergleich anfeuerten, um sich selber größer zu machen. Auch hier würde er Menschen finden, die die ewige Sehnsucht nach dem Ursprung in sich trugen, die ewige Sehnsucht nach der Liebe. Auch hier würde er Menschen finden, die bereit waren, im Namen vermeintlicher Liebe manchen Verrat zu begehen und manch unlauteren Handel abzuschließen. Auch hier würde er Menschen finden, die lieber an Ersatzgötter glaubten, als die Größe in sich zu erkennen, die eigene Größe. Größe ohne Tamm Tamm.

Auch hier würde er Menschen finden!

Zum ersten Mal in seinem Leben begriff Johannes die Worte seiner Mutter und ging nachdenklich zur Tür. „Johannes an Logbuch", sprach er „bin bereit zur Landung."

Im gleichen Moment klopfte es an die Haustür, und die Frau, die ihm gestern das Haus vermietet hatte, hielt ihm eine Tüte mit frischen Brötchen entgegen. „Wenn man es nicht besser wüsste, hätte man gestern aus einiger Entfernung glauben können, dass Peter mit Ihnen gesprochen hat. Aber Wunder gibt es ja leider nicht. Es geht mich ja nichts an, aber aus der Ferne sah es doch tatsächlich fast so aus, als ob zwei alte Freunde auf der Bank sitzen und miteinander plaudern."

Ungebeten war sie ein paar Schritte ins Haus getreten und wartete auf eine Erklärung. Als Johannes jedoch unerwartet schwieg, fuhr sie mit einem verschwörerischen Augenzwinkern fort: „Sie müssen wissen, dass der Kerl vor zwei Jahren verrückt geworden ist. Spricht kein Wort mehr. Also seien Sie vorsichtig. Er sitzt jeden Tag auf der Bank. Man kann ja nie wissen. Aber eigentlich ist er harmlos. Ich wollte es Ihnen nur gesagt haben." Sich suchend in der Wohnung umblickend fügte sie noch erklärend hinzu: „Nicht dass Sie denken, die Ostener sind alle so. Hier wohnen ganz normale Menschen."

„Ja, ich weiß“, entgegnete Johannes „die Menschen hier sind auch nicht verrückter als anderswo. Danke für die Brötchen.“

Etwas unwillig gab die Frau den Weg frei und begleitete den wortkargen Johannes noch ein Stück die Deichstraße entlang. Sie hatte ein klein wenig mehr Dankbarkeit erwartet und leicht besorgt dachte sie, dass sie sich womöglich eine Laus in den Pelz gesetzt habe. Bloß nicht noch ein Verrückter. Sie würde ein waches Auge auf das Geschehen haben.

„Hier im Dorf kriegt man kaum noch was, es gibt kaum noch Läden. Zum Einkaufen müssen Sie rüber in den Supermarkt“, erklärte sie Johannes und bog dann in einen Gang ein. Erst jetzt bemerkte Johannes, dass er vor dem Haus stand, in dem er die letzten Tage seiner Kindheit gelebt hatte. Doch selbst hier ruhten die Geister der Vergangenheit. Reichlich mit Blumen geschmückte Fenster gaben dem Haus eine freundliche Gegenwart.

*

Als Johannes nach einer Stunde schwer mit Einkäufen beladen zurückkehrte, hatte er ein freundliches Dorf durchwandert, in dem es alles gab, was das Leben ausmachte. Nicht mehr und nicht weniger. Überrascht hatte er festgestellt, wie klein der alte Ortskern war, in dem er aus seiner Kindheit noch jeden Stein zu kennen glaubte und der ihm damals so groß vorgekommen war.

Tatsächlich waren die meisten Schaufenster der alten Geschäfte, an denen er sich früher die Nase platt gedrückt hatte, leer oder gänzlich verschwunden. Besonders das Fehlen des Spielzeugladens, der so oft – besonders in der Vorweihnachtszeit - seine Träume beflügelt hatte, gab Johannes einen Stich. Wovon die Kinder heute wohl träumen, überlegte er, und es ihm fiel seine eigene Tochter ein. Zu Weihnachten wünschte sie sich eines dieser kleinen Telefone, hatte sie ihm auf einer Postkarte mitgeteilt, die er überraschend bei seiner Rückkehr von der Ostsee vorgefunden hatte. Ihre Freundinnen hätten schon alle das neueste Modell. Ihres sei dagegen „voll peinlich“, aber ihre Mutter wolle ihr einfach kein Neues kaufen. Er würde sie sicher besser verstehen!

Voll freudiger Erwartung hatte Johannes begonnen, die Karte zu lesen, aber der Wunsch enttäuschte ihn. Bettina hatte ihre Lektion gelernt und versuchte, die Gunst der Stunde zu nutzen, hatte Johannes gedacht und es hatte ihn fast zerrissen. Am liebsten wäre er sofort in einen dieser kleinen Läden gerannt, um sich ihre Zuwendung zu erkaufen. Aber Glück war nicht käuflich, zwang er sich, sein Wissen auch anzuwenden. Schweren Herzens hatte er ihr geantwortet, dass es bis Weihnachten noch sehr lange hin sei und sie gefragt, ob sie sich denn ein Treffen mit ihm wünsche – sei es in Frankfurt oder in Hamburg. Eine Antwort stand noch aus.

Mit diesen Gedanken etwas beschwert, hatte Johannes seinen Weg durch das Dorf fortgesetzt. Dort, wo er gestern Morgen noch endlos lange Reihen duftender Apfelbäume vermutet hatte, fand er nur bebaute Fläche. Häuser und Gärten waren entstanden, die auch alle im Rosen-Tulpen-Nelken-Weg am Stadtrand hätten stehen können. So waren seine Gedanken wieder bei Schrubber gelandet. Er wollte ihn nicht verpassen.

Als er zum Haus kam, saß Schrubber bereits auf der Bank, und Johannes war für einen Moment unsicher, ob der Freund ihm in die gemietete Wohnung folgen mochte. Beim Näherkommen erkannte Johannes jedoch, dass Schrubber einen Sack über den Rücken geworfen hatte und ihn aus verschmitzten Augen ansah. „Sie glauben sowieso, dass ich verrückt bin“, gab er nur eine kurze Erklärung.

„Erst einmal frühstücken wir“, hatte Johannes entschieden, und kurze Zeit später erfüllten Ruhe und ein herrlicher Kaffeeduft das kleine Blockhaus.

Als schon der letzte Schluck in den Tassen kalt wurde, setzte Schrubber plötzlich zum Sprechen an, und Johannes erkannte sofort, dass er albern seine Mutter nachäffte: „Mit vollem Mund spricht man nicht.“ Lachend lagen die beiden Freunde sich in den Armen.

Und plötzlich an die wunderbaren Janosch-Geschichten vom kleinen Bären und dem Tiger denkend, die er Bettina so oft vorgelesen hatte, fragte Johannes: „Sag Schrubber, ist das Leben nicht unheimlich schön?“ Ein kleines Zögern lag in der Luft, bevor die Antwort kam, die nur ganz leicht verändert war: „Ja, heute ist es ganz unheimlich und schön.“

Lange schaute Johannes den Freund an, bis er schließlich sprach: „Es gibt nur heute Peter. Jetzt. Alles andere ist nur in unseren Köpfen lebendig. Die Vergangenheit lebt nur als schöne oder unschöne Erinnerung in uns und Zukunft als freudige oder angstmachende Erwartung.“

Die Gegenwart aber ist der Raum für die Liebe, auch wenn die Angst in den Köpfen sie ständig mächtig bekämpft, fügte er in Gedanken noch hinzu, denn er traute sich nicht, dem Freund gegenüber von Liebe zu sprechen.

Mit Schaudern hatte er sich heute an einen Tag in seiner Kindheit erinnert, als seine Mutter ihn im Morgengrauen geweckt hatte, weil ein Haus auf dem Deich von schwer bewaffneten Polizisten und bellenden Schäferhunden umstellt war. Die Vermutung lag nahe, dass ein schlimmes Verbrechen geschehen war, aber dann stellte sich heraus, dass man in dem Haus zwei Männer vermutete, die sich liebten.

„Diese Tiere sollte man vergasen“, hatte Johannes an diesem Tag wiederholt im Dorf gehört, meistens von Männern, die sich noch vor wenigen Jahren bereitwillig und stolz zu den selbsternannten Herrenmenschen gezählt hatten, aber seit Jahren vorgaben, damals von allem nichts gewusst zu haben. Wie machte die Angst vor der unbekannten Liebe sie wieder zu Bestien. Wie leicht konnte man sich über die Liebe erheben, wenn man mit den Hunden bellte. Menschen. Tiere. Unmenschen. Untiere. Unmenschliche Tiere. Tierische Unmenschen.

Menschen!

Immer wieder nahm die Vergangenheit einen neuen Anlauf, den Tag zu verdunkeln, aber heute rissen sich die beiden Männer los und setzten ihren gemeinsamen Weg fort, den sie vor 39 Jahren unterbrochen hatten.

*

Kaum hatten sie das Dorf hinter sich gelassen, begann Schrubber zu sprechen, als wäre eine versiegte Quelle in ihm wieder zum Leben erweckt worden. Als wolle er die gesamte Kindheit noch einmal durchleben, reihte er einen Tag an den nächsten, eine freundliche Erinnerung folgte auf die andere, obwohl die gemeinsamen Schuljahre alles andere als rosig für Schrubber gewesen sind. Nicht selten hatten die Lehrer ihn vor der Klasse als hoffnungslosen Fall gebrandmarkt und Beispiele seiner mangelhaften Rechtschreibung genüsslich zur Schau gestellt, damit sich die Mitschüler lachend über ihn erheben konnten.

„Wenigstens in Mathe hat mir der alte Müller immer eine Chance gegeben, wenn ich beim Kopfrechnen wieder als einer der letzten in der Bank stand. Er hat mir vorher zugezwinkert und dann immer die gleiche Aufgabe genommen: 19 mal 19. Da war ich unschlagbar. Schneller war unmöglich. Ich kannte die Antwort schon vor der Frage. Heute würde man sagen, ich war der Superstar", erinnerte sich Schrubber lachend. „Ja, an mir solltest du dir immer ein Beispiel nehmen", ergänzte Johannes die Erinnerung an Schrubbers tägliche Demütigungen.

Jahr für Jahr hatten die ungleichen Schüler die hölzerne Schulbank miteinander geteilt und erinnerten sich jetzt auch an Tage, an denen sie sich gegenseitig die Hefte mit Tinte vollgekleckst hatten. Nicht selten hatte Johannes bei der Aufklärung des Vergehens allein die Schuld dafür auf sich genommen, um Schrubber wenigstens davor zu bewahren, dass auch noch seine Mutter ihm die Ohren lang zog, wenn er mit Tintenklecksen und Eselsohren im Buch nach Hause kam.

Nur beim Schlagballspiel, das den ganzen Sommer über die Sportstunden füllte, galt der kräftige Abschlag Schrubbers etwas, und sogar die Jungen aus den höheren Klassen hatten sich darum gerissen, in seiner Mannschaft zu spielen. Bei der Mannschaftswahl hatte Schrubber aber immer wieder bereitwillig den Sieg der eigenen Partei aufs Spiel gesetzt, indem er sich bei jeder Wahl an erster Stelle für den sportlich weniger begabten Freund entschied, wohl wissend, dass Johannes immer wieder eine Mitschuld zugeschrieben wurde, wenn das Spiel verloren ging.

„Beim Schlagball warst du 'ne echte Katastrophe. Ich glaube, du hast nicht ein einziges Mal den Ball getroffen", neckte er jetzt Johannes. „Dafür durfte ich dann aber immer bei den Hausaufgaben abschreiben", ergänzte er breit grinsend.

Wann immer Schrubbers Mutter es erlaubt hatte, hatten die Jungen nach der Schule bei Johannes am Küchentisch gesessen, um so schnell wie möglich die Schulaufgaben zu erledigen, damit sie es sich dann am Nachmittag in der Hütte im Schilffeld gemütlich machen konnten. Hier hatten sie erste zarte Gedanken über die Mädchen der Klasse ausgetauscht und sich in die bevorstehende Welt der Männer hineingedacht. Oder sie hatten sich einfach nur über ihre Mütter und Väter beschwert: „Manchmal habe ich mir gewünscht, so eine Mutter wie du zu haben, Johannes, nicht so eine Meckerziege, und du hast mich dann immer damit getröstet, dass mein Alter wenigstens nicht so oft besoffen ist wie deiner."

Von Zeit zu Zeit hatten sie sich auch dem Cowboy- und Indianerspiel der Jungen im Dorf angeschlossen, und ein wenig stolz erinnerte Schrubber sich jetzt daran, wie er einmal Prügel der Cowboys bezogen hatte, weil er dem feindlichen Indianer Johannes zur Flucht verholfen hatte. Elender Verräter! Nie mehr waren die Freunde danach gegeneinander angetreten, lieber hatten sie auf das Spiel verzichtet, wenn sie nicht in eine Mannschaft gewählt wurden.

„Am schönsten war es aber immer, wenn wir im Außendeich unterwegs waren. Einmal haben wir Konservendosen mit Bohnen gefunden und über einem Lagerfeuer gekocht, weißt du noch? Wir haben uns vorgestellt, dass ein Piratenschiff im Sturm gekentert sei und waren uns ganz sicher, dass irgendwo im Außendeich eine Schatztruhe liegt. Nach jedem Sturm haben wir fette Beute gemacht", schwärmte Schrubber.

Nur einmal widersprach Johannes, als Schrubber behauptete, für jede Schnapsflasche habe es zehn Pfennig Pfand gegeben. „Nein, nicht für jede. Nur für die, die ein Wappen mit einem Wildschwein ins Glas eingeschmolzen hatten." Mit Schnapsflaschen kannte Johannes sich besser aus als Schrubber und konnte sich eine schmerzhafte Bemerkung nicht verkneifen: „Irgendetwas lernt schließlich jeder von seinem Vater." Diesmal war es Schrubber, der den Freund lange nachdenklich anschaute.

Mehr als eine Stunde waren die beiden Männer so unterwegs, bis Schrubber nur noch heisere, ganz leise Töne hervorbrachte. Inzwischen hatte er sogar die Herkunft ihrer Spitznamen aufgeklärt, und Johannes musste eingestehen, dass er den ungeliebten Hundenamen – wenn auch gänzlich unbeabsichtigt - seiner Mutter zu verdanken hatte. Nach einer Kaffeetafel anlässlich der Einschulung von Johannes hatten die Frauen sich köstlich darüber amüsiert, dass der kleine Junge heimlich die Likörgläser ausgeleckt hatte. „So ein Lump", hatte Schrubbers Mutter entsetzt ausgerufen und Martha wollte ihren Sohn eigentlich nur in Schutz nehmen, als sie einwendete, dass er kein Lump sei, höchstens ein ganz kleiner. „Na dann eben ein Lumpi", hatte eine andere Frau lachend eingelenkt und so den Namen auf Jahre im Dorf festgeschrieben. Es war so eine Sache mit dem vermeintlichen Hundeleben!

Schrubber dagegen verdankte seinen Namen einer tollkühnen Schlittenfahrt vom Deich. Auf dem Bauch liegend und nur mit den Füßen lenkend, hatte er die vereiste „Todeskurve" der älteren Jungen gemeistert, die nach der zu überquerenden Straße noch steil abfallend auf einen zugefrorenen Graben führte. Die Fahrt endete zwar unter dem Grölen und Lachen der Zuschauer schmerzhaft an einem überhängenden dicken Ast, aber der Anführer der Älteren hatte anerkennend durch die Zähne gepfiffen und Schweigen geboten. Mit schneidender Stimme hatte er erklärt: „Ihr Memmen, so fährt einer, der mal ein echter Schrubber werden will. Nicht so ein Angsthase." Ohne einen Namen zu nennen hatte er in die Runde geschaut. Beschämt hatten alle Jungen zu Boden geblickt und sich vorgenommen, es beim nächsten Mal besser zu machen. Schrubber aber hatte seinen Namen bekommen, der einem Adelstitel gleichkam. Von höchster Autorität öffentlich verliehen, übersprang Schrubber dadurch gleich mehrere Plätze in der ungeschriebenen Rangfolge des Dorfes.

So in Erinnerungen schwelgend, war der Sack über der Schulter leer geblieben. Gegenüber vom alten Hafen der Zementfabrik setzten die Männer sich auf eine Bank und hingen jetzt wieder schweigend ihren Gedanken nach. Nach einiger Zeit war es jedoch wieder der seit zwei langen Jahren nicht mehr Sprechende, der die stille Übereinkunft unterbrach: „Den ersten beiden stand die pure Angst ins Gesicht geschrieben. Es war ganz schrecklich für mich, weil ich absolut nichts machen konnte. Aber mein Leiden war wenig, verglichen mit der Angst, die ich in ihren Gesichtern gesehen habe. Es war, als könne ich durch ihre Augen in sie hinein sehen. Sie waren gänzlich ausgefüllt mit Angst. Angst – mehr gab es nicht."

Johannes konnte nur vermuten, dass Schrubber mit Lisan gesprochen hatte, denn ganz offensichtlich ging er davon aus, dass Johannes die Ereignisse der letzten Jahre kannte und so wartete er ab, ob der Freund auch das weitere Geschehen aufgreifen wollte. Aber offenbar war die Zeit dafür noch nicht gekommen.

Es gab keinen Grund zur Eile, auch wenn der Kopf sich heute immer wieder gegen das lange Schweigen aufbäumen wollte. Schon rasten in Johannes wieder die Gedanken und suchten nach einer wortreichen Erklärung für das eigene, fast weggeworfene Leben, schon wollten sie Schrubber erklären, was nicht einfach zu erklären war. Doch es war wieder Schrubber, der das Schweigen brach.

„Du brauchst nichts zu erklären. Lisans Mutter hat getrunken und trinkt wohl immer noch, wenn sie noch lebt. Wir wissen seit ein paar Jahren nichts mehr von ihr. Lisan glaubt, dass sie zu den Fischen ins Wasser gegangen ist. Ihre Mutter hat gehofft, irgendwo am Mittelmeer mehr Glück zu finden, als hier bei uns. Der Typ, mit dem sie über Nacht weggegangen ist, war reich und fuhr einen roten Sportwagen. Er hat ihr den Himmel auf Erden versprochen. Zuerst wollte er sie zum Filmstar machen und als das nichts geworden ist, hat er ihr versprochen, oben auf der Fähre ein Restaurant mit Aussichtsplattform zu errichten. Damit die Kinder beim Essen nicht stören, wollte er für sie eine Wasserrutsche bauen. Die höchste Fährrutsche der Welt! Sie würden den Touristen damit das Geld säckeweise aus der Tasche ziehen, hat er ihr in den Kopf gesetzt und sie war nur zu bereit, ihm alles zu glauben.

Sie war eine Zeit lang ein attraktives Spielzeug für ihn. Er war für sie ein Gott, der sie aus der Finsternis führen sollte. Sie wollte ihm einfach glauben, auch noch den allergrößten Blödsinn. Das kleine Dorf war ihr nie genug. Lisans und meine Liebe auch nicht. Sie hat immer gesagt, woanders sei alles viel leichter und besser und sie habe etwas sehr viel Besseres verdient als einen Lokomotivführer. Der sei etwas für die Puppenkiste, sie aber wolle richtig leben, nicht wie eine Marionette, die immer nur von anderen am Faden hin- und hergezogen wird.

Mit dem, was wir hatten, war sie nie zufrieden. Sie wollte immer mehr. Auf einem Zettel, den sie uns in der Küche zurückgelassen hat, stand nur: Champagner ist das Einzige, was zählt."

Du brauchst mir nichts vormachen, ich kenne die Zeichen, hörte Johannes die Stimme Lisans und fügte ein wenig traurig seine eigenen Worte hinzu: Für Schnaps hat Lisans Mutter die Liebe verraten. Seinem Freund aber sagte er: „Tanzen wir nicht alle an unsichtbaren Fäden?" Unweigerlich landete er darüber in Gedanken bei seiner geschiedenen Frau und erinnerte sich daran, dass die Karte von Bettina einen Nachsatz hatte: „PS, Mama und Norbert haben wieder Streit. Mama hat Angst, dass er eine Jüngere hat."

Dann musste er an seine Tochter denken, die doch auch schon am Ende ihrer Kindheit stand. Wie sollte sie einen aufrechten Weg durchs Leben finden, wenn doch überall die Angst auf sie lauerte? Gab es eine Möglichkeit, einen neuen Weg einzuschlagen? Wie meisterte Schrubbers Tochter ihr Leben? Ein Gebirge aus Fragen türmte sich vor Johannes auf, aber seine Möglichkeiten, heute Antworten zu finden und etwas zu verändern, waren begrenzt. Neben Schrubber sitzend, sprach er die Worte, die er in der Gruppe in Hamburg so oft gehört hatte: „Mögen wir die Gelassenheit finden, hinzunehmen, was wir nicht ändern können, aber vor allem den Mut und die Kraft, zu ändern, was uns möglich ist."

„Ja", sagte Schrubber „das ist der einzige Weg. Aber nicht immer ist es einfach, eine Unterscheidung zu treffen."

In stiller Übereinkunft machten sie sich auf den Rückweg und, sich wieder an uralte Zeiten erinnernd, suchten sie danach, was der Fluss ihnen gab. Schrubbers Interesse galt angeschwemmten Holzstücken, und nicht weit vor dem Dorf fanden sie einen angetriebenen knorrigen Baumstamm, den er von allen Seiten sorgfältig prüfte.

„Vielleicht gelingt es mir damit", sagte er, versonnen auf das nasse Holz blickend. Und als Johannes ihn fragend anschaute, fügte er noch hinzu: „Ich habe in den letzten zwei Jahren viel mit Holz gearbeitet. Worte für das, was ich beim letzten Mal gesehen habe, gibt es nicht. Es war nicht nur Angst. Aber ich kann es nicht erklären. Es war so… Vielleicht kann ich es ohne Worte sichtbar machen. Aber es braucht Zeit. Erst einmal muss das Holz gut trocknen."

Gerade hatte die Flut ihren Höchststand erreicht und ruhte einen Moment, um in den nächsten sechs Stunden im völligen Einklang mit dem Lauf des großen Rades wieder dem Meer zuzustreben, so wie es seit ewigen Zeiten geschieht. So war es lange vor den Menschen und so wird es auch nach den Immer-mehr-Menschen sein.

„Alles hat seine Zeit", sagte Johannes nur. „Allein die Menschen glauben, sie könnten alles abkürzen."

*

Wie ein Lauffeuer hatte sich im Dorf die Nachricht verbreitet, dass Schrubber wieder spreche, und nicht wenige Menschen mochten an ein Wunder glauben. Selbst der Pastor, der in seiner Sonntagspredigt eigentlich davon sprechen wollte, wie das Wasser sich auf der Hochzeit zu Kana wunderbar in Wein verwandelt habe, änderte seine Predigt, und die gläubigen Kirchenbesucher lauschten mit glühendem Herzen dem Gleichnis vom verlorenen Sohn.

Ungewollt sorgten die Worte des Pastors allerdings an den geheiligten sonntäglichen Mittagstischen für manchen heftigen Streit darüber, ob nun Schrubber oder Johannes zum Vater zurückgefunden habe, denn längst hatte sich auch herumgesprochen, dass Johannes ein altehrwürdiger Sohn des Dorfes war, der vielleicht sogar zum Helden tauge. Ganz der Vater!

Nur wenige Alte im Dorf erinnerten sich noch persönlich an Herrmann Wüst und die Gerüchte, die es damals um seinen Tod gegeben hatte, lebten kurzzeitig wieder auf. Aber wer wollte nach so langer Zeit noch oder wieder mit Steinen werfen?

Viel lieber ließ man Herrmann, den Helden, auferstehen, der das Dorf fast im Alleingang vor der Flut gerettet hatte und damals als Zeichen der tiefen Dankbarkeit der Dorfgemeinschaft seine letzte Reise mit der Schwebefähre antreten durfte. Niemanden gab es unter den noch lebenden Männern und Frauen, der oder die damals nicht in vorderster Reihe mit auf der Gondel dabei gewesen sein wollte. Selbst Dorfbewohner, die damals dem Alter nach wohl kaum laufen konnten, erinnerten sich plötzlich in vielen Einzelheiten an das einmalige, großartige Ereignis und schmückten es mit einer prächtigen eigenen Realität aus. Es war so eine Sache mit den alten Geschichten, die vom Glauben lebten, und die Menschen hier im Dorf waren nicht anders, als die Menschen anderswo.

Zwar beäugte man zunächst auch ein wenig misstrauisch den Müßiggang der beiden Männer und es gab sogar böse Zungen, die versuchten, die eigene angsterfüllte Fantasie als durchaus mögliche Realität in die Köpfe der Nachbarn zu pflanzen, aber wo immer man Schrubber und Johannes tatsächlich begegnete, fand man nichts als stille Freundlichkeit, die alle in die Welt gesetzten Gerüchte schnell wieder verstummen ließ.

Die rasch ins Land ziehenden Tage verbrachten die Freunde damit, dem jeweils Anderen das eigene Leben zu enthüllen und mit sorgfältig gewählten Worten sichtbar zu machen. Keinen Tag wurden sie müde, auf ihren langen Wanderungen dem Lauf des Flusses zu folgen. An manchen Tagen saßen sie lange Zeit still am schilfigen Ufer im Außendeich und lauschten dem Klang des Wassers, das doch in jedem Kopf eine ganz eigene Melodie spielte. Am späten Nachmittag jedoch zog es Schrubber täglich, und fast immer urplötzlich, in seine kleine Werkstatt, um dort den getrockneten groben Holzklötzen fein geschliffene Konturen zu geben.

So waren inzwischen fast drei Wochen vergangen, in denen Johannes tiefen Frieden fand. Mehr konnte es nicht geben, empfand er jeden Morgen aufs Neue beim Aufstehen und dankte dem Gott, den er als größer als sich selbst erkannt und anerkannt hatte, für das einzigartige Geschenk des Lebens. So war es auch an diesem Morgen.

Gott. Größer ohne Tamm Tamm.

Größer war einfach.

Aber größer und trotzdem unvergleichlich ging für die meisten Menschen gar nicht, dachte Johannes. Das gab die Sprache einfach nicht her. Die Sprache duldete diesen Widerspruch in sich nicht. Größer diente dem Vergleich. Größer hieß, anzuerkennen, dass man selber kleiner war. Alles Andere war falsch; die Lehrer hatten es oft genug angekreidet.

Es gab da etwas, für das es im menschlichen Denken kein Wort gab. Es gab Größer, ohne klein zu machen! Die Wörter konnten nur Bekanntes beschreiben. Wiederkauen!

„Worte für das, was ich beim letzten Mal gesehen habe gibt es nicht“, erinnerte sich Johannes daran, was Schrubber gesagt hatte. Einen weiteren Erklärungsversuch hatte er bis heute nicht unternommen, und Johannes hatte ihn nicht dazu gedrängt.

Es gab eine Grenze der menschlichen Vorstellungs-kraft und keine Sprache der Welt konnte erfassen, was jenseits dieser Grenze kam. Es gab eine Begrenztheit der menschlichen Sinneswahrnehmung, und keine Sprache der Welt konnte beschreiben, was in anderen Welten längst sinnlicher Alltag sein mochte.

Unvorstellbar diesseits der Grenze gab es nicht. Aber bei jedem Versuch, sich das Unvorstellbare vorzustellen, fügte der Verstand nur Altbekanntes zu neuen Mustern zusammen. Aus dem weiten Ozean wurde vielleicht ein Meer aus Farben und Tönen. Die schroffen Felsen des Gebirges wurden durch Berge von Marzipan ersetzt und in den Flüssen ergossen sich Milch und Honig. Tiere oder sogar Bäume konnten plötzlich sprechen. Aber neu und unbekannt war daran nichts.

Diesen Gedanken nachhängend, stellte Johannes sich vor, wie ein Neandertaler vor seiner Höhle saß und unablässig überaus wichtig in sein kleines Telefon brabbelte, um dann noch wichtigeren Antworten zu lauschen. Für die Mitneandertaler wäre Unvorstellbares geschehen. Ein Wunder!

Die Menge hätte ihn gerne zum allmächtigen Gott ernannt, aber der um seine Macht fürchtende Anführer hätte voller Angst gegrunzt: „Teufelszeug! Verbrennt ihn, bevor er uns alle ins Unglück stürzt."

Plötzlich unsicher geworden, trat Johannes ans Fenster und schaute auf den Fluss. War der angsteinflößende Teufel nicht erst viel später ins Leben der Menschen gekommen? Von späteren Anführern geboren, die um ihre Macht fürchteten?

Er nahm sein kleines Buch heraus, das jetzt wieder sein ständiger Begleiter war, so wie früher auf der Insel, die dem Paradies auf Erden so nah kam, und schrieb hinein: „Alles hat seine Zeit. Zukunft gibt es nur in den Köpfen der Menschen und ist nichts anderes als freudige oder angstvolle Erwartung in Worten der Vergangenheit. Zukunft ist die erwartete Gegenwart! Nichts, was es in der Vergangenheit einmal gab, verschwindet wieder, solange es ein Wort dafür gibt.

Jedes Kind kennt heute Dinosaurier, die vor so vielen Millionen Jahren gelebt haben, aber kein Tier kann sich an sie erinnern. Die Angst der Menschen vor den riesigen Urtieren ist erst mit dem Wort entstanden. Kein Neandertaler hatte Angst vor den ‚schrecklichen Echsen'. Kein Neandertaler kannte ein Wort für die kleinen Telefone, die heute so wichtig fürs Leben geworden sind. Kein Neandertaler hatte Angst davor, nicht das neueste Modell zu besitzen. Die Zukunft, unser tägliches Leben, war für ihn nicht vorstellbar, weil er eine solche Gegenwart nicht erwarten konnte.

Nur für das, was wir kennen, gibt es Wörter. Etwas Unbekanntes hat keinen Namen. Aber heißt das in der Umkehrung auch, dass es etwas nicht gibt, nur weil wir kein Wort dafür haben? Einen Blinden kennt jeder, aber was ist mit dem Bluxten? Schon rattert es bei jedem von uns im Gehirn und Altbekanntes wird in den Köpfen fantasievoll neu zusammengefügt. Marsmenschen entstehen! Warum aber soll es irgendwo da draußen im Universum keinen unvorstellbaren Bluxten geben?"

Sein Blick folgte der Strömung des Flusses, als erwarte er von ihm eine Antwort und blieb im grünen Stahlgerüst der Schwebefähre hängen. Johannes musste herzhaft lachen. Immer wieder hatte er in Hamburg erfahren, dass kaum jemand wusste, was eine Schwebefähre ist.

„Kommen damit die grünen Männchen auf die Erde geschwebt?", hatte ein Kollege einmal belustigt gefragt. Kaum jemand in der großen Stadt, die die Heimat so vieler unerfüllter Träume war, konnte mit dem Wort etwas anfangen. Aber niemand war sich so sicher wie Johannes, dass die Schwebefähre trotzdem wunderbare Wirklichkeit war. Gegenwart. Heute.

„Dieser Neandertaler", scherzte er in Gedanken an den einstigen Kollegen, um sogleich in sein Büchlein zu schreiben: „Für das Einzigartige sind Wörter nicht immer ausreichend. Was eine Brücke ist, weiß jedes kleine Kind auf der ganzen Welt. Aber manchmal gibt es auch andere Verbindungen."

Gerade hatte er den Stift aus der Hand gelegt, als es klopfte und Schrubber vor der Tür stand. Lange saßen sie nach dem gemeinsamen Frühstück am Tisch und tauschten ihre Gedanken aus, lange unterhielten sie sich an diesem Tag darüber, dass die Immer-mehr-Menschen keine Zufriedenheit mehr fanden, weil sie niemals genug hatten. Überall wurde das Feuer pausenlos geschürt und neue Feuer wurden entfacht. Alles war machbar und erlaubt, wenn nur die Kasse stimmte. Immer zahlreicher und mächtiger wurden die Jünger des Machbarkeitswahns und niemand hatte mehr die Kontrolle darüber. Hauptsache aus Scheiße wurde Gold. Immer schneller raste der Zug und ließ immer mehr verkümmerte Seelen zurück. Besonders verkümmerte Kinderseelen, waren die Männer sich einig und machten sich noch lange unentschlossen Gedanken darüber, ob die kurze Geschichte der Menschheit jemals anders verlaufen sei, und ob der Zug nicht vor dem Abgrund immer rechtzeitig eine Weiche gefunden habe.

Schließlich hatte Schrubber leicht ironisch zum Aufbruch gemahnt: „Ein Süchtiger und ein Lokomotivführer sind nicht dazu da, die Welt zu erklären. Sie wären ideale Kandidaten für eine dieser menschenunwürdigen Talkshows, die heute den ganzen Tag über im Fernsehen laufen. Du könntest wie ein richtiger Penner auftreten. Das lieben die Leute. Das lässt sie selbst viel größer erscheinen. Es kann gar nicht peinlich genug sein. Mir verpassen sie wahrscheinlich eine ölverschmierte, alte Uniform aus der Kostümkiste, damit alle Klischees auch wirklich stimmen. Wollen wir uns bewerben?" Lachend machten sie sich auf den Weg den Fluss entlang und kehrten erst zurück, als die Sonne sich schon tief geneigt hatte.

Lange hatte Schrubber heute dem Freund zugehört, als Johannes ihm ausführlich von den tiefsten Abgründen erzählte, die er im letzten Jahr als Süchtiger durchlebt hatte. Auch die Ereignisse an der Ostsee sparte er nicht aus. Wie befreiend war es für Johannes, nichts beschönigen zu müssen und Schrubber vergaß darüber sogar seine tägliche Arbeit in der Holzwerkstatt. Nein, eigentlich hatte er sie nicht vergessen, aber es gab heute einfach Wichtigeres.

Nur einmal widersprach er Johannes, als dieser ausschweifend den Wein auf eine Stufe mit der Sprache stellen wollte: „Mit dem Wein ist es ein wenig wie mit der Sprache. Köstlich und doch todbringend zugleich. Himmlischer Tropfen und teuflisches Gift. Mit der Sprache ist es ja nicht anders. Sie ist die einzigartige Möglichkeit, sich vom wilden Tier zu unterscheiden und genauso die einzigartige Möglichkeit, schlimmer als jedes Tier unter den Menschen zu wüten, wenn sie als scharfe Waffe in den Dienst der Macht gestellt wird. Auch die Sprache ist köstlich und alles vernichtend zugleich."

„Nein, Johannes, das ängstlich blökende Lamm, die turtelnde Taube und der brüllende Löwe wohnen nebeneinander in jedem

Menschen, aber für dich gibt es keinen köstlichen Wein mehr, nur noch todbringenden. Du hast keine Wahl mehr. Kein Süchtiger, egal, wonach er giert, hat eine Wahl, wenn er den Zug nicht verlässt. Deine Worte aber kannst du sorgfältig wählen. Und manchmal wählst du sogar verdammt gute Worte! Köstliche Worte! Für mich muss ich einen anderen Weg finden. Mir helfen die Worte nicht weiter."

Lange Zeit saßen die Freunde danach noch schweigend am Fluss, bevor sie den Heimweg antraten. Plötzlich, es war schon spät, hatte es Schrubber eilig, doch noch in seine kleine Werkstatt zu kommen.

An diesem Abend erinnerte Johannes sich dankbar daran, wie die Bücher sein Leben einst bereichert hatten. Es war an der Zeit, das betrunkene Denken endlich auch hier vom Kopf auf die Füße zu stellen. Am Fenster zum Außendeich sitzend, erlebte Johannes wunderbar, dass in den Wörtern nicht nur die Angst wohnte, sondern auch die Liebe. Aber anders als die Angst, die erst durch den ständigen Vergleich so mächtig wurde, brauchte die Liebe nicht zwingend Worte, weil sie ganz ursprünglich in den Menschen zuhause war.

Wie reich machte es die Menschen aber, die Liebe durch Worte mit Anderen zu teilen!

Welch einzigartige Möglichkeit bot die Sprache, die eigene Liebe für andere sichtbar zu machen, dachte Johannes und sich so an lange vergessene Zeiten erinnernd, schlug er erneut sein kleines Heft auf und schrieb:

Jahreszeiten

mit dir
am Meer spazieren
im Sommer
wenn ich ein Sonnenstrahl
auf deinem nackten Bauch bin -
und du auf meinem

mit dir
am Meer spazieren
im Winter
wenn die Wintersonne scheint
und doch nicht wärmt
und ich deine wärmende Decke bin –
und du meine

mit dir
am Meer spazieren
im Herbst
wenn die Blätter fallen
und die Stürme toben
und ich dein schützender Mantel bin –
und du meiner

mit dir
am Meer spazieren
im Frühling
wenn die Knospen brechen
und du und ich
erblühen
in einem Meer
aus Zärtlichkeit

Gerade hatte Johannes den Stift aus der Hand gelegt, als es zu ungewohnt später Stunde an der Tür klopfte. Noch völlig in Gedanken, dauerte es geraume Zeit, bis Johannes das nicht erwartete Klopfen richtig eingeordnet hatte und den späten Gast durch lautes Rufen zum Eintreten aufforderte. Erst als sich die Tür auch nach einer weiteren Aufforderung nicht öffnete, sah er nach und fand vor der Tür ein kleines Päckchen mit seinem Namen darauf. Die etwas kindlich wirkende Schrift kam ihm merkwürdig vertraut vor, aber der Kopf weigerte sich, anzuerkennen, was so unwahrscheinlich war. Erst als eine kleine Rolle Pfefferminzbonbons sichtbar wurde, begann der Verstand, den eigenen Augen zu trauen. Wie lange hatte er nicht mehr an die Tochter des Kaufmanns gedacht!

Mit klopfendem Herzen entfernte Johannes das Papier und hielt ein grün gestrichenes Stück Holz der alten Fährbude in der Hand, in das mit ungelenken Fingern ein Herz eingeritzt war, in dem zwei Buchstaben standen: J + C. Ein Pfeil, der ganz offensichtlich eine andere Handschrift trug, besiegelte die ewige Verbindung.

Ungläubig las Johannes die wenigen Worte auf der Rückseite einer beigefügten Fotografie, auf der die Fährbude in Trümmern lag. Auf der Rückseite aber stand:

09. September 2001
Gerettetes Herz! Manchmal dauert die Ewigkeit 14224 Tage.

Lange stand Johannes am Fenster und schaute auf den Fluss. Wie stählerne Sprossen einer Leiter verloren sich die Stahlträger der Schwebefähre im dunklen Himmel.

„Gibt es manchmal auch andere Verbindungen", fragte Johannes den Fluss, konnte die Antwort aber nicht verstehen, weil sein Herz so laut klopfte.

3. Die Tochter des Kaufmanns

Mit einem schelmischen Grinsen im Gesicht und einer Brötchentüte in der Hand stand am nächsten Morgen Schrubber vor der Tür, um Johannes mitzuteilen, dass er den gestern versäumten Tag gerne allein in der Holzwerkstatt nacharbeiten möchte. Doch fadenscheinige Worte machten schnell deutlich, dass etwas ganz Anderes dahinter steckte.

„Du elender Lump, weißt es ganz genau", entrüstete Johannes sich und lachend lagen die Freunde sich in den Armen. „Wenn schon ein Lump, dann ein ganz kleiner. Ein kleiner Lumpi", scherzte Schrubber und ließ Johannes mit vier frischen Brötchen allein zurück. An der Tür drehte er sich noch einmal um und rief Johannes zu: „Am besten, du setzt schon mal Wasser auf. Sie trinkt Tee zum Frühstück." Nur knapp schlug die Tür vor dem heran sausenden Stuhlkissen zu.

Christina, die Tochter des Kaufmanns, wohnte seit vielen Jahren nicht mehr in Osten, wohl aber ihre alten Eltern, die sie von Zeit zu Zeit besuchte. So hatte sie auch rasch vom verlorenen Sohn Johannes erfahren, und so hatte sie auch erfahren, dass Schrubber wie durch ein Wunder wieder spreche und sich zunächst bei ihm, zu dem sie über die Jahre nur flüchtigen Kontakt hatte, nach Johannes erkundigt. Obwohl sie ihr Leben durchaus bodenständig gelebt hatte, waren nur ganz wenige Tage vergangen, an denen sie nicht in irgendeiner Weise an den Freund aus Kindertagen gedacht hatte, dabei immer wohl wissend, dass es den Menschen, den sie vor Augen hatte, nur ganz allein in der einzigartigen Welt gab, die sie in ihrem Kopf mit sich durchs Leben trug. Es war die ewige Sehnsucht nach erfüllter Liebe! Eine immerwährende, hoffnungsvolle Erwartung!

Dabei hatte sie nie vergessen, wie oft falsche Erwartungen sie schon enttäuscht hatten. Sie war durchaus keine Traumtänzerin.

Aber ein mit Worten nicht erklärbares Gefühl tiefster Vertrautheit und Zusammengehörigkeit hatte ihr immer die Gewissheit gelassen, dass Johannes ein ganz besonderer Mensch für sie sei. Und sie für ihn. Zwei einzigartige Teile eines Puzzles, die sich zu einem wunderbaren Ganzen fügten.

Ein flüchtiger Kuss am Ende der Kindheit und ein Stück Holz, das sie aus den Trümmern der Fährbude gerettet hatte, waren die einzige Realität, an der sie sich festhalten konnte, und manchmal hatte sie durchaus selbst an ihrem Verstand gezweifelt, wenn sie sich ihren Träumen hingegeben hatte und dabei Liebe für Johannes empfand. Ewige Liebe!

Ein einziges Mal hatte sie vor vielen Jahren versucht, mit einer Freundin darüber zu sprechen. Aber die hatte sie schnell für völlig verrückt erklärt. Und so hatte sie die Liebe fest in sich verschlossen und jahrelang eine Ehe geführt, um die sie so manche Freundin ganz offen oder heimlich beneidet hatte. Ihre Ehe, aus der zwei Kinder hervorgegangen waren, war nach außen ziemlich reich, aber nach innen nicht sehr erfolgreich gewesen. Lieblos!

„Bist du denn vollkommen wahnsinnig geworden, du hast doch alles, was eine Frau sich nur wünschen kann", hatte ihr Mann sie fassungslos angeschrien.

Wenige Monate vor der aufwendig geplanten Silberhochzeit hatte Christina sich kurz nach der Jahrtausendwende eine kleine Wohnung am Meer in Cuxhaven genommen, weil ihr schlagartig die jahrelange Einsamkeit in ihrer Ehe unerträglich geworden war. Die verbleibenden Tage bis zum Auszug waren eine kaum vorstellbare Hölle auf Erden für sie gewesen. Für ihren Mann hatte es nur eine einzige mögliche Erklärung gegeben: Es gab einen anderen Mann. Einen reicheren, einen erfolgreicheren. Oder noch schlimmer: einen, der besser im Bett war. Nur bei sich selbst wollte oder konnte er nicht schauen. Seinen eigenen Anteil am Ehedesaster wollte oder konnte er nicht erkennen. Es musste einen Schuldigen geben. Es musste jemanden geben, der die Verantwortung für die verkorkste Ehe trug.

Tagelang hatte er getobt, gedroht, ihre Post und ihre Schränke durchwühlt, um allen, die es hören wollten oder auch nicht, ihre Schuld am gegenwärtigen Desaster zu beweisen. Und als das erfolglos geblieben war, weil es ganz einfach keinen anderen Mann gab, hatte er den Spieß umgedreht, und von ihr immer wieder verlangt, dass sie eindeutig beweisen solle, was sie nicht getan habe. So wollte er nach dem Einkauf Beweise, dass sie sich nicht mit einem Mann getroffen habe. Nach dem nächtlichen Badbesuch sollte sie beweisen, dass sie nicht heimlich telefoniert habe. Die Eifersucht hatte ihn krank gemacht. Wahnsinnig.

Selbst die gemeinsamen Kinder, die schon ihr eigenes Leben in einer anderen Stadt lebten, sparte er in seiner gekränkten Eitelkeit nicht aus. Tage- und nächtelang hatte er versucht, sie gegen ihre Mutter aufzubringen und von ihnen eindeutige Partei verlangt. Und als auch dies erfolglos geblieben war und Christina ihren Entschluss, in die eigene kleine Wohnung zu ziehen, nicht änderte, hatte er sie schlicht für geisteskrank erklärt.

Das gemeinsame Haus am Stadtrand von Hamburg, dort wo die Straßen alle nach Goethe, Schiller oder anderen großen Dichtern und Denkern benannt waren und das gar nicht so weit vom Rosen-Tulpen-Nelken-Viertel entfernt lag, hatte Christina ihrem Mann freiwillig überlassen. Mochte er dort mit seinem Geld, das er über alles liebte, glücklich werden.

Trotzdem hatte er noch ganze Heerscharen von Anwälten damit beauftragt, jeden Pfennig aus dem Zugewinn zu retten, um die Kränkung durch die Trennung wenigstens in bare Münze umzuwandeln. Rache, ist das Einzige was zählt, war das Motto des schwer verletzten Menschen. Nichts, was rechtlich zulässig war, hatten die Anwälte ausgelassen, dabei ihr Honorar stets mehr bedenkend, als die Tatsache, dass es zwischen den geschiedenen Menschen auch ein Leben nach der Trennung gab.

Wie sehr hatte Christina sich gewünscht, eine gemeinsame Regelung zu finden, die allen, und besonders den Kindern, zu Gute kam, denn auch, wenn die Kinder schon erwachsen waren, litten sie heftig unter dem feindlichen Umgang.

Wenn der Sohn oder die Tochter einmal selbst Kinder bekämen, würden sie am selben Tag Großeltern werden, hatte Christina versucht, den Rachefeldzug ihres Mannes zu mildern. Das solle er doch bedenken, bevor er auch das letzte Tischtuch zerschneide, gab sie ihm zu bedenken. Aber seine Wut, die doch auch nur eine Ausdrucksform der Angst war, hatte ihn blind gemacht.

Ein Jahr und sieben Monate waren seither vergangen, in denen Christina ein neues Leben am Meer gefunden hatte. Die Arbeit in der Kindertagesstätte machte ihr Freude und wann immer sie konnte und die Gezeiten es zuließen, suchte sie die Ruhe im Watt vor Neuwerk.

Aber jetzt stand sie mit klopfendem Herzen vor dem kleinen Holzhaus auf dem Deich in Osten. Nicht weniger klopfte das Herz von Johannes, als er die Tür öffnete.

*

Mit Christina kam etwas in das kleine Holzhaus, das Johannes so noch nie erlebt hatte. Kaum hatte sie den Raum betreten, fühlte es sich an, als sei sie schon immer an seiner Seite durchs Leben gegangen. Und er an ihrer. Alles fühlte sich völlig vertraut an. Eine unerklärbare Nähe füllte den Raum vollständig aus. Keine Vergangenheit trübte den Augenblick, keine Zukunft ängstigte ihn. Es gab nur diesen Moment. Der Moment war einfach. Alles war in ihm enthalten, was das Leben ausmachte. Mehr gab es nicht.

„Schön, das du mich gefunden hast“, sagte Johannes mit sanfter Stimme. „Ja“, erwiderte Christina nur, „dabei habe ich gar nicht gesucht.“

Und sich wie die Kinder an den Händen haltend, saßen sie lange am Fenster und schauten durch den Garten im Außendeich auf den Fluss, der ganz bedächtig seine Bahn zog, so wie er es seit uralten Zeiten tat. Wie im Zeitraffer erzählten sie sich dabei die Kurzgeschichte ihres Lebens und erkannten einander. Es war, als hätten sie den Weg, den sie vor 39 Jahren verlassen hatten, endlich wiedergefunden. Keine einzige Sekunde zweifelten sie daran, dass sie die vor ihnen liegende Strecke von nun an gemeinsam gehen wollten.

„Sich an den Händen fassen, die Augen zumachen und losrennen. Daran, dass euch dieser Wunsch überfällt, erkennt ihr die Ankunft der Liebe", zitierte Johannes aus einem Gedicht von Alfred Andersch.

„Du Wortkünstler! Schrubber hat mir schon kurz davon erzählt, dass du für alles schöne Worte findest. Kein Wunder, denn früher in der Schule warst du ja auch schon ein richtiger kleiner Schlauberger. Aber kannst du auch guten Tee kochen? Außerdem habe ich jetzt einen Bärenhunger", beendete Christina den ersten Ausflug in das räumlich getrennte Leben, das doch augenscheinlich so viele Gemeinsamkeiten hatte und über das es noch so viel zu sagen gab.

Aber Gemeinsamkeiten waren noch einmal etwas völlig Anderes als gemeinsam. Gemeinsam bereiteten sie jetzt ein köstliches Frühstück zu.

Milch und Honig!

Gemeinsam genossen sie den Tee, den nur Christina trank, den Kaffee, der nur Johannes schmeckte, und gemeinsam genossen sie die frischen Brötchen, die sie bereitwillig auch ein klein wenig mit Schrubber teilten, weil Liebe sich bekanntlich noch vergrößerte, wenn man sie teilte.

Gemeinsam war einzigartig. Mehr als gemeinsam gab es nicht.

Ihr Blick ging durch den Außendeich zur Oste und hin zum Fluss. Gerade schwebte die Gondel der Schwebefähre über das stille Wasser, und der Fährmann erklärte einer Handvoll Touristen die Einzigartigkeit des stählernen Riesen. Ein kleiner Junge beugte sich weit über die Brüstung und spuckte vergnügt ins Wasser. Die sich gleichmäßig ausbreitenden Kreise schienen ihn zu freuen. „Einen schöneren Ort für unser erstes gemeinsames Frühstück kann es nicht geben. Ist ja fast schon kitschig", lachte Christina und schmiegte sich zaghaft an Johannes.

„Ja", erwiderte Johannes nur wortkarg. Ungewollt und ohne Einladung hatte für einen kurzen Moment die Vergangenheit am Tisch Platz genommen, weil Johannes sich plötzlich schmerzhafterinnerte, wie sein Vater die letzte Reise ins versprochene Paradies mit der

Gondel angetreten hatte. Niemand, außer Johannes selbst, konnte den Film sehen, der in diesem Moment in seinem inneren Kino lief. Auch sein Vater Herrmann Wüst hatte den letzten Film in seinem Kopf ganz alleine angeschaut, bevor sein Leben in einem knietiefen Tümpel endete. Was mochte er gesehen haben? Niemand würde jemals eine eindeutige Antwort darauf finden.

„Warum suchen die Menschen das Paradies im Himmel, wenn wir doch mitten drin sind?" unterbrach Johannes nach wenigen Bissen die kurze Stille, bemüht darum, die Vergangenheit wieder draußen vor der Tür zu lassen.

Nachdenklich sah Christina auf Johannes. „Hast du nicht bei dir selbst erlebt, wie schnell das Paradies auf Erden zur Hölle werden kann, wenn die Maßlosigkeit das Leben bestimmt? Die Sucht nach immer mehr. Hast du nicht selbst ein besseres Leben bei den Fischen erwartet? Und wenn schon kein Leben, dann wenigstens süßes Vergessen? Die Hoffnung auf ein Ende des Leidens."

Und als Johannes nachdenklich schwieg, fuhr Christina fort: „Du hast wohl recht, mehr Paradies als die Erde kann es nicht geben und wir sind die Bewohner. Mitten drin! Aber wir können es nicht mehr erkennen. Überall und ständig wird uns eingeredet, dass wir nicht genug haben!"

„Dabei wäre es für so viele Millionen Kinder schon das Paradies auf Erden, wenn sie sich am Abend nicht hungrig auf die nackte Erde legen müssten", griff Johannes jetzt den Faden auf und empörte sich weit ausholend über die Ungerechtigkeit in der Welt.

Zärtlich fuhr Christina ihm nach einiger Zeit mit der Hand durchs Haar und legte den Zeigefinger sanft auf seine Lippen: „Jetzt kein falsches Wort mehr. Sonst wartet die Hölle auf dich. Weißt du noch, wie der Religionslehrer immer gesagt hat: Gott hört jedes Wort. Auch wenn ich noch nicht in der Klasse bin. Du hast ihn einmal gefragt, ob er so etwas wie Gottes Klassensprecher sei und ob Gott von ihm auch verlange, dass er alles petzen soll, so wie unser Klassensprecher es bei den Lehrern immer tun sollte. Kannst du dich noch an die Ohrfeige erinnern?"

Als habe er sie gerade empfangen, schmerzte jetzt die Erinnerung an den gewaltsamen Streich im Namen Gottes, der so wenig Toleranz kannte. „Schäme dich Johannes Wüst. Ich werde dir deine Flausen schon noch austreiben“, hatte der für den einzig rechten Glauben kämpfende Mann sich erbost, und Johannes musste zum Gespött der Kameraden für den Rest der Stunde in der Ecke stehen, um so ein besserer Mensch zu werden.

„Ich habe deine Geschichten übrigens immer geliebt, für die die anderen dich ausgelacht haben. Du warst der Held meiner Träume. Aber einmal hast du mir richtig Angst gemacht“, berührte Christina jetzt ein anderes Thema der so lange zurückliegenden Kindheit. „Einmal beim Versteckspiel wollte ich mich mit dir bei euch im Schuppen verstecken. Ich wollte, dass wir unten in den alten Schrank kriechen. Aber du hast mich richtig angeschrien und gebrüllt, dass nur dein Vater an den Schrank dürfe und dann hast du angefangen zu weinen. Und als ich dich trösten wollte, hast du gesagt, dass dein Vater dir gesagt hat, dass im Schrank ein böser Geist wohnt, der kleine Kinder frisst. So hatte ich dich noch nie erlebt. Du warst wie besessen von diesem blöden Geist.“

Nach all den Jahren war jetzt endlich der Moment gekommen, den Flaschengeist der Vergangenheit mit einem anderen Menschen zu teilen. Noch einmal griff Christina das Ausgangsthema auf: “Die selbsternannten Retter der Menschheit aller Couleur haben so leichtes Spiel, weil es auf Erden so fehlbar zugeht. Trotz aller Aufklärung benehmen wir uns immer noch wie die Tiere. Fressen, bevor man selbst gefressen wird. Für viele Menschen ist diese angstbesetzte Gegenwart nur erträglich, wenn sie an eine bessere Zukunft nach dem Tod glauben. Deshalb vertrösten uns die Heilsbringer bis heute mit mittelalterlichen Dummheiten auf den Himmel. Aber nur, wenn du schön brav bist. Gott sieht und hört alles! Und irgendwann wirst du wegen guter Führung aus dem Erdengefängnis ins Paradies entlassen. Oder in die Hölle geschickt. Nein, Johannes, das Paradies auf Erden gibt es so wenig wie das Paradies im Himmel, solange es Menschen gibt, die andere beherrschen wollen. Und die gibt es, solange es Menschen gibt. Menschen sind eben auch nur hochentwickelte Tiere. Das Paradies kannst du nur in dir finden. Ruhe und Frieden in dir, mehr Paradies gibt es nicht."

Mit ruhigen Augen schaute Johannes auf Christina und ergänzte ihre Worte: „Nein, das Paradies auf Erden ist gar nicht gewollt. Kein Mächtiger will zufriedene Menschen. Zufriedene Menschen wollen nicht immer mehr. Zufriedene Menschen haben keine Angst. Aber die Angst ist der Motor der Macht. Darum haben die Mächtigen kein Interesse daran, dass die Angst aus der Welt verschwindet. Sie leben davon."

Und Christina fest in den Arm nehmend, während ein nie gekanntes Gefühl von Liebe ihn durchflutete, fügte er hinzu: „Es war ohne Zweifel dein süßer Mund, der zu mir gesprochen hat, aber er hat meine Gedanken ausgesprochen." Sanft berührte er ihre Lippen. „Weißt du, dass ich immer noch die Süße deines ersten Kusses in mir trage. Aber eine ordentliche Auffrischung nach so langer Zeit könnte bestimmt nicht schaden. Was meinst du?"

Lachend zog Christina Johannes an sich und ihre Lippen fanden sich wie zwei Teile eines Ganzen ....

Für den nächsten Tag verabredeten sie, gemeinsam im Watt zu wandern. Christina sah in dem Tidenkalender, den sie immer bei sich trug, nach. „Dienstag, den 11. September 2001, ist um 13.31 Uhr Niedrigwasser, und ich habe noch einen freien Tag. Ist das nicht wunderbar? Ein perfekter Tag, das Paradies auf Erden zu erschaffen", lud sie ihn ein. „Leider können wir nicht splitternackt gehen, es soll recht frisch und stürmisch werden", hatte sie noch vielsagend angedeutet. „Aber im Pril kann man noch wunderbar baden. Das Wasser ist noch warm genug."

*

Am späten Nachmittag hatte Christina sich schweren Herzens verabschiedet, weil sie nötige Erledigungen in Cuxhaven nicht verschieben wollte, und Johannes war es, als erwache er aus einem wunderschönen Traum. Lange saß er noch am Fenster und wieder und wieder durchlebte er die vergangenen Stunden. Es gab eine Welt, die er so noch nie kennengelernt hatte. Es gab die Welt des gegenseitigen Verstehens. Es gab die Welt des gegenseitigen Vertrauens und der gegenseitigen Achtung.

Die Welt der Liebe!

Angst hatte in dieser Welt keinen Platz. In der Welt der Liebe ging es nicht darum, den anderen mit mächtigen Worten klein zu reden oder sich selbst mit noch mächtigeren Worten groß. Liebe kannte keinen Vergleich. Liebe war einfach einzigartig. Es ging darum, gemeinsam die eigene Größe zu erfahren, die trotz aller Fehlbarkeit in jedem Menschen wohnte. Liebe war der Ursprung. Größe ohne Tamm Tamm.

Aus Angst davor, der Traum könne platzen, bevor er richtig begonnen habe, war Johannes am Morgen einen Moment in Versuchung gewesen, das Problem seiner Sucht kleinzureden. „Eigentlich sei alles gar nicht so schlimm gewesen. Eigentlich hätte er ja gar nicht so oft getrunken. Eigentlich hätte mehr seine Frau ein Problem aus seinem Trinken gemacht. Eigentlich …"

Aber sogleich hatte er gemerkt, dass Liebe und Lügen nicht vereinbar waren. Lügen waren ganz eng mit der Angst verwandt, sie waren Brüder.

Schnell hatte sich auch herausgestellt, dass Christina bei diesem Thema alles andere als eine Traumtänzerin war. Ungeschminkt hatte sie die Probleme benannt, wie eine Sucht zwangsläufig jede Beziehung zerstören musste, wenn der Süchtige seine Krankheit nicht wahrhaben wollte. Bei diesem Thema gebe es keinen Platz für Naivität, hatte sie nachdenklich hinzugefügt. Aber sie hatte Johannes nicht für sein vergangenes, jahrelang überaus fehlbares Leben verurteilt, obwohl sie ihm auch unmissverständlich klar gemacht hatte, dass sie einen trinkenden Partner an ihrer Seite nicht akzeptieren würde.

„Es gibt gewiss Ursachen dafür, warum du getrunken hast. Aber das ist kein Grund dafür, die Gegenwart mit der dunklen Vergangenheit zu vergiften. Immer ist es einfacher, einen Schuldigen aus der Vergangenheit hervorzukramen, als heute bei sich selbst hinzuschauen. Es ist so leicht, die Verantwortung für das gegenwärtige Leben auf die Schatten der Vergangenheit abzuwälzen. Einen großen Teil unseres gegenwärtigen Lebens haben wir uns aber schon selber zuzuschreiben. Oft genug können wir wählen, legen die Verantwortung für unser Handeln aber lieber in fremde Hände, weil es einfacher erscheint", hatte Christina unmissverständliche Worte an Johannes gerichtet.

Nach der wunderbaren Begegnung mit Lisan an der Ostsee, für die Johannes nach wie vor keine ausreichenden Worte fand, rannte Christina damit offene Türen bei ihm ein. Er wusste genau, dass die Sucht auch in einem gemeinsamen Leben niemals schlafen würde. Nie wieder in seinem Leben würde sie ihn vollständig freigeben. Er kannte ihre Heimtücke. Aber er hatte inzwischen auch erfahren, dass die Stimme, die sich ständig ungefragt in sein Leben eingemischt hatte, immer mehr verstummte, wenn sie nicht genährt wurde. Er hatte einen gangbaren Weg gefunden, sein Leben zu meistern: Nur heute trank er nicht.

So noch ganz in Gedanken an den Tag, hätte Johannes fast das Klopfen an der Tür nicht gehört. Seine Vermieterin entschuldigte sich wortreich für die späte Störung. Aber ihr Mann und sie hätten eine Entscheidung getroffen, die keinen Aufschub duldete. Vor der Tür stand ihr Mann, der ein Schild trug, dass er innen am Fenster anbringen sollte:

ZU VERKAUFEN!

Es gab eine Wirklichkeit, die schöner war als jeder Traum. Vor Freude sprang Johannes das Herz fast aus der Brust. Ohne in weitere Verhandlungen einzutreten, akzeptierte er den geforderten Kaufpreis. Es gab etwas, das mit Geld nicht zu bezahlen war.

*

Gleich nachdem er der freudig überraschten Frau den überhöhten Kaufpreis zugesagt hatte, war Johannes zu Schrubber geeilt, der ungehalten aus seiner Werkstatt kam. Warum Johannes die Übereinkunft breche, ihn dort nicht zu stören, wollte er wissen. Schnell hellte sich seine Miene aber auf, als Johannes ihm den außergewöhnlichen Grund mitteilte, und wenig später saßen die beiden Männer in Schrubbers Küche und tranken köstlichen Apfelsaft.

„Hausmarke", verkündete Schrubber stolz. „Schrubbers Bester!"

Lange Zeit saßen sie am Küchentisch und mit strahlenden Augen teilte Johannes die überaus glücklichen Ereignisse des Tages mit dem Freund. Schrubber war sichtlich erleichtert, als Johannes ihm mitteilte, dass er beabsichtige, das kleine Haus auf dem Deich zu kaufen und dass er seine Zukunft in Osten sah.

„Und ich dachte schon, nächste Woche haust du wieder für vierzig Jahre ab. Sei es nach Hamburg oder nach Cuxhaven", fasste Schrubber seine Freude ungewollt in etwas harsche Worte. Bislang hatten die beiden Freunde es weitgehend vermieden, die ungewisse Zukunft ins Auge zu fassen, die urplötzlich so strahlend vor ihnen leuchtete.

Zum ersten Mal hatte Schrubber Johannes dann in seine Werkstatt eingeladen, die in einem kleinen Schuppen im Hof untergebracht war. Überrascht hatte Johannes festgestellt, wie liebevoll der von außen so unscheinbare Raum eingerichtet war. Mehrere Salzlampen verteilten ein warmes Licht und an den Wänden erinnerten gerahmte Fotos an Lisans Kindheit. Aus einem Zimmerbrunnen plätscherte munter Wasser und speiste eine kleine Flusslandschaft. In einem Regal lagen fein gearbeitete Handpuppen und von der Decke hingen hölzerne Marionetten, die ungewöhnlich lebendige Gesichtszüge hatten. Auf einem Bord über der Werkbank standen einträchtig die Götter verschiedener Religionen auf kleinen handverzierten Sockeln und an einem leeren Holzklotz, in den feine, fremde Schriftzeichen eingearbeitet waren, klebte ein Zettel mit kindlicher Schrift: Reserviert für Allah. Auf Johannes fragenden Blick hatte Schrubber erklärt: „Er ist mir genau so lieb, wie die anderen. Ich glaube nicht, dass Gott Unterschiede zwischen den Menschen macht. Es ist doch absurd, dass von den Menschen willkürlich gezogene Grenzen über die Zuständigkeit des einen oder des anderen Gottes entscheiden sollen. Bist du im Ostteil einer Stadt geboren worden, ist dieser Gott zuständig, im Westteil ein anderer. Für Kinder, die in der ersten Etage geboren werden, ist Allah zuständig, die zweite Etage ist für Jesus reserviert. Hört sich für mich alles verdammt nach Menschen an, die im Glauben an Gott eine fantastische Möglichkeit finden, ihre Macht zu sichern. Egal, ob in der Kirche oder in der Politik, egal, ob in Berlin oder in Jerusalem. Für mich ist einer so gut oder schlecht wie die anderen."

Und eine ganze Weile schweigend, entdeckte Johannes die bunte Vielfalt in Schrubbers Welt. „Das alles hier ist meine Methode, ohne Schnaps auszukommen", hatte Schrubber den Freund geneckt, als er bemerkte, wie überrascht Johannes war. „Aber mein Alter hat ja auch nicht ganz so viel gesoffen wie deiner. Weißt du noch, wie wir uns manchmal über die beiden lustig gemacht haben?"

Fast andächtig hatte Johannes lange Zeit schweigend in dem kleinen Raum gestanden, in dem Schrubber auf seine Art versuchte, die Schatten, die über seinem Leben lagen, in ihre Schranken zu weisen und ihre Macht abzuschwächen. Am Küchentisch seiner gemütlichen, kleinen Küche hatte Schrubber zuvor heute zum ersten Mal ausführlich über die Ereignisse gesprochen, die ihm so lange die Sprache verschlagen hatten und betroffen und sogar ein wenig beschämt musste Johannes jetzt daran denken, wie er sich, ganz anders als Schrubber, so oft lieber dem Selbstmitleid hingegeben hatte. So viele hatten sich an ihm schuldig gemacht, hatte er sich immer wieder erfolgreich eingeredet und darüber mit der Zeit ganz vergessen, dass er es sich schon zu einem großen Teil selbst zuzuschreiben hatte, wenn er unaufrichtig und fahrlässig mit den dunklen Seiten der Vergangenheit umgegangen war. Da konnte man nichts machen, hatte er sich einem unabwendbaren Schicksal ergeben. Wie einfach war es doch, immer für alles einen Schuldigen zu finden. Wie leicht war es, die Verantwortung für das eigene Leben abzugeben.

Niemand konnte auch nur einen einzigen vergangenen Tag in seinem Leben ändern, und längst nicht alle Menschen, die das Leben kreuzten, konnte man wählen. Nicht Vater, nicht Mutter, nicht Lehrer, nicht den Vorgesetzten und selten den Nachbarn. Aber den Freund, den Saufkumpan, die Nachtprinzessin, die Menschen, mit denen man gemeinsam durchs Leben gehen mochte, konnte jeder selbst aussuchen. Bei sich selbst konnte jeder schauen. Jetzt! Heute! Es gab eine Wahl, wenn auch begrenzt.

Schrubber hatte keine Wahl gehabt, als andere Menschen ihm die Angst ihres überdrüssigen Lebens aufbürdeten, erkannte Johannes. Auch in Schrubbers Leben gab es dunkle Täler, die ihre Spuren hinterlassen hatten. Aber deswegen schmiss der Freund nicht noch sein einzigartiges Leben achtlos hinterher. Durch seine Arbeit in der Holzwerkstatt versuchte er unermüdlich, die Angst wieder kleiner zu machen, statt sie zu füttern und immer mächtiger werden zu lassen.

Schrubber erriet die Gedanken des Freundes, als er sagte: „Das habe ich schon immer versucht, egal, was passiert ist und ich hoffe, dass ich Lisan mehr Liebe als Angst mit auf ihren Weg gegeben habe. Auch damals, als das mit ihrer Mutter war. Früher habe ich ihr Handpuppen und Marionetten geschnitzt, mit denen wir abends gespielt haben. Frau Liebe musste sich immer hart gegen Herrn Angst zur Wehr setzen. Herr Angst hatte mächtige Verbündete: Bruder Zorn, Onkel Hass und Nachbar Neidhammel. Aber am Ende hat immer Frau Liebe gewonnen. Jedes Mal hat Lisan einen Weg gefunden, der Angst ein Schnippchen zu schlagen. Sie ist ein einzigartiger Mensch, Johannes. Ich liebe sie."

Mit einer Träne im Auge hatte Johannes im Gespräch mit dem Freund aus Kindertagen in einer kleinen Scheune in Osten ungeschminkt erkannt, wie er die Angst, die vor allem sein Vater ihm vor so vielen Jahren zurückgelassen hatte, immer wieder genährt hatte. Jahrzehntelang hatte er sie immer wieder nur für kurze Zeit betäubt, statt sie im Rahmen seiner Möglichkeiten erfolgreich zu bekämpfen. Jahrelang hatte er die Angst an Bettina weitergegeben, statt seine Tochter vor ihr zu beschützen.

„Es gibt einen Weg, Johannes. Es gibt immer einen Weg. Und die gute Nachricht: Jetzt hast du ihn gefunden. Die meisten Menschen kapieren es nie oder erst, wenn es viel zu spät ist“, hatte Schrubber versucht, der Erkenntnis etwas Positives abzugewinnen.

Johannes aber wusste fortan genau, was er zu tun hatte. Auch wenn ein steiniger Weg vor ihnen lag, wollte er Bettina mindestens seine Begleitung anbieten. Aber ob sie sein Angebot annahm, lag nicht allein in seinen Möglichkeiten, gestand er sich ein. „Ein Weg entsteht, wenn man ihn geht“, sagte er noch zu Schrubber, aber der machte sich gerade in einer Ecke an einem Tuch zu schaffen.

Zum ersten Mal zeigte Schrubber Johannes die Holzfiguren, an denen er so geduldig arbeitete und die ihm die fehlenden Worte für das, was sein Leben so sehr beschwerte, ersetzten. Zum ersten Mal sprach Schrubber von seinen schlaflosen Nächten und den angstbesetzten Träumen, die ihn aus unruhigem Schlaf hochschrecken ließen. „Manchmal habe ich dann auch Lust, mich zu besaufen, aber niemand weiß wohl besser als du, was das für eine dämliche Lösung wäre“, erklärte er Johannes.

Die erste Figur war in ein grünes Tuch gewickelt, das sich als Fahne einer Brauerei herausstellte. „Warum soll er ausgerechnet auf seiner letzten Reise keine Bierfahne haben?“, beantwortete Schrubber eine Frage, die Johannes gar nicht gestellt hatte. „Beim ersten Mal war es ein Mann in unserem Alter. Er war ziemlich betrunken. 1,7 Promille haben sie später festgestellt. Es war dunkle Nacht und ich habe ihn erst im letzten Moment im Lichtkegel gesehen. Sein ganzer Körper schrie nach Erlösung, er hatte die Arme hilfesuchend zum Himmel gereckt. In seinen Augen war nur Verzweiflung und Angst. Pure Angst. Sonst nichts. Noch nie hatte ich zuvor so viel Angst in einem Menschen gesehen.“

Berührt hatte Johannes vor einer hölzernen Figur gestanden, die ein genaues Abbild von Schrubbers Worten war. Noch nie hatte Johannes so viel Angst in den Augen eines Menschen gesehen. Noch nie hatte er ein hölzernes Werk gesehen, das so lebendig war. „Schrubber, du bist wahrhaftig ein großer Künstler“, flüsterte er nur anerkennend.

Als sei er ins Leben zurückgerufen worden, stand vor ihm auf dem Sockel ein hölzernes Wesen in größter Not, das sein Leben allein nicht mehr meistern konnte und dem die Sucht alles genommen hatte, was das Leben ausmachte. Mit niemandem auf Erden hatte der abgebildete Mensch seine Angst teilen können und so hatte er sein Heil in einer Welt gesucht, die ganz allein in seinem Kopf existierte. Für einen Moment sah sich Johannes selbst auf den Schienen stehen. Einsam. Mehr Einsamkeit konnte es nicht geben.

Noch einmal durchlebte Johannes die einsamen Nächte seiner Kindheit, wenn die Angst um den betrunkenen Vater ungefragt mit unter die Bettdecke gekrochen war und allen Raum einnahm. Noch einmal durchlebte er aber auch die einsamen Abende seiner Ehe, deren Kitt in den letzten Jahren nur noch die Angst vor der Trennung gewesen war. Einsam statt gemeinsam, war das Motto der letzten Jahre gewesen.

Für einen Moment war Bettina mit in dem kleinen Schuppen und noch einmal durchlebte Johannes den verhängnisvollen Kreislauf der Sucht: Mochte der Schnaps auch kurzzeitig die Einsamkeit vertreiben, so führte er langfristig doch nur zu immer mehr Einsamkeit, weil der Trinkende sich immer mehr hinter hohen Mauern versteckte. Ohne jetzt näher auf den hölzernen Leidensgenossen einzugehen, in dem er sich selbst erkannte, sagte Johannes zu Schrubber: „Mir hat deine Tochter das Leben gerettet, als die Sucht mich blind gemacht hatte. Lisan hat mich gelehrt wieder zu sehen. Ohne sie wäre ich jetzt bei den stummen Fischen." Und auf die Figur deutend fügte Johannes noch hinzu: „Er hat nicht darüber nachgedacht, dass er seine Angst an dich weitergibt. Die Angst bleibt immer in einem anderen Menschen zurück." Mit einer Träne im Auge bat Johannes Schrubber: „Vielleicht kannst du ihm vergeben. Er wusste nicht, was er dir antut."

Schrubber hatte nur stumm genickt und die mit einem Wolltuch bedeckte Figur eines jungen Mädchens enthüllt. „Sie hat nie genug Wärme bekommen", sagte er nur.

Mit gesenktem Kopf und ausdruckslosen Augen stand eine junge Frau merkwürdig leblos auf den Gleisen, die auch ein Laufsteg hätten sein können. Demütig, die Schultern schuldbewusst verengt, erwartete sie ergeben die Lokomotive, die ihr eingeredetes Versagen beenden sollte. Aber selbst im Angesicht des nahenden Todes erfüllte sie alle uniformierten Schönheitsideale und es schien fast so, als habe sie sich im letzten Augenblick noch einmal die Lippen nachgezogen. Ein makelloses Äußeres verdeckte die geschundene Seele.

Schrubbers einzigartige Arbeit hätte durchaus auch eine billige Massenproduktion aus der Holzfabrik sein können, ging es Johannes durch den Kopf. Jedem aktuellen Modekatalog hätte die enthüllte Figur entsprungen sein können.

Und als kenne er jeden Gedanken von Johannes ganz genau, sagte Schrubber: „Vielleicht hat sie sich vorgestellt, danach als Engel über den Laufsteg zu wackeln und Reklame für Unterwäsche zu machen. Sie hat mir so unendlich leid getan. Meine Lokomotive war doch kein Ausweg für sie." Es war nicht Verbitterung, die Johannes hörte, tiefer Schmerz lag in Schrubbers Stimme.

„Nein, Schrubber, deine Lokomotive war gewiss kein Ausweg", versuchte er den Freund aufzumuntern. „Vielleicht wurde ihr einfach nie die Möglichkeit gegeben, die Einzigartigkeit ihres Lebens zu erkennen. Vielleicht durfte sie ihr Leben nie selbst bestimmen. Das macht man so, und das macht man gar nicht. Dabeisein ist alles", bemühte Johannes mit sorgfältig gesetzten Worten das Thema, das neuerdings zu einem ständigen Bewohner seines Kopfes geworden war. Manchmal beunruhigte es Johannes, wenn sich die Gedanken regelrecht an einem Thema festbissen, weil es dem süchtigen Denken so ähnlich war. Er wollte die Sucht nach Alkohol keineswegs durch missionarischen Eifer ersetzen. Aber es war ja keineswegs so, dass der Platz, den die Stimme freigegeben hatte, schlagartig mit Ruhe ausgefüllt war. Es gab keinen Knopf, der den Gedankenfluss abstellen konnte und immer wieder drängten sich Gedanken in den Vordergrund, die sich für besonders wichtig hielten: „Wie Marionetten leben immer mehr Erdenbewohner ihr Leben an den unsichtbaren Fäden der Immer-mehr-Menschen. Ganze Heerscharen folgen dem unersättlichen Wachstumsgott", kommentierte Johannes die hölzerne Gegenwart der Menschen, die glaubten, sich glücklich kaufen zu können.

Zorn blitzte in Schrubbers Augen auf, als er sagte: „Sie war noch so jung. Sie hatte das ganze Leben noch vor sich. Aber ihr Alter hat ihr das Leben ständig zur Hölle gemacht. Ich glaube, seine größte Sorge war wirklich, dass sie meine Lokomotive schmutzig gemacht haben könnte. Er hat mir geschrieben und sich für seine Tochter entschuldigt. Mich träfe keine Schuld, wollte er mich mit seinem Brief beruhigen. Ganz allein seine Tochter habe versagt. Schon als Kind sei sie den höchsten Ansprüchen, die seine Familie seit Generationen erfüllt habe, nicht gerecht geworden, hat er mich wissen lassen. Noch nie habe es eine Kriminelle in der Familie gegeben. Und jetzt habe sie auch noch ihre Seele verspielt. Oh, welche Schande."

Und in einer Schublade mit Briefen und Postkarten kramend fuhr er fort: „Glaub mir Johannes, ich wäre in der Lage gewesen, ihn eigenhändig zu erwürgen, wenn er mir in die Finger gekommen wäre. Ich wusste vorher nicht, dass ich so wütend werden kann. Ich konnte nicht glauben, dass ein Vater zu solchen gefühllosen Worten in der Lage ist. Aber es stimmt. Ich kann dir den Brief zeigen. Menschen sind zu allem in der Lage. Ich war damals so fassungslos, dass ich kein Wort mehr sprechen mochte. Lieber wollte ich ein stummes Tier sein, als Teil dieser verrückten Menschen. Aber Lisan hatte solche Angst davor, dass sie mich für verrückt erklären, wenn ich nicht wieder spreche. Das wollte ich nicht. Ich wollte ihr keine Angst machen. Ich bin sogar wieder auf die Lokomotive gestiegen."

Mit den letzten Worten hatte er Johannes einen Brief gegeben und auch Johannes konnte nicht glauben, was er dort in makelloser Handschrift las. „Es ist unvorstellbar, wozu Väter in der Lage sind", sagte er nur kopfschüttelnd, hatte aber durchaus Zweifel an seinen Worten und fügte noch hinzu: „Menschen sind einfach zu allem in der Lage."

Schrubber hatte inzwischen zwei weitere Holzklötze enthüllt, an denen er bisher erfolglos versucht hatte, sichtbar zu machen, was er nicht in Worte fassen konnte. „Für das, was ich in ihren Augen gesehen habe, gibt es keine Worte, Johannes. Aber auch hiermit gelingt es mir einfach nicht." Leere Gesichter zierten die angefangenen Arbeiten.

„Wie eine Opfergabe hielt die Frau mir ihr Kind entgegen", versuchte Schrubber dem Freund die Szene zu beschreiben. „Aber ihre Augen, Johannes, nie werde ich ihre Augen vergessen. Nie im Leben."

Aufgewühlt von der unbeschreiblichen Erinnerung, dauerte es geraume Zeit, bis Schrubber weitersprach: „Ich hatte lange genug Zeit, ihr ins Gesicht zu schauen, Johannes. Gefühlt war es ein ganzes Leben. Der verdammte Zug wollte einfach nicht anhalten. Ich konnte nichts mehr machen. Zum Schluss rollte er so langsam auf sie zu, dass sie alle Zeit der Welt gehabt hätte, von den Gleisen zu springen. Aber sie hatte ihre Entscheidung getroffen. Aus welchen Gründen auch immer. Niemand kannte die Welt in ihrem Kopf. Sie blieb einfach reglos stehen und hielt ihr Kind in den Himmel. Es waren nur ein paar Meter, Johannes. Zuerst glaubte ich, Angst in ihren Augen zu erkennen. Noch nie habe ich so viel Angst in einem Menschen gesehen. Aber im selben Moment war es Liebe. Noch nie habe ich so viel Liebe in einem Menschen gesehen. Es war eindeutig Angst. Mehr Angst konnte es nicht geben. Die Angst war so finster und abgrundtief. Und gleichzeitig war es eindeutig Liebe. Mehr Liebe konnte es nicht geben. Die Liebe war so hell und strahlend."

Lange dachte Schrubber nach und Johannes begriff das Ereignis, das Schrubbers Leben so sehr beschwert hatte, als dieser schließlich bedächtig den Kopf schüttelte: „Es gibt einfach keine Worte dafür. Mit Worten ist es nicht zu beschreiben." Damit bedeckte er die Holzklötze wieder mit einem Tuch, das in den Farben eines Regenbogens leuchtete, der in den alten Märchen und Sagen eine Brücke in andere Welten baute.

„Ich wollte sprechen, Johannes. Ich wollte schreien. Ganz laut schreien wollte ich. Aber es ging nicht. Ich blieb stumm wie ein Fisch. Diesmal hatte es mir wirklich die Sprache verschlagen. Es war, als habe jemand den Stecker gezogen. Der Kopf war voller Bilder, aber es gab keine Worte mehr, die die Bilder beschreiben konnten. Immer waren die Bilder da. Tag und Nacht. Aber ich konnte nichts sagen. Kein einziges Wort."

Wieder hatte Schrubber lange geschwiegen, bevor er Johannes stumm bedeutete, dass er die Werkstatt verlassen wollte. Die ungewohnte Schwere, die sich nach und nach ungewollt immer breiter im Schuppen gemacht hatte, behagte ihm nicht. In diesem geschützten Raum hatte es bisher nur seine Welt gegeben, die keine fremden Launen kannte.

Erst als sie wieder in der Küche waren, begann er noch einmal zu reden: „Die Zeit war nicht einfach und Lisan hatte große Angst um mich. Ich wollte sprechen. Für Lisan. Ich wollte ihr keine Angst machen. Aber es ging nicht. Es ging ganz einfach nicht." Von den Erinnerungen aufgewühlt, goss Schrubber sich ein Glas Wasser ein und trank in bedächtigen Schlucken, bevor er fortfuhr: „Manchmal hat sie stundenlang neben mir auf der Bank auf dem Deich gesessen, und wir haben dem Fluss zugehört. Sie hat wohl gehofft, dass der Fluss mich die Bilder vergessen lässt. Als sie noch klein war, hat sie ihre großen und kleinen Sorgen und Nöte immer gemalt und wir haben die Bilder als Flaschenpost dem Fluss übergeben. Die Ebbe sollte die Sorgen mit ins Meer nehmen und dort an der tiefsten Stelle für immer vergraben. Danach haben wir dem Fluss gelauscht, damit er den frei gewordenen Platz im Kopf mit bunten Geschichten füllt. Die Oste erzählt immer Geschichten. Schöne und manchmal auch Schaurige. Die Ebbe erzählt andere Geschichten als die Flut. Die Flut erzählt vom Werden und Wachsen und die Ebbe von der Vergänglichkeit. Für uns gehörte beides immer untrennbar zusammen. Der Fluss lehrt uns, was passiert, wenn die Flut nicht zum Stillstand kommt und das Wasser immer höher aufläuft, bis es schließlich über die Deiche guckt und die Maßlosigkeit die Macht übernimmt. Die Ebbe lässt uns die trostlose Dürre ahnen, wenn wir es unbedacht zulassen, dass der Fluss ganz trocken fällt, weil wir das ursprüngliche Gleichgewicht in der Natur zerstört haben."

Nur kurze Zeit saßen die beiden Männer noch gemeinsam am

Küchentisch, bevor Johannes sich auf den Weg machte. Schrubber war jetzt in Gedanken ganz in seiner Welt angekommen und Johannes wollte am Morgen ganz früh nach Cuxhaven fahren, erinnerte er den Freund noch einmal. Als er schon im Gehen war, richtete Schrubber noch einmal das Wort an ihn: „Danke, dass du gekommen bist." Und als Johannes sich umblickte, fügte er hinzu: „Als ich dich gesehen habe, war es schlagartig anders. Als hätte jemand die Uhr zurückgestellt. Plötzlich hat es getickt. Kein Wunder, dass die Leute im Dorf dich inzwischen als Heiligen verehren. Wahrscheinlich schließen sie schon ganz unchristliche Wetten darauf ab, ob du auch über die Oste laufen kannst."

Johannes ging noch einmal zurück und umarmte den Freund: „Danke, dass du gewartet hast."

„Manchmal passieren Dinge, die man sich selbst in seinen Träumen nicht ausmalen kann", war der letzte Gedanke, den Johannes an diesem Abend ganz leise vor sich hin sprach, bevor er einschlief. Himmlisch spürte er noch einmal Christinas Lippen auf den seinen.

IV. Teil: Liebe und Angst

1. Liebe und Angst

Mit klopfendem Herzen und trockener Kehle erwachte Johannes. Der Puls raste und der Verstand brauchte geraume Zeit, um zu akzeptieren, dass es wirklich nur ein Traum war, der ihn kurz nach Mitternacht aus dem Schlaf gerissen hatte. Ein böser Traum, der sich nicht so einfach abschütteln lassen wollte. Johannes trat ans Fenster und starrte in die Dunkelheit. Kurz rissen die Wolken auf, und der abnehmende Mond erhellte für einen Moment den Fluss und das stählerne Gerüst der Fähre, das unversehrt in den Himmel ragte.

Nachdenklich schüttelte Johannes den Kopf, ging in die Küche und goss sich ein Glas Wasser ein, das er mit ans Bett nahm. Aber an ruhigen Schlaf war nicht zu denken. Immer wieder tauchten die Bilder auf, die ihn so aufgeschreckt hatten. Manchmal träumt man Dinge, die man sich in Wirklichkeit nicht ausmalen kann, versuchte Johannes sich zu beruhigen. Aber auch nach einer Stunde wälzte er sich noch schlaflos auf der Matratze hin und her, so dass er das Licht anschaltete und nach einem kleinen Buch suchte, in das er seine Träume schrieb. „Nie gedachte Gedanken“ stand vorne auf dem festen Einband, in dem die Träume gesammelt waren, die die Wirklichkeit manchmal weit übertrafen. Träume kannten das Undenkbare nicht. Alles war möglich. Das galt genauso für die Albträume, die manchmal allerdings noch von Menschen in den Schatten gestellt wurden.

Und so begann Johannes zu schreiben: „Ich habe mit Christina, die manchmal aber auch Schrubber war, neben meinem Haus auf der Bank gesessen. Die Welt war voller Liebe. Alles war voller Liebe. Wir haben still auf den Fluss geschaut und seinen Geschichten gelauscht. Dann waren Christina und Schrubber plötzlich gleichzeitig da. Christina und ich sind auf der Bank sitzen geblieben. Sie hat meine Hand genommen und sich an mich geschmiegt, während Schrubber auf einer Bühne vor uns mit Marionetten spielte. Ein mächtiger König wollte sich unsterblich machen und hat den Männern im Dorf befohlen, eine Schwebefähre zu bauen, die den Fluss nicht kreuzte, sondern von der Quelle bis zur Mündung reichen sollte. Die Menschen im Dorf hatten Angst, dass sie dann nicht mehr über den Fluss zum Bahnhof in Basbeck kommen würden und wollten sich den Plänen des Königs widersetzen. Aber der hatte nur sein eigenes Wohl im Auge und drohte den Menschen mit immer mächtigeren Worten harte Strafen an, wenn sie seine Befehle nicht befolgten. Niemand konnte den König von der Nutzlosigkeit seines Vorhabens überzeugen. ‚Ich werde als König in die Geschichte eingehen, der die längste Schwebefähre der Welt gebaut hat, rechtfertigte er nur seine wahnsinnigen Pläne.

Der Platz vor Schrubbers Bühne hatte sich inzwischen mit Menschen gefüllt', und besonders die Mädchen und Jungen lachten köstlich über die maßlose Dummheit des Königs, die jedes Kind sofort erkannte. Immer mehr Menschen strömten vor die große Bühne, die plötzlich mitten auf dem Fährplatz stand. Alte Lastwagen und Trekker mit Anhängern brachten ganze Schulklassen auf den Fährplatz. Und plötzlich war auch Bettina da. Ich wollte zu ihr und habe sie gerufen. Immer lauter habe ich gerufen. Aber der Lärm eines Flugzeugs übertönte alles. Es kreiste merkwürdig schlingernd über dem Platz und über der Fähre. Und plötzlich brach das Flugzeug in zwei Teile auseinander und stürzte brennend in die Tiefe. Immer tiefer und tiefer stürzte es, immer lauter und lauter habe ich geschrien. Es nahm kein Ende, bis ich endlich aus diesem Albtraum erwacht bin …“

Nachdem er die Angst so seinem kleinen Buch übergeben hatte, kroch Johannes noch einmal ins Bett. Während des Schreibens war eine Idee in seinem Kopf geboren worden. Darüber musste er unbedingt mit Schrubber reden. Aber morgen – nein heute – würde er erst einmal zu Christina nach Cuxhaven fahren. Alles war jetzt wieder voller Liebe.

*

Als der Zug in den Cuxhavener Bahnhof einfuhr, überkam Johannes für einen kurzen Moment die Angst, dass alles nur ein Traum gewesen sein könnte. Konnte es wirklich geben, was gestern geschehen war? Konnte die Liebe, deren Wurzeln am Ende der Kindheit in die Erde gelegt worden waren, wirklich im Verborgenen Jahrzehnte überdauern? War nicht die Sehnsucht nach Liebe immer wieder an die Stelle der Liebe getreten und der Motor für seine flüchtigen Beziehungen geworden und sogar für seine gescheiterte Ehe? War er wieder auf dem Weg, sich das Leben schön zu reden?

Dann aber sah er Christina auf dem Bahnsteig stehen. Ein mit Worten nicht zu beschreibendes Gefühl durchströmte ihn und ließ keinen Raum für Zweifel. Als sie sich in die Arme schlossen, war es, als fügten sich zwei einzigartige Puzzleteile zu einem passenden Bild. Nahtlos gingen die Linien ineinander über und der sonnige Farbton wich keinen Deut voneinander ab.

„Meine Zofe ist leider unpässlich, wir müssen schon alleine auf uns aufpassen", knüpfte Christina scherzhaft an den gestrigen Abschied an. Unerwartet ernst griff Johannes den Faden auf: „Ja, auf so etwas einmalig Wertvolles sollten wir immer gut aufpassen. Liebe ist nicht zu ersetzen. Vor allem sollten wir sie immer gut vor der Angst beschützen."

Hand in Hand, als hätten die Jahre sie fest zusammengeschweißt, schlenderten sie durch die Deichstraße zur Alten Liebe. „Sollen die Menschen uns doch ruhig für kitschig halten", hatte Christina darauf bestanden, den Tag mit einem romantischen Ausflugsziel zu beginnen. „Zur ewigen Erinnerung!", hatte sie noch hinzugefügt. „Außerdem gibt es dort in der Nähe die besten Brötchen der Stadt", hatte sie dem Ganzen dann auch noch einen praktischen Wert gegeben. Erst jetzt bemerkte Johannes, wie hungrig er war, auf frische Brötchen, besonders aber auf das Leben mit Christina.

Wenig später saßen sie in einer kleinen Bäckerei und die Liebe verband sich mit dem Duft von frischem Kaffee. Erst als Johannes vom gestrigen Abend erzählte, schlich sich ungewollt für einen Moment auch die Bierfahne aus Schrubbers Werkstatt, die den lebensmüden Säufer umhüllte, mit an den kleinen Tisch, und Johannes erzählte Christina davon, wie die Bierfahne in seiner Kindheit mit der Angst verbunden gewesen war. Als sie wenig später aufbrachen, griff Christina das Thema noch einmal auf: „Komm, wir verbuddeln die Angst jetzt im Watt. Angst ist die Lieblingsspeise der Wattwürmer. Wenn sie die Angst verdaut haben, pupsen sie nur noch ganz leise und sanfte Töne. Im Watt gibt es nichts Lautes. Nur Stille. Du wirst schon sehen, dass es funktioniert. Meine Kinder haben ihre Angst immer im Watt zurückgelassen", verriet sie einen Weg, den sie gegangen war, um ihren Kindern die Angst zu nehmen.

Nach einem kurzen Besuch der Alten Liebe, die ihren vielversprechenden Namen in Wirklichkeit nur einem sprachlichen Zufall verdankte, einem versenkten Schiff, das auf den Namen Olivia getauft war, stellte sich heraus, dass Christina vorausschauend ganz in der Nähe ihr Auto geparkt hatte. „Zum Laufen ist es zu weit. Es wird sonst zu spät", erklärte sie nur kurz. „Auf die einsetzende Flut kann man sich absolut verlassen. Ich möchte von Duhnen aus weit hinauslaufen. Richtung Neuwerk ist es am schönsten. Die Menschen rennen alle lieber zur Fahrrinne, um die großen Schiffe zu sehen. Aber die kann ich mir auch im Hafen anschauen. Das Watt vor Neuwerk dagegen ist einzigartig."

Johannes bemerkte berührt, womit er sich Christinas Liebe teilen musste und hoffte, dass sich auch diese geteilte Liebe verdoppeln würde. In seiner Vorstellung war das Watt eine einzige Schlammwüste. So wie die schlickige Uferzone der Oste. Aber er vertraute darauf, dass das, was Christina so liebte, auch ihm gefallen würde.

„Ich kann es gar nicht erwarten, die Bekanntschaft der Wattwürmer zu machen. Leise Töne gefallen mir. Eine kleine Wattmusik, gepupst in cux-moll", griff er scherzend die kleine Geschichte auf, die Christina ihm beim Frühstück erzählt hatte.

Der Tag war frisch, und nur einmal rissen die Wolken kurz auf, als Christina kurze Zeit später das Auto am Straßenrand abstellte. Immer wieder lag auch Regen in der Luft, aber Christina ließ keinen Einwand gelten, den Johannes vorbrachte, um sich in behaglichere

Temperaturen zu flüchten. „Wir haben doch wind- und wasserdichte Kleidung. Außerdem habe ich im Rucksack gut verpackte flauschige Handtücher. Und wenn wir im Pril baden, brauchen wir nichts weiter als uns. Das Wasser ist noch warm genug. Willkommen im Paradies." Zügig schritten sie kurze Zeit später durch die Deichlükken in Duhnen, wo sich gerade einige Wattwagen auf die Fahrt zur Insel Neuwerk machten.

„Es ist komisch", sagte Christina plötzlich „ich habe immer gewusst, dass wir eines Tages zusammen sein werden. Ich kann es dir nicht erklären." So ermutigt, trug Johannes ihr, kurz nachdem sie den fast menschenleeren Strand verlassen hatten, das kleine Gedicht vor, das er vor wenigen Tagen in sein Büchlein geschrieben hatte. Zu jeder Jahreszeit wollte er fortan mit Christina am Strand spazieren. Gerührt hatte sie seine Hand genommen und nur geflüstert: „Johannes, du bist wahrhaftig ein großer Wortkünstler."

Als sie nach einer guten halben Stunde eine Rettungsbake erreicht hatten, die von der Flut überraschten Menschen als Zuflucht dienen konnte, glaubte Johannes, ihr Ausflug sei hier beendet. Aber Christina lachte nur: „Ab hier wird es doch erst richtig schön. Du darfst nur niemals denken, schlauer zu sein, als die Natur. Wenn du ihre Regeln aber bedingungslos akzeptierst, kannst du dich auf Ebbe und Flut verlassen. Wir haben noch zwei Stunden Zeit. Die meisten Wattwanderer kehren hier um, weil sie die Natur für genau so unzuverlässig halten, wie die Menschen. Sie trauen ihr nicht. Dabei gibt es seit ewigen Zeiten nichts Zuverlässigeres. Wie schrecklich wäre es, jeden Morgen daran zu zweifeln, ob die Sonne aufgeht." Und sich an die gemeinsame Kindheit erinnernd fügte sie noch hinzu: „Weißt du noch, wie sie uns eingeredet haben, dass die Sonne in Osten aufgeht?"

„Ja", sagte Johannes nur lachend und küsste Christina auf die feuchten Lippen „manchmal dauert es eben seine Zeit, bis Märchen wahr werden. Als ich das Brett der Fährbude vor meiner Tür fand, ist in Osten die Sonne aufgegangen." Und als wollten sie nahtlos an die gemeinsamen Kindertage anknüpfen, reihte sich eine Erinnerung an die nächste, als die beiden Liebenden gemeinsam über den trocken gefallenen Meeresboden spazierten.

Erst als Christina vor einem tiefen Pril stehen blieb, dessen Strömung kräftig aufs Meer hinauszog, bemerkte Johannes, dass sie die wenigen anderen Wattwanderer weit hinter sich gelassen hatten. Nur Stille umgab sie und einzigartig lag eine bizarre Sandlandschaft vor ihnen, die nach jeder Flut ein neues Gesicht bekam.

Völlig unbefangen stand Christina plötzlich nackt vor Johannes und lud ihn ein, mit ihr im Pril zu baden. Auf eine dünne Plane hatte sie die Handtücher gebreitet und in einem Windlicht eine Kerze entzündet. Noch nie in seinem Leben hatte Johannes mehr Glück empfunden. Noch nie in seinem Leben hatte Johannes so viel Liebe gekannt.

Liebe war einfach.

Das Wasser war überraschend warm und der strömende Pril erwies sich als nicht so tief, wie Johannes befürchtet hatte. Nur knapp bedeckte das leicht trübe Nass den Bauchnabel. Christinas Körper schmiegte sich schwerelos an seinen, und als wären sie untrennbarer Teil der natürlichen Strömung, flutete schon bald mächtig die Lust durch ihre miteinander verwachsenen Leiber. Langsam erkundeten sie sich gegenseitig und jede Zelle des anderen Körpers wurde zu einer einzigartigen Welt. Einen Moment lang glaubte Johannes, am Himmel explodieren grüne Sterne, als sie gemeinsam den höchsten Gipfel der Lust erklommen.

Liebe und Glück! Tod und Verderben! Dem Meeresboden war es egal, er gab beides her. Alles was geschah, machten nur die Menschen. Sie hatten eine Wahl.

„Komm mein Prinz, ich möchte noch einmal auf dem Schimmel reiten", flüsterte Christina ihm nach einer Zeit, die auch die Ewigkeit hätte sein können, ins Ohr und führte ihn zu den Handtüchern. Noch einmal gaben sie sich dem Rausch aller Sinne hin. Gegenseitig waren sie Sonnenstrahl, wärmende Decke und schützender Mantel füreinander. Gleichzeitig erblühte die Knospe der Liebe in einem Meer aus Zärtlichkeit.

„Ich wusste nicht, dass das glitschige Watt so schön sein kann", lachte Johannes und streichelte ein letztes Mal den feuchten Schoß der geliebten Frau, die ihn jetzt jedoch ermahnte, sich mit seinen Fingern lieber beim Einpacken der Sachen nützlich zu machen. „Ich wusste nicht, dass das Leben so schön sein kann", akzeptierte Johannes schweren Herzens die Notwendigkeit, sich den Regeln, die die Natur vorgab, anzupassen.

Christina kramte im Rucksack nach ihrer Uhr: „Komm mein Prinz, wir müssen jetzt langsam aufbrechen. Auf die einsetzende Flut ist Verlass und es wäre schade, das gerade gewonnene Leben wieder aufs Spiel zu setzen. Ich hätte gerne noch länger etwas von dir."

Noch einmal schlang sie sich fest um seinen Körper. Erst als jeder wieder allein für sich war, bemerkten sie die Kälte, die langsam in ihnen hochgekrochen war. Aber Christina hatte auch daran gedacht und bevor sie sich auf den Rückweg machten, goss sie dampfenden Tee aus einer Thermoskanne. „Fürs Erste muss das reichen. Ich glaube, am 11. September war es noch nie so kalt. Vielleicht sollten wir später in die Sauna gehen", schlug sie eine Möglichkeit vor, dem Tag die Wärme zu retten.

Niemand konnte ahnen, welch unwiderrufliche Kälte sich kurz nach ihrer Rückkehr aus dem Watt über die Welt legen sollte. Niemand konnte sich die Unmenschlichkeit vorstellen, zu der Menschen im Namen ihres Gottes heute, wie zu allen Zeiten, bereit und in der Lage waren, wie immer sie ihren Gott auch nannten. Niemand konnte ahnen, wie die Schatten zweier Hochhäuser in New York die ganze Welt verdunkeln sollten.

Liebe und Angst. Mehr gab es nicht.

2. Heute

Lange lag Johannes in der Nacht wach, und die Gedanken wollten einfach nicht zur Ruhe kommen. Christina dagegen schien erholsamen Schlaf zu finden, und voller Liebe spürte Johannes ihren warmen Leib, mit dem sie immer wieder eng an ihn rückte, wenn sich ihre Körper auch nur einen einzigen Zentimeter verloren hatten.

„Danke für die leisen Töne", flüsterte Johannes der geliebten Frau ins Ohr und wünschte ihr schöne Träume. Wie am ersten Tag hatten sie sich lustvoll geliebt und immer wieder landeten jetzt seine Gedanken bei dem Tag, der im Watt vor Neuwerk so viel Wärme in ihr gemeinsames Leben gebracht hatte. Kein Tag war seitdem vergangen, den Johannes am Morgen nicht dankbar begrüßt hatte, auch wenn der Alltag nicht immer nur eitel Sonnenschein war.

Immer wieder landeten in dieser Nacht, in der Johannes keinen Schlaf fand, die Gedanken aber auch bei der Angst und der Kälte, die derselbe Tag über die Welt gebreitet hatte. Mehr als zwölf Jahre waren vergangen, seitdem die schrecklichen Ereignisse in New York die Welt nachhaltig verändert hatten. Weltweit hatten sich im Trommelfeuer der Medien die Bilder in jedes einzelne Gehirn eingebrannt. Auf der ganzen Welt gab es kaum einen einzigen Menschen, der nicht die Bilder der brennenden Türme in sich trug. Menschen, die sich in aussichtsloser Situation in die Tiefe stürzten, weil die brennende Hölle keine Hoffnung zuließ. Weltweit schreckten die Menschen immer noch, von Albträumen geplagt, aus unruhigem Schlaf hoch. Weltweit hatte der feige Anschlag die Angst und ihre engen Verbündeten - den Hass, die Feindschaft, das Misstrauen, die Wut – so unendlich mächtig gemacht.

Gut oder böse, Freund oder Schurke, schwarz oder weiß, hatte der amerikanische Präsident damals gefordert: Wer nicht für uns ist, ist gegen uns, lautete die Formel, und wer wollte sich schon dem Verdacht aussetzen, für die Massenmörder im Namen des Glaubens zu sein?

Die Angst schrie ganz laut nach Rache, und machtbesessene Politiker wussten die Gunst der Stunde nur zu gut für sich zu nutzen. Wie leicht hatte der feige, mörderische Anschlag es damit den selbsternannten Hütern der Freiheit gemacht, ihre Machtinteressen mit allen denkbaren Mitteln durchzusetzen. Krieg galt wieder als hoffähiges Mittel der Politik und seit Jahren gaben auch deutsche Militärpfarrer wieder ihren Segen für das mörderische Treiben am Hindukusch. Wie mächtig war die Angst in der Welt geworden, wie ohnmächtig die Liebe!

Dabei war es ja durchaus so, dass die Geschichte voll von Gräueltaten im Namen Gottes war. Es war ja auch so, dass die Geschichte voll von Gräueltaten im Namen von Menschen war, die es verstanden hatten, sich zu Lebzeiten allmächtig und gottähnlich zu machen. Aber was dort vor zwölf Jahren im Zentrum der Macht in New York geschehen war, war vorher so undenkbar, dass es dafür nicht einmal angemessene Wörter gab. Mit Menschen gefüllte Flugzeuge, die als gelenkte Waffen in Hochhäuser gesteuert wurden, in denen viele Tausend unschuldige Menschen ihrer Arbeit nachgingen, hatten eine sprachlose Welt zurückgelassen.

Undenkbar, hatte man gedacht.

Aber nichts gab es, wozu Menschen im Namen eines Glaubens oder der Macht nicht bereit und in der Lage waren. Nicht in der Vergangenheit, nicht in der Gegenwart, nicht in der Zukunft. Allein Menschen waren die Quelle aller zukünftigen Albträume.

Die Mächtigen hatten eine einfache Antwort auf die Angst: Mehr, mehr, mehr... Glänzende Geschäfte lagen in der Luft. Die Angst war der zuverlässige Motor des Geschäfts. Mehr Waffen, mehr Kontrolle, mehr Überwachung, mehr Ausgrenzung. Mehr, immer mehr!

Aber was war mit den machtlosen Menschen, denen die Angst tagtäglich mit unter die Bettdecke kroch? Auch die Sucht war ganz eng mit der Angst verwandt, wusste Johannes nur zu gut aus eigener Erfahrung. Ständig verlangte die Angst nach Betäubung und forderte so auf ihre Art auch immer mehr und machte die Menschen krank.

Als Johannes merkte, dass an Schlaf nicht zu denken war, rückte er vorsichtig von Christina ab und schlich sich aus dem Bett. Lange saß er am Fenster und starrte auf den dunklen Fluss. Für kurze Zeit brachen die Wolken auf, und der Vollmond erhellte die Schwebefähre. Nachdenklich nahm er sein kleines Buch, das noch vom Nachmittag aufgeschlagen auf dem Schreibtisch lag, und schrieb hinein: Hatte es Wörter für die Gräueltaten auf den Kreuzzügen im Namen Gottes gegeben? Wann konnte man das Grauen mit einem Wort erfassen, als tausendfach Menschen auf den Scheiterhaufen der Inquisition brannten? Welches Wort hatten die wenigen überlebenden Indios dafür, als ihnen der katholische Glauben eingeprügelt wurde und viele Millionen einzigartiger Menschen mit dem Segen der Kirche grausam ermordet wurden? Hatten die Indianer Nordamerikas ein Wort für den grausamen Völkermord an ihnen? Gab es in der Sprache der Indianer das Wort „Völkermord"?

„Plagen dich wieder die Geister?", hörte Johannes plötzlich eine warme Stimme und eine Hand legte sich liebevoll auf seine Schulter. „Wir können die Welt nicht retten, mein Prinz. Dein Schimmel hat keine Chance mehr gegen den rasenden Zug. Du bist und bleibst ein Träumer und ich liebe deine Träume. Die Kinder, für die du so schöne Geschichten schreibst, lieben sie auch. Du nimmst ihnen die Angst. Mehr, als den Kindern die Angst nehmen, kannst du nicht tun. Kinder die keine Angst haben, geben sie später auch nicht an ihre Kinder weiter. Komm wieder ins Bett, mein Prinz. Ich singe dir ein la le lu."

„Ich liebe dich", sagte Johannes nur und erst im Bett fügte er noch hinzu: „Liebe ist das einzige, was zählt."

Mehr als zwölf Jahre waren vergangen, seitdem Johannes seiner Sucht nicht mehr nachgab. Wie von Geisterhand hatte sich in dieser Zeit sein Leben wunderbar gefügt und mit Liebe und Freundschaft gefüllt. Mit diesen Gedanken fiel er bald neben der geliebten Frau in tiefen Schlaf.

Angst und Liebe! Das Leben gab beides her.

*

Der Duft von frischem Kaffee erfüllte das kleine Haus am Ostedeich, als Johannes erwachte. Sofort knüpften die Gedanken ungefragt an den nächtlichen Ausflug in die Welt der Angst und der Liebe an, und mit einem Schmunzeln im Gesicht betrat Johannes die Küche: „Der Kaffeeduft hat mich gerade an unser erstes gemeinsames Frühstück in Cuxhaven erinnert. Ich liebe dich wie am ersten Tag, mein kleiner Wattwurm. Du hast mir seitdem so oft die Angst genommen."

Christina war aber in Gedanken schon zu sehr unterwegs zur Arbeit, um noch auf sein morgendliches Süßholz einzugehen. In den ersten Jahren hatte sie noch ihre Wohnung in Cuxhaven behalten, aber auch in dieser Zeit hatte es nur ganz wenige Abende und Nächte gegeben, die sie nicht gemeinsam verbracht hatten. So war sie nach fünf Jahren schließlich ganz mit in das kleine Haus in Osten eingezogen. Mehr war für beide nicht nötig. Keiner der beiden mochte den anderen lange missen. Zu keiner Zeit war die Liebe kleiner geworden. Gemeinsam und unzertrennlich gingen sie durchs Leben, seit sie sich im September vor zwölf Jahren wiedergefunden hatten.

„Die Arbeit wird mir fehlen, wenn ich im nächsten Jahr aufhöre", verabschiedete sich Christina von Johannes „aber ich freue mich auf die Zeit mit dir." Schon an der Haustür, drehte sie sich noch einmal um. „Und ich freue mich darauf, was dir heute wieder in deinen süßen Schädel kommt. Viel Freude bei der Arbeit."

Nach all den Jahren arbeitete sie noch immer gerne und voller Freude im Kindergarten in Cuxhaven, auch wenn die körperlich anstrengende Arbeit ihrem Rücken manchmal schwer zu schaffen machte. Sie liebte die Arbeit mit den Kindern und die Kinder liebten Christina, hatte Johannes oft warmen Herzens erlebt, wenn er sie besucht hatte, um den Kleinen die neuesten Abenteuer von Elefantenbär vorzulesen, die immer mit denselben Worten begannen:

„Elefantenbär sah anders aus, als die anderen Tiere und deshalb machten sich viele Kameraden über ihn lustig. Die riesigen Ohren eines Elefanten wollten einfach nicht zu der stupsigen Nase und den Knopfaugen eines Bären passen. Aber so sehr die anderen auch über seine Eltern lachten und ihn für sein ungewohntes Aussehen hänselten, antwortete Elefantenbär immer wieder mit einem freundlichen Lachen: Wisst ihr, meine Eltern haben sich sehr lieb. Und wenn zwei sich sehr lieb haben, kann einfach alles passieren."

Das gefiel den Kindern, weil alle Kinder sich wünschten, dass sich ihre Eltern lieb haben. Deshalb schlossen sie bald eine bärenstarke Freundschaft mit dem rüssellosen Elefanten. Es war einfach herrlich für die jungen Erdenbewohner, gemeinsam mit einem Freund aufregende Abenteuer zu erleben. Daran hatte sich seit uralten Zeiten nichts geändert.

Wenige Monate nach seiner Rückkehr nach Osten hatte Johannes damit begonnen, die Geschichten, die er einst seiner Tochter Bettina vor dem Einschlafen erzählt hatte, aufzuschreiben und Schrubber und Christina hatten ihn dazu gedrängt, dass er „Die ungewöhnlichen Abenteuer von Elefantenbär und seinen Freunden" einem Kinderbuchverlag vorstellt.

„Die Geschichten sind so voller Liebe", hatte Christina gesagt. „Es wäre schade, die Liebe nicht zu teilen."

Schrubber hatte ihn mit einer hölzernen Handpuppe überrascht und bald auch eine Marionette lebendig werden lassen, die gleichzeitig gemütlicher Bär und bärenstarker Elefant war. Der Freund hatte sich als überaus geschickter Puppenspieler erwiesen, der dem hölzernen Fabeltier ein buntes, aufregendes Leben einhauchte.

„Vielleicht können wir ein Stück für mein altes Puppentheater daraus machen", hatte er vorgeschlagen und so war Schritt für Schritt für beide Freunde ein Traum wahr geworden.

Das erste Buch von Elefantenbärs Abenteuern verkaufte sich überaus erfolgreich, und bald schon war ein zweiter Band in Arbeit gewesen. Nach dem Erscheinen hatte Johannes mit dem erlösten Geld eine Idee in die Tat umgesetzt, die schon seit einiger Zeit in ihm schlummerte, und so war für die Kinder des Dorfes die alte, hölzerne Fährbude wieder auferstanden. Der grüne Farbton des Holzes wich keinen Deut von der Planke ab, auf der Johannes vor so vielen Jahren Christina seine Liebe erklärt hatte.

In der ersten Zeit hatte Schrubber in der kleinen Bude unregelmäßig für die Kinder des Dorfes Vorstellungen gegeben, in denen er an die Stücke anknüpfte, mit denen er Lisan früher die Angst genommen hatte. Aber schon nach wenigen Monaten richteten die beiden Männer gleich neben der hölzernen Bude ein gut ausgestattetes Marionettentheater für den ehemaligen Lokomotivführer ein und es gab einen festen Spielplan. Das „Puppentheater im Schatten der Schwebefähre" war geboren und Schrubber zeigte den begeisterten Kindern, dass es möglich war, trotz aller Angst niemals die Liebe zu vergessen.

Anfänglich war es Lisan gewesen, die Schrubber immer wieder geduldig dazu ermutigt hatte, für die Kinder des Dorfes die alten Geschichten zu spielen, die ihre Kindheit auch an dunklen Tagen so erhellt hatten. Als regelmäßiger Gast in Osten hatte sie glücklich die Genesung ihres Vaters an der Seite des alten Freundes begleitet. Aber schon nach kurzer Zeit war das leuchtende Glück in den Kinderaugen genug Ermutigung für den Mann, dem lebensmüde Menschen ihre Angst aufgebürdet hatten. Jetzt hauchte er den hölzernen Puppen Lebensmut ein und zeigte den Kindern, wie die Angst nicht so mächtig wurde. So hatte er dem Bau des Marionettentheaters freudig zugestimmt. Schrubber hatte gefunden, was das Leben für ihn ausmachte. Mehr gab es nicht.

Nach den Vorstellungen sah man in den ersten Jahren häufig Kinder ganz still am Ufer des Flusses sitzen, erinnerte Johannes sich jetzt mit einem Lächeln. Ganz ruhig hatten sie gelauscht, was der Fluss ihnen zu erzählen hatte und bis heute war bei den Kindern des Dorfes ein klein wenig davon erhalten geblieben, auch wenn die Ruhe zunehmend vom Klingelton eines Mobiltelefons unterbrochen wurde. Trotz aller Brücken, weltweiter sozialer Netzwerke und rasender Immer-mehr-Entwicklung bei den kleinen Telefonen, die das Leben der meisten Menschen an unsichtbaren Fäden lenkten, war Osten so wieder ein klein wenig Insel geworden, die Johannes im Stillen manchmal mit seiner Paradiesinsel im Ägäischen Meer gleichstellte, auf der er als junger Mensch das Glück kennengelernt hatte. „Zum

Glück gibt es das Glück auch ohne täglichen Retsina", hatte er einmal in sein kleines Buch geschrieben, das ihn immer begleitete.

Bald schon war der Ruf der kleinen Bühne weit auf die andere Seite des Flusses geeilt, und es hatte nicht lange gedauert, bis auf dem Fährplatz sogar Busse aus Hamburg parkten und lärmende Schulklassen durch den kleinen Ort zogen, bis sie dann ganz still, fast andächtig, Schrubbers Vorstellung lauschten. „Es ist zwar nicht die höchste Wasserrutsche der Welt, die ich ihnen zu bieten habe, aber wenn sie ein wenig Ruhe mitnehmen, haben sie vielleicht später noch etwas davon", hatte Schrubber einmal nach der Vorstellung zu Johannes gesagt. Und Johannes hatte ihm zugestimmt: „Ja, die Ruhe, die junge Menschen einmal erfahren haben und in sich tragen, kann auch das geschäftige Treiben nie wieder ganz verscheuchen. Die Ruhe ist leider vom Aussterben bedroht. Immer mehr Kinder kennen keine Ruhe mehr."

Die Ruhe und der Fluss waren unzertrennliche Freunde.

Den Gedanken an die vergangenen Jahre nachhängend und zufrieden mit dem, was das Leben ihm gegeben hatte, setzte sich Johannes an seinen Schreibtisch. Ihm war die Idee zu einer neuen Figur für Schrubbers Bühne gekommen, der er erste Konturen geben wollte.

*

Bis weit in den Nachmittag hinein hatte Johannes gearbeitet und er legte zufrieden den Stift aus der Hand. Der Kleine Orb hatte unter seiner Feder das Licht der Welt erblickt und wunderte sich über die Unvernunft der seltsamen Erdenbewohner. Vor einiger Zeit hatte Johannes eine Reportage über „Orbjäger" gesehen, die sich allen Ernstes mit ihrer Digitalkamera auf die Lauer legten, um Omas Seele zu fotografieren, die auf der Digitalkamera als Lichtpunkt erscheinen sollte. Es gab wirklich Menschen, die auf ihrer ewigen Suche nach dem Geheimnis des Lebens daran glaubten, mit einfacher menschlicher Technik Lichtgestalten einfangen zu können.

Lichtgestalten – Stillgestanden!

Johannes wunderte sich schon lange nicht mehr, gestand er sich ein. Menschen waren bereit, an Alles zu glauben und andere Menschen waren bereit, den Glauben für ihre Machtgelüste schamlos auszunutzen. Götter und Gurus. Gangster und Größenwahnsinnige. Immer wieder waren Menschen für Geld und Macht zu allem bereit und in der Lage. Immer wieder waren Menschen bereit, ängstlich ihr Leben in die Hände einer fremden Macht zu geben, oder die Angst zu betäuben, bis die Sucht ihnen keine Wahl mehr ließ.

„Nie waren die Menschen so süchtig wie heute", schrieb Johannes auf einen kleinen, selbstklebenden Zettel, den er an den Fensterrahmen heftete. Er war sich aber nicht sicher, ob er den frühen Menschen damit unrecht tat. Einen Moment stand er am Fenster und schaute durch den Garten im Außendeich auf den Fluss, den er seit Kindertagen so sehr liebte, obwohl er auch Angst machen konnte, wenn er maßlos über den Deich schaute. Angst und Liebe. Ein ständiger Kampf tobte seit ewigen Zeiten in den Menschen und überall fanden die züngelnden Flammen Nahrung.

Nichts nährte die Flammen der Angst so sehr, wie der Vergleich, den erst die menschliche Sprache möglich machte. Jünger, schöner, reicher, mehr, mehr, mehr… „Die Angst wohnt in den Adjektiven", erinnerte Johannes sich an die erste Begegnung mit Lisan.

Nichts nährte die Liebe so sehr, wie die Besinnung auf den Ursprung. In seiner Erinnerung tauchte eine kleine Blüte auf, die im kargen Sand ihr kurzes Leben lebte und er hörte Lisans Stimme: „Das ist Gott, das ist alles. Mehr gibt es nicht."

Wie Ebbe und Flut war das Leben. Mal setzte sich die ursprüngliche Liebe durch, denn sie wohnte von Anfang an in jedem Menschen. Dann wieder übernahm die Angst mit machtvollen Worten das Kommando und ließ keinen Raum für die Liebe.

Vor dem Fenster hatte sich ein nasskalter Novembertag durchgesetzt, und erst jetzt merkte Johannes, dass er fröstelte. Mit gerunzelter Stirn goss er sich eine Tasse Kaffee ein und ließ den Gedanken wieder freien Lauf. Auf dem Schreibtisch lag aufgeschlagen das Buch, in das er seit vielen Jahren seine Träume schrieb und das ihn in der letzten Nacht auf eine Zeitreise geschickt hatte. Liebe und Angst lagen manchmal so dicht beieinander.

Noch einmal las er den Traum, der ihm die Nachtruhe vor dem Anschlag in New York geraubt hatte. Noch einmal sah er die brennenden Flugzeuge. „Man kann nicht alles erklären", beruhigte er sein aufgewühltes Herz und war sich nicht ganz sicher, ob er den Traum meinte oder die Unmenschlichkeit, zu der Menschen in der Lage waren.

In eine Decke gehüllt legte Johannes sich aufs Sofa und schaltete den Fernseher ein. Er suchte den Nachrichtensender, auf dem Norbert, der Lebensgefährte seiner geschiedenen Frau, den auf Vermögenszuwachs hoffenden Menschen immer noch Tipps für die erfolgreiche Geldanlage gab. Norbert trug seit einiger Zeit wieder neue, auffallend jugendliche Krawatten. Der Deutsche Aktienindex eilte seit Wochen von Allzeithoch zu Allzeithoch, und Johannes war nicht ganz wohl bei dem Gedanken, dass er sein komfortables Leben seiner überaus erfolgreichen Zockerei am Neuen Markt in den 90er Jahren verdankte. Die Münze des Erfolgs hatte immer auch eine schattige Kehrseite, wusste er genau und sein Gewinn war der Verlust eines anderen Menschen. Er hatte sich nichts vorzuwerfen, weil er nichts Unrechtes getan hatte. Die Spielregeln waren so, und dennoch schmeckte die Erinnerung wie schales Bier.

Auch jetzt lagen wieder glänzende Geschäfte in der Luft, glänzender als jemals zuvor, weil die Börse immer mehr zu einem Spielcasino geworden war. Man wettete auf alles Denkbare und selbst der so verstärkte Hunger in der Welt versprach gute Geschäfte. Nur übermäßige Gier drohte immer wieder, einen Strich durch die nicht bezahlte Rechnung zu machen, hatte die Bankenkrise gelehrt. „Aber die da oben machten ja ohnehin, was sie wollten. Und das würden sie auch in Zukunft tun", waren die Stammtische des Themas langsam überdrüssig.

Johannes war zu aufgewühlt für ein kleines Schläfchen und setzte sich wieder an den Schreibtisch. Er nahm sein kleines Büchlein und schrieb: „Die Banken hat man aus Angst um den eigenen Spargroschen noch bereitwillig gerettet. Nur dass einem ‚die Griechen' auf der Tasche liegen, mag den Stammtischen nicht so recht schmecken. Die haben doch selber schuld, tönt es lautstark durch die Bierzelte. Das eigene Leben ist einfacher, wenn es einen Schuldigen gibt. Mit den ertrinkenden Menschen vor Lampedusa hat man Mitleid, aber was machen die sich auch auf so eine gefährliche Reise, beruhigt man das schreiende Gewissen."

Gerade wagte Norbert eine Prognose, wie hoch der DAX noch steigen könne und empfahl einen vorsichtigen Einstieg in ausgesuchte Werte der IT-Branche. Amüsiert schüttelte Johannes den Kopf. Nachdem bekannt geworden war, dass der amerikanische Geheimdienst beim Abhören keinen Unterschied zwischen Freund und Schurke machte, versprach neue Abhörschutztechnik beste Geschäfte. Sicherheit vor den Hütern der Sicherheit war in Zukunft gefragt.

„Wer profitiert eigentlich wirklich von den Höhenflügen der Börse und des Immer-mehr-Gottes?", setzte Johannes seine Notizen fort. „Ist in den letzten Jahren in die Köpfe der Menschen nicht immer mehr Unruhe eingekehrt? Mehr Angst? Mehr Vergleich? Brabbelt in den Köpfen von Millionen junger Menschen nicht pausenlos eine Stimme, die ihnen einredet, ohne Smartphone nicht mehr leben zu können? Sind nicht viele Menschen längst Gefangene des Glaubens an die Wunder der Neuen Medien geworden? Süchtig? Wird die Sucht nicht überall gefördert? Mehr, mehr, mehr …

Längst überprüft niemand mehr das Ziel und den Sinn von immer kleineren, leichteren, leistungsstärkeren Geräten. Kein Mensch braucht wirklich im Alltag immer mehr Anwendungen in immer kürzerer Zeit. Längst erleichtern die kleinen Geräte das Leben der meisten Menschen nicht mehr, sondern füllen es mit der Angst, nicht in der ersten Reihe zu sitzen. Längst dienen immer neue Geräte nicht mehr den Menschen, sondern nur noch dem Geschäft der Hersteller. Längst sind die kleinen Geräte zu einer Glaubensfrage geworden, längst ersetzten sie Gott."

Leicht angewidert schaltete Johannes das Fernsehgerät wieder aus und überflog die Überschriften der Tageszeitung: Neben der auch hier bejubelten Euphorie an den Börsen wurde beklagt, dass der weihnachtliche Kaufrausch in den Innenstädten jetzt schon an einem verkaufsoffenen Sonntag fünfzig Tage vor dem Fest eingesetzt habe.

Dass ein Bischof in Hessen fehlbar war, hatte dem unfehlbaren Vertreter Gottes auf Erden in Rom nicht gefallen, war aber zu abgenutzt und nur noch eine kurze Randnotiz wert. „Die Kirche hat in den letzten Jahren ganz andere Probleme gehabt. Lieber Geld verschwenden als kleine Jungen missbrauchen", brabbelte ungefragt ein unzulässiger und ziemlich dummer Vergleich durch Johannes Kopf. „Niemand ist davor sicher, dass das Gehirn immer wieder bei altbekannten Denkmustern landet. Schönen Gruß vom Stammtisch", schrieb Johannes auf einen weiteren Zettel und klebte ihn an den Fensterrahmen, bevor er sich wieder der Zeitung zuwandte.

Ausführlich beschäftigte sich ein Artikel mit einem bayrischen Fußballgott, der die moralische Messlatte für andere immer sehr hoch gelegt hatte und der durch viel Geld zu einem mächtigen Mann geworden war. Jetzt war er in eine „Steueraffäre" verwickelt und gegen ihn war Anklage erhoben worden. Noch mochten die Geschäftsfreunde ihn nicht wie einen Kleinbetrüger fallen lassen. Noch diente der Mächtige den Interessen der Noch-Mächtigeren.

„Steueraffäre klingt nett", dachte Johannes. Unter einer Affäre hatte er lange Jahre mehr so etwas wie ein Abenteuer für betrunkene Männer und Frauen verstanden. Dabei wurde dem Mann vorgeworfen, die Gemeinschaft um so viel Steuern betrogen zu haben, wie ein durchschnittlicher Mensch mit ehrlicher Arbeit nicht einmal in einhundert Jahren verdient.

Johannes nahm noch einmal sein kleines Büchlein vom Tisch und schrieb hinein: „Die Sprache dient nicht dem Verstehen. Die Sprache dient der Macht und den Mächtigen."

Dann blieb seine Aufmerksamkeit lange an einem Artikel hängen, in dem gefordert wurde, Glücksspielautomaten aus Kneipen und Gaststätten zu verbannen. Suchtforscher erkannten darin eine Möglichkeit, Jugendliche vor Suchtproblemen zu schützen. Aber sogleich wetterte der Interessenverband der Gastwirte lautstark dagegen, weil die Spielautomaten ein wichtiges Standbein seien und mit den Einnahmen das Geschäft der Gastwirte aufrecht erhalten werde.

„Geschäft ist das Einzige, was zählt“, schrieb Johannes etwas resigniert in sein Büchlein und schüttelte den Kopf. Noch einmal wikkelte er sich in die Wolldecke. Johannes Wüst fühlte sich plötzlich sehr müde.

Als Christina wenig später nach Hause kam, fand sie Johannes fiebernd auf dem Sofa. Voller Sorge machte sie ihm Wadenwickel. „Ich liebe dich, mein Prinz“, flüsterte sie „und freue mich darauf, mit dir noch viele Welten zu entdecken.“

„Liebe ist das Einzige, was zählt“, flüsterte auch Johannes mit schwacher Stimme. „Es gibt die Liebe. Sie wohnt in jedem Menschen. Aber wir müssen sie suchen, weil die Angst die Liebe immer wieder in den Schatten stellt. Liebe ist der Ursprung. Wir dürfen nicht aufhören, an die Liebe zu glauben. Warum glauben die Menschen an alles, nur nicht an die Liebe?“

Als Christina glaubte, Johannes sei wieder eingeschlafen, schlich sie sich ganz leise aus dem Zimmer. Schon an der Tür, hörte sie noch einmal Johannes und seine Stimme klang schon wieder ein wenig verschmitzt, als er sie fragte: „Glaubst du eigentlich an Orbs? Ich hatte heute überraschenden Besuch.“

Christina musste schmunzeln, weil sie ahnte, dass Johannes auf seiner Suche eine neue Welt für die Kindermenschen entdeckt hatte, und sie war sich sicher, dass es in dieser Welt keinen Schnaps für ihn gab. „Sollen die Menschen lieber an Orbs glauben, als sich zu besaufen“, schoss ihr ungefragt ein unzulässiger und ziemlich dummer Vergleich durch den Kopf. Sie war eben auch nur ein Mensch.

Die ewig suchenden Menschen in ihrer Angst waren bereit, an alles zu glauben, was die Angst kleiner macht oder wenigstens für kurze Zeit betäubt. Tausend Göttern folgten sie. Dabei trug jeder den einen Gott in sich selbst:

Größe ohne Tamm Tamm.

*

Auf dem Küchentisch fand Christina einige gefaltete Blätter Papier. „DANKE, du Frau von einem anderen Stern", stand darauf in feiner Handschrift. Christina küsste eine getrocknete Träne. Sie schmeckte salzig wie das Meer. Voller Liebe zu dem Mann, den sie nicht gesucht und doch gefunden hatte, begann sie zu lesen:

Der Kleine Orb.

Der kleine Orb kommt nur ganz selten auf die Erde, weil er eigentlich die Aufgabe hat, zu erforschen, ob es irgendwo in den Weiten des Universums intelligentes Leben gibt. Aber wo immer er in seinem jungen Orbleben - er war gerade mal zwei Millionen Jahre alt - bisher auch gelandet war, hatte er überall nur Lebewesen gefunden, die den einfältigen Immer-mehr-Menschen der Erde sehr ähnlich waren. Schon ein paar Millionen Jahre, nachdem sie erste Anzeichen von Intelligenz entwickelt hatten, vergifteten sie mit ihrer unstillbaren Gier nach immer mehr regelmäßig ihre Heimatplaneten und machten das erblühende Leben damit wieder zunichte. Schneller als ihnen lieb war, wurden sie so wieder zu Energieteilchen des großen Rades, das seit ewigen Zeiten beständig gab und nahm.

Obwohl die Erde für seine Forschungsreise demnach unbedeutend war, hatte der Kleine Orb nirgendwo sonst im Universum so leckeren Apfelkuchen entdeckt. Deshalb besuchte er, wann immer seine Reise es zuließ, Oma Dorn, die ein wenig anders war, als die anderen Menschen. Sie war zufrieden mit dem Leben, das sie jeden Morgen dankbar annahm und kümmerte sich jeden Tag liebevoll um ihr Enkelkind, während die Eltern von Mike viel Geld verdienten, damit später aus dem Jungen etwas Anständiges werden konnte.

Die Menschen nannten Oma Dorn \`verrückt´, weil sie manchmal auf eine hohe Leiter stieg und ihre Sonnenblumen abstaubte, wenn der große Fabrikschornstein wieder einmal so viel Ruß ausgespuckt hatte, dass die leuchtend gelben Blätter ganz grau waren und die Meisen die rußigen Körner nicht mehr picken mochten, weil sie davon Bauchweh bekamen. Besorgte Eltern warnten ihre Kinder immer wieder mit vielsagender Miene davor, der alten Hexe zu nahe zu kommen. „Man wisse ja nie so genau…", pflanzten sie unbedacht so manches Samenkorn der Angst in die noch formbaren Köpfe der kleinen Jungen und Mädchen.

Beim ersten Besuch war der Kleine Orb mit seinem Raumschiff durch einen Zufall – jedenfalls nannten die Menschen es so - mitten in Oma Dorns Garten gelandet. Der kleine Mike hatte dort unter einem uralten Kastanienbaum mit wunderschönen Tönen gespielt, die er auf einer schwarzen Scheibe gesammelt hatte. Die Scheibe drehte sich wie ein Karussell auf dem Schützenfest und wenn sie von einer kleinen Nadel gekitzelt wurde, gab sie Töne frei, die sogar die verkümmerten Ohren der Menschen hören konnten. Der Kleine Orb aber konnte viel mehr hören, als die Erdenbewohner und die Klänge, die er zwischen den Menschentönen vernahm, kamen dem Außerirdischen seltsam vertraut vor. Beinahe hatte er ein wenig Heimweh bekommen.

Oma Dorn hatte den Kleinen Orb freundlich begrüßt und ihn gemeinsam mit Mike zu köstlichem Apfelsaft und frischem Apfelkuchen mit Schlagsahne eingeladen. Nach dem zwölften Stück Apfelkuchen hatte der Kleine Orb den beiden viel über das alltägliche Leben und die Ernährungsgewohnheiten auf anderen Planeten erzählt. Stundenlang hatten sie gemeinsam über die unglaublichen Geschichten gelacht, die der Kleine Orb Stunde um Stunde zum Besten gab.

Das hatte schon bald ein griesgrämiger Nachbar mitbekommen, für den Verrückte und Kinderlachen ein Gräuel waren. Er hatte sich hinter einer hohen Hecke versteckt, die er errichtet hatte, damit niemand sah, wie viele Flaschen Bier er jeden Tag trank. Dort hinter der dichten Hecke lauschte er jetzt ungläubig den Geschichten aus fremden Welten. Weil er aber schon ziemlich betrunken war, traute er seinen eigenen Augen und Ohren nicht. Deshalb verkroch er sich lieber wieder in die enge Welt, die der Alkohol aus seinem Leben gemacht hatte und gab sich bei einer weiteren Flasche Bier dem gewohnten Selbstmitleid hin. Ihm würde ohnehin niemand glauben, bemitleidete er sich. Alle waren gegen ihn, redete er sich ein und seine Welt wurde noch ein wenig enger. Am nächsten Morgen konnte er sich an nichts mehr richtig erinnern und wunderte sich über die vielen Menschen vor Oma Dorns Gartenpforte.

Weil das Raumschiff beim Start am späten Abend ungewohnt laut war, waren viele Menschen aufgeregt aus ihren Häusern gekommen und staunten nicht schlecht. Dass die alte Frau verrückt war, wusste man schon lange, aber dass sie nun auch noch Außerirdische in die ruhige Wohngegend einschleppte, ging einigen dann doch zu weit, und sie versäumten nicht, Oma Dorn wegen ruhestörenden Lärms anzuzeigen. Andere dagegen witterten ein gutes Geschäft und schossen schnell ein paar Bilder, die die Existenz des Orbs beweisen sollten. Aber auf den Fotos waren am dunklen Himmel nur ein paar verschwommene Flecken zu erkennen, die auch ein Vogelschiss hätten sein können und so glaubte niemand die Geschichte. Ein findiger Mann aber nutzte die Gunst der Stunde und sah sich berufen, Guru zu werden. Noch am selben Abend gründete er die Glaubensgemeinschaft zum Heiligen Möwenschiss, zu der sich Stunden später weltweit im Internet schon sechstausend suchende Menschen bekannten. „Scheiße ist das Einzige, was zählt“, verkündete der Mann mit verklärtem Blick bald darauf seinen Anhängern und füllte kleine Portionen in Dosen, die bald für 49 Euro im Internet und in den kleinen Lädchen der ewig Suchenden zu haben waren.

Der Polizist, der von Amts wegen der Anzeige nachgehen musste, wollte zuerst wissen, ob Oma Dorn denn überhaupt in ihrem Garten eine Landeerlaubnis für Raumschiffe habe und die Sache mit einem Ordnungsgeld bereinigen. Aber sein Chef witterte mehr hinter der Angelegenheit und übergab sie einer höheren Instanz. Mochten mächtigere Stellen die Verantwortung für eine Sache mit so ungewissem Ausgang übernehmen.

Daraufhin wurde Oma Dorn tagelang von verschiedenen Geheimdiensten verhört, die so geheim waren, dass nicht einmal die allmächtige Bundeskönigin wusste, dass es sie gibt. Besorgt fragte sie ihren Spiegel: Spieglein, Spieglein an der Wand, wer ist die Mächtigste im Land? Noch besorgter aber war sie, als der Spiegel nur mit unverständlich verzerrter und rauschender Stimme antwortete. Etwas stimmte hier nicht. Aber der sonst nicht auf den Mund gefallenen Frau fehlten die Worte. Wer machte sich heimlich an ihrem Spiegel zu schaffen?

Als es nach Monaten intensiver Nachforschung immer noch keine hinreichende Erklärung für die Geschehnisse gab und kein Geheimdienst und kein noch so bedeutender Wissenschaftler auf der ganzen Welt die einfache Wahrheit, bei der Oma Dorn immer geblieben war, ausreichend deuten konnte, verpackte man die Ereignisse schließlich in dichten Nebel und erklärte vorsorglich noch ein paar Nachbarn der alten Frau und ein paar politische Gegner der Bundeskönigin für verrückt und hoffte, die ganze Sache werde sich schnell wieder beruhigen.

Nur ein paar Fotografen und Journalisten ließen sich nicht so leicht ins Bockshorn jagen und bewachten Tag und Nacht die Haustür, den Garten und den Luftraum über Oma Dorns Sonnenblumen. Keinen Schritt konnte die alte Frau mehr tun, der nicht Sekunden später weltweit im Netz über die Bildschirme flimmerte. Die Journalisten waren sich sicher: Wer einmal von Oma Dorns Apfelkuchen genascht hatte, würde irgendwann wiederkommen. „Außerirdische waren auch nur Menschen, wenn es um den leckersten Apfelkuchen der Welt ging“, scherzten sie und klopften sich dabei vor Lachen auf die Schenkel.

Der Kleine Orb lachte zur gleichen Zeit nur wenige Meter entfernt an Oma Dorns Küchentisch über die Dummheit der Menschen, auch wenn sie mit dem Apfelkuchen genau ins Schwarze getroffen hatten. Er wollte die gutmütige Frau, die er schnell in sein Herz geschlossen hatte, nie wieder in Schwierigkeiten bringen und so parkte er bei seinen Besuchen das Raumschiff immer hoch über der Erde und legte die letzten Kilometer als kleiner roter Lichtpunkt zurück, der jederzeit unbemerkt durch den Schornstein oder durch einen kleinen Spalt in der zugigen Dachluke in Oma Dorns Haus schlüpfen konnte.

Auch wenn es keine Beweise für die geheimen Machenschaften der alten Frau gab, wollten die Gerüchte um die bevorstehende Ankunft des Kleinen Orb nie ganz verstummen, und wenn Oma Dorn am Nachmittag mehr als zwei Äpfel ins Haus brachte, sahen viele darin ein eindeutiges Zeichen. So auch diesmal.

Vor dem Haus hatte sich eine große Menschenmenge versammelt, die laut schnatternd durcheinander lief und Männer, die sich für überaus wichtig hielten, sprachen pausenlos wohl formulierte Sätze in die laufenden Kameras. Ein neuer, selbsternannter Heiliger witterte Morgenluft und kündigte seinen gläubigen Anhängern ein Ereignis an, das die Welt seit über 2000 Jahren nicht mehr gesehen hatte. Im Kopf aber hatte er schon die Pläne für eine prächtige Residenz und heimlich die Minister der Neuen Bewegung bestimmt. Sein Sohn sollte Finanzminister werden. Die Aufregung vor dem Haus war unbeschreiblich und pausenlos wurden Zigaretten angesteckt, um den aufgewühlten Puls ein wenig zu beruhigen.

Nur in der Küche von Oma Dorn ging es ganz ruhig zu. Längst war das letzte Stück Apfelkuchen gegessen und die alte Frau und der Kleine Orb saßen bei einem Glas Milch gemütlich am Küchentisch und spielten Mensch-ärgere-Dich-nicht. Erst als die beiden Freunde sich zu später Stunde voneinander verabschiedeten, musste der Kleine Orb laut lachen, als er sagte: „Sie glauben sich so wichtig und sehen den Wald vor lauter Bäumen nicht."

Der Kleine Orb umarmte Oma Dorn, der eine kleine Träne über die Wangen lief, zum Abschied ganz fest und mischte sich im nächsten Augenblick als kleiner roter Lichtpunkt unter die aufgeregte Menschenmenge. Aber jetzt, da er mitten unter den Menschen war, erkannten sie ihn nicht, weil jeder ihn für die Glut der Zigarette des Nachbarn hielt.

*

Still saß Christina am Küchentisch und bedachte lange die Worte, die sie gelesen hatte. Sie war ein wenig verwirrt, weil sie etwas Anderes erwartet hatte. Obwohl sie herzhaft gelacht oder still geschmunzelt hatte, war sie sogar fast ein wenig enttäuscht. Die Geschichte war so gar nicht für kleine Kinder geeignet. Kein einziger kleiner

Junge, kein einziges kleines Mädchen konnte die Menschen erkennen, die Johannes in den Spiegel schauen ließ.

Christina hatte nicht bemerkt, dass sich leise die Tür geöffnet hatte und so erschrak sie, als Johannes plötzlich hinter ihr stand. Er legte ihr sanft die Hände auf die Schultern, als er sagte: „Schuster bleib bei deinen Leisten! Ist es das, was du denkst?“ Und als Christina nicht gleich antwortete, fügte er hinzu: „Seitdem ich bereit bin, in den Spiegel zu schauen, hat sich mein Leben wunderbar verändert. Glaubst du, Schrubbers Marionetten wären auch etwas für Erwachsene?“

„Johannes Wüst, du bist und bleibst ein Träumer“, entgegnete Christina liebevoll und legte ihm die Hand auf die Stirn. „Ab ins Bett mit dir, mein Prinz, du hast hohes Fieber. Ich werde dir noch einmal Wadenwickel machen.“

„Deine Liebe ist die Quelle meiner schönen Träume. Ohne Liebe ist das Leben ein Albtraum“, flüsterte Johannes, bevor er wieder in fiebrigen Schlaf fiel.

Er träumte davon, dass Schrubber aus dem Stamm, den er vor vielen Jahren im Außendeich der Oste gefunden hatte, eine einzigartige Holzfigur geschaffen hatte. Johannes glaubte, noch nie so viel Liebe in einem lebendigen Menschen gesehen zu haben, wie in der hölzernen Figur, die auf einem hell erleuchteten Sockel mitten auf dem Fährplatz stand. Dann wechselte das Licht und der dunkle Schatten der Schwebefähre fiel auf den Sockel und auf die Figur und Johannes glaubte, noch nie so viel Angst in den Augen eines wahrhaftigen Menschen gesehen zu haben.

Liebe und Angst - mehr gab es nicht.

*

„Das hat Schrubber gestern Abend für dich abgegeben“, begrüßte Christina Johannes am Morgen mit einem herrlich duftenden Kaffee in der einen und einem Briefumschlag in der anderen Hand. Das Fieber war über Nacht gesunken und Johannes fühlte sich unerwartet munter und frisch.

Er traute seinen Augen kaum, als er auf einem Foto die hölzerne Figur sah, die in der Nacht seinen Traum gefüllt hatte. „Manchmal passieren Dinge, die kann man nicht erklären", antwortete er auf Christinas fragenden Blick und zeigte ihr das Foto.

„Alles braucht seine Zeit und manchmal dauert es etwas länger, bis ein gangbarer Weg entsteht", hatte Schrubber auf die Rückseite geschrieben.

Liebe und eine bärenstarke Freundschaft waren Brüder.

Mehr gab es nicht.